Культ личности

КУЛЬТОВАЯ РОССИЙСКАЯ ЛИТЕРАТУРА

Василий Аксенов

МОСКВА КВА-КВА

МОСКВА

«ЭКСМО»

2006

УДК 82-3
ББК 84(2Рос-Рус)6-4
   А 42

Аксенов В. П.
А 42   Москва Ква-Ква. — М.: Изд-во Эксмо, 2006. — 448 с.

ISBN 5-699-14718-7

Класс литературной игры Василия Аксенова как никогда высок, что блестяще доказывает его новый роман. По мнению счастливцев, которым повезло прочитать книгу еще в рукописи, судьба Букера-2006 практически решена.

УДК 82-3
ББК 84(2Рос-Рус)6-4

ЧАСТЬ ПЕРВАЯ

Чертог чистых чувств

В начале 50-х годов XX века в Москве, словно в одночасье, выросла семерка гигантских зданий, или, как в народе их окрестили, «высоток». Примечательны они были не только размерами, но и величием архитектуры. Советские архитекторы и скульпторы, создавшие и украсившие эти строения, недвусмысленно подчеркнули свою связь с великой традицией, с творениями таких мастеров «Золотого века Афин», как Иктинус, Фидий и Калликратус.

Эта связь времен особенно заметна в том жилом великане, что раскинул свои соединенные воедино корпуса при слиянии Москвы-реки и Яузы. Именно в нем расселяются все основные герои наших сцен, именно в нем суждено им будет пройти через горнило чистых, едва ли не утопических чувств, характерных для того безмикробного времени. Возьмите центральную, то есть наиболее возвышенную, часть. Циклопический ее шпиль зиждется на колоннадах, вызывающих в культурной памяти афинский Акрополь с его незабываемым Парфеноном, с той лишь разницей, что роль могучей городской скалы здесь играет само гигантское, многоступенчатое здание, все отроги которого предназначены не для поклонения богам, а для горделивого проживания лучших граждан атеистического Союза Республик.

С точки зрения связи с античным наследием любопытно будет рассмотреть также рельефные группы, венчающие исполинские, в несколько этажей въездные арки строения. Периферийные группы изображают порыв к счастью, в то время как центральные обобщают эти порывы в апофеоз — счастье достигнуто! Мужские фигуры рельефов обнажены до пояса, демонстрируя поистине олимпийскую мощь плечевых сочленений, равно как и несокрушимую твердыню торсов. Женские же фигуры, хоть и задрапированные в подобие греческих туник, создают отчетливое впечатление внутренних богатств. Что касается детских фигур, то они подчеркивают вечный ленинизм подрастающего поколения: шортики по колено, рукавчики по локоть, летящие галстуки, призывные горны. Над всеми этими рельефными группами порывов и апофеозов реют каменные знамена. Грозди, снопы и полные чаши завершают композицию и олицетворяют благоденствие. Интересно, что динамика рельефов как бы завершается статикой полнофигурных скульптур, расположенных то там, то сям на высотных карнизах. Эти могучие изваяния с обобщенными орудиями труда вполне логично олицетворяют завершенность цели.

Позволим себе все-таки несколько слов критики и для пущей беспристрастности вложим их в уста нашей юной героини Глики Новотканной, проживающей со своими родителями в одной из самых просторных квартир этого здания-града. Всем хороши скульптурные группы нашего дома, иногда задумчиво произносит за семейным обедом Глика, однако с позиций художественного совершенства они все-таки чуть-чуть отстают от прототипов Эллады. Посмотрите, товарищи родители, как воздушны последние и как отчасти несколько тяжеловаты первые. Задуманные, как легконогие девынимфы, фигуры у нас чуть-чуть слегка гипертрофически раздуты в области плодоносительного потенциала. Вдохновенные юноши, в которых хотелось бы видеть Париса, все-таки больше тяготеют к дородности Геркулеса, не так ли?

Иногда ей даже хочется чуточку высказаться по поводу общего архитектурного концепта: дескать, не кажется ли вам, любимые товарищи родители, что в общей задумке нашего непревзойденного строения, созданного великолепным скульптором, товарищем Чечулиным, должны звучать не только флейты Аттики, но и роги долины Тигра и Евфрата с ее несколько чуть-чуть как будто бы мрачноватыми шишаками и шарами? Тут она все-таки останавливает свою пытливость, чтобы не задеть чувства родителей, особенно маменьки, Ариадны Лукиановны Рюрих, доктора искусствоведческих наук, широко известной общественной деятельницы, члена правлений Комитета защиты мира, Комитета советских женщин, а самое главное, Комитета по Сталинским премиям СССР.

Ариадна Лукиановна, сама весьма отдаленная от нынешнего скульптурного воплощения женщины, все же направляет на дочь несколько чуть-чуть слегка обеспокоенный взгляд и дает себе зарок в близком будущем урезонить дочь по части греческих богов и тактично подвести ее к фундаментальной мысли о единой вдохновляющей силе Производительного Труда. Ведь не может же современная советская девушка, студентка-отличница МГУ, не понимать, как далеко мы ушли от рабовладельческого строя Древней Греции, в которой и родились эти мифы.

Впрочем, зарок этот немедленно забывался, едва лишь маменька бросала взгляд на папеньку, в широком обществе совершенно неизвестного, то есть абсолютно, по высшей схеме, засекреченного академика-физика и генерала Ксаверия Ксаверьевича Новотканного, своей уверенной и убаюкивающей статью напоминающего как раз Геракла.

Между прочим, Глика (полное имя — Гликерия) и сама вносила свой веский, хоть и юный, вклад в первостатейную семейную устойчивость. Будучи комсомольским лидером студенческого потока на журфаке МГУ да к тому же перворазрядницей по гребле на байдарках, она ничего, кроме стопроцентного одобрения, не снискала в том высотном дворце, который с Ленинских гор ежечасно посылал привет своему собрату в междуречье Москвы-реки и Яузы. Стройная и лучезарная, она отличалась удивительной способностью замыкать на себе внимание учащихся масс, то есть повышать тонус коллектива. Говоря «коллектива», мы имеем в виду всех, ну а о мальчиках уж и говорить не приходится. Все-таки скажем несколько слов. Всякое появление Глики Новотканной среди университетских потоков производило своего рода магнетическую струю, под влиянием которой все стриженные «под бокс» или «полубокс» головы поворачивались в ее сторону, да и как, судите сами, могли эти юноши остаться равнодушными к идеальному существу своего поколения?! Глика Новотканная! Иногда можно было увидеть, как она выпархивает из огромного ЗИСа-110 с ослепительными белыми кругами на великолепных шинах. Ходили неясные слухи, что ее отец принадлежит к числу сугубо засекреченных создателей сверхмощного оружия для завоевания мира во всем мире. Поговаривали также, что живет она с двумя своими родителями, то есть втроем, в восьмикомнатной квартире на восемнадцатом этаже в одном из новых высотных колоссов. Кто-то однажды добавил, что такие квартиры снабжены двумя (!) ванными и двумя (!) туалетами, но этому кому-то тут же советовали помолчать, дабы не расходились по городу дурацкие сплетни.

Так или иначе, но студенческая масса видела в Глике не только ярчайшего представителя своего поколения, но, пожалуй, даже некое существо из феерического близкого будущего, когда вся Москва будет застроена высотными чертогами победоносного Сталинизма, а жители столицы счастья будут передвигаться на личных мотоходах по подвесным виадукам, а то и пассажирскими вертолетами.

Иногда казалось, что она и сама себе представляется чем-то в этом роде, какой-то парящей Девой Социализма сродни той, что осеняла своим полетом обширный перекресток улицы Горького и площади Пушкина. В такие минуты она смиряла свой полудетский скок-перескок по ступеням МГУ, чтобы с должной торжественностью пройти, или, лучше сказать, вознестись, мимо вдумчивого изваяния девушки с книгой. Следует сказать, что некоторая шаловливость не покидала девушку даже в такие моменты. Ах, товарищи скульпторы, слегка чуть-чуть укоряла она, почему же даже «читающая девушка» в вашей интерпретации обладает чертами некоторой, хоть и незначительной, тяжеловатости? Ведь здесь, в храме науки, вы же нам, юным, легким, посвящали свой труд, но не зрелым же нашим победоносным женщинам, не так ли?

Такими шаловливыми мыслями Глика делилась только с тремя ближайшими своими людьми, то есть со своими родителями, плюс еще с одной близкой душою...тут читатель должен крепко упрочиться в своем стуле, как бы в ожидании сдвига земной коры, ибо третьей ближайшей персоной в жизни Глики Новотканной был ее жених. Кто бы поверил на потоке, что у этой вроде бы даже не совсем реальной, высоко парящей девушки, у этого символа нашей советской девственности, уже есть суженый? Ну а если бы стало известно имя этого счастливца, то тут уж точно дрогнули бы все семь московских холмов, качнулись бы шпили всех семи высоток, воссияли бы радостными зарницами наши мирные небеса, потому что женихом Глики был не кто иной, как поэт, шестижды лауреат Сталинской премии, Герой Советского Союза, воитель всех советских войн, начиная с озера Хасан, завершая освободительной борьбой Корейской Народно-Демократической республики, Кирилл Илларионович Смельчаков.

К началу нашего повествования Кирилл подходил уже к 37-летнему рубежу, однако всякий, кто бросил бы на него первый взгляд, тут же бы подумал: вот идеал молодой мужественности! Статный и бравый, он был все еще по-юношески легок в походке, в жестах, в голосе, в мимике. Даже приглядевшись, то есть отметив некоторое серебро в висках и в ворошиловских усиках, всякий бы подумал: вот перед нами великолепные «тридцать с небольшим».

Вообще-то великое множество советских людей прекрасно было знакомо с образом этого героического поэта и только удивлялось, как этот молодой человек сумел так преуспеть в своих деяниях на протяжении стольких пятилеток во славу Родины. Многие еще помнили его суровые репортажи из траншей Гвадалахары и из гущи уличных боев в Барселоне, не говоря уже о его дерзких, под пулями шюцкоровцев, проникновениях за линию Маннергейма.

В мирные периоды очеркист Смельчаков без промедления становился своим человеком на стройках Магнитки, Днепрогэса и Каракумского оросительного канала. Вновь звучала труба классовых битв, и Кирилл за рулем одной из многосотенных армад красных танкеток прокатывался по улицам Таллина, Риги, Вильнюса, Львова, Белостока и пел, пел зарю нового века пролетарской свободы. Ну, и наконец, великое поприще Отечественной войны, сопряженное с парашютными десантами в тыл врага, с прямыми репортажами из пекла танковых ристалищ на огненной Курской дуге, с полетами на бортах челночных «летающих крепостей», с подводными эскортами полярных конвоев антигитлеровской коалиции, это поприще давало ему возможность проявить свою отчаянную смелость и писательское мастерство в создании исполненной сдержанного патриотического восторга галереи портретов сталинских полководцев и рядовых тружеников тыла и бойцов фронта, бьющих фашистского зверя в его собственной берлоге.

С той же решимостью и его привычной, едва ли не «аристократической» сдержанностью (это определение, впрочем, никогда не употреблялось на официальных страницах, что естественно в государстве рабочих и крестьян) Смельчаков примкнул после войны к блестящей плеяде сторонников мира, к Илье Эренбургу, Константину Симонову, Фредерику Жолио-Кюри, Манолису Глезосу и другим всем известным личностям, бесстрашно бросавшим вызов реакционным оборотням империализма, готовым ради сверхприбылей ввергнуть человечество в пучину атомной войны.

Это новое поприще было во многом сложнее поприщ старых. «Лейки и блокноты, а то и пулеметы», конечно, все еще шли в ход, особенно там, где патриоты бросали прямой вызов реакции — ну, предположим, на горных склонах Македонии, в рядах армии генерала Маркоса или на зенитных батареях корейской 38-й параллели, — однако не меньшее мужество требовалось, чтобы неспешными шагами выйти в центр сцены какого-нибудь зала Мютюалите и произнести несколько завораживающих слов:

> Товарищи, сидящие в этом зале,
> как Маяковский, обращаюсь я
> к вашему костяку.
> Встаньте в наш всемирный полк,
> где командиром
> Сталин,
> чтобы прибыло здравого смысла
> человеческому
> косяку!

Эта мирно-партизанская в тылу врага деятельность по причине отсутствия в ней прежнего героического резонанса, может быть, не привлекла бы к личности Кирилла Смельчакова привычного читательского внимания, если бы не сопровождалась она удивительной по своему объему и вдохновению сугубо писательской, а особенно сугубо поэтической деятельностью. Подумать только, в молодые свои годы он был уже автором пятнадцати поэтических сборников, каждый толщиной не менее двух спусковых пальцев. И в каждом из этих сборников возникали перед любителями поэзии образы героических немногословных мужчин, тружеников, или лучше сказать профессионалов войны, в каждом разворачивались драматические пейзажи, готовые ежеминутно расколоться в артиллерийских дуэлях, в поэтическом мире с его мирным закатным небом, с его тонким серпиком луны, что напоминает тебе о любимой, и где вдруг начинается воздушный бой, похожий снизу на детскую игру, откуда время от времени падают вниз отыгравшиеся, наши и немецкие профессионалы и куда вдруг с земли начинают бурно вздыматься гигантские черные клубы дыма от пораженного нефтехранилища, и стоит немалого труда еще прослеживать тоненький серпик луны; ну, в общем, в этом духе.

Вот лишь один пример его рожденной в самом пекле фронтовой лирики.

ВЫСАДКА В КЕРЧИ

Боспорский царь, проснешься ль ты
От наших пушек?
Восстань средь кладов золотых!
Целы ли уши?

Враг пер, как ошалевший зверь,
На катакомбы,
Мы брали Керчь,
Спускались в смерть,
А юнкерсы на нашу твердь
Валили бомбы.

Где черпал древний Митридат
Истоки веры?
Мы верили в свой автомат,
В порывы штурмовых команд
И пили за своих солдат,
За наших рухнувших ребят
Трофейный вермут.

Стихи такого рода поднимали дух «штурмовых команд», то есть всякого рода десантников и диверсантов, на всем гигантском пространстве действующей армии. Перед смельчаковским культом мужского солдатского братства бледнели трафареты Главполитупра. Именно из этого почтенного управления поползли шепотки о том, что «смельчаковщина» с ее чуждым духу советской военной поэзии «неокиплингианством» противоречит самому духу основной доктрины патриотизма. Стало известно, что в «Красной звезде» готовится основополагающая статья, в которой к Киплингу будет еще пристегнут контрик Гумилев с его «святой жатвой войны».

Однажды Кирилл летел в Польшу на личном самолете маршала Градова. Главком пригласил его зайти в кокпит (он обычно сидел в штурманском кресле) и с улыбкой протянул свежий номер «Звездочки». В статье, которой была отдана целая внутренняя полоса, не было ни одного термина со зловещим суффиксом «щина». Под заголовком «Ты помнишь, товарищ, как вместе сражались» речь там шла о том, что фронтовые стихи молодого коммуниста Смельчакова — это не что иное, как продолжение поэтического эпоса гражданской войны, а также всей традиции патриотизма в ее высшей фазе (запятая и уточнение в стиле Верховного), в фазе сражающейся вместе со всем советским народом литературы социалистического реализма. Именно этим объясняется популярность его стихов среди героев фронта и тыла.

Герой статьи испытал троякое чувство: с одной стороны, угроза идеологического избиения была развеяна, со второй стороны, было лестно узреть себя продолжателем великой традиции, с третьей же — было слегка досадно от того, что весь этот набор фраз засовывал его в привычную обойму мастеров хорового пения, всех этих сурковых, исаковских и лебедевых-кумачей. Кому же я обязан такими суперлятивами? — спросил он главкома. Уж не вам ли, НикБор? Тот усмехнулся. Подымай выше. Выше маршалов, главкомов фронтов, в тогдашнем мироздании парило только одно существо. Градов многозначительно, но с явной ухмылкой покивал. Ну а киплингианство твое, Кирилл, вкупе с гумилевщиной мы сохраним для внутреннего пользования.

Он умолчал о том, что третьего дня на пиршестве у Микояна он преподнес вождю сборник стихов Смельчакова под титулом «Лейтенанты, вперед!» Здесь вы, Иосиф Виссарионович, найдете героев нашего времени, поколения победителей. Сталин полистал книжечку, попыхтел в трубочку, потом произнес тост: за наших лейтенантов, за поколение победителей!

Другие темы

Что касается других тем поэта, то среди них была одна, не упоминающаяся критикой, но находящаяся во «внутреннем пользовании» многомиллионных масс; имя ей — эрос, любовь. Любовная лирика Смельчакова в отличие от героических или сугубо гражданственных стихов в его сборники почти не попадала по причине «излишней чувственности», которая могла бросить тень на высокую мораль советского человека. Ну а если уж такие стихи выходили в свет, то лишь в разрозненном виде, в глубине каких-нибудь, скажем, сугубо женских журналов «Работница» или «Крестьянка», а чаще на внутренних полосах газет, порою весьма заштатных, вроде «Учительской» или «Медицинской», иной раз и в периферийных, ну, скажем, в «Уральской кузнице» или в «Крымской здравнице», и всегда вроде бы между делом, в каком-нибудь уголке: дескать, не обязательно и читать, а вникать и вообще не нужно. Между тем всякая такая публикация любимца читающей публики вызывала сущий трепет, ибо в стихах угадывались, хоть и смутно, черты его очередной пассии, романтической красавицы, звезды. Этот образ Жены, или Любимой, словно некий кинематографический миф, всегда сопровождал всесоюзного кавалера, мелькал то там, то сям даже и в самых отчаянных боевых эпизодах. Ну вот, например:

НАДЕЖДА ПАРАШЮТИСТА

Ныряет «дуглас», как дельфин,
Ревет проклятья.
Закрыв глаза, я вижу фильм:
Твои объятья.

Готовьсь! Душа, обожжена,
В успех не верит.
Но ты летишь со мной, жена,
В пустые двери.

В единоборстве с сатаной
Кичиться — глупо!
Но ты раскроешь надо мной
Надежды купол.

Прочтя такой стих, скажем, в газете «Советский спорт», публика начинает гадать, кто эта Надежда: может быть, Целиковская или Любовь Орлова, а то, глядишь, может, и Дина Дурбин? Стих вырезают из газеты, перепечатывают на машинке, переписывают в альбомчики. Где-нибудь в хронике промелькнет красавец Смельчаков, и тут же по этим кадрикам расплодятся фотопортретики с текстом «Надежды», что идут нарасхват в киосках «Союзпечати» или даже на колхозных рынках. Народ жаждет знать своих героев.

Послевоенные годы были в творчестве Кирилла отмечены нарастанием любовной лирики. Поклонники, а особенно поклонницы поэта впадали даже в некоторое подобие головокружения, пытаясь угадать прототип его лирической героини. Ну, вот, например, стих из цикла «Дневник моего друга»:

Мой друг спешил на мотоцикле...
Река, безлюдье, парапет...
И вдруг увидел юной цапли
Замысловатый пируэт.

О, юность, нежность, липок почки,
Хор лягушачьих батарей!
Девчонка пляшет в одиночку,
Поет при свете фонарей.

Он заглушил мотор стосильный
И подошел к ней не спеша,
Мужчина, странник в куртке стильной,
Типаж спортсмена и спеца.

Надюша, цапля, примадонна,
Что приключилось в поздний час?
Запомни номер телефона,
Как он запомнил свет в очах.

. . . .

Прошло пять лет. Он в город вышел
Купить «Дукат». И вдруг застрял:
Ее увидел на афише
Над кассами в концертный зал.

Поклонницам остается только гадать и судачить. Ну, конечно, под видом какого-то друга Кирилл пишет о самом себе. О своих встречах, в том числе и — ох, девочки! — о мимолетных! Но почему опять у него появляется неведомая Надежда — помните, девочки, «Надежду парашютиста»? Да, но там была Надежда как надежда, а здесь это все-ш-таки Надюша, а не надежда. И все-ш-таки, девчонки, любовь для Смельчакова — это всегда и надежда, и Надежда. Ах, если бы можно было его увидеть, поговорить по-дружески, порасспросить обо всем! Ах, Светка-Светка, небось о таком вот мотоциклисте мечтаешь? А вот и мечтаю, полжизни бы отдала такому мотоциклисту, всю жизнь! И я бы отдала, и я бы! Да как же вам не стыдно, девчонки, комсомолки, предаваться таким мечтаниям?

Насколько нам известно, к началу пятидесятых годов в жизни Кирилла Смельчакова не было Надежды. Прошло уже семь лет с той незабываемой весны 1945 года, когда он потерял свою большую любовь Надежду Вересаеву, молодую докторшу из дивизионного медсанбата. В разгромленной Германии она натолкнулась на своего мужа, которого давно считала погибшим. Оказалось, что он еще в сорок втором был отправлен в какую-то сверхсекретную экспедицию за линию фронта. Чувство Надежды Вересаевой к мужу оказалось сильнее увлечения великолепным поэтом. Кирилл страдал и так себя взвинтил, что память об ее объятиях едва ли не приобрела реальные — вот именно, девчонки, — весьма чувственные очертания.

Следует сказать, что у него еще с довоенных времен была семья и даже рос мальчик Ростислав. Жена, известная в свое время стахановка текстильного производства (белозубая и сияющая, как Марина Ладынина в кинофильме «Трактористы»), боготворила мужа, а по мере того как тот становился все более знаменит (и как все более тускнели ее зубы), стала робеть: ой, бросит он меня, ой, бросит, перерос Кирка меня, неудержимо изменился.

Так и получилось. Стахановка не могла себя узнать в образе звезды-жены-надежды; Образ этот вконец ее измочалил, да он и ему самому не давал жить. После потери старшего лейтенанта медслужбы Вересаевой ему стало казаться, что весь его мир покачнулся, что никогда уже не вернутся прежние очарования, безоглядные порывы, дерзновенность. Он зачастил в рестораны, где собирались фронтовые друзья, где вспоминали невернувшихся, где поднимались бодрящие тосты, а когда все тосты были исчерпаны, пили просто так, под заклинание «ну будем!». Иногда ему казалось, что не только он, но и все друзья пребывают в какой-то странной растерянности, как будто все они, без исключения, потеряли, как и он, своих Надежд. В застольях тех всегда возникал определенный момент, когда товарищи офицеры, хмельные, слегка злобноватые, слегка несчастные, направлялись в толпу танцоров, где немало еще было девиц, танцующих парами, «шерочка-с-машерочкой», и выбирали среди них партнершу на ночь.

Однажды утром, проснувшись рядом с какой-то звонко посапывающей особой и сразу начав смолить свой «Дукат», он подумал, что потерял не только любимую женщину, но также четырехлетний кусок жизни, наполнявший его отвагой и смыслом. Иными словами, и он, и его друзья потеряли Войну, всю эту волшебную интоксикацию, все бесконечные вызовы смерти вместе с бесконечными, почти сумасшедшими восторгами спасения. Тогда он вспомнил эпиграф к повести Хемингуэя: «Все вы — потерянное поколение».

И вдруг все снова переменилось. Мир снова сел на свою ось с последовательной чередой закатов и восходов. Он встретил Кристину Горскую, укротительницу тигров. Судьба послала ему фантастическое существо — ошеломляющий водопад темнозолотых волос, высокие бедра, смеющийся рот, сверкающие глаза, способные держать в узде полосатую труппу. После первого свидания она сказала ему: «Смельчаков, ты оправдал ожидания, я могу выпустить тебя на арену под кличкой Тарзан!» Он хохотал и сочинял забавные стихи:

> Кристина Горская, артистка гордая,
> Шкура из норки,
> Грива волос,
> Попка — две горки,
> Но где же хвост?

Он переехал к ней, в большую захламленную квартиру. Все сложности войны и мира вдруг были забыты, жизнь приобрела сугубо цирковые, едва ли не клоунские очертания. Раз она принесла домой выводок тигрят: Акбара, Ашота, Земфиру, Шамиля, Брунгильду, еще пару неназванных, а также Штурмана Эштерхази. Звери должны с рождения увидеть во мне мать, категорически заявила человеческая тигрица.

Полосатые котята сначала ползали по полу, какали и писали на ковры, забирались в шлепанцы и сапоги, потом, обретя устойчивость, начали носиться по комнатам, нападать друг на дружку, сплетаться в клубки, а главное — с удивительной быстротой расти. У них проявился значительный интерес к кожаным предметам. В частности, их интриговала лендлизовская пилотская куртка Смельчакова. По всей вероятности, они принимали ее за бенгальского барашка, каковым она, собственно говоря, и была в прежней жизни. Однажды Кирилл взялся искать этот, едва ли не легендарный, не раз упомянутый в стихах и прозе, предмет одежды и нашел только то, что осталось от него, — железную змейку застежки с двумя-тремя зажеванными полосками кожи.

Достигнув размеров внушительного кота, тигрята иной раз стали забираться на брачное ложе и засыпать под боком разлюбезнейшей матери. Однажды во время сеанса любви поэт почувствовал за своей спиной какую-то опасность сродни той, что чувствуешь иной раз в ночном дозоре. Он повернул голову и увидел, что у них в ногах сидят трое тяжелолапых котов. Поблескивающими под светом уличного фонаря глазами они недружелюбно наблюдали его старания. «Ну что ты их боишься, милый? — промурлыкала Кристина. — Ведь это крошки». Дождавшись, когда красавица уснет, он нашел в чемодане именного «Макарова» и положил его в карман висящих на стуле штанов. Крошки явно стали ревновать свою мамочку с ее мягким тигриным ароматом к пропахшему нестерпимыми запахами одеколона и табака мужлану.

Прошло всего лишь полмесяца, когда он заметил, что некто Штурман Эштерхази уже превзошел любого из живущих с людьми котов и стал напоминать габаритами кота-камышатника. Однажды во время семейного обеда этот Штурман прыгнул на Кирилла и сорвал у него с вилки люля-кебаб. Смех Кристины напомнил Кириллу серебристую коду марша в исполнении циркового джаза. Он отшвырнул вилку. «Послушай, моя пэри, так дальше продолжаться не может! — сказал он. — Не для того я прошел всю войну, чтобы меня растерзали эти твари. Тебе придется сделать выбор: или я, или тигры». Кристина закурила длинную папиросу и погрузилась в раздумье. Стряхнув последнюю кроху пепла, встала и отошла к окну. Весь выводок собрался вокруг нее. Акбар и Штурман Эштерхази стояли на задних лапах, упершись передними в ее бедра. «Тигры!» — наконец, провозгласила она. Кирилл стал вытаскивать свои чемоданы. Она поставила на патефон пластинку «Сказки Венского леса». В дверях он обернулся. Тигрята прыгали через обруч. Она вальсировала.

> Прощальный вальс,
> Конец страстей тигриных,
> В глазах у вас
> Одни хвосты и гривы, —

подумал он. Вынес чемоданы в коридор. Какие еще, к черту, гривы? Это у львов. Хотел было вернуться, но отмахнулся. Как можно отмахнуться, таща два тяжелых чемодана? А, к дьяволу! Вывалился из дома и ахнул от счастья: как свеж этот мир за пределами зверинца!

Пока ехал на своем «Хорьхе» через Москву, думал, куда теперь деваться. Ведь не возвращаться же к героине труда: не пустит же, разыграет же бурную драму, кинется же в партком Союза писателей. Вдруг припомнилась «гарсоньерка» на Кузнецком мосту, которой обзавелся еще во время войны для прилетов из действующей армии, для поэтических уединений, а также и для мечтаний о звезде-надежде. Туда и отправился. Ключ, как засунут был под коврик, так там и лежал, словно не было никаких страстей тигриных.

Что ж, снова пришла пора одиночества, ну что ж, вот ведь и Иннокентий Анненский писал о «прекрасных плодах» таких состояний. Наберу книг, табаку, бульонных кубиков, буду читать и писать, ездить отсюда на Ленгоры, ходить там часами, выборматывать строчки, теплым взором старого солдата провожать стайки юных студенточек. «Когда-то дрались на Судетах, — вспоминал он, —

> Врага громили в пух и прах,
> И вдруг московская студентка
> К нему пришла в ночных мечтах».

Однажды после многочасовой прогулки он остановился на балюстраде, с которой открывался вид на бескрайнюю столицу. Закатное солнце отсвечивало в иных многоэтажных домах. Извивающаяся внизу река отражала многоцветную палитру неба. Стоял ранний октябрь. Слева от поэта сквозь облетевшую уже рощу просвечивала заброшенная и заколоченная церковь Живоначальной Троицы. Глубочайшее волнение посетило его, как будто он на миг приблизился к своему тщательно забытому дворянскому происхождению.

> В ночном просторе над Европой
> Шли тучи, словно сонм овец,
> В мечтах, приправленных сиропом,
> Он шел с подругой под венец.

Чертовы рифмы, подумал Кирилл. Вечное хулиганство! Мечты, приправленные сиропом! А ведь виновата Европа, черт бы ее побрал!

Тут справа долетел до него знакомый мужской голос: «Мать моя, советская авиация, да ведь это не кто иной, как Кирка Смельчаков!» Он повернулся и увидел на пустынной площадке рядом со своим «Хорьхом» огромный правительственный ЗИС с антенной радиотелефона. Мощная длань с золотыми нашивками, высунувшись из заднего окна, делала ему приглашающие жесты. Подойдя ближе, он узнал кирпичного цвета физиономию маршала авиации Ивана Гагачеладзе.

Кирилл хорошо знал Ивана. Тот командовал во время войны авиационным крылом Резервного фронта да и сам многократно поднимался в воздух на «аэрокобре» и вступал в бои с «мессершмитами». Ходили также слухи, что он участвовал в сверхсекретных разработках чудо-самолета, поднимавшегося на невероятную высоту и обеспечивавшего поверх всех фронтов прямую связь Москвы с Лондоном. В конце концов, уже после войны, он и сам достиг фантастической высоты, став к пятидесяти годам маршалом авиации. Веселый нрав, доставшийся ему в наследство от грузинских предков, выгодно отличал его от слегка несколько чуть-чуть сумрачного советского генералитета. На пирушках в трехнакатных блиндажах лучшего нельзя было найти тамады и собутыльника. Нередко он обращался к Кириллу с просьбой почитать его «киплингианские стихи» и слушал их всякий раз с каким-то особым выражением лица, изобличавшим в нем истинного ценителя словесной отрады.

Подбежал капитан, открыл дверь, маршал бодро вытряхнулся из лимузина и заключил поэта в объятия.

«Слушай, Кирка, я, кажется, прервал процесс сочинительства?»

«Слушай, Гага, ради встречи с тобой я готов отряхнуть весь словесный блуд!»

«Слушай, Кирка, я наконец женился!»

«Слушай, Гага, я так рад за тебя! Кто она?»

«Вот она, посмотри и упадешь в обморок!»

Он показал на стоящую в отдалении, спиной к ним, у края балюстрады женскую фигурку в светлом плаще. «Эсперанца! — позвал он. — Иди, познакомься со Смельчаковым!» Женщина повернулась и стала медленно приближаться. Лицо ее было опущено и потому скрыто упавшими темными локонами. Казалось, она созерцает свой пуп. Что с ней, подумалось Кириллу. Маршал авиации тут же ответил: «Заядлая фотографиня, не расстается с цейсовской зеркалкой».

Она шла, направив камеру на Кирилла, и щелкала кадр за кадром. И только в двух метрах от него подняла лицо и откинула волосы. И он тут же понял, что начинается новый крутой вираж.

Эсперанца была испанкой, точнее, каталонкой. В десятилетнем возрасте, то есть в 1937 году, вместе с сотнями других детей ее вывезли на пароходе «Красная Абхазия» из горящей Барселоны. Родители ее, члены ЦК Социалистической партии, так и пропали в тех вихрях огня и дыма, именно в тех вихрях девочке и запомнились, а в других обстоятельствах более не встречались. Однажды в Ивановский международный дом сирот приехала Пассионария. Эсперанца, или, как ее в том доме называли, Надюша, бросилась к великой революционерке. Тетя Долорес, не встречались ли вам мои родители в каких-либо других, кроме дыма и огня, обстоятельствах? Несмотря на имя Долорес никогда не плакала, вместо слезоизлияний у нее сгущался пигмент. Так и тогда, узнав отродье друзей, она только сжала костлявыми пальцами ее плечики и потемнела лицом, не уронив ни капли.

В 1947 году на празднестве в честь 30-й годовщины Октября Эсперанца, которой уже минуло двадцать лет, вдруг увидела еще одного друга своих родителей, великолепного генерала авиации. Пробравшись через толпу студентов, она позвала его по имени, под которым он был известен среди интербригадовцев в Испании: «Себастиано!» В отличие от Пассионарии Себастиано, то есть Иван Гагачеладзе, не смог сдержать слез при этой встрече. Он, кажется, что-то знал о судьбе ее родителей, во всяком случае, о каких-то еще других обстоятельствах, кроме барселонскиго огня и дыма, однако не стал огорчать девушку. Вместо этого он перевез ее из жалкого студенческого общежития в просторную квартиру его родителей, где она и прожила под чуткой опекой добродетельных людей несколько лет, пока не вышла замуж за своего Гагу, уже маршала авиации.

Всю эту историю маршал поведал фронтовому другу за ужином в загородном доме, похожем отчасти на небольшой дворец. Бесшумно скользили подтянутые ординарцы. В глубине зала американская радиола бесшумно меняла пластинки камерной музыки. При звуках «Фанданго» Луиджи Боккерини маршальша посмотрела прямо в глаза Кириллу Смельчакову. Муж ее в этот момент, отойдя в угол, деликатно материл штаб ПВО Москвы. «Кто она, эта ваша Звезда-Надежда?» — спросила она. «Это вы, Эсперанца», — ответил Кирилл.

Они стали встречаться. Комнатенка Кирилла украсилась кожаным диваном и двумя туркменскими коврами. Прижавшись друг к дружке то на коврах, то на диване, они старались не упустить ни единого трепетания. В полузабытьи она бормотала что-то по-испански, и ему казалось, что вернулась его сумасшедшая засекреченная юность. Маршал авиации, проводивший бессчетные недели на Корейском полуострове, ни о чем не догадывался.

«Укради меня! — требовала Эсперанца. — Докажи мне свою любовь!» В разгаре зимы, в слепую пургу, он решился.

Всего лишь вьюга

«Хорьх» как назло не завелся. Дерзновенный, он бросил вызов снежной стихии и отправился на «Цундапе» с коляской. В двух кварталах от городской квартиры Гагачеладзе он ждал Эсперанцу, постепенно превращаясь в сугроб.

> Словно бродяга с ранцем,
> Полуживой идиот,
> Жду я свою Эсперанцу;
> Придет или не придет? —

думал он и тут же начинал себя честить за дурацкую рифмовку: при чем тут ранец? С ранцем ходит солдат, а не бродяга. Почему не сказать: «с румянцем»? «Словно снегирь с румянцем...»

И наконец увидел ковыляющий сквозь метель неясный силуэт с двумя чемоданами. Даже в огромной шубе она казалась тростинкой.

Неделю они упивались друг другом, разлучаясь только «по-маленькому» или «по-большому». Вдохновение его можно было сравнить лишь с затянувшейся на всю эту неделю и все усиливающейся пургой. «Снегирь с румянцем» вырастал в огромную лирико-эпическую поэму. Вечерами она играла на виолончели. Вид ее с инструментом между ног приводил его в полный экстаз. Нигде, разумеется, не появлялись; особенно это касалось Дома писателей и Дома офицеров. Обедали около полуночи в шоферской столовой. Там было сытно и не особенно грязно, а главное — никто их там не мог опознать.

Он восхищался каждым ее движением и каждым ее словом, а также ее манерой петь что-то по-испански в глубоком сне. Всему этому пришел конец однажды ночью, когда она вот так что-то напевала во сне с маниакально-неотразимой улыбкой, а он щелкал на «смит-короне», свесив свой все еще богатый чуб. Зазвонил телефон. Раздвинув облако рифм и метафор, он снял трубку.

«Кирилл, ты, надеюсь, еще не спишь?» — спросил глухой бронхиальный голос.

«Кто спрашивает в такой час?» — ошеломился он.

«Это Сталин», — был ответ.

«Что за дурацкие шутки?» — прошипел он, стараясь не прервать вокал Эсперанцы.

«Почему шутки? Что же, разве Сталин не может позвонить другу в тревожный час?»

У Сталина к старости стали проявляться разные чудачества, и одним из таких чудачеств была его склонность к Кириллу Смельчакову, вернее, его уверенность в том, что на эту полулегендарную личность можно полностью положиться, что он в лихую минуту отбросит все свои дела, включая и женщин, и придет на помощь народной легенде, то есть Сталину Иосифу Виссарионовичу, 1879 года рождения. Сейчас, наверное, все уже позабыли, что торжество победы над Германией было у Сталина сопряжено с вечной тревогой. Странно, но тревога эта возникла как раз в те дни, когда Сталин выдвинулся в ряды самых могущественных людей мира, а из этих рядов выдвинулся уже в самого могущественного властителя-одиночку.

Произошло это в 1945 году, когда ближайший товарищ по оружию, тоже маршал, но еще не генералиссимус, Иосип Броз Тито предложил ему включить всю Югославию в СССР на правах союзной республики. Сталину эта идея сначала пришлась по душе. Одного взгляда на глобус было достаточно, чтобы увидеть, как красиво расширился бы тогда Советский Союз, как он вышел бы прямо в сердцевину колыбели человечества, как приблизился бы он с полуострова в виде пирога к другому полуострову в виде сапога.

Тито ликовал. Друже Иосиф, писал он ему как бы запанибрата, наш союз прогремит на весь мир как пример пролетарской солидарности и всеславянского единства. Вдвоем с тобой мы поведем наши народы к новым победам. Твой Иосип.

Сталину такая фамильярность не очень-то понравилась. Что это значит: «вдвоем с тобой»? Кто в конце концов сокрушил товарища Гитлера, те, что в течение четырех лет держали гигантский фронт от моря до моря, или те, что в горах отсиживались? Разведка тем временем собирала неутешительные сведения. Тито, оказывается, планирует исторические празднества в Москве и триумфальный въезд югославского руководства в Кремль. Вот здесь-то, в крепости, и разыграется трагедия поистине шекспировских масштабов. Дождавшись ночи, гайдуки из титовской охраны вырежут и передушат все руководство Советского Союза, а утром объявят генеральным секретарем своего коренастого вождя. Таким образом заговор был раскрыт, а многонациональный и великий СССР и конфедерация южных славян вместо радостного слияния вступили в многолетний период конфронтации; теперь пусть Тито дрожит на своем острове Бриони.

Все вроде бы обошлось, однако с тех пор титовские гайдуки превратились в персонажей постоянных сталинских кошмаров. Именно тогда вождь народов и перешел на ночной образ жизни. Не надеясь на свою стражу, он прислушивался к ночным шорохам. Гайдуки, однако, появлялись в коридорах Кремля без всяких шорохов. Их зловещие рожи мелькали даже в колоннах демонстрантов как весной, так и осенью. Подрывают всесоюзную борьбу с природой, являются вместе с суховеями. Водружают издевательски огромные статуи Иосифу, а в них проглядывают черты Иосипа. А что, если Тито забросит сюда целую замаскированную колонну? Что, если начнется штурм Кремля? На кого можно положиться? На чекистов? Предадут за милую душу. Сталин страдал и даже временами стонал, пугая весь персонал. И вдруг однажды среди мучительной бессонницы, над книжечкой стихов «Лейтенанты, вперед!», подаренной ему еще главкомом Резервного Никитой Градовым, пришло озарение: есть, есть люди, готовые беззаветно сражаться за Сталина, непобедимые герои нашего времени, с м е л ь ч а к о в ц ы! Статные, ясноглазые, с маленькими усиками, все, как один, как тот, вечно молодой вечный друг-поэт, полковник армии мира Кирилл Смельчаков. С тех пор, стоило только мелькнуть каким-нибудь злодейским гайдукам, как их немедленно вытесняли образы с м е л ь ч а к о в ц е в. Сталин воспрял.

Кирилла стали приглашать чуть ли не на все кремлевские приемы. Стоя в толпе ближайших соратников, он нередко ловил на себе внимательный, если не пытливый, взгляд Вождя. Подержав его минуту-другую через весь зал под своим взглядом, Сталин поворачивался то к Ворошилову, то к Поскребышеву и задавал какой-нибудь вопрос, словно желал удостовериться, что это именно он, Смельчаков во плоти, присутствует на приеме. Получив удовлетворительный ответ, Сталин сдержанно улыбался. Кирилла, признаться, иногда брала оторопь: что все это значит? Однажды он не выдержал и поднял над головой бокал с киндзмараули таким жестом, каким в стихах своих поднимал оружие: «Лейтенанты, вперед! За Родину, за Сталина!» В ответном жесте Вождя проскользнуло явное «алаверды!» После этого обмена жестами Смельчаков начал с интервалами в полгода получать свои Сталинские премии; и получил их шесть.

Кто может так шутить со звонком от Сталина в тревожный час, если только не сам Сталин? «Я слушаю вас, товарищ Сталин, и готов выполнить любой приказ». Он отнес телефон в самый дальний угол «гарсоньерки» и поставил его там на подоконник.

«Кто это там у тебя подвывает, Кирилл?» — спросил Сталин.

«Это вьюга», — четко ответил Смельчаков.

«Значит, и у меня это она подвывает, — вздохнул Сталин. — Всего лишь вьюга».

«Так точно, товарищ Сталин».

«Послушай, Кирилл, мы с тобой наедине подружески говорим глубокой ночью. Нас никто не слышит. — Он покашлял со смешком. — Никто, кроме маршала Тито, может быть. Ну и пусть слышит, кровавая собака. Пусть знает, что я по ночам говорю со Смельчаковым, с другом. Знаешь, в таком интимном разговоре называй меня просто Иосифом».

«Как я могу вас так называть?! — искренне ужаснулся Кирилл. — Ведь вы же вождь народов».

«А ты командир моих с м е л ь ч а к о в ц е в. — В голосе Сталина промелькнули и отчаяние, и надежда. Кирилл, потрясенный, молчал. Сталин вздохнул. — Ну хорошо, зови меня Иосиф-батоно».

«Буду счастлив, Иосиф-батоно».

Возникла пауза, после которой Сталин пояснил: «Пью коньяк».

Глотки.

«У тебя есть коньяк?»

«Открываю «Арарат», Иосиф-батоно».

«Это говно. Через полчаса тебе привезут ящик «Греми». Ладно, пей пока это говно «Арарат», а потом перейдешь на «Греми».

Глотки.

«Слушай, Кирилл, а кто у тебя там поет непонятное немужским голосом?»

«Это моя жена поет во сне о любви, Иосиф-батоно. Она испанка».

Глотки. Глотки.

«Послушай, Кирилл, я знаю, чья это жена. Ты увез ее у моего земляка. Ты знаешь его не хуже меня. Он пришел ко мне в растрепанных чувствах, а ему нельзя быть в растрепанных чувствах, потому что он противостоит огромным авианосцам поджигателей войны на восточных рубежах лагеря мира. Знаешь, Кирилл, верни-ка ты Вано эту Эсперанцу».

«Но это невозможно, Иосиф-батоно!» — потрясенный, воскликнул Кирилл.

«Для коммуниста нет ничего невозможного», — суховато парировал Сталин.

«Поймите, мы не выдержим разлуки», — в отчаянии бормотал Кирилл.

Голос генералиссимуса стал еще суше: «Вы, кажется, сказали, что готовы выполнить любой мой приказ, а такие слова на ветер не бросают, товарищ Смельчаков».

Отбой. Кирил уронил голову на подоконник, стучал лбом, шептал: «Боже, боже...» Новый звонок пронзил его до пят. «Это к кому ты так обращаешься, Кирилл?» — спросил Сталин. Несчастный любовник попытался взять себя в руки и ответил с некоторой даже твердостью: «К векам, к истории и к мирозданью...» Он стоял теперь, распрямив плечи, прижав к уху страшную трубку, и весь поэтический мрак русской литературы кружил перед ним за окном вместе с космами пурги: строчки из последнего стиха Маяковского, есенинское «до свиданья, друг мой, ни руки, ни вздоха»... В снежных просветах отпечатывались и блоковские «аптека, улица, фонарь».

Голос Сталина между тем набирал директивную силу: «Перестань маяться, Кирилл, и маяковщиной меня не пугай. Ты думаешь, нам, профессиональным революционерам, неведома любовь? Мою жену, между прочим, тоже Надеждой звали!» Сраженный историческим совпадением, Кирилл не мог уже найти никаких слов в ответ. А голос Сталина все продолжал набирать директивную силу. «От Ильича это пристрастие у нас с тобой, Смельчаков, идет, от бессмертного. Жертвенные костры революции не гаснут. Буди Эсперанцу, пусть допоет свою песню дома». Отбой.

С трудом, словно чугунный, Кирилл отвернулся от окна. Эсперанца стояла перед ним в полный рост, уже облаченная в свою драгоценную шубу. Оба ее чемодана были готовы к отъезду. «Прости меня, каро мио», — прошептала она и опустилась перед ним на колени на туркменский ковер. В последний раз он запустил свои пальцы в ее шелковистые, пронизанные электричеством пряди. В душе Кирилла пробудились давно забытые советской литературой строки: «Я изучил науку расставанья в простоволосых жалобах ночных». Когда это кончилось, всеобъемлющий голос Сталина, уже без всяких звонков, заполнил жалкую комнатенку:

«Теперь покидай Кирилла Смельчакова, Эсперанца, и ничего не бойся: никто не припомнит тебе детскую болезнь левизны в коммунизме».

Кирилл понес ее чемоданы вниз, она шла следом. В темном подъезде с увечными кариатидами «арт нуво» двигалась с фонарями военная агентура. На Кузнецком стояли под парами три больших автомобиля. Вьюга улеглась. Свежайший снег серебрился под луной.

Завязка драмы

Прошли своим чередом «тимофеевские морозы» с их ядреными солнечными днями и лунными ночами. Март стал разворачиваться к весне, когда пришибленному и прозябающему Смельчакову позвонили из Комитета по Сталинским премиям и попросили срочно подготовить к номинации сборник стихов «Дневник моего друга». В тот же день позвонили также из Управления высотными домами при МВД СССР и сказали, что по совместному ходатайству Союза писателей СССР и Управления стратегического резерва при Минобороны Моссовет выделил ему четырехкомнатную квартиру на 18-м этаже в Яузском высотном доме, с видом на Кремль. Знакомый уже с такого рода щедротами судьбы, он ждал теперь и третьего звонка, поскольку щедроты, или, осмелимся сказать, усмешки, прежде обычно являлись не по одиночке и даже не парно, но непременно в тройственном варианте. И верно: последовал и третий звонок, на этот раз из ВААПа (Всесоюзного агентства по авторским правам), которое если и имело какую-то связь с Ваалом, то лишь через двойную гласную. Кто-то оттуда, то ли согласный, то ли гласный, а может быть, и вся восхитительная аббревиатура, любезнейшим образом поинтересовался, почему Кирилл Илларионович никогда не заходит, не интересуется своим счетом, а между тем на нем накопилась весьма привлекательная сумма в 275 тысяч 819 рублей и 25 копеек. Сумма сия представляет отчисления за художественное исполнение его текстов на концертах как чтецами-декламаторами, так и эстрадными певцами, поющими песни на его стихи по всему пространству нашего необъятного государства.

Кирилл вдруг каким-то несколько зловещим образом развеселился, хватанул стакан «Греми» — благо всегда теперь этот напиток был под рукой с той памятной ночи, — хохотнул: «А вы не ошиблись, мой дорогой, с этой суммой рублей и копеек? Ведь на нее, пожалуй, можно купить полсотни новеньких «Побед», не так ли?» В ответ послышались весьма благоприятственные рулады. «Какой вы шутник, Кирилл Илларионович, недаром все у нас в СССР вас любят. Ну зачем вам столько «Побед», батенька мой? Начните хоть с мебели, обставьте какую-нибудь четырехкомнатную квартиру, что ли. Ну потом можно дом построить в Крыму или в Гульрипше, верно? Да и после этого еще немало у вас останется денежной массы, батенька мой. Так что можно будет как-то поспособствовать аэронавтике, согласны? Сконструировать, скажем, какой-нибудь гидроплан для ДОСААФа».

«С кем я говорю, представьтесь, пожалуйста!» — категорически предложил Кирилл.

«Меня тут многие зовут еще с военных времен Штурманом Эстерхази. Вы, как солдат, помните, конечно, те бесконечные анекдоты, — ответил, очевидно, мечтательно глядя в потолок, его внушительный собеседник. — Но вообще-то мое имя Остап Наумович, и я уже несколько лет работаю в ВААПе, у меня тут выгородка на антресолях. Так что заходите, батенька мой, деньги вас ждут. И вообще давайте поддерживать контакт, лады?»

«Представьте себе, лады!» — дерзновенно ответил Кирилл, и на этом они разъединились.

Через несколько дней он поехал обследовать свое новое жилье. Оставив машину на другом берегу Яузы, он несколько минут разглядывал гигантское здание. Вспоминал свои многочисленные путешествия по делам мира и прогресса, пытался сопоставить его с другими мировыми небоскребами. Что-то общее он нашел у высотки с нью-йоркскими доминами начала XX века или, скажем, со зданиями стиля «арт деко» в некогда процветавшем городе Ашвил, штат Северная Каролина. Ближе всего, пожалуй, великан соседствовал с домами двадцатых годов на известной набережной реки Ханьпу в Шанхае. Так он стоял и смотрел, пока холодное созерцание внезапно не сменилось высочайшим восторгом. Нет, ни на что он не похож, этот чертог, и никаким предыдущим урбанистическим стилям он не следует! Это уникальный чертог нашего уникального и величайшего социализма! Только посмотри, какая в нем заключена могучая тяжесть, сопряженная с ощущением неумолимого полета!

В нем чувствуется мощный исторический посыл! Ведь он сейчас не только подпирает восточные склоны московского небосвода, не только закрывает от моих глаз грязную Таганку, нет, он вместе с шестью своими собратьями обозначает для нас топос будущего, неоплатоновский град, населенный философами и солдатами!

В этом состоянии экзальтации, которая так хорошо сочеталась с непокрытой волнующейся под ветром шевелюрой, Кирилл зашагал через мост к центральному, увенчанному фигурами и шпилем корпусу, а вышедшее из-за облака мартовское солнце зажгло перед ним все тридцать жилых этажей.

В комендатуре знаменитому товарищу Смельчакову с превеликим почтением был вручен ключ от его квартиры. Хотели было всем коллективом сопроводить его на 18-й этаж, однако он предпочел совершить свой первый подъем в одиночестве. Коллектив с пониманием и умилением смотрел ему вслед: поэт-патриот, красавец-герой уже и внешним видом своим весьма отличался от основного состава достопочтенных жильцов-тяжеловесов, академиков, министров, генералов, тузов промышленности и культуры, а главное — безопасности.

Едва он вышел из лифта в холле 18-го этажа, как отворилась одна из дверей, сильная солнечная полоса резко пересекла все мягкое кремовое освещение холла, и вместе с этой полосой прошла к лифтам приятно очерченная женская фигура. Дверь захлопнулась, восстановилось мягкое освещение, и тогда он опознал в женской фигуре не кого иного, как свою сокурсницу по ИФЛИ Ариадну Рюрих.

«Адночка! Княжна варяжская! Да неужели это ты?!»

Женщина приятных очертаний да и совсем не отталкивающих объемов не сразу увидела его в мягком освещении холла и остановилась в недоумении: кто это произносит здесь почти уже забытые ее клички студенческой поры? Он шагнул к ней, взял ее за плечи. «Как замечательно ты вышла из этого луча, Ариадна, внучка Солнца!» Она отшатнулась на миг, опознала и припала. «Боги Эллады, о, Гелиос, о, Минос и Пасифая! — с очаровательным юмором воскликнула она. — Да неужели это ты, мой Тезей, Герой Советского Союза?! Что ты делаешь здесь, на нашем восемнадцатом этаже?»

Они не виделись, почитай, двенадцать или тринадцать лет с того вечера, когда состоялись проводы полумифического «батальона ИФЛИ», романтических добровольцев, пожелавших дать отпор агрессивным белофиннам, осмелившимся поднять руку на родину социализма. Ариадна пришла на встречу с семилетней дочкой. Он вспомнил сейчас, что у нее всегда была дочка, даже на первом курсе. Больше того, за ней всегда, в том смысле, что нередко, таскался также и постоянный муж, физик Ксавка Новотканный. Влюбчивый Кирилл, едва увидев ослепительную девушку-мать, ринулся было к ней со стихом «Нить Ариадны», но она, однако, каким-то ловким движением как бы сказала ему «не спеши» и тут же познакомила с постоянным супругом Ксавкой. Блаженные времена, романтика сражающейся Испании, хоровое исполнение «Бригантины», Павка Коган, Миша Кульчицкий, Сема Гудзенко, Володя Багрицкий, Сережа Наровчатов, полярные подвиги Водопьянова, Ляпидевского, Чкалова, Коккинаки, восторги 1937 года, мимолетные встречи, когда времени всегда не хватало, чтобы дочитать до конца все разрастающийся стих «Нить Ариадны».

Узнав, что Кирилл пришел сюда «навеки поселиться» в соседней четырехкомнатной квартире, Ариадна Лукиановна просияла да так, что едва ли не затмила ту курсовую красавицу, которая всегда так торопилась к своей маленькой дочке и постоянному мужу. Как это здорово, что ты, такая замечательная знаменитость, будешь теперь так близко! Ну у меня еще есть минут десять, пойдем, я покажу тебе нашу квартиру. Он взял ее за руку. Ах, ты по-прежнему все торопишься? В таком случае лучше покажи мне мою квартиру. Вот ключ, открывай! Посидим на голом полу, попьем воды из-под крана. Ого, да тут все обставлено совминовской мебелью с инвентарными номерками. Адночка, Варяжка, а знаешь, я еще не дописал «Нить Ариадны». Кирка, ты как был красивой балдой, так красивой балдой и остался, о, боги Олимпа, несмотря на все твои шесть премий и на седьмую, которую мы сейчас оформляем. Чья это тень пролетела мимо всех твоих окон, какой большевик мифологии, Дедалус или Икарус?

Ну, что ж, мой Тезей, теперь пойдем к нам. И, так вот болтая, смеясь и вздыхая о прошлом, но не касаясь будущего, они пересекли холл 18-го этажа и вошли в квартиру, где и раскроется для читателя сердцевина нашей пуританской драмы.

Если четыре окна нового смельчаковского пристанища, включая и двойное окно гостиной, смотрели на запад, то все многочисленные окна семейства Новотканных были повернуты к юго-западу, и потому вся огромная квартира в этот час была залита лучами Гелиоса. И первое, что открылось перед Кириллом и что сразу же радостно ошеломило его, была удивительная девичья фигура, будто бы пронизанная этими лучами. Удлиненная и долгоногая эта фигура с правой рукой на затылке стояла спиной к вошедшим у окна, как будто поглощенная каким-то сокровенным созерцанием.

«Ну-ка, Глика, посмотри, какой у нас объявился новый сосед!» — интригующим тоном воскликнула мама.

Девушка вздрогнула, резво повернулась, на мгновение превратилась в силуэт, сделала шаг к гостю, вспыхнула, опять же на мгновение, каким-то удивительным счастьем, протянула руку, приветствуя гостя в духе журфака МГУ: «Вот это да, ну и ну, неужто сам товарищ Смельчаков собственной героической персоной?!» — и вдруг, снова на мгновение, чуть-чуть задрала подбородок в мимолетном высокомерном отчуждении.

Здесь мы должны вместе с Гликой отступить на шаг назад, чтобы пояснить читателю природу этого мимолетного отчуждения. Дело в том, что за час до этой встречи между девушкой и ее матушкой разгорелся разговор исключительной важности.

«Послушай, мать, ты не можешь мне объяснить, что такое любовь?» — вдруг ни с того ни с сего спросила Глика.

Обе тут споткнулись в разных дверях квартиры; одна от неожиданности вопроса, вторая от того, что уже нельзя забрать его обратно. Ариадна внимательно смотрела на дочь, Глика делала вид, что выискивает на полках какую-то книгу.

«Ведь мы с тобой недавно говорили на эту тему, — сказала мать. — Любовь — это благородное, вдохновляющее чувство. Она способствует созданию первичной ячейки человеческого общества».

«Что же, в этом и заключается объяснение любви? — вежливо, будто в разговоре с посторонним человеком, поинтересовалась девушка, и вдруг трахнула найденную книгу о паркет. — Я хотела у тебя спросить, как делают любовь, а ты ускакала на какой-то свой комитет. Ты даже сказала тогда, что любовь — это влечение, которое испытывают женщина и мужчина друг к другу, но ни слова не сказала о том, к чему и — главное! — как это приводит. Ускакала на свою дурацкую секцию, где все, небось знают, КАК это делается. Весь мир знает, КАК это делается, кроме меня! — Голос ее задрожал, и будто бы для того, чтобы побороть подступившие слезы, Глика пронеслась через зал, повалила мать в кресло, а сама уселась у ее ног, обхватив эти ноги. — Давай, рассказывай о половых органах!»

Мать стала гладить ее по волосам, обцеловывать ее тройную макушку. «Ну что ты, Гликушка, что с тобой, влюбилась, что ли, моя родная? Скажи мне сначала: кто он?»

«Я не знаю, кто он, но просто изнемогаю от этих мыслей с утра до утра, — бормотала дочь и уже плакала, не скрываясь. — Я просто с ума схожу от того, что ничего не знаю!»

«Гликушенька моя, лягушенька, не плачь, моя родная, — увещевала мать. — Понимаешь, когда возникает любовь, с ней вместе приходит такая страсть, что все происходит само собой, без всяких объяснений. Так будет и у тебя».

Глика вытерла свое мокрое лицо нижней юбкой матери. «А я боюсь, что у меня никогда этого не получится, потому что... потому что все это кажется мне до отвращения противоестественным».

«Как раз наоборот, детеныш, нет ничего более естественного! — вскричала мать и тут сама как-то чуть-чуть передернулась, сообразив, что ей, столь серьезной особе, одному из оплотов советской нравственной структуры, будет как-то неестественно говорить об этом самом естественном, то есть делиться собственным опытом, даже в интимном разговоре с дочерью. Все же она начала говорить о естественности того влечения, которое испокон веков в нашем языке называется «половым», то есть нижним, или даже низким. — Это слово, детка моя, пришло из темных веков, но в наше время высокой морали мы переносим его в высокий контекст чистой семейной жизни и высшей формы дружбы, именуемой любовью. Конечно, с точки зрения физиологии мужчина и женщина отличаются друг от друга, мужчина проникает, а женщина принимает... Ну что ты вздрагиваешь, лягушенька?.. Именно с этой целью природа так организовала наши, ну не буду говорить «половые», наши репродуктивные органы, ну это же так естественно, а без этой функции разрушится весь коллектив». — Она замолчала, потому что не знала, что еще можно сказать. Подняла ладонями лицо дочери, заглянула ей в глаза и почувствовала страх. Что за волшебное существо мы взрастили? Она выросла не женщиной, а воплощением девственности.

Глика освободила мамины ноги и сама выпросталась из ее объятий. Зашагала по гостиной, как-то странно иногда подпрыгивая, словно через скакалку. Начала говорить громко, но не обращаясь к матери, а словно разбираясь сама с собой. Совокупление естественно для животных, но людям разве не может оно показаться странностью природы? Почему у человека мужского типа висит между ног какая-то сарделька? Разве не напугает она всякую девицу, у которой такой сардельки нет? Меня, например, от этого страха уже заранее тошнит. Почему при любви эта сарделька стремительно увеличивается? Так, что ли, мамка, она стремительно увеличивается? И укрепляется, ты говоришь? Стремительно укрепляется? Почему она, вернее, он, словом, то, что пишут на заборах, ну как ты сама иной раз выражаешься, я подслушала, йух, почему он так жаждет проникнуть в человека женского типа? Какого он размера, когда укрепляется, ну покажи! Фу, но этого не может быть! Как он может пройти ко мне вот сюда, такой, продраться меж моих лепесточков? Нет, я не могу себе даже представить такое зверство!

Выплеснув все это скопление восклицательных и вопросительных знаков, Глика в позе отчаяния замерла у большого окна, из которого как на ладони можно было увидеть древнюю крепость с торчащими, то есть укрепившимися, башнями.

«Ах, Глика, когда любишь, когда сама жаждешь, это вовсе не кажется зверством, преобладает нежность», — с досадой произнесла Ариадна Лукиановна.

«Ну расскажи мне теперь о себе: кого ты больше всех любила?» — потребовала девушка.

Мать посмотрела на нее исподлобья. «Как кого? Конечно, твоего отца. Чем ты так поражена? Ну, конечно, Ксаверия. Мы и сейчас с ним очень любим друг друга, ласкаем друг друга, совокупляемся. Ну что ты так вылупилась, глупышка? Мы ведь еще не старые люди, мне сорока нет. Делаем это в супружеской постели, два или три раза в неделю. И заверяю тебя, Гликерия, в этом нет никакого зверства. В литературе, ну в классической литературе, это называется «супружескими обязанностями».

«Ты уж только, Ариадночка, не считай меня ханжой и истеричкой. Просто что-то нахлынуло на меня сегодня. — Глика снова подсела к матери, положила ей на колени свои ноги. Вдруг весело рассмеялась. — Как-то слабо представляю себе нашего папочку в роли идеального любовника! Признайся, грешница: наверное, были у тебя и другие, романтические, так сказать, эпизоды?»

Ариадна тоже рассмеялась. «В ИФЛИ ребята часто злились на Ксавку. Называли его «наш постоянный муж». Был один такой поэт. Он все пытался прочесть мне до конца свою поэму «Нить Ариадны». Так и не дочитал. Знаешь, я вот сейчас смотрю на тебя и думаю: вот кому тот парень должен был написать поэму «Клубок Гликерии». Ты меня понимаешь?»

Глика вскочила. «Не понимаю и понимать не хочу! Останусь девой навсегда! Очень жаль, что в нашей стране нет социалистических монастырей. Охотно бы стала социалистической монахиней!»

Мать тоже встала. «Надеюсь, в университете ты не остришь вот таким странным образом. Я еду в Комитет защиты мира. Отца сегодня не будет, он улетел на объект. Так что, если хочешь, мы продолжим вечером нашу беседу, только на этот раз я призову на помощь классиков марксизма и дарвинизма». С этими словами она взяла шубку, открыла дверь и по солнечной дорожке вышла в холл 18-го этажа.

Вот что предшествовало встрече однокурсников и тому, что последовало за этой встречей, то есть знакомству юной девы с кумиром всех дев страны победившего социализма, вспышке счастья, а затем мимолетной гримасе высокомерного отчуждения. Затем все трое сели чай пить. Супружеская пара охраны, Фаддей и Нюра, выписанные из Арзамаса-16 для обеспечения московского быта великого ученого, быстро сервировали стол. По квартире они передвигались с полной бесшумностью, поскольку обуты были в толстенные носки вологодской вязки. Молчаливая улыбчивость этой пары вкупе с исключительной сноровкой и полнейшей бесшумностью создавали впечатление какого-то странного, чуть ли не японского театрального действа. Опытному Смельчакову показалось, что пара сия имеет отношение к несуществующему подразделению СБ-2, и впрямь: в один момент, поднося блюдо с мининаполеончиками, Фаддей издали улыбнулся ему как своему. Да Бог с ними, кем бы они ни были, на кого еще можно смотреть, если рядом с тобой сидит сущий ангел социализма, если уж нельзя назвать ее музою Арт Деко. Все в ней казалось Кириллу совершенством: золотистые волосы, собранные в увесистую косу, высокая шея, трогательные ключицы, робкие груди под свитерком, — мог ли он представить двенадцать лет назад такое преображение семилетней девчурки? И лишь в лице ее сквозь отменно классические черты проявлялось невинное детство. Высокомерного отчуждения и след простыл, в быстрых и как бы случайных ее взглядах он видел присутствие какой-то робкой надежды; отнюдь не той Надежды-Звезды, которой он столько времени поклонялся, а той, которая будто бы была готова поклоняться ему, то есть Надежды-Мольбы.

Он видел во время всего чаепития, что Ариадна внимательно наблюдает за своей дочерью и как бы старается оценить, какое впечатление произвел на нее новый сосед, наблюдает и за ним, автором все еще не завершенной «Нити», наблюдает за ними двумя, как будто оценивает, какие отношения могут возникнуть между ними. Затем она встает и с деланой сердитостью говорит, что из-за них опоздала на секцию, что теперь ее оттуда «турнут» и все это произойдет из-за «взбалмошной девчонки» и этого вечного поэтического балбеса Кирилла Смельчакова.

Мартовский гид

Оставшись вдвоем с Гликой, Кирилл попросил разрешения закурить. Разрешение было немедленно даровано одним движением тонкой ладони с поистине фортепьянными пальцами. Она с интересом смотрела, как он зажигает свою еще фронтовую «Зиппо», как в его кулаке начинает трепетать щедрое пламя.

«А что вы курите, Кирилл Илларионович?» — спросила она. Он удивился, что она знает его отчество.

«За время войны, знаете ли, привык к вирджинскому табаку, а потом пришлось перейти на наш пролетарский «Дукат». К счастью, недавно появились албанские, вот видите, «Диамант». Великолепный турецкий табак».

«Дайте попробовать», — попросила она.

«Да неужто вы курите, барышня?» — с юморком спросил он.

«Вы так вкусно это делаете, что хочется последовать».

Специалисты СБ-2, видя, что чаепитие окончено, бесшумно и мастерски убирали со стола. Албанский дымок тоже не остался незамеченным. Неизвестно откуда в некурящем доме появилась чехословацкая пепельница из толстого стекла. Глика еще одним движением кисти отослала Фаддея и Нюру. Закурила.

«Ой, как здорово! — воскликнула она. — Крепкие, пахучие, как будто прочищают дурную башку!»

С минуту они курили молча, сквозь дым улыбаясь друг другу. Потом она сказала:

«Между прочим, дядя Кирилл, у нас на журфаке прошел слух, что вы скоро выступите перед студентами».

«Для вас, мадмуазель, готов в любой момент». Он был слегка покороблен «дядей».

«Ой, как здорово! — Она по-детски всплеснула руками. — Завтра же пойду в деканат и в комитет комсомола, чтобы назначили дату. Только уж не скажу, конечно, что вы для какой-то мадмуазели придете. — Тут она потупилась и посмотрела на него исподлобья, от чего голова у него слегка закружилась. — Ведь вы же просто пошутили, Кирилл, насчет мадмуазели, правда? Ведь вы же для встречи с коллективом придете, верно? Ваше творчество, Кирилл, у нас хорошо известно, ну и, конечно, среди некоторых мадмуазелей, которые все ваши стихи наизусть знают».

Кирилл, весьма ободренный утратой отчества, не говоря уже о «дяде», смотрел на девушку уже с нескрываемым восхищением. «Ну уж вряд ли, Глика, они все стихи знают, я столько их навалял, что и сам многое забыл».

Она вся засветилась. «Даже и я, Кирилл, с которой вы вот так незаконно покуриваете, могу прочесть и «Высадку в Керчи», и «Надежду парашютиста», и из «Дневника моего друга», и даже из цикла «Снова Испания».

«Позвольте, но «Испанию»-то вы откуда взяли? — поразился он. — Ведь ни одного стиха оттуда не было напечатано!»

Она по-детски залукавилась. «А это уж у нас такие есть мадмуазели, мы их смельчаковками зовем, которые из любой редакции ваши стихи стибрят. Ведь эти особы, Кирилл, в вас просто-напросто... ну, словом, вы их кумир».

Сказав это, то есть чуть-чуть не проговорившись, она отвернулась и даже как-то сердито, с некоторой нелепостью притопнула на себя ножкой. Ведь нельзя же сказать этому удивительному человеку, что он, быть может, главенствует среди ее героев, таких, скажем, красавцев-мужчин, как Кадочников, или Дружников, или, скажем, как тот из «Моста Ватерлоо», чьего имени никто не знает, — словом, тех героев, что сквозь сон подсаживаются на край ее кровати и исчезают, отверженные ее возмущенным естеством.

«Это правда, Кирилл, что вас часто критикуют за... за... за чувственность?» — Она уставилась на него расширившимися, совершенно детскими глазами.

Он расхохотался. «Правда, правда, дитя мое, иной раз грешу чувственностью».

«А в чем она выражается, эта ваша чувственность?» Она вроде бы смотрела в отдаленные окна, в которых, словно парусники на гонке, быстро шли мартовские тучки, и тыкала давно погасшую сигарету в пепельницу, однако время от времени бросала на него чрезвычайно серьезные взгляды.

Он пожалел, что она перестала называть его «дядей»: может быть, легче было бы разговаривать. «Как будто ты сама не знаешь, в чем она выражается», — сказал он и подумал, что так все-таки будет правильней; я ее на «ты», а она меня на «вы».

«Ах, — с досадой вздохнула она, — я ведь ничего не знаю из этой области. — В лице ее снова промелькнуло то надменное отчуждение, которое он заметил в первую минуту встречи. — И постараюсь никогда не узнать», — добавила она.

«Это как же прикажешь тебя понимать?» — спросил он. Она теперь сидела на диване, поджав под себя ноги. Эта поза напомнила ему юную немку, которую он когда-то, в сорок пятом, спас от пьяных солдат. Несколько минут она сидела молча, опустив голову и теребя свою косу, потом посмотрела ему прямо в глаза и вместо ответа задала ему ошеломляющий вопрос:

«Скажите, Кирилл, а вы могли бы стать моим женихом?»

«Опомнись, Глика, ведь я однокурсник твоей матери, я... я... старше тебя на восемнадцать лет... у меня сын двенадцати лет... Послушай, Глика, дитя мое, ты же чистая дева, а я... а я столько раз был женихом, да и вообще, как я могу посягнуть на твою чистоту, на твою идеальную красоту, я — весь прокуренный, изрядно пропитый, прошитый к тому же очередью в грудь, ну давай, подойдем к зеркалу, и ты увидишь себя рядом со мной: это же парадокс!» Он то восклицал, то бормотал, вытирал пот со лба, отмахивался от нее, но сам-то почему-то уже знал, что он будет ее женихом, что он потому и въехал в этот дом, потому и так радостно, так жарко встретился с Ариадной, что нить ее, очевидно, размоталась до конца и он теперь станет женихом ее дочери.

Он потащил ее за руку с дивана и поставил рядом с собой перед зеркалом. Получился отнюдь не парадокс. Отражалась вполне изящная пара — моложавый дядя и серьезная, скорее даже печальная племянница.

«Послушайте, Кирилл, я ведь прошу вас стать не обычным женихом, а совсем необычным таким. Что-то вроде вечного жениха вечной девы. Вот мне недавно одна умная подруга рассказывала про Александра Блока. Его Любовь была для него Небесной Невестой. Он ее боготворил без всяких этих постельных мерзостей. Почему и мы не можем стать Небесной Парой?»

«Глика, ты меня поражаешь. У Блоков ведь это связано с религией, а мы с тобой коммунисты!»

«Блок ведь тоже был коммунистом».

«Блок был символистом».

«Он написал первую революционную поэму».

«Прочти внимательно, и ты увидишь, что это поэма Апокалипсиса».

«Кирилл, я вас не возьму в женихи!»

«Нет уж, дорогая, сама напросилась в невесты, обратного хода нет!»

Они наконец-то рассмеялись. Хохотали без удержу и в хохоте даже обнялись. Вдруг хохот прервался и объятие распалось. «У вас, товарищ Смельчаков, имеется какая-то повышенная чувственность. А ведь вам предстоит стоять на страже идеальной советской девственницы». Такую выволочку сделала «невеста» «жениху».

«Тебе тоже, товарищ Новотканная, надо быть поосторожнее, — проворчал он. — Пойдем-ка лучше погуляем по весне».

Правильная интонация между женихом и невестой, кажется, была найдена. Они весело оделись, спустились с 18-го этажа, прошли через вестибюль, напоминающий своим мрачноватым величием то ли станцию метро, то ли римский храм главного божества, к тому же и оно было здесь представлено в виде подсвеченного бюста черного мрамора. Дежурный персонал проводил их внимательными, но, в общем-то, вполне благорасположенными взглядами.

День был, словно по контрасту с архитектурой, веселый, с капелью, с порывами южного ветра, под которым интенсивно таяли крупно-пористые сугробы. Глика была в одной из шести маминых шубок, в котиковой, которая ей была и по фигуре и к лицу. Кирилл в своем лондонском твидовом пальто (трофей борьбы за мир) вполне соответствовал юной красавице, тем более что шевелюра находилась в постоянном подветренном шевелении. Они пошли по набережной, мимо неразберихи Зарядья, в сторону Кремля. Купола соборов горели под солнцем в странной цветовой гармонии с символами великой атеистической державы.

Глика попросила «дядю-жениха» рассказать ей побольше о Блоке. Надо сказать, что после обратного похищения Эсперанцы большую часть времени наш герой проводил за чтением разных старых поэтических изданий, которые находил в постоянных походах по букинистическим магазинам Кузнецкого и Столешникова. Он рассказал ей о том, что Блок видел в Любе Менделеевой воплощение Святой Софии. Он настоял на... ну, в общем, на платонических отношениях, не зная, какие страдания принесет им обоим эта мистическая платоника. Вместе с ними страдал и третий, их ближайший друг Андрей Белый. Втроем они читали стихи своего символистского властителя дум Владимира Соловьева:

Не Изида Трехвенечная
Нам спасенье принесет,
А сияющая вечная
Дева Радужных Ворот.

Глика повторила за ним эти строки три раза, чтобы запомнить навсегда.

Кирилл подумал, что надо запомнить, как у нее глаза засияли при виде этих Радужных Ворот. Такие моменты нельзя просто так проскакивать, иначе проскочишь всю жизнь, будто просто проехал в переполненном плацкартном от аза до ижицы. Итак: 1952-й, март, сильный южный ветер, мы идем с моей невестой по набережной Москвы-реки, приближаемся к священной для каждого коммуниста крепости Кремль, какая все-таки яркая терракота, я читаю ей стих философа-идеалиста про Деву Радужных Ворот. Она просит повторить это три раза, чтобы запомнить навсегда. Глаза ее вдруг возжигаются невероятным огнем. Всего этого не повторить. Нужно просто запомнить.

Спросить ли мне жениха, почему он говорит о страданиях, думает Глика. Чего больше у Блоков было: страдания или блаженства? Кто был этот третий, Белый? Почему мы не читаем его на курсе? Белый — это всегда не красный, так, что ли? В радуге этих ворот всегда весь спектр, не так ли? Включая белый? Белый — это быть может цвет чистоты, чистые одежды, чистые простыни, в идеале он вытесняет все, включая и саму жизнь. Может ли невеста задавать жениху такие каверзные вопросы?

«Кирилл, вам не кажется, что белый цвет — это цвет небытия? Вы вообще думаете о небытии? Я должна вам признаться, что меня иногда чуть ли не сводят с ума эти мысли. Жизнь представляется мне каким-то крошечным пузырьком посреди непостижимого небытия. Мы попадаем в этот странный, ну пусть комфортабельный, пусть красивый, но пузырек из ниоткуда, а потом уходим из него никуда. Почему мы кричим в младенчестве, может быть, потому, что чувствуем ужас рождения? Потом мы вырастаем и забываем об этом ужасе, и тогда нас начинает посещать ужас неминуемой смерти. Скажи, жених, ты испытываешь этот ужас? Ведь ты прошел столько войн, где гибнут многие».

Он снял с ее правой руки перчатку и засунул ее (руку!) в левый карман своего пальто. Потом снял перчатку со своей левой руки и засунул ее (руку!) туда же. Левая рука обняла правую, и правая ответила ей тем же. Глубочайшая нежность пронизала всю его суть: это избалованное существо страдает в своем дивном теле, быть может, не слабее, чем узница в концлагере.

«Знаешь, Глика, девочка моя, на войне мы испытывали какую-то другую смерть, общую, смерть в борьбе. Все ходили как бы хмельные, а часто и в самом деле под банкой. Без этого там свихнешься. Как ни странно, общий ужас существования редко посещал души. А вот теперь я, как и ты, попадаю в какую-то философскую ловушку, сродни той, что Толстой однажды пережил в городе Арзамасе». При слове «Арзамас» пальцы девушки дрогнули в его кармане: ведь это было как раз то место, где папочка постоянно обретался, трудясь над своим «устройством».

Кирилл продолжал: «Особенно эта ловушка страшна для таких, как мы с тобой, носителей марксистско-ленинской материалистической философии».

«Ах, Кирилл, как ты прав! — Она выхватила свою руку из его кармана и прижала ее к его щеке. — Как это страшно! Мы знаем, что в мире нет ничего идеального, что существует только материя, да? Значит, со смертью мы просто растворяемся в материи, вот и все — да? Превращаемся просто в химические элементы — да? — и навсегда, и больше никогда, да? Но самое страшное состоит в том, что и Он умрет, а я просто не представляю себе, как без Него тут все может продолжаться!»

«Ты говоришь о Сталине?» — шепотом спросил он.

Она кивнула. На несколько минут между ними воцарилось молчание. Они уже обогнули Кремль и шли мимо Александровского сада. На Манежной в ранних сумерках детишки под отеческим наблюдением МГБ лепили снеговиков и катались на санках с обледенелых пригорков.

«Сталин не умрет, — наконец проговорил Кирилл. — То есть он умрет, как все, но в отличие от всех после смерти он станет Богом. Таким образом наша философия подвергнется кардинальным изменениям».

«Вот это да! Вот это здорово!» — в восторге закричала Глика и даже влепила в щеку своему «жениху» платонический, хоть и весьма горячий, поцелуй.

«Только молчи! — предупредил Кирилл. — До поры никому ни слова! Ты чувствуешь, подмораживает? Хватит философствовать, пойдем-ка лучше в «Националь» и разопьем бутылку шампанского за наше столь невероятное обручение».

В «Наце» Смельчакова, конечно, знали. Без всяких дрязг им дали столик на два куверта под картиной «Чесменская битва». Из посетителей весь заядлый клубный народ раскланивался, или помахивал, или кивал издалека, и все умирали от любопытства, глядя на новую спутницу Кирилла, юную фею. Никто к этому часу еще не успел надраться, все пока что изображали безукоризненых денди, и потому никто не лез с хамскими вопросами, а тем более не подсаживался с мокрой чушкой.

Жених и невеста пили массандровское шампанское и улыбались друг другу. Глика, будто забыв о своей схиме, смотрела на Кирилла лучистым взглядом. Чего доброго, она еще влюбится в меня, думал он. Если уже не влюбилась. Отчего это женщины так быстро и бесповоротно в меня влюбляются? Ведь не из-за известности же, не из-за молодцеватости же внешнего облика. Кроме этих бесспорных данных, они еще что-то чувствуют во мне, что-то не совсем типичное для нынешних мужланов, которые лишь жаждут овладеть бабой, подчинить ее тело своему телу, излить свою похоть и отвалить в сторону. Быть может, они чувствуют мою склонность к нежности, понимают каким-то чутьем, что я хочу не только ими овладевать, но также им принадлежать, бесконечно их ласкать, взывать к какой-то их божественности, быть вместе, всегда вместе. Да, вот таков я, Герой Советского Союза Кирилл Смельчаков, и только одно непонятно: как я смог так надраться, не допив еще бутылки массандровского?

Пришли три музыканта: пианист, контрабасист и трубач. Заиграли довоенный еще фоксик.

> На далеком Севере
> Эскимосы бегали,
> Эскимосы бегали
> За моржой.

Глика вдруг захлопала в ладоши, словно дитя: какое чудо! Оказалось, что она никогда не слышала этот старый шлягер. Трубач играл, подражая Луису Армстронгу, потом отводил трубу и пел:

Эскимос поймал моржу
И вонзил в нее ножу,
А потом взвалил ее на воз,
И повез по льду.
Ту-ру-ру-ру-ру!
Надоело тут морже
Так валяться на барже.
Она лапти в руки и бегом
Босиком по льду.
Ту-ру-ру-ру-ру!

Глика изнемогала от восторга, барабанила лапами по столу и чуть не свалилась со стула.

Кирилл по-командирски взглянул на свои «Командирские». «Пора домой, моя фея. Чувствую, что Ариадна уже оттягивает свою нить назад». По дороге к выходу он приостановился возле столика, за которым торжественно восседал маленький человек с большой головой. «Юрий Карлович, познакомьтесь с Гликой, это моя невеста». Человечек тут же вскочил, щелкнул каблуками. «Надеюсь, Смельчаков, вы не нарушаете кодекса РСФСР?» Глика с театральной жеманностью произнесла: «Мне уже девятнадцать, сударь!» «Прошу прощенья, сударыня, как я мог не понять этого сразу?»

Уже на улице, под морозным тоненьким серпом луны, Глика спросила, кто этот человек. И вот вам новый восторг: оказалось, что автор «Трех толстяков». Позднее она нередко вспоминала этот странный вечер в кафе «Националь» как завершение своего детства. Они там съели три апельсина, и именно там невероятный Кирилл приобщил ее к миру советской богемы, околдовал ее тремя поцелуями — в щеку, в подбородок и в ключицу, открыл перед ней новые времена, пору трепетного влюбленного девичества. Именно оттуда они прибыли на свой 18-й этаж и прямо с порога объявили обеспокоенной мамочке Ариадне, что стали женихом и невестой. «Браво!» — воскликнула та, отвернулась от дочери и глубоко заглянула в глаза поэту.

Все в белом

Прошло три месяца. Началось лето, одно из тех малооблачных лет вершины социализма. Глика только что завершила экзаменационную сессию. В просторном белом платье она стояла на террасе своего этажа. Платье трепетало под порывами ветра, иногда вздымалось выше колен. Пыли тогда в городе почти не было. Осадков в виде гари тоже недоставало. Кирилл любил присаживаться на балюстраду и вставал с нее всегда без всяких темных пятен на заднице белых брюк. Не осквернялась и лопаточная область белого пиджака от прикосновения к голени каменного трудящегося Геракла. Родители в плетеных креслах за плетеным столиком поедали первый доставленный в столицу астраханский арбуз. Вынесенный на площадку радиоприемник «Мир», тяжелый, как сундук с пиастрами, исполнял концерт по заявкам; в частности, лилась лирика с острова Куба — «О, голубка моя, как тебя я люблю!» — сочиненная свободолюбивым народом, несмотря на режим диктатора Батисты.

Глика, щурясь, смотрела на сверкающую под солнцем Москву-реку, по которой в этот час медленно проходила расцвеченная сигнальными флагами кильватерная колонна канонерок Волжской военной флотилии. «Почему вокруг нас так много всего красивого?» — вдруг вопросила она. Отец и мать при этих словах переглянулись с арбузными полумесяцами в зубах. Кирилл ничего не сказал: он, кажется, не очень-то и расслышал вопрос, поглощенный созерцанием девичьей фигуры в летящей на ветру белой одежде. «Но ведь далеко не все в нашей стране живут так, как мы, не так ли?» — спросила девичья фигура. Ну и ну, подумал тут поэт. «Кто это тебе сказал?» — спросила мать, освободив рот от арбуза. «Киска фантазирует», — хохотнул Ксаверий Ксаверьевич. Глика пожала плечами. «Иной раз в буфете я вижу ребят, считающих медяки, чтобы набрать на тарелку винегрета. Кое-кто ходит на босу ногу, тэ е без носков». Ариадна Лукиановна обернулась к Кириллу: «Что ты на это скажешь, поэт?» Тот, будто подражая невесте, тоже пожал плечами. «Идеальная республика вовсе не предусматривает равноправия».

Глика поглядела на него через плечо. «Расскажите нам про идеальную республику, мой дорогой». Обеими руками она подхватила разлетающуюся под ветром гриву и стала заворачивать ее в узел на затылке. Надо сказать, что эти девичьи взгляды через плечо или исподлобья, а также частые изменения золотого нимба стали уже основательно терзать матерого жениха. Наши отношения застыли в какой-то двусмысленной неподвижности, думал он. Что же, мне так и подвизаться в роли воспитателя капризного дитяти? Так и поклоняться ее девственности? Нужно все же предпринять какие-то шаги в сторону дальнейшего развития.

Он предпринял какие-то шаги и почти вступил в соприкосновение с ее фигурой. Даже положил ладонь на ее бедро. «Я говорю о «Республике» Платона, моя родная». Он представил себе, какими взглядами в этот момент обменялись Ариадна Лукиановна и Ксаверий Ксаверьевич. Вдруг он почувствовал, что бедро как-то дрогнуло под его рукой, как бы даже слегка повернулось в его сторону. «Смотрите, смотрите, как они летят!» — вскричала фигура и вся вытянулась в сторону юго-западного свода московских небес с подъятой дланью. Невероятная экзальтация прозвучала в этом возгласе, словно в поле зрения появились бессмертные боги.

Из солнечных высот к сверкающей реке снижались три гидроплана. Метрах в двухстах от поверхности воды они изменили курс и пошли над рекой на восток, то есть в сторону нашего жилого великана. Они, все трое, были белого цвета с синими полосами вдоль бортов, с красными звездами на крыльях и с красными серпами-молотами на хвостовых оперениях, — иными словами, они несли цвета и эмблемы Военно-морского флота СССР. Кирилл сообразил, что летающие амфибии вкупе с канонерками проводят на животворном городском потоке репетицию военно-морского парада.

Самое удивительное, однако, было впереди. Не долетев нескольких сот метров до траверза высотного здания, один из гидропланов свернул влево и полетел прямо к зрителям 18-го этажа. Да уж не собирается ли этот охотник за подводными лодками врезаться в дом? Уж не японский ли камикадзе пробрался к штурвалу? Супруги Новотканные, а также жених семьи Кирилл Смельчаков застыли в напряжении, не зная, что предпринять: броситься ли вниз, спрятаться ли за колоннами, упасть ли ничком на кафельный пол террасы? Одна лишь Глика не изведала ни секунды страха, она продолжала ликовать и размахивать над головой ослепительным летним шарфом. Между тем с каждой секундой аппарат становился все крупнее, за стеклами кокпита обозначились лица экипажа, над открытым люком возвысилась широкоплечая фигура пилота в плотно прилегающем кожаном шлеме и в закрывающих половину лица очках-консервах. Он поднял над головой сомкнутые в приветствии ладони, и только тогда смельчаки-пилоты — или отчаянные сорвиголовы? — отвернули и начали облет здания.

«Это он мне! Он послал привет мне!» — вне себя от восторга прозвенела дева.

«Безобразное безрассудство!» — протрубил академик.

«Экое хамство!» — возвысила голос ведущая дама. — «Ксава, ты должен немедленно позвонить в штаб парада!»

Один только жених девы ничего не сказал. Фигура пилота напомнила ему кого-то и что-то из прошлого; уж не полярную ли экпедицию 1940 года, уж не поиски ли пропавшего во льдах многомоторника «Коминтерн», уж не навигатора ли Жорку Моккинакки?

Не прошло и минуты, как дерзновенный гидроплан снова появился в поле зрения обитателей 18-го этажа. Теперь он снижался, явно норовя приводниться возле набережной. «Кирилл, посмотри, они садятся! — продолжила свои слегка нарочитые восклицания Глика. — Да ведь это пилотаж высшего класса!» Жених ее тем временем возжигал свою «хемингуэевскую» трубку. «Недурно, недурно, — бормотал он. — Однако не стоит, киска, так злоупотреблять восклицательными знаками». Она с некоторым вызовом посмотрела на него и еще пуще зашлась: «Браво, браво!»

Поднимая буруны изумрудно-кристальной воды, гидроплан побежал по Москве-реке и через несколько минут остановился, слегка покачиваясь, неподалеку от гранитных ступеней.

«Похоже, что это разведывательный вариант машины КОР-1, — произнес знаток аиационной техники Ксаверий Ксаверьевич.

«А мне он напоминает трофейный «Хейнкель-59», — прищурился Кирилл.

«Кирилл, пожалуй, прав», — со знанием дела улыбнулась Ариадна Лукиановна.

Через несколько минут внушительная фигура, на этот раз без шлема и без очков-консервов, выпросталась из самолетного люка, опустилась на массивный поплавок и, взявшись за один из лееров, перемахнула на уходящую в воду лестницу. На голове у этого человека была теперь морская фуражка, а облачен он был в габардиновый плащ с золотыми генеральскими, или адмиральскими, погонами. Уже на набережной он поднял голову, посмотрел на сверкающего всеми тридцатью этажами окон исполина архитектуры и отмахал какой-то сигнал морской азбукой. Смельчаков, хоть и не особенно искушенный в этом средстве коммуникации, готов был поклясться, что прочел что-то вроде: «Кирилл, поднимаюсь к тебе. Жорж». Глика между тем была уверена, что сигнал следует прочесть иным способом, а именно: «Вздымаюсь к тебе, моя родная!» Перегнувшись через перила террасы, жених и невеста теперь смотрели, как загадочный моряк-авиатор пересекает дорогу в направлении парадного входа в здание. Два члена экипажа несли за ним его чемоданы.

С тревожным чувством взирал Кирилл Смельчаков на шествие этого человека. Он не был уверен, что это тот самый Жорж, которого он имеет в виду, когда вспоминает спасение «Коминтерна», да и вообще — Жорж ли это? По установившейся традиции спасение многомоторника проходило тогда под неотступным вниманием правительства, прессы и общественности и, по сути дела, превращалось во всенародный праздник любви к родной партии большевиков и гордости за взращенных ею героев. Иные многоопытные полярники и авиаторы иной раз, особенно после принятия иных доз ректификата, слегка чуть-чуть несколько ворчали: дескать, где тут заложена причина для ликования? Где кроется базис для гордости? Машина не выполнила задания, затерялась во льдах, радиостанция на борту отказала, полностью вырубилась, экипаж и пассажиры, разбившись на кучки, бессмысленно кружат в окрестностях Канина Носа, ледоколы «Красин» и «Калинин» пошли слишком далеко на север, сами застряли, их надо было самих вызволять; а чем вызволять, бомбами, что ли? Ну, конечно, эта воркотня была приглушенной, вернее, почти неслышной, а на поверхности, разумеется, гремели оркестры, шли бесконечные приподнятые радиопередачи, предприятия брали на себя повышенные обязательства, пионеры шефствовали над семьями героев-полярников, фоторепортеры и журналисты засыпали редакции свежими материалами, и среди них, конечно, выделялись взволнованные репортажи смельчака Смельчакова. В частности, запомнились всем его короткие, но емкие радиодепеши с маршрута группы отборных лыжников РККА, с которой он прошел не менее двухсот километров по льдам моря Лаптевых, пока они не натолкнулись на «Коминтерн», застывший, словно ящер, извлеченный из мезозойских, или каких там еще, юрских, что ли, глубин. Оказалось, что на борту еще осталась группа людей, умудрившихся не только выжить, но и даже поддержать определенный градус оптимизма. Во главе этой группы стоял здоровенный парень, обросший густой греческой бородой, второй пилот Жора Моккинакки. Именно в его руках, вернее, в кобуре его револьвера, находился ключ от рундука, где хранился запас 96-градусного оптимизма, предназначенного для борьбы с обледенением крыльев и почти уже до конца использованного для борьбы с обледенением людей. Впрочем, об этой жидкости ни слова не было сказано в депеше собкора «Комсомолки». Там речь шла о вере в жизнь, о верности родине и идеалам социализма, о дерзновенном вызове, что бросила Ледовитому океану горстка героев, ведомых мужественным южанином Моккинакки.

О нем тогда стали писать все газеты. На всенародной встрече в Москве его засыпали цветами. Всесоюзный староста, однофамилец злополучного ледокола Калинин собственноручно приколол к его френчу орден Трудового Красного Знамени. Вот тут и возникло некоторое недоумение. Никто не сомневался, что Моккинакки будет удостоен звания Героя Советского Союза, однако вместо высшей награды ему достался орден третьего разряда. Вскоре после этого Жорж Моккинакки вообще исчез из поля зрения. Прошел слух, что его обвиняют чуть ли не во вредительстве. Якобы это именно он способствовал выводу из строя такого чуда нашего авиастроения, как многомоторник «Коминтерн». Потом и этот слух заглох.

О вчерашнем герое просто перестали говорить. Это было в духе времени. Если о ком-нибудь переставали говорить, то разговоры о нем больше не возобновлялись. Считалось просто бестактным упоминание того, о ком перестали говорить. Если кто-нибудь упоминал выпавшее из обихода имя, на бестактного болтуна просто бросали недоуменный взгляд, и тот сразу понимал, что ляпнул что-то неудобоваримое. В этом был определенный смысл героического времени. Подлинные герои не выпадают из обихода. Зачем упоминать неупоминаемое? Жизнь идет вперед семимильными шагами, чуть ли не ежедневно возникают новые блистательные имена.

Вскоре началась Великая Отечественная война. Все полярные подвиги отодвинулись в далекое прошлое. В этом проявлялся еще один удивительный парадокс героического времени. Великие события, возникающие в ходе бурной истории, такие, как гражданская война, нэп, коллективизация, борьба с троцкистско-бухаринским подпольем, немедленно по возникновении намывали колоссальный межвременной вал, и то, что за этим валом, хоть хронологически совсем еще близкое, оказывалось в каких-то неопределенных далях, смыкалось с прошлыми веками.

В течение всей войны о Жорже Моккинакки в авиационных и журналистских кругах нет-нет да возникали противоречивые слухи. А помните такого Моккинакки? Вот отколол номер! Да разве он жив? Говорят, что жив, оказался в оккупации, перешел к врагу, теперь над нами на «штуке» летает. В другой раз совершенно противоположная приходит информация. Вроде бы Моккинакки был в составе той самой эскадрильи дальнего действия, что поднялась с нашей базы на острове Сааремаа и отбомбилась над Берлином как раз за несколько дней до того, как остров был взят эсэсовским десантом. После перелома военных действий в нашу пользу где-то вблизи ставки Верховного Главнокомандующего кто-то обмолвился, что Жора Моккинакки водит как раз тот самый высотный самолет, на котором Молотов в Лондон летает. А в кругах разведки за распитием трофейного коньяку однажды зашел разговор о спецоперациях в боснийских горах, и вот тут снова всплыла на поверхность фамилия Моккинакки. Будто бы он там совместно с британцами обеспечивает ближайшую поддержку партизанам-коммунистам маршала Тито.

После войны Кирилл никогда ничего о нем не слышал, да, признаться, и никогда о нем не вспоминал. Не исключено, что тот снова попал в число неупоминаемых. И вот вдруг явился точно из небытия, да еще и на гидроплане, да еще и в адмиральских погонах, да еще и произвел сильнейшее впечатление на экзальтированную Глику, да еще и направился с большими чемоданами в их общий высотный дом, обитель будущей неоплатоновской республики. Уж не собирается ли тут вместе с нами, «царями-философами, солдатами и артизанами», поселиться?

Оказалось, что вот именно в неоплатоновской обители, вот именно вместе с «царями-философами» и возвышенными женщинами социализма и собирается поселиться воздушный моряк республики, контр-адмирал Жорж Моккинакки с набором орденских планок шириной в натруженную штурвалом ладонь. Больше того, вот именно на 18-м этаже, где, оказывается, ждала его одна не занятая еще квартира.

Не прошло и получаса после его вселения, как он появился на террасе Новотканных в сопровождении обслуживающего персонала. Фаддей и Нюра скользили по бокам с нескрываемым восхищением сопровождаемой персоной. Казалось, им и в голову не приходит, что незваный гость может вызвать какие-либо иные чувства, кроме восхищения. Не исключено, что персона сия фигурировала в каких-нибудь секретных списках их подразделения, то есть Специального буфета, как лицо выдающихся заслуг и беспрекословных качеств, однако не исключено также, что гость и без всяких списков просто воздействовал на них каким-то своим собственным гипнотическим шармом.

«Ксаверий Ксаверьевич, разрешите доложить, к вам с визитом прибыл контр-адмирал Моккинакки», — с иключительным чувством причастности к великолепному событию произнес Фаддей, а Нюра сделала соответствующий жест обеими руками, как в водевиле на народные темы. И тут же выдвинулась вперед выдающаяся фигура названной персоны, успевшей за истекшие полчаса переодеться в белую парадную форму, по всей вероятности, сшитую на заказ в преддверии парада. Пройдя по обширной и весьма витиеватой вследствие всевозможных архитектурных и скульптурных изысков террасе без малейшей запинки, как будто он не раз уже тут побывал и может проложить курс без посторонней помощи, Жорж, держа левую руку за спиной, подошел к столу, за которым восседало все почтенное семейство, и с некоторым юморком прищелкнул каблуками: «Величайший Ксаверий Ксаверьевич, достойнейшая Ариадна Лукиановна, несравненная Гликерия Ксаверьевна, позвольте представиться, я ваш новый сосед по этажу, морской и воздушный разбойник на службе Союза республик Жорж Эммануилович Мокки, а также и Накки!» С этими словами он извлек из-за спины великолепнейший букет фантастических полярных тюльпанов.

Служащие СБ тут же водрузили в центр обширного круглого стола большую хрустальную вазу, изделие братской Чехословакии, где и поместились странные, как будто выросшие из алюминия, цветы. Все присутствующие, включая, между прочим, и военнослужащих СБ, на миг испытали странное чувство какого-то изменения среды. Чувство это, впрочем, тут же отлетело прочь, и воцарилось нечто сродни общему ликованию.

Только закончив церемонию представления хозяевам, Моккинакки раскрыл объятия Смельчакову. «Черт тебя побери, Кирюха, ты, наверное, думаешь, что я удивлен был увидеть тебя в окуляры своего фронтового бинокля вот здесь, в лоне столь великолепной семьи, а вот и не был удивлен и на микрон!» Смельчаков стоял с раскрытыми объятиями. «Черт тебя побери, Мокки и Накки, ты, наверное, думаешь, что я удивлен твоему появлению на этой башне неоплатоновского града, а я вот не удивлен даже и на одну запятую!» Объятия сомкнулись, то есть превратились в одно могучее объятие двух неслабых. Мужчины помяли друг друга, как и полагается среди солдат. Шутливые чертыхания перемежались восклицаниями «а помнишь, а помнишь», пока вдруг оба не сообразили, что вспоминать-то, собственно говоря, нечего, кроме одной-единственной встречи во льдах моря Лаптевых двенадцать лет назад. Ну и прорвалось: «А помнишь, как на «Коминтерне»-то повышали градус оптимизма?!» «Еще бы, почитай, весь твой энзе прикончили за два часа под северным сиянием!» «А помнишь, как чашу дружбы-то возжигали?!» «И черпачками, что ли, хлебали, так, что ли?!» «И как оглашенные там бегали с чертенячьими пламеньками на животах и на рукавах, как только бородища твоя не сгорела!»

«А также и глотки наши как не сгорели, мой друг, а также и языки!» «Ей-ей, как же можно забыть такое бдение отпетой полярной комсомольщины!»

Пока эта сцена продолжалась, хозяева террасы обменивались восхищенными и, конечно, гостеприимными, но все-таки слегка отчасти чуть-чуть недоуменными взглядами. Откуда-де так вдруг и появился этот столь неожиданный контр-адмирал? Как чудесно выглядит эта встреча боевых друзей, однако не кажется ли тебе, роднуля, что они обмениваются какими-то странными воспоминаниями? За столом, конечно, никто у нас не лишний, а уж тем более новый сосед по 18-му этажу высочайшего в столице жилого дома, да к тому же и такой отменный образец молодого мужчины, да с небольшой плешью, ну и что ж, эти залысины у него на смуглоореховой голове ничего ему не убавляют, а только прибавляют, а все-таки не стоит ли запросить соответствующих товарищей о степени гостеприимства?

Третья хозяйка, то есть дочь Гликерия, прекрасно понимая эти обмены улыбчивыми взглядами, полыхала своими взглядами им в ответ. Ах, товарищи родители, да неужели вы забыли, что Жорж спустился к нам с этих лазурных небес, что он прилетел сюда на первоклассном советском гидроплане, словно с картины Дейнеки? Ах, Глика, с минимальнейшей досадой отвечала ей взглядом мать, ты опять слегка, чуть-чуть не к месту упоминаешь этого отчасти формалиста Дейнеку!

Все эти неизреченные сомнения улетучились, когда Фаддей, раскладывая новые наборы ножей и вилок, дал понять своими взглядами из-под лохматеньких бровей, а также улыбками, в которых поблескивал крупный желудь золотого зуба, что соответствующие товарищи уже запрошены и что получено «добро» на высокую степень гостеприимства. Тут как раз и Нюра появилась с блюдом отлично пропеченной индейки, еще недавно пробегавшей по полям братской ВНР. И сразу же по прибытии индейки академик Новотканный поднялся с хрустальным бокалом.

«Ну что ж, друзья, давайте начнем наш ужин с традиционного тоста всех советских людей. За генералиссимуса Сталина!»

Солнце, собственно говоря, к началу ужина уже опустилось за звезды, шпили и купола священной для каждого гражданина старинной крепости Кремль. Отсюда, с 18-го этажа, она в этот прозрачно-сияющий вечер видна была как на ладони, и казалось, что это именно она покрывает собою важнейшее закругление земли. Небосвод на своих западных склонах демонстрировал полную незыблемость. Там сгущалось золото, а над ним разливалась волшебная прозелень, словно предназначенная для промывки планетного серебра; и, впрямь, там уже светилась успевшая раньше других Венера, Глика видела ее прямо над адмиральским погоном, когда оборачивалась к сидящему слева Моккинакки.

«Верьте не верьте, Жорж Эммануилович, но я помню статью в «Огоньке» о вашем освобождении из ледового плена, — говорила девушка своему соседу. — Я была тогда шести лет от роду, и я с некоторой опаской смотрела на мутную фотографию бородатых полярников. Мама мне читала, что самая длинная борода была у пилота Моккинакки, он даже затыкал ее за пояс».

Девчонка явно кокетничает, с удивлением наблюдал жених Кирилл. Никогда еще не видел, чтобы она посматривала на чужого мужчину из-за плеча.

«Мама, помнишь, как ты мне читала про эту бороду?» — спросила Глика.

Ариадна Лукиановна картинно курила длинную болгарскую «Фемину» с золотым ободком. Выпустила колечко, шикарно хохотнула. «Ничего подобного я тебе не читала, дитя мое. Это, очевидно, одно лишь твое воображение».

Глика притворно рассердилась, хлопнула ладошкой по столу. «Да ничего это не мое воображение! Может быть, это было воображение какого-нибудь репортера. — Мельком бросила надменноватый взглядик на Кирилла — ого, она меня задирает, подумал тот. — Жорж Эммануилович, да подтвердите же вы, что у вас на льдине была борода, которую вы затыкали за пояс!»

Моккинакки еще не перешел к курению, обтесывал индюшачью ногу, совершал глотательные движения, которые у него сочетались с каким-то ловким причмоком, очищающим ротовую полость. «Гликочка моя, — произнес он, великолепно артикулируя каждое слово, — чаще я обкручивал эту бороду вокруг шеи на манер шарфа, но иногда я действительно затыкал ее за пояс. Кирилл не наврал, несмотря на свое поэтическое воображение».

Глика бурно рассмеялась. «Ой, как замечательно! Бороду на манер шарфа! А почему бы вам, Жорж, не отрастить ее снова и носить ее заново на манер шарфа?»

Моккинакки завершил трапезу еще одним сильным причмоком и слегка приблизил свое знатно выбритое лицо к собеседнице. «Гликочка моя, если бы мне пришлось отращивать ее заново, я бы вообразил ее на ваших плечах на манер боа. — И добавил своими бровями, крыльями носа и даже слегка чуть-чуть преувеличенными ушами: — Моя родная». Девушка вспыхнула, что, конечно, не прошло не замеченным за столом. Вот это да, подумал Кирилл. Каково, подумала мать. И только отец подумал иначе: однако, однако.

Платоническая любовь

Три месяца, что прошли в их жизни со дня удивительного обручения Глики и Кирилла, нельзя было назвать ни абсолютно безоблачными, ни стопроцентно лучезарными, хотя и дурными эти месяцы тоже не назовешь. Конечно, временами кто-то начинал интенсивно хмуриться из этого союза четырех сердец. Вот, скажем, Ксаверий: вдруг возьмется ходить день-деньской по своей огромной квадратуре, бубнит, вдруг палец загибает в виде вопросительного знака, вздымает его выше темени и так ходит, поет одну строчку из оперы: «Сатана там правит бал» и без конца ее повторяет или вдруг, превратив вопросительный знак в восклицательный, берется им, как копьем, куда-то тыкать. «Ксава, какого быка ты там матадоришь?» — спрашивает его Кирилл. Тот не отвечает.

Собственно говоря, отец и будущий зять (если так можно сказать о женихе в платоническом смысле) были людьми одного поколения: Ксаверий был старше всего на пять лет. Когда-то, в период молодых влюбленностей, Кирилл недолюбливал этого «постоянного мужа», потому что тот постоянно мешал ему добраться до Ариадны. Теперь, когда наш поэт нежданно-негаданно оказался едва ли не членом семейства Новотканных, возникли совсем новые отношения. Они стали симпатизировать друг другу и с удовольствием проводили вместе время на теннисном корте, или в плавательном бассейне спортклуба ЦДКА, или возле камина за распитием коллекционного коньяка «Греми» и за беседами о мировой атомно-политической обстановке. Вот только такие приступы молчания и мычания, хождения по бескрайней квартире и загадочных жестикуляций обескураживали Кирилла.

«Адна, спроси ты своего благоверного, о чем это он без конца ходит?» — с некоторым раздражением просил Кирилл. «Я и так знаю, о чем он так ходит, он ходит так о любви, то есть обо мне, — поддразнивала поэта будущая теща. — Ксавка, ведь правда, что ты так ходишь обо мне и только обо мне?»

Ксаверий вдруг выходил из кататонического состояния. «Неправда! — громогласно возглашал он. — Я хожу так по поводу ускорения частиц! Там, в Лос-Аламосе, они обогнали нас на порядок!»

Ариадна тоже временами теряла ритм своей привычной жизни, в которой она, водрузив на нос очки, садилась к столу в своем кабинете, читала бесконечные материалы различных комитетов, говорила по телефону (обычному и вертушечному) с разными выдающимися людьми, диктовала тезисы одновременно стенографистке и машинистке, звонила в гаражи то Академии, то КСП, а то и ГОНа[1], заказывала себе машину к подъезду, отправлялась на заседания, премьеры, филармонические концерты, выставки МОСХа; и вдруг выпадала из ритма.

«Где твой жених? — в такие минуты спрашивала она Глику. — Ты отдаешь себе отчет, что он за человек? Ответь матери, вы откровенны друг с другом? Он прикасается к тебе? Тебя влечет к нему?

---

[1]ГОН — Гараж Особого Назначения.

Ты хотя бы чуточку понимаешь, что у него за плечами?»

Глика, разумеется, вспыхивала и молчала. Мать внимательно следила за состоянием ее ланит. Экая странность, у меня в моем бальзаковском возрасте с эндокринной системой все в порядке, а дочка то и дело полыхает на девятнадцатом году жизни. Она меняла тон, приближалась к дочке, нежно целовала ее в мочку уха. «Девочка моя, ну доверься мне, тебе будет легче, поверь. Что происходит между вами, когда вы остаетесь вдвоем?» Глика вскакивала, куда-то устремлялась, резко оборачивалась, красота ее, усиленная румянцем, становилась просто невыносимой. «Знаешь, мама, ты совсем не понимаешь наших отношений! Кирилл не Тезей, ему не нужна нить Ариадны! Он скорее Лоэнгрин!» Мать грубовато хохотала, качала головой, резковато покачивалась ее прическа, великолепные темно-каштановые волосы. «Что за вздор? Что за мистика? Это в наше-то время!» Диалог прерывался.

Жених и невеста оставались вдвоем не так-то часто. Иногда он читал ей новые стихи в своей квартире. Комнаты, еще недавно заставленные инвентарной мебелью, с каждым разом преображались, превращаясь в шикарное и безалаберное обиталище богатого холостяка: туркменские ковры, медный глобус старой германской работы, оригиналы гравюр Дюрера, живопись Питера Брейгеля, холсты «Бубнового валета», купленные под сурдинку на разных московских чердаках, массивный письменный стол и рядом конторка красного дерева, все это завалено старыми книгами, множеством нового хлама в лице «толстых» журналов, а также и пожелтевшими копиями журнала «Аполлон», возле камина отменный мрамор, скульптура стыдливой полуобнаженной девы, о которой он ни разу не упустил возможности заметить «Это ты!», сделанная по заказу стойка бара и три высоких табуретки, зеркала в позолоченных рамах, широченная «александровская» кровать, мимо которой она всегда проходила, отвернув возмущенную голову, — и все это в хаотическом расположении, в беспорядке, прямо скажем, в дисгармонии, в сочетании несочетаемого; например, под большой фотографией Сталина навален был комплект зимних шин с шипами и заплатанные баллоны..

Она забиралась с ногами на отменный кожаный диван, лишь едва потертый задами и лопатками неизвестно скольких поколений, а он ходил перед ней и читал, читал, читал свое: то чисто советское лирическое, слегка чуть-чуть как бы чувственное, то дерзновенно вызывающее в адрес империалистов, а то и киплингианское с гумилевским акцентом. Иногда, зачитавшись, весь в ореоле мегаломании, если так можно сказать по-русски, он забывал про нее. Спохватившись, бросал на деву взгляд и видел заплаканное лицо, светящиеся глубокой любовью глаза. Глика, девочка моя, он садился рядом, одной рукой обнимал ее за плечи, другой гладил по голове. Она как-то, то ли по-кошачьи, то ли по-детски, обуючивалась у него в руках. Он переполнялся чем-то братским или даже отцовским, пока вдруг, всегда бурно, в нем не просыпалось либидо, и он, теряя голову, начинал целовать ее в губы, а рука непроизвольно начинала путешествовать с головы на шею, потом на грудь, на живот, и тут она пружиной выскакивала из его объятий. Лицо ее в такие минуты становилось гневным и презрительным, как будто он, ее «вечный жених», совершал предательство.

Вот, собственно говоря, и все, что так жаждала

узнать Ариадна. Дальше этих вспышек они ни разу еще не зашли. Кирилл клял себя за то, что вступил с фригидной красавицей в такой немыслимый альянс. Неужели она не понимает, какая это мука для меня с моими тридцатью семью годами, со ста сорока женщинами, что прошли через мои руки? Надо немедленно поломать все это постыдное жениховство! Признаться самому себе в лицемерии! Сбежать, уехать куда-нибудь! Закрутить какой-нибудь роман с хорошо разработанной бабой! Жениться на какой-нибудь! Подстеречь опять Эсперанцу! Снова украсть ее! Пусть Гага меня убьет! Пусть Сосо-батоно посадит меня в тюрьму! Что угодно, но только не это!

А через несколько переборок могучих яузских стен, на том же 18-м этаже, металась на девичьей постели звезда МГУ Гликерия Ксаверьевна Новотканная. Солдафон, насильник, он хочет из меня сделать заурядную гарнизонную шлюху! Девку из «Националя»! Говорят, они там все обмениваются своими затычками! В лучшем случае супругу семижды лауреата, гусыню выводка! Он, мой вечный жених, Лоэнгрин, даже не понимает, каким становится постылым, когда меня домогается. Скажу матери, пусть откажет ему от дома! Пусть Ксаверий даст ему пинка! Пусть Фаддей и Нюра не пропускают посягателя! А лучше убегу на стройку Волго-Дона, туда, к энтузиастам! На лесозащитные полосы! Хочется улететь, оттолкнуться ногами, взорлить и исчезнуть, чтобы не видеть нарцисса самовлюбленного. Который ради своей утехи намерен все тело мое распластать под собой, придавить, разодрать ноги, вторгнуться в меня и трястись на мне, как оккупант на Украине. Как жаль, что сейчас нет войны: ушла бы в санбат, таскала бы страждущих, которым не до плотских утех, исчезла бы там где-то.

Метания такого рода продолжались всю ночь по обе стороны лестничной площадки до тех пор, пока не затихали и пока в горячем полусне и перед ним, и перед ней, быть может, даже в один час или в один миг мелькали моменты, или скорее порывы счастья и влюбленности, на которой нет ни единого плевка, ни единого пятна, в которой каждое прикосновение пальцев переплетается со счастьем взглядов. Так было, конечно, в тот мартовский день, когда шли вдвоем вдоль ледохода к Кремлю, когда огибали Кремль и пересекали Манежную, чтобы войти в столь интригующий европейский отель. Так было и в другой раз, к концу марта, когда вдруг, ненадолго, грянули последние морозы и весь город повалил через Крымский мост в ЦПКиО с коньками на плечах, чтобы насладиться последними в году катаниями.

Кирилл и Глика оставляли машину у главного входа и бежали через триумфальные ворота в какую-то паршивую раздевалку, чтобы надеть коньки. Дальше начиналось сущее блаженство, то есть детство. Детство это было не малышовское, а порядочно возрастное, что-то вроде пятиклассия или шестиклассия, когда девочка и мальчик скользят вместе, взявшись за руки, совершают пируэты и шалят друг перед другом, не замечая вокруг никого, но все-таки пьянея от толпы, от взрывов смеха, от писклявого голоска из репродуктора: «Мы бежали с тобой на каток, на сверкающий лед голубой!»

Однажды они далеко унеслись от электрифицированной части огромного катка, и вдруг над ними среди белых еловых лап открылся глубочайший, вернее, безмерный колодец в звездное небо. Вдруг оба они, как потом признавались друг другу, почувствовали тотальную новизну момента, а также всего бытия. Все, что мы видим нашими телами, подумали они, может предстать совсем иным. То, что здесь кажется ничтожно малым или бесконечно большим, там отвергается и может стать самим собой. Все наши чувства и органы чувств — лишь намеки на вселенское чувство, а наша любовь — лишь намек на вселенскую радугу. Когда скользишь на коньках в ночи, слегка освобождаешься от притяжения и от вечной человечьей неуклюжести. Вот почему нас так тянет на лед. И вдруг они затанцевали друг с дружкой, как какие-нибудь фигуристы будущего на дне космического колодца.

Вспомнив эти счастливые минуты, они мирно засыпали, а утром встречались на большой кухне Новотканных, где спецбуфетчица Нюра готовила для них хрустящие оладьи.

Появление Тезея

Однажды, уже в апреле, Глика сказала Кириллу, что в МГУ намечено его выступление перед студентами. Оно состоится через неделю. Он не поверил своим ушам. В эту обитель всего самого непорочного и ортодоксального даже Степана Щипачева с его стихами о любви не приглашали, не говоря уже о таких авторах, как Константин Симонов или, тем более, Кирилл Смельчаков. Глика со смехом рассказала ему, как волновались в комитете комсомола, в парткоме, в деканате и в ректорате. Все эти организации обращались с робкими запросами по инстанциям в полной уверенности, что те наложат вето, и крайне удивлялись, когда из всех инстанций без задержки приходило безоговорочное «добро». Впрочем, была одна оговорка: никаких публичных объявлений, вход в зал по строго лимитированным пригласительным билетам.

В тот вечер всем семейством, включая спецбуфетовцев, отправились на Ленгоры в секретном ЗИСе-110 Ксаверия Ксаверьевича. В гигантском здании не наблюдалось никаких признаков чрезвычайного события. Актовый зал был закрыт. Необъявленный вечер поэзии должен был пройти в университетском Клубе. Все триста мест были заняты активистами и отличниками с разных факультетов. Большинство из них жили в маленьких отдельных комнатах с душем, что считалось по тем временам невероятным комфортом. Народ, стало быть, был хорошо помытый, о чем свидетельствовал низкий уровень запаха пота, что было молчаливо отмечено как семейством Новотканных, так и поэтом. Последний все-таки не удержался и шепнул невесте, что даже в парижском зале Мютюалите душок бывает покрепче. Стоял сдержанный гул, свидетельствующий об изрядном возбуждении: не каждый день здесь на сцену поднимались такие героические, влекущие молодежь фигуры.

Гул затих, едва лишь герой поднялся на подмостки, воцарилась стопроцентная тишина, свидетельствующая о стопроцентном возбуждении, словно в ожидании взрыва. Вечер открыл декан журфака профессор Январь Заглусский. Он представил гостя как выдающегося поэта и журналиста, перечислил его награды и титулы, прочитал отрывки из хвалебной критики, включая даже ту самую ключевую статью из «Красной звезды» 1944 года, «Ты помнишь, товарищ, как вместе сражались. (поэтическая эпопея коммуниста Смельчакова)». Герой встал, поклонился и вдруг... ах!.. снял пиджак и повесил его на спинку стула. В зале вспыхнуло: прям как

Маяковский! Неужто времена ЛЕФа возвращаются?! Свитер тонкой шотландской шерсти плотно облегал разворот его плеч. Глику вдруг обожгло: обязательно повисну на этих плечах! Это мои плечи! Ариадна перепутала очки, нацепила что-то не то на свой греческий нос. Фигура Кирилла не приблизилась, а отдалилась, показалось, что время скакнуло назад и он мальчишкой стоит один где-то в аллее Петровского парка. А он силен, подумал Ксаверий. Ей-ей, я ее понимаю, ей-ей! Фаддей и Нюра, смышленая пара, быстро переглянулись: раз снял пинжачок — значит, может себе позволить.

Сначала он прочел кое-что по злободневной гражданской теме. Пентагон был его главный враг, зловещий пятиугольный ромбоид. Однажды его там задержала местная, из Пентагон-сити, полиция. Не понравилась, видите ли, манера езды на наемном автомобиле. Приказали дуть в трубку, сковали запястья. В участке посадили под портретом своего президента с псевдоаптекарской внешностью. Милитаристская провокация развивалась в полную силу. Выворачивали карманы, рылись в портфеле, засыпали градом непонятных угроз. Как борец за мир он отвечал на все одной фразой: «Пис би уиз ю!» Фараоны грубо хохотали, «олсоу уиз ю», кривляясь, пожимали ему руку, ёрнически осеняли себя крестом. Браслетки все-таки сняли. И вот тогда он встал и произнес четыре слова: «Совьет Юнион, Москоу, Сталин!» Узы мигом распались.

Вы, фараоны угрюмых ристалищ!
Ты, бомбоносный, атомный Пентагон!
Знайте, великое слово — Сталин
реет над маршем
                    наших
                         миролюбивых
                                   колонн!

Публика аккуратно поаплодировала в предвкушении дальнейших, лирических строф, ради которых, собственно, все и пришли. Кирилл подошел ближе к краю сцены и стал оттуда читать стихи из фронтовых тетрадей, среди которых были и уже известные читателям этой книги «Высадка в Керчи» и «Надежда парашютиста». Потом он подтащил к краю стул с пиджаком, уселся в непринужденной, нога на ногу, позе и приступил к откровениям из «Дневника моего друга». Глика с первого ряда оглянулась на зал и сразу увидела там зачарованные лица смельчаковок, что, не будучи ни отличницами, ни активистками, умудрились пробраться в ряды избранных. Теперь уже каждое стихотворение завершалось каким-то общим вздохом потрясенного тихой лирикой, с ее пресловутой смельчаковской «чувственностью», молодого народа. Теперь уже Ариадна оглядывалась на зал. «Надеюсь, он не будет читать «Снова Испанию», — прошептала она на ухо Глике.

«Вторая, еще не завершенная, а потому и ненапечатанная книга «Дневников моего друга» называется «Снова Испания», — сказал Кирилл. — Вот несколько строф из этого цикла».

Глика сжала запястье матери.

> Ты извертелся на перине.
> Кузнецкий спит, гудит пурга,
> Ну почему ты не отринешь
> Кастилию и Арагон?
> Звучит «Фанданго» Боккерини.
>
> Заснуть! Но не смыкаешь вежды.
> Забыть! Но даже через транс
> Она идет, Звезда-Надежда.
> Иль по-французски Эсперанс?
> Увы, тебя не сдержат вожжи.

«Что за странные стихи», — пробормотал академик.

«Ксаверий, молчи!» — шикнула на него Ариадна.

Глика закусила губы. Ее вдруг поразила мысль, что она, вечная невеста вечного жениха, полностью отсутствует среди его лирических героинь.

По смельчаковкам прошло рыдание. Зал волновался. Профессорско-преподавательский состав переглядывался и шептался. Заглусский довольно громко произнес: «Может быть, перейдем к вопросам и ответам?» Вдруг молодой бас прогудел: «Читай дальше, Кирилл!» Кто-то оглушительно захлопал. Зал подхватил. Поэт встал со стула, накинул на плечи свой болотистого цвета пиджак с накладными карманами. Фотограф факультетской газеты «Журфаковец» зажег свою лампу. В ее свете фигура на сцене приобрела слегка монументальные черты. Поэт улыбнулся и достал из нагрудного кармана потрепанный блокнот.

«А теперь, друзья, и особенно вы, мои молодые друзья, я хочу познакомить вас с фрагментами одной экспериментальной работы. Много лет назад, еще до войны, будучи студентом ИФЛИ, я был увлечен древнегреческой мифологией, особенно эпосом Тезея. Я стал записывать в эту книжку строки большой поэмы «Нить Ариадны». Все это вскоре было, конечно, забыто, потому что начался другой героический эпос, в котором мы оказались не описателями и не читателями, а прямыми участниками. И вот недавно, во время переезда на другую квартиру, я стал разбирать свой довольно хаотический архив и натолкнулся на эту книжку. И вдруг сообразил, что во время войны я умудрился побывать на месте действия поэмы, то есть на острове Крит, когда я был на короткое время приписан к штабу фельдмаршала Монтгомери. Вдруг снова загудели во мне те старые песни. Я стал расшифровывать и записывать заново прежние строки. И вот появились первые результаты. Надеюсь, вы будете снисходительны к слегка запутавшемуся автору».

Свершив немало известных деяний
И много больше темных злодейств,
В одном из неброских своих одеяний
Прибыл на Крит боец Тезей.

Бредет он, на метр выше толпы поголовья,
Своей, неведомой никому стезей,
А Миносу во дворце уж стучат людоловы,
Что в городе бродит боец Тезей.

Сюжет в мифологии не зароешь,
Спрятав версию или две.
Не так-то легко пребывать в героях,
С богами будучи в тесном родстве.

Потом он возлег в пищевой палатке,
Зажаренного запросил полбычка,
Вина из Фалерно для высохшей глотки
И кости, дабы сыграть в очко.

Царю в тот же час доложат сыскные,
Хорош он с плебеями или плох,
В какой манере он ест съестное
И часто ли приподнимает полог.

Царь посылает дочь Ариадну:
«Проси знаменитость прибыть во дворец.
Не тешь себя любопытством праздным
И не трещи, дочь моя, как залетный скворец».

Она на подходе понять сумела —
Царская дочь была неглупа, —
Что сердце герою дарует смело
И шерсти овечьей отдаст клубок.

Царская дочь, то есть почти богиня,
В шаткой палатке герою сдалась тотчас.
Шептала: «Ты меня не покинешь?»
И вишнями губ ласкала железный торс.

«Все люди проходят свои лабиринты,
И каждого ждет свой Минотавр,
Но знай, Тезей, на краю горизонта
Пряду я нить из небесных отар.

Если пойдешь ты на Минотавра
И вступишь в запутанный, затхлый мрак,
Держи эту нить и увидишь завтра,
Что царству теней ты не заплатишь оброк.

Теперь отправляйся к престолу Крита,
А я тебе фимиам воскурю.
Эола тут прилетит карета,
И ты свою тайну откроешь царю».

Темные мраморы, мерная поступь.
Стража сзади смыкает штыки.
Сколько храбрость свою ни пестуй,
Жила дергается на щеке.

И вот он предстал перед троном Кносса,
Где чудищ скопилось не меньше ста,
И Пасифая, узрев колосса,
Вдруг разлепила свои уста:

«Я знаю, что ты негодяй прожженный,
Но, если избавишь нас от Быка,
Куб золота дам и дочерь в жены.
Женись и от подвигов отдыхай».

Он отправляется дальше к цели
Спасать афинян, что достались Быку,
Один, словно клещ, вползающий в щели,
Лишь только меч висит на боку.

Вокруг кишат вульгарные твари,
Ищет растления пьянь.
Дико рычит в унисон с Минотавром
Буйная, посейдоновская, океань.

Для пересечения площади пускаюсь в бег.
Ариадны горячий клубок под моим плащом.
Удаляется в сторону вольный брег,
Приближается свод лабиринта, под кирпичом.

Толпа завывает, трусливо гоня.
Опускаюсь, куда послали, во мрак.
Больше никто уже не зажжет огня.
Кремня и кресала даже не дали впрок.

В лабиринте герой теряет глаза.
Нужно видеть кожей, идти на слух.
Ну а если появится прошлого полоса,
Отгоняй эти краски, как знойных мух.

В этом мраке есть житель, он черноту коптит.
Ты не увидишь, как он опускает рога.
Ты только услышишь грохот его копыт
И, не успев помолиться, превратишься в рагу.

Но даже если ты от него уйдешь,
Если прянешь в сторону со щитом,
Если в шейную жилу вонзишь ему нож,
Не найти тебе выхода в светлый дом.

Чу, услышал он, нарастает рев,
Убивающий волю шум,
Сатанинский бессмысленный бычий гнев,
Словно персы идут на штурм.

Я обрываю здесь свой рассказ —
К счастью, не обрывается нить —
В надежде, что ноги смочу росой
И увижу твою финифть.

После выступления и прощания с умеренным количеством тостов семейство Новотканных, вместе с «женихом», решило пройтись по Аллее Корифеев. Над ними стояла апрельская, слегка морозная ночь. Ярко светились Стожары. За спинами у них высился Университет со своими огромными светящимися часами и с подсветкой фигур каменных книгочеев. Лимузин, перекатываясь белыми кругами шин, на самой малой скорости шел вровень с ними по параллельной аллее. Шофер и спецбуфетчики поглядывали из окон. Сначала шли молча. Потом Кирилл спросил:

«Ну как?»

«Ах! — воскликнула Ариадна. — Все было просто замечательно! Кирилл, ты действительно лауреат!» Блестели ее глаза, в темноте она казалась не матерью Глики, но ее немного старшей сестрой. — Ты очень вырос, Кирилл! Какие стихи! Какой верный отбор для сегодняшнего вечера! Особенно мне понравилась... — Она запнулась и продолжила с некоторым принуждением. — Особенно мне понравились стихи гражданского звучания!»

Ксаверий положил на плечо Кириллу свою тяжелую руку. Основательно нажал. «И все-таки я считаю, что «Нить» была лишней. Это слишком, ну, сложно для студенческой аудитории. Ты не находишь?»

Кирилл что-то промычал, стараясь освободиться из-под весомой руки. Глика молчала, кончик носа у нее слегка дрожал, на нем чуть-чуть поблескивала крохотная капля. Он взял ее под руку.

«А ты что молчишь, Гликерия Ксаверьевна?»

«Ах! — сказала она, то ли пародируя, то ли просто повторяя маменьку. — Вы просто всех ошеломили! Никто такой раскованности от вас не ждал. Ваши поклонницы с нашего курса просто отпадали в полуобмороке».

Кирилл растерялся. «С каких это пор... Признаться, не понимаю причины... Что это ты вдруг перешла на «вы»? Дай-ка я лучше вытру твой столь вдохновляющий нос!»

«Оставьте, оставьте! — вскричала она, увиливая от платка. — Что это за панибратство?»

Делая вид, что все переходит к шуткам, они погрузились в ЗИСы, и быстро промчались по Фрунзенской набережной, где к тому времени уже выросли добротные жилые дома, мимо Министерства обороны, мимо ресторана «Поплавок», мимо двух таинственных дипломатических клубов, американского и французского, мимо законсервированной стройплощадки Дворца Советов, потом по Кремлевской набережной, потом мимо Зарядья и Артиллерийской академии, пока в полный рост не возник перед ними их великолепный высотный чертог; и тут подъехали к центральному входу, где и выгрузились.

«Девушки, вы поднимайтесь наверх, а мы с Кирюшей немного погуляем», — вдруг распорядился Ксаверий Ксаверьевич. Жена и дочь знали, что, когда он говорит таким тоном — что случалось крайне редко — лучше не возражать. Кирилл этого не знал.

«В чем дело, товарищ генерал?» — спросил он.

Ксаверий отогнал вновь мелькнувшее желание дать жениху по шапке, или, вернее, по загривку, да так, чтобы тот слегка сплющился.

«Дело в том, мой друг, что твоя античная поэма представляется мне очень опасной».

«Опасной для юношества?» — делано рассмеялся Кирилл.

«Да нет, для автора», — суховато уточнил академик.

«Для автора мифа или для версификатора?» — с еще большей искусственностью хохотнул поэт. Он вдруг почувствовал слабость в ногах.

«Перестань ёрничать! — оборвал его Ксаверий. — Ты, кажется, всерьез вообразил себя гражданином утопической республики, о которой ты постоянно поешь канцоны нашей девчонке. А между тем мы живем в реальном мире, в середине двадцатого века! Прошло всего лишь шесть лет после Постановления ЦК о журналах «Звезда» и «Ленинград». Всего лишь семь лет с конца войны. Может быть, кому-то в вашем Союзе писателей кажется, что подходит время поблажек, однако никто не отменял борьбы против космополитизма, за наше национальное достоинство. Мы собираемся нести свет, очищать горизонт, а ты в этой поэме пишешь о мраке. Твой герой идет в полном мраке, а в глубине этого мрака его ждет сгусток мрака, который убивает всех, кто идет по лабиринту. Ты что, вот пишешь так свои вирши, снабжаешь их диковинными рифмами и не отдаешь себе отчета, что такое этот мрак, кто такой этот Минотавр, этот сгусток мрака?»

«Ну и разгулялось у тебя воображение, Ксава, — пробормотал Кирилл. — Послушай, давай присядем, у меня от твоей зловещей трактовки поэмы, ей-ей, задрожали коленки».

«Именно так будут трактовать ее те, кому полагается это делать. Если, конечно, тебе удастся ее напечатать, — сказал Ксаверий. — А если не напечатаешь, но будешь читать на публике, ее будут трактовать те, кому полагается заниматься другими делами».

Они сидели на длинной скамье недалеко от центрального подъезда. У дверей там стояли шофер Кулачков и спецбуфетовцы Нюра и Фаддей. Охрана засекреченного ученого ни на минуту не прекращалась. Проходила и обычная жизнь. На другом конце скамьи две пожилых дамы в каракулевых манто вместе со своими болонками рассматривали фотокарточки и весело хохотали, что твои молодухи. Мимо скамьи с пинчером на поводке прошел рослый юнец в чрезвычайно узких брюках и с большим, словно проволочным, начесом надо лбом. Он поклонился: «Добрый вечер, Ксаверий Ксаверьевич». Новотканный кивнул ему в ответ. «Кто это?» — спросил Кирилл. У него почему-то улучшилось настроение при виде юного стиляги с пинчером. «Это сын моего коллеги, академика Дондерона», — ответил Ксаверий.

«Послушай, Ксавочка. — Кирилл впервые в жизни назвал его так, как иногда, развеселившись, дразнили могучего кубанца Ариадна и Глика. Назвав его так, тут же пожалел об этом, поймав сумрачный, будто угрожающий взгляд. — Я очень тебе благодарен за твою трактовку и даже весьма польщен, что мое версификаторство разбудило такое трагическое воображение. В конце концов миф всегда содержит в себе и трагедию, и катарсис. Почему, однако, мы не можем осветить всю картину красками светлого исхода? Да, лабиринт — это мрак, да, в этом мраке есть сгусток мрака, но почему не представить себе, что мрак — это угроза новой войны, нависшей над миром, а сгусток мрака — это не что иное, как Пентагон? Тезей бесстрашно идет навстречу этому сгустку, а нить Ариадны — это то, что соединяет его с жизнью, с любовью, со светлым горизонтом, со звоном финифти в конце концов. Почему не представить себе, что Тезей — это ты, Ксаверий Новотканный, великий ученый, призванный защитить мир света и добра?»

Академик расхохотался столь громогласно, бурно и неудержимо, что все присутствующие при этой мизансцене — и дамы в каракуле, и их болонки, и Юрочка Дондерон, и его пинчер, и охрана — обернулись. Он хохотал не менее трех минут, даже прослезился, а потом взял из рук собеседника платок, которым тот пытался ухватить нос Глики, и вытер им свое лицо. «Ну и хитер ты, Кирюха! Теперь я понимаю секрет твоих успехов! Каков хитрец!»

Кирилл молчал. Медлительными движениями он достал из кармана плаща коробку албанских сигарет, зажег свой фронтовой источник огня, с наслаждением затянулся, откинулся на спинку скамьи и закрыл глаза.

Утром его вызвали к Маленкову. Отгоняя от себя мрачные мысли, он быстро побрился, ублаготворил подмышки отечественным одеколоном «Шипр» («Данхилл» может вызвать недоуменное принюхивание), вытащил из шкафа серый, шитый в Военторге костюм, в который обычно облачался для походов в инстанции. Мрачные мысли все же возвращались. Неужели Ксаверий прав? Неужели «Нить Ариадны» действительно так опасна? Неужели второе лицо в государстве получило сигнал уже на следующий день после легкомысленного прочтения? Неужели второму лицу в государстве больше делать нечего, как только бить по башке поэта, пусть он даже семижды лауреат Сталинской премии и депутат Верховного Совета?

Если это так, значит, я вхожу, как Тезей в лабиринт к Минотавру, с той лишь разницей, что у меня нет ни меча, ни клубка Ариадны.

Впрочем, кто осмелится меня вот прямо так столкнуть под землю? Что же, Маленков не в курсе того, что я иногда по ночам беседую с первым и, собственно говоря, единственным сверхчеловеческим человеком государства? Так или иначе я иду вперед, как Тезей. Пусть «жила дергается на щеке», но лучше бы она не дергалась. Скажу ему то, что сказал вчера Ксаве, о Пентагоне и об угрозе новой войны. Не дрожать, не опускать головы. Ради Глики, что может стать моей женой. А может и не стать моей женой, но останется вечной невестой.

В секретариате его даже не заставили ждать, сразу провели в кабинет предсовмина. Маленков сидел за своим столом, заплывшей своей физиономией и круглыми очертаниями похожий на вождя тропического острова Туамоту. Большевистский френч был сильно натянут на животе и слегка засален. Жестом пухлой ладони он отослал всех и показал Смельчакову на кресло.

«Извините, товарищ Смельчаков, что так внезапно отрываю вас от творческой работы, — произнес он своим бесцветным голосом. Желтоватые глаза его не выражали никаких чувств, не было в них и только что произнесенных извинений, не говоря уже о странной сталинской иронии, которая постоянно мерцала в глазах вождя. — У нас тут, понимаете ли, произошло чэпэ. Отправляем сегодня в Париж на сессию Всемирного совета мира очень важную писательскую делегацию. И вот в последний день недуг поразил главу делегации, Александра Александровича Фадеева. М-дас, не в первый раз он нас так подводит. Словом, товарищ Смельчаков, лучшей кандидатурой на роль главы делегации, чем вы, мы сейчас не располагаем».

Это не его фраза, думал потрясенный Кирилл. Он не так говорит. Он повторяет фразу другого человека. Уж не моего ли телефонного собутыльника?

«Кто же входит в эту делегацию, Георгий Максимилианович?» — спросил он.

«Кроме вас, в ней четверо: Симонов, Твардовский, Эренбург и Сурков».

«Позвольте, Георгий Максимилианович, но как я могу быть руководителем таких людей? Ведь они признанные лидеры. Моя позиция в движении за мир гораздо скромнее».

«Не нужно чрезмерно скромничать, товарищ Смельчаков. Вы человек очень большого потенциала. То, что вы уже сделали для борьбы за мир, говорит само за себя. Партия знает вас как предельно преданного бойца».

Как Тезея, уточнил для себя Кирилл. Вождь Туамоту опять повторяет чужие слова. Скорее всего, вождя России. Повторяет, однако, без всякого аппетита.

«В прошлом вас несколько недооценивали, — продолжил Маленков. — Мой предшественник однажды выступил против вашей кандидатуры. — Он заглянул в какую-то лежащую перед ним папочку. — Он сказал, вот дословно: «Товарищ Смельчаков, к сожалению, злоупотребляет алкоголем». — (Кажется, промелькнула чуточка аппетита — подумал Кирилл). — Однако по нашим данным, — предсовмина перевернул страницу, — это не соответствует действительности».

Возникла пауза. Они смотрели друг на друга. У Маленкова моргнуло правое веко. Человеческая жизнь слишком коротка для людей тотальной власти, подумал Кирилл. Веко снова моргнуло. Или у него тик, или он мне подмигивает.

«Ваша кандидатура утверждена товарищем Сталиным», — наконец произнес Маленков.

«Когда мне нужно ехать?» спросил Смельчаков.

«Вы едете вместе со всеми. Кажется, сегодня вечером. Обо всех деталях с вами поговорят наши товарищи на третьем этаже. Желаю вам успеха в вашей благородной миссии».

На третьем этаже его ждали Поликарпов из отдела культуры ЦК и Кобулов, помощник Берии. Оказалось, что все члены делегации уже прошли собеседования. В настоящее время они едут в аэропорт. Если он успеет, то полетит вместе со всеми на рейсовом. Если нет, будет отправлен на самолете посла. Паспорт готов, вот получите. Здесь небольшая часть вашего денежного содержания. Основные суммы получите в посольстве.

«На сессии ожидаются очень значительные фигуры, — проскрипел древесноликий Поликарпов. — Ян Дрда, Халдор Лакснесс, Пабло Неруда. Не исключено, что появится даже Хидальго Хидальгес».

«Это еще кто такой?» — поинтересовался новоявленный глава. «Как, вы не знаете Хидальгеса? Вот вам книжка, Кирилл Илларионович. Почитайте в полете. Пламенная душа».

«Кстати, будьте поосторожней со славянами, — посоветовал одутловато недобритый Кобулов. «Почему «кстати»?» — подумал Кирилл. — Кстати, по нашим раскладкам, Тито задумал массированный десант своей агентуры в Париж. — (Похоже, что он каждую фразу начинает со слова «кстати», но произносит, как «кэсэтати».) — Кэсэтати, Смельчаков, вам на фронте или в мирное время никогда не встречался некий Штурман Эштерхази?»

Кирилл не удержался от смеха, вспомнив тигренка. «Смеюсь потому, Амаяк Захарович, что это имя в прошлом мелькало в роли героя анекдотов. Что-то вроде барона Мюнхгаузена. Правда, уже много лет ничего о нем не слышал».

«Было бы хорошо, Смельчаков, если бы вы рассказали пару-другую таких анекдотов в кулуарах конференции, так, кэсэтати. Особенно если с поляками будете обмениваться юмором. Есть предположение, что этот ваш Мюнхгаузен курсирует туда-сюда с чемоданами литературы».

В таком духе жевали всяческий сыскной вздор еще минут тридцать. Кирилл кивал, подхохатывал, демонстрируя относительную независимость главного фаворита, а сам все думал о том, что людям тотальной власти явно не хватает человеческой жизни, чтобы воплотить свою бредовину в реальность. Наконец попрощались. На сборы ему было дано два часа.

Он помчался в чертог. Нужно успеть перехватить Глику, чтобы стереть всю двусмысленность вчерашнего вечера. Она явно ревнует меня к моим лирическим героиням. Надо успеть ей сказать, что все это было в прошлом, что все это было в предвосхищении главной встречи, что новый цикл будет посвящен их вечной любви и тэ дэ, и тэ пэ. Дверь в квартиру Новотканных ему открыла огорченная Нюра. Оказалось, что сегодня все пренебрегли ее хрустящими блинчиками. Молчали за кофием, дулись друг на друга, а потом все разъехались. Он быстро накатал огромными буквами прощальное послание: «Срочно вылетаю с делегацией в Париж, позвоню оттуда, всех люблю, тебя больше всех, твой ВЖ».

По дороге во «Внуково» в цэковской машине он стал вспоминать того, кому, вне всякого сомнения, он был обязан этим новым назначением. Через несколько дней после переезда в высотку, как и тогда на Кузнецком, около трех часов ночи протрещал кремлевский телефонный звонок. Голос, который нельзя было спутать ни с чьим другим, произнес:

«Кирилл, звоню тебе узнать, как, доволен ты новой квартирой?»

«Не то слово, Иосиф-батоно! Просто счастлив», — ответил он, стараясь придать своему сонному голосу некий звенящий колорит.

Сталин удовлетворенно хмыкнул. Потом чем-то тихонько застучал: очевидно, выколачивал трубку. Потом спросил:

«Греми» там нашел?»

«Конечно, нашел. Наслаждаюсь, Иосиф-батоно. Бьет любую французскую марку, знаете ли, не говоря уже про «Арарат». Какой букет, какой благостный жар проходит внутрь! Как будто чья-то дружеская рука проходит внутрь. Наверно, ваша, Иосиф-батоно».

«Почему такая формальность, Кирилл?»

«Не понял, Иосиф-батоно».

«Послушай, Кирилл, тебе хмельноватый друг звонит среди ночи. Не нужно всяких там «вы». Давай со всякими там «ты».

«Теперь понял тебя, Иосиф».

«Давай наливай себе, Кирилл! Сколько граммов себе наливаешь?»

«Граммов сто пятьдесят, Иосиф».

«Твое здоровье, Кирилл».

«Твое здоровье, Иосиф».

Говорят, что на Западе есть секс по телефону, подумал Кирилл, а тут вот мы с корифеем всех времен и народов надираемся по телефону. Он не раз признавался себе, что любит вождя с полной искренностью, проще — он его боготворит. Вместе со всеми миллионами он творит из него Бога. И когда Бог будет полностью сотворен, монстр уйдет и возникнет новая религия. Пока что мы с ним надираемся по телефону. Ну как тут обойтись без легкой иронии?

«Как прошло, Кирилл?»

«Птичкой пролетело, Иосиф!»

«Надеюсь, ты не залпами пьешь «Греми», как все эти наши солдафоны?»

«Иосиф, как мои родители пили «Мартель», так и я пью несравненный «Греми». Знаешь, они были людьми той культуры...»

«Кирилл, я все знаю о твоих родителях. Разве ты не знал, что это именно о тебе кем-то была сказана фраза «сын за отца не ответчик»? Скажи мне лучше, ты своими соседями доволен?»

Неужто мне и соседей по его выбору подобрали? Холодок прошел от Волги вдоль позвоночника.

«Очень доволен, Иосиф. Настоящая советская семья».

«В этом никогда не сомневался. И дочкой их Гликерией, как я понимаю, доволен, Кирилл?»

«Ах, Иосиф, Глика — это просто символ нашей молодежи. Иногда мне кажется, что она не ходит, а парит, как радужная дева социализма».

«Неплохо сказано, Кирилл, клянусь нашим Кавказом, ярко сказано. Только ты не очень-то увлекайся символизмом. Вот что я тебе скажу: эта девушка должна стать цветущей матерью Новой фазы».

«Новой фазы, Иосиф?»

«Вот именно, Кирилл. Положи ее к себе в постель и делай с ней детей. Сразу увидишь, что началась Новая фаза нашего счастья».

Кирилл задохнулся, запечатал себе ладонью рот. Неужели он знает даже о нашем завете?

«Ты что молчишь, Кирилл? Может, что-нибудь не так? Может быть, ты что-нибудь неверное замечаешь в этой семье, какие-нибудь признаки титоизма?»

«Что это такое, Иосиф? Я такого термина еще не слышал».

«Налей себе еще сто пятьдесят, Кирилл. Я тебе что-то важное скажу».

«А ты себе уже налил, Иосиф?»

«Как приятно с тобой пить, Кирилл! Ни с кем мне так не приятно пить, как с тобой. Даже с Шостаковичем не так приятно, как с тобой. Итак, я поднимаю свою дозу, и ты поднимай свою дозу! Пьем!

А теперь заедаем ломтиком лимона. У тебя там есть лимон?»

Кирилл, не отрывая трубки от уха, побежал на кухню. Хватит ли шнура, чтобы добраться до лимона? Лимона не нашел, откусил от огурца.

«Заел ломтиком лимона, Иосиф».

«Не понимаю, почему вы, русские, так любите огурцы? В них одна вода. Ладно, Кирилл, теперь слушай государственную тайну. В последнее время я повсюду вижу южных славян, Кирилл».

«Как это понять, Иосиф?»

«Как можно этого не понять, Кирилл? Тито повсюду насаждает свою агентуру, смертоносных гайдуков. Я вижу их даже в моей охране. Даже на секретных заводах, глубоко под землей. Придешь в Большой театр, на балет, вдруг в зале по меньшей мере десяток рож с бакенбардами оборачиваются на ложу и смотрят на тебя с гайдучьим вниманием. Уничтожаешь обнаруженных, и тут же появляются другие, в еще большем числе. Он не жалеет людей, кровавая собака!»

«Я просто ошарашен, Иосиф. Ты уничтожаешь этих гайдуков, и тут же появляются новые?»

«Они готовят штурм Кремля, Кирилл. Или Ближней дачи. Ты ведь был у меня на даче, правда, Кирилл Смельчаков?»

«Нет, Иосиф, я никогда не был у тебя на Ближней даче».

«Это плохо, что ты не был в моих жилых местах, Кирилл Смельчаков. Я распоряжался, говорил Власику, чтобы тебя привезли, но ты не появлялся. Я подумал, что ты не хочешь меня навестить. Не хочешь сближаться. Подумал, он ездит за границу, этот Кирилл Смельчаков, читает там всякую гадость про меня. Ты знаешь, там меня диктатором называют. Почему молчишь?»

«Я просто потрясен, Иосиф. Ты для меня не диктатор, а любимый вождь, как для всего советского народа».

«Спасибо тебе, Кирилл Смельчаков. Товарищ Сталин — не диктатор. Товарищ Сталин — вождь. Ты всегда правильное слово находишь! Ты обязательно должен приехать ко мне на Ближнюю дачу. Увидишь собственными глазами. Там, знаешь, между кинозалом и моим кабинетом есть такая идиотская система коридоров, направо, налево, вниз, вверх. Настоящий лабиринт. И на каждом углу стоит энкавэдешник с оружием. Понимаешь, Кирилл, я им не доверяю. Иду по коридору и думаю: откуда выстрел придет, сзади, или спереди, или сбоку? Киров вот тоже не знал, откуда троцкист налетит. Ты должен приехать и сам увидеть этот лабиринт, Кирилл».

«Знаешь, Иосиф, меня тоже как поэта тревожит тема лабиринта. Я был в знаменитом критском лабиринте, где стоял Минотавр и шел Тезей».

«Значит, ты понимаешь меня, Кирилл! Значит, если титоисты пойдут на штурм, ты примчишься, чтобы возглавить смельчаковцев, нашу последнюю линию обороны?»

«Что ты имеешь в виду, говоря «смельчаковцы», Иосиф?»

«А вот этого пока я даже тебе не скажу, товарищ Кирилл Смельчаков».

Приблизительно в этом месте диалог прекратился. Кирилл погасил лампу и долго лежал в темноте. Что происходит с ним, с этим не-диктатором, с этим вождем? Глухие слухи бродят по Москве о каких-то яростных вспышках, о страшных приказах, о том, что окружение не спешит эти приказы выполнять в промежутках между вспышками, а он о них как-то странно забывает и превращается на пару дней в доброго дедушку. В ужасе кто-нибудь произносит тот старый, еще 1927 года, бехтеревский диагноз, и после этого тот, кто произнес, почти немедленно исчезает. Что будет с Союзом Республик, думает Кирилл немного в платоновском ключе и покрывается каким-то мочевым потом, сродни тому, что появлялся, когда танки противника прорывали оборону. Он осознает, что в твердыне социализма не сформировалась еще каста царей-философов и что правит не царь, не философ, но всего лишь один-единственный больной человек; не диктатор, вождь...

Он поднялся с ложа и отдернул шторы. В ночи открылся головокружительный вид на покрытую лунным светом Москву. Темный Кремль был виден как на ладони. Светилось там только одно окно, о котором спето столько песен акынами Советского Союза. Вдруг он почувствовал чье-то присутствие у себя за спиной. Резко обернулся. Во мраке комнаты, чернея антрацитовой чернью, стоял бык Минотавр.

Во «Внукове» ему пришлось бежать через летное поле. ИЛ-14 уже раскручивал два своих пропеллера, но дверь еще была открыта. Те, кто бежал вместе с ним, особисты, погнали назад уже было отъехавший трап. Успел! Делегация, четверо знаменитых, сидела в первом ряду. Из них только Эренбург был тверез, читал «Юманите». Симонов, Сурков и Твардовский приканчивали неизвестно какую по счету бутылку «Греми». Значит, не только я отступился от «Арарата», подумал Кирилл. «Старрык! — раскрыл ему объятия Симонов. — Ты знаешь, что мы тезки? Ведь я тоже Кыррыл, только скррываю, старрык, не раскррываю скобки!» Эту «тайну» Симонов рассказывал Смельчакову уже сто раз и всегда вот в эдакой разудалой гррассиррровке. Все были в превосходном настроении, а в каком еще, старрыки, можно быть настроении, вылетая из Москвы в Париж! Устаканили еще одну бутылку. Сурков читал свои столь популярные в богемных кругах столицы «ловушки».

> Стиль «баттерфляй» на водной глади
> Нам демонстрируют три девы.
> Плывут направо и налево,
> На нас задорным взглядом глядя.

Все бурно хохотали, только Эренбург улыбался тонко, толстую желтую курил сигарету «Ле бояр» и попивал коньяк маленькими глотками в манере Кирилловых родителей, о которых все знает друг Иосиф.

Потом и панславяне угомонились, и каждый остался сам по себе, в кресле с ремнем безопасности и с пакетиком для блевания на всякий случай. Самолет шел через облачный фронт, часто проваливался в «ямы». Лучшее дело в таких полетах — заснуть, либо на дне «ямы», либо над ней. Знаменитости уже подсвистывали честолюбивыми носами, включая и крохотульку здоровенного Твардовского. Кирилл в дремоте, в расплывчатом состоянии вспоминал последний, то есть третий по счету, телефонный разговор с ночным Иосифом.

«Кирилл, прости за назойливость, это Иосиф. Послушай, я хотел тебя спросить: ты в Югославии ведь, кажется, бывал? Какого ты мнения о них?»

«Прости, Иосиф, о ком?»

«О всех этих сербах, хорватах, словенцах, что ли, боснийцах, македонцах, кто там еще, а главное — о руководстве. С кем ты там встречался, назови по именам».

«Дай подумать, Иосиф».

В паузе на обдумывание Кирилл уловил какой-то странный хмычок Сталина, как будто тот был удивлен, что кто-то так запросто называет его Иосифом.

«Я там первый раз был еще корреспондентом в конце сорок третьего, на партизанских базах. Познакомился с самыми главными, с Тито, с Ранковичем, с Джиласом, с Карделем, кто еще, ах да, Моше Пиаде. Они тогда праздновали победу над четниками, собрали всех своих комкоров, веселились, пели наши песни...»

«Какие наши песни, вы запомнили?» — с неожиданной сухостью перебил Сталин.

«Ну вот например: «Эй, комроты, даешь пулеметы! Даешь батарею, чтоб было веселее!»

«Вот военщина, — усмехнулся Сталин. — Ну а в мирное время вы с ними общались?»

«В мирное время я был там с делегацией в сорок седьмом году, незадолго до того, как отношения испортились».

«Не по нашей вине», — быстро сказал Сталин.

«Конечно, не по нашей. Нашу делегацию принимали совсем на другом уровне. Тито был недосягаем. Нас принимал Коча Попович, потом председатель их Госплана Андрия Хебранг, кроме того,

Сретен Жуйович, а также молодой писатель из партизан Младен Оляча...»

«Немало, немало, — пробормотал Сталин. — Ну что скажете об этих людях?»

«Трудно сказать что-нибудь определенное, Иосиф. Мне кажется им было как-то неловко принимать нас с такой прохладцей, с такой как бы неполной искренностью. Ведь еще вчера, Иосиф, они на нас равнялись».

«А почему, товарищ, вы меня так запросто называете Иосифом? — с нарастающей свирепостью вопросил Сталин. — Мы что, на брудершафт с вами пили?»

Кирилл испытал неожиданное головокружение, хотел было положить телефонную трубку, но потом, сообразив, что одно лишь неверное движение отделяет его от полной катастрофы, бросился головой вперед. «А разве не пили, Иосиф? Разве не мне ты посылал ящик «Греми»? Разве не Кириллом ты меня называешь? Разве мы не два слегка хмельноватых друга, Иосиф?»

На другом конце провода, то есть на расстоянии не более полутора километров по прямой, то есть не более нескольких минут полета на планере (вдруг вкралось — «на планере с бомбой»), там, на другом конце, послышалось что-то вроде кудахтанья.

«Смельч... Смельч... Это ты, Кирилл-дружище... Прости, что-то я зарапортовался... Весь день телефоны, курьеры... сотни курьеров, бессчетные телефоны... Ну давай нальем, генацвале! Будь здоров, герой нашего времени!»

Чокнулись через Зарядье. Сразу восстановилась близкая дружба слегка чуть-чуть хмельноватых друзей.

«Тут возникла мысль, Кирилл, слегка чуть-чуть

опередить ревизиониста Тито. У нас есть некоторое преимущество. Мы знаем, что он нам готовит, а он не знает, что мы ему готовим, потому что мы пока не готовим ничего. Понимаешь? А что, если что-нибудь быстренько для него подготовить и таким образом его опередить? Что ты думаешь по этому поводу?»

«Иосиф, ведь ты знаешь, что я всего лишь поэт. Вряд ли я могу быть экспертом в большой политике».

«Послушай, Кирилл, насколько я знаю, ты не только поэт, ты еще и солдат, не так ли?»

«Значит, ты знаешь, Иосиф, что я состою в резерве ГРУ?»

«Как я могу этого не знать, Кирилл? Надеюсь, ты понимаешь, что я не могу этого не знать. Вот именно поэтому и обращаюсь к тебе как к своему самому надежному резерву».

«Слушаю тебя, Иосиф».

«Вот, Кирилл, возникла такая неплохая, как мне кажется, идея атаковать остров Бриони, когда там соберется вся клика выродков революции. Согласен ты возглавить передовой отряд смельчаков-цев?»

Сейчас, качаясь вместе с самолетом вверх и вниз, Кирилл отчетливо вспомнил эти слова Сталина. В то же время он подумал: а не звучат ли они во сне? — и понял, что засыпает. Было ли так, что я строевым шагом прошагал по проходу между кресел в хвост самолета, к туалету, то есть в задний проход? Я открываю дверцу чуланчика и вижу там сидящего на унитазе Иосифа. Вижу это во сне или вспоминаю? «Готов выполнить любой приказ родины, Иосиф! — сказал я тогда по телефону. — Как я могу не выполнить приказ Верховного Главкома, Иосиф?» По телефону или во сне? И добавляю:

«Прошу, однако, посвятить меня в верховную цель экспедиции». Кажется, не совсем так было сказано по телефону, частично этот запрос произносится во сне. Сталин поднимает указательный палец, похожий на корень женьшень. «Устранив из биологической жизни Тито и его биологическую клику, мы займемся грандиозной задачей переселения народов. Хорватов отправим в Казахстан; уверен, заживут привольно на просторах. Сербов будет приветствовать Украина золотая. Татары казанские потеснят боснийцев. Народам вредно засиживаться на одном месте, Кирилл. Тысячелетие просидел — и достаточно. Отправляйтесь к новым горизонтам! Теряйте слабых, укрепляйтесь сильными! На политической карте мира возникнет новая формация рабочих и крестьян!»

Этот Иосиф, думал Кирилл, да ведь это настоящий темный демиург человечества; демиург, который метит в боги. Теперь они вдвоем вроде бы сидели на крыле самолета, подлетающего сквозь тяжелый циклон к Парижу. «Это что же, Иосиф, продолжение перманентной революции иудушки Троцкого?» — осторожно спросил Кирилл. Сталин заливисто рассмеялся, сущий ленинец. «Это у него она называлась перманентной завитушкой, а мы назовем ее победоносной!»

Кучевые облака перед ними стали сгущаться так, как это иной раз бывает во сне. Сгусток сей вдруг принял очертания некоего раздутого, с многочисленными перетяжками, существа сродни рекламе французских шин «Мишлен».

«Кто вы такой?» — сурово спросил Сталин.

Существо гулко рассмеялось. «Меня многие знают среди руководства, товарищ Сталин. Кирилл

Смельчаков, не притворяйтесь, ведь вы меня знаете. Я Штурман Эштерхази».

«Я знал вас с младых когтей как тигренка», — проговорил с некоторым ужасом Кирилл.

«Тоже скажете! — еще пуще развеселилось существо. — Вот так и распространяются обо мне нелепые сплетни. — Он вытащил из какой-то своей складки микрофон и сделал объявление: — Товарищи пассажиры, просим вас занять свои места и пристегнуться. Через десять минут мы совершим посадку в аэропорту Бурже».

Кирилл проснулся.

Новое поколение

У читателя может сложиться впечатление, что Глику Новотканную постоянно сопровождает хорошая погода. Продолжайте оставаться в этом великолепном заблуждении, мой друг. Ведь даже и мокрый апрель иной раз предлагает сюрпризы, возникают своего рода оазисы солнечного света, интенсивно-синего неба, вдохновляющих бризов; температура зашкаливает за двадцать градусов по Цельсию. В один из таких дней, оставшись одна в квартире, девушка примеряла мамины платья. Особенно понравился забытый уже родительницей набор тридцатых годов: маркизетовое васильковое платьице, высоко приталенное, с буфиками на плечах, беретик а ля бульвар, модельные лодочки, белые носочки и, наконец, самое сногсшибательное — белые фильдеперсовые перчаточки! Отражение в зеркале получилось неотразимым. Вот в таком виде и отправлюсь гулять; пусть все это племя трепещет!

Ах, эта Глика, думаю я сейчас, внедряя в компьютер эти строки. Ведь она была моей ровесницей, минус десять месяцев. Мне кажется, что я ее тогда встречал. Вот шляюсь я в 1952-м таким мрачневским чайльд-гарольдом вокруг высотного дома, саркастически наблюдаю все эти гранитные фигуры, колоннады и башенки с шишечками. Презираю от всей молодой души стиль и роскошь сталинской аристократии. Интересно, что выступаю здесь как представитель какого-то другого стиля, а вовсе не человек нищеты. Между тем в жизни я пока что не видел ничего, кроме отвратительного прозябания: в Казани жил в переполненной коммуналке и спал на раскладушке под столом, в коммуналке, где туалет был захавожен и разрушен еще во вторую пятилетку и ходили все во двор, в деревянный сарайчик, в котором зимой над очком намерзала такая пирамидка нечистот, что уже и не пристроишься. А в Магадане с мамой жили вообще в завальном бараке, пропахшем тюленьим жиром. Правда, гальюн был внутри.

Откуда же взялось у таких окологулаговских пацанов байроническое презрение к советскому стилю? Позднее, когда мне уже исполнилось сорок молодых, я размышлял о загадках этой эстетики. Однажды в сибирском городке науки на пустыре выросла монументальная проходная с лепными гирляндами фруктов и триумфальные ворота чугунного литья с вензелями и золочеными пиками. Молодые лирики-физики возмутились. Что за отрыжка архизлишеств, что за Яузская набережная?! В печку эти ворота, у которых, кстати, и забора-то еще нет, а из чугуна отольем этиловую молекулу в стиле Генри Мура! И тут академик Великий-Салазкин тихим голосом возразил: «А я бы на вашем месте, киты, оставил бы эту титаническую архитектуру как память о середине Ха-Ха, то есть двадцатого века».

И впрямь, вот пролетели от «середины Ха-Ха» уже десятилетия, и кто может себе представить Москву-Кву-Кву без ее семи высоток, без этих аляпок, без этих чудищ, без этой кондитерской гипертрофии?.. Подхожу я к какому-нибудь высоко-генеральскому дому с козьими рогами на карнизе, с кремом по фасаду, с черномраморными вазонами, которые когда-то так горячо презирал всеми фибрами молодой футуристической души, и вдруг чувствую необъяснимое волнение. Ведь это молодость моя шлялась здесь и накручивала телефоны-автоматы по всей округе, ведь это наши мечтательные девушки росли в этих домах; и презрение вдруг перерастает в приязнь.

В тот апрельский погожий день я шлялся вокруг высотного дома вовсе не по байроническим, а, напротив, сугубо по практическим соображениям. Некий Юрка Дондерон должен был у меня забрать пакет рентгеновских снимков, который я, студент-медик, безнаказанно изъял из захламленного подвала клиники Казанского меда. Этот Юрий наладил у себя в комнате студию звукозаписи джазового материала. Сын каких-то выдающихся родителей, он обладал «автономным», как он выражался, помещением, в котором стоял «колоссальный», как он выражался, радиоприемник «Телефункен» с «потрясным», как мы оба выражались, коротковолновым диапазоном. В качестве гонорара мне полагался «рентгеновский» диск с песенкой Армстронга «Oh, when the saints go marching in».

Итак, мы стояли с ним на ступенях центрального входа и напевали друг другу разные фразы из подцепленных где-то и полностью отвергнутых нашей страной джазовых мелодий: Армстронг, Вуди Герман, Гленн Миллер, Дюк Эллингтон. Притоптывали подошвами под подозрительными взглядами проходящих жильцов. Завелись по-страшному, как вдруг отъехала многопудоводубовая дверь и из подъезда выпорхнула какая-то умопомрачительная в своей красе девица нашего возраста. Я стоял лицом к подъезду и потому увидел ее прежде, чем Юра. Что-то такое, видимо, очень сильное, отразилось на моем лице. Он так резко обернулся, что правая нога у него вроде бы обломилась.

«Привет, Дондерон!» — бросила ему девица, пролетая мимо.

«Глика, подожди!» — крикнул он и устремился вслед за ней, полностью забыв о поставщике звукозаписывающего материала.

Я смотрел им вслед, вернее, ей вслед, Дондерон фигурировал в поле зрения лишь как досадная помеха. С тоской я думал о том, что эта «девушка моей мечты» уж больше мне никогда не встретится. Мог ли я предположить, что она станет моей звездой?!

«Ты не поверишь, Юра, я так люблю наш дом, что мне даже становится не по себе, когда он исчезает с горизонта», — сказала Глика юному Дондерону. Они стояли на горбу Большого Устьинского моста через Москву-реку. Громадина высотки не выказывала никаких побуждений исчезнуть с горизонта. Напротив, она закрывала собой все северо-восточные склоны московского небосвода. Из-под Малого моста, как будто прямо из-под титанического чертога, вытекала река Яуза. Большая набережная малым горбом перекатывалась через малую реку. По ней нередко проезжали машины: то стайка горбатых «Побед», то одинокий «Москвич», то троллейбус №16, а то и бронированный «Паккард», за толстенным стеклом которого на луноподобной физиономии мечтательно поблескивало пенсне. По правую же сторону от стоящих юношей, на противоположном берегу Москвы-реки, с удивительной стойкостью переживал опалу конструктивистский шедевр Института стали и сплавов, а также зижделся большущий, хоть и не сравнимый с яузским чертогом, жилой дом темно-терракотового цвета. Эти жилые дома весьма приличного качества в народе называли «генеральскими», однако вот этот, терракотовый, помимо качества, нес на себе еще какую-то архитектурную мечту, а именно некую надкрышную колоннаду, увенчанную к тому же павильоном-беседкой, да еще и с устремленным вверх шпилем. Глике Новотканной нравилось объединять свой чертог и близкий заречный дом в одну будущую неоплатоновскую агору. Нет, у нее не было ни малейшего желания покидать эти места в отличие от тех борцов за мир, что только и помышляют схватить полупустой чемодан и отчалить за границу.

«Вообще-то недурна наша избушка, — согласился Дондерон, — хотя до Эмпайр Стэйт Билдинга ей еще расти и расти».

Глика покосилась на него и прыснула: юнец не спускал с нее влюбленного взгляда, к тому же все время гудел себе под нос что-то джазовое; очевидно, боролся с волнением.

«Ты слышала, Глика, такую песенку про Эмпайр:

Забрались мы на сто второй этаж,
Там буги-вуги лабает джаз?

Тут у нас на факультетском вечере Тимка Гребцов рванул эту штуку своим баритоном. Шороху было!»

Глика повернулась к нему. Вездесущий в устье Яузы ветер немедленно облепил маркизетом ее удивительную фигуру. Юра заметно содрогнулся.

«Я вижу, Юрка, ты плотно вошел в компанию стиляг, — проговорила она, однако не с осуждением, а с некоторой заинтригованностью. — Все эти тимки, бобки, ренатки, гарики... Это правда, что вы отчаянные пожиратели сердец?»

«Мы просто джазом все увлекаемся, — сказал он и положил ей руку на бедро; она не сбросила руки. — Знаешь, Глик, я во всем согласен с классиком соцреализма: если враг не сдается, его, в натуре, уничтожают, и только в одном ставлю его мудрость под вопрос. Он сказал: «Джаз — это музыка толстых», а джаз, как раз наоборот, — музыка худых. Слышала вот такую штучку: «Это песенка кварталов запыленных, это песенка голодных и влюбленных»? — Он чуть придвинулся к ней, и она не отодвинулась. — Вот где началась эта музыка, понимаешь?» Она отвернулась от него, но так, что их бедра соприкоснулись.

«Как ослепительно сверкает река! — воскликнула она. Положила обе руки на затылок и потянулась. — Сейчас бы стащить платье и спрыгнуть в воду!» Он схватил ее обеими руками за талию: «Не пущу!» Она не освободилась. «Ну а ты ради меня спрыгнул бы с моста?»

«Только скажи, в ту же секунду», — внезапно охрипшим голосом проговорил он. Жалко только гэдэ, подумал он и стал уже вылезать из своих башмаков с толстенной, в три пальца, каучуковой подошвой, за которыми недавно ездил в Ригу. Она рассмеялась и выскочила из его объятий. «Ты с ума сошел, Юрка! Пойдем лучше к тебе, я хочу послушать твой джаз».

На обратном пути к дому они молчали и только иногда посматривали друг на дружку. Вот так я отвечу на равнодушие Смельчакова, думала она. На его подлые отписки. Люблю вас всех, особенно тебя, мой ВЖ! Хватит, пора с этим кончать. Пусть вот этот мальчик меня первым возьмет, Юрка Дондерон! Стиляга-сердцеед...

Неужели она действительно пойдет ко мне, на «автономную территорию», думал Юрка. Ведь у нее в любовниках сам Смельчаков. Уж он-то наверняка развратил ее до предела. Впрочем, он, кажется, куда-то уехал. Ну, конечно, его здесь сейчас нет, вот поэтому она и идет ко мне, эта красавица, развращенная до предела.

Все складывалось очень удачно. Родители Дондероны уехали в Кисловодск вместе со спецбуфетчиком Дорофеем. Доберман-пинчер Дюк вместо предписанной его роду свирепости предложил гостье исключительную нежность. Он прыгал вокруг, приглашал играть, трогал ее лапой, клал голову на колено. Юрка в конце концов вытащил его с «автономной территории» и закрыл дверь. Последующая сцена проходила под аккомпанемент жалобного скулежа этого грозного пса.

Очень долго они целовались, стоя посредине комнаты. По сути дела, это был первый поцелуйный шквал в ее жизни. Кирилла никогда не допускали до такой целовальной вакханалии. Иной раз тому удавалось сорвать один-два поцелуя, однако желанные губы тут же от него отстранялись и надувались в обиде: не будучи актами совокупления, телесные поцелуи все-таки были чужды высокой любви и небесной помолвке. Юрочка Дондерон явно обладал солидным опытом в области поцелуев. Он, например, умел глубоко, чуть ли не до глотки, проталкивать в ротовую полость партнерши свой язык. Временами он сопровождал это проталкивание попытками протиснуть свою коленку меж ее ног. В эти моменты он начинал дрожать и слегка отстранялся. Потом поцелуи возобновлялись. В конце концов она почувствовала отвращение, хотя ничего отвратительного не было ни в свежих губах, ни в языке юного сердцееда. Она подумала, что есть что-то механистическое в этих бесконечных поцелуях. Они невыгодно отличались от мимолетных поцелуев ВЖ с их почти неотвратимой чувственностью.

Нужно все перенести в другую плоскость, показать ему мое желание, подумала она. С решимостью Жанны д...Арк она стащила через голову платье и подставила ему спину, чтобы расстегнул лифчик. Он схватил ее груди и стал их мять. Ну перестань, без всякой нежности сказала она и стала закрывать груди ладонями. Оставшись в одних панталончиках по колено — для полноты картины мы должны всетаки добавить, и в носочках, а также, для усугубления реализма, не забудем и беретика а ля бульвар, — она стала от него отпрыгивать, отбегать, и он тогда, как безумный, начал ее гнать по комнате — падали этажерки, путались в ногах шнуры, вдруг заиграла радиола, You are my destiny, you are my revery — пока не повалил наконец на свое широкое низкое ложе, на коем побывали до нее, и не раз, и Дина Дурбин, и Соня Хенни, и Сара Леандр, и Дженнет Макдоналд.

Ну все, момент настал, подумала она и закинула руки за голову. И даже начала немного раздвигать колени. Пусть протискивается, пусть внедряется, пусть делает, что хочет, со своей штукой, которая, то есть который, так настойчиво упирается мне в пупок. Он лежал на ней и был уже готов распоясать весь свой поддон, когда предательская мысль пришла ему в голову: а вдруг она, с ее опытом, найдет там совсем не то, на что рассчитывала? Тогда он стал бессмысленно, хаотично тянуть ее панталончики и в конце концов весь отдался позорному извержению, рычал и стонал и наконец отвалился в сторону, лицом в свои заскорузлые простыни и затих. Невероятный запах залепил ее ноздри, боги Олимпа, совершенно невероятный, ужасный и желанный!

Минут через пять она спросила:

«Ты жив?»

«Не очень», — ответил он.

Еще через пять минут последовал новый вопрос:

«А здорово получилось, правда?»

«Издеваешься?» — ответил он вопросом на вопрос.

« С какой стати? — проговорила она и погладила его по набриолиненной макушке. — Ты так здорово излился, Дондерончик! Видишь, я вся измазалась твоей секрецией!» Села и прислонилась спиной к стене. Между нами говоря, любезный читатель, она испытывала ранее неведомый подъем. В ходе этой, столь продолжительной возни, погони и ловли, хватания за нежные части тела, а также давления сверху она несколько раз почувствовала что-то похожее на сладкие сновидения или на полусновидения, сопровождаемые трепетом собственной правой руки в своем заповедном треугольнике, и теперь, после первого в жизни трепета с партнером, с этим красивым мальчишкой, ей казалось, что она уже приобщилась к миру большой эротики. Слово «секс», читатель, было тогда неведомо советскому населению.

Юрка боялся шевельнуться, чтоб не расхлюпаться. Все же он выпростал левый глаз из расплющенной подушки и посмотрел снизу вверх на сидящую Глику.

«Я обожаю тебя».

Она рассмеялась: «В каком смысле?» И положила обе ноги ему на спину.

«Во всех смыслах! — Он осмелел и повернулся набок. Обожествленные ноги оказались теперь у него на боку. — Глик, ты уж прости, что я так облажался. Первая встреча, знаешь ли».

Она продолжала смеяться: «В каком-то смысле ты меня почти лишил невинности, Юрк!»

Он ахнул: «Я? Тебя? Почти? Лишил невинности? Да ведь это я мечтал с тобой лишиться невинности!»Тут оба они расхохотались и принялись друг другу давать подзатыльники, лупить пятками и возиться, как пара котят.

Когда угомонились, он ее все-таки спросил:

«А как же Кирилл-то Смельчаков? Разве вы не любовники?»

«Да ты что, Дондерон-охламон? — возмутилась она. — Да ведь он почти ровесник моей мамы! Он просто оказался нашим соседом — вот и все. Интересный такой человек, поэт, борец за мир. Вот мы с тобой лижемся, изливаемся, а он в это время в Париже дает отпор врагам нашей весны человечества!»

Потом они оделись, выпили из дондероновского буфета по рюмке бенедиктина, закурили по болгарской сигарете «Джебел», послушали пластинку Фрэнка Синатры:

Over and over
I keep going over
The world we knew,
The days when you
Used to love me...

Этот язык они оба знали, поскольку воспитывались в академической среде. А вот певца со столь мужественным и чувственным баритоном Глика слушала впервые. Никогда она не могла вообразить, что ее так глубоко захватит американская романтика. Ей даже казалось, что она уже чувствовала что-то подобное в каком-то своем то ли сне, то ли полусне. Любовь заполнила все ее существо, но к кому — она не могла еще понять: то ли к этому смешному мальчику, который так трогательно, как он говорит, «облажался», то ли к своему «вечному жениху», этому жесткому рыцарю какой-то неведомой «звезды-надежды», к Тезею, как оказалось, а не Лоэнгрину.

Вот ты сказал «облажался». Это по-каковски?» — спросила девушка на прощанье.

«Это по-лабушски», — пояснил юноша.

«А это по-каковски?»

«Это по-нашему».

Все, словом, прошло чудесно. Оба были рады тому, что между ними возникла удивительная откровенность. Со счастливым замиранием они предвкушали будущие встречи и не знали, что вскоре их возьмет в свои наждачные руки почти невыносимая тоска.

Что касается меня, ну того юнца, который притащил Дондерону пакет рентгеновских снимков для дальнейшего расширения производства «джаза на костях», то я долго не мог забыть пролетевшей мимо меня сверкающей девушки. Несколько раз я звонил Юрке, подолгу болтал с ним о джазе, напевал выхваченные из эфира ритмы и все ждал, что он упомянет среди этой болтовни хотя бы просто имя своей девчонки, за которой он так стремительно тогда помчался. Однажды я даже понес какую-то ахинею о девушках: дескать, странно как-то получается с женским полом среди современной молодежи: почему они в основном какие-то индифферентные, то есть мало торчат на джазе? Все было тщетно. В ответ на мои фальшивые вздохи Дондерон только хохотнул: «Ну что ты хочешь от этих дунек-с-трудоднями?»

Должен признаться, несколько раз я выгружался с «Таганской-кольцевой» и двигался вниз по Радищева к исполинскому торту с башенками в надежде натолкнуться на «безымянное чудо природы», как я в уме величал ту девчонку. Приблизившись к исполину, проникал во дворы и вроде бы спешил псевдоделовой походкой к центральному выходу, откуда тогда вспорхнуло «б.ч.п.»? Из многочисленных подъездов мильтоны, охраняющие покой своих высокопоставленных хмырей, провожали меня подозрительными взглядами. Все было тщетно, она ни разу не промелькнула.

Тут подошел Первомай, праздник международной солидарности трудящихся. Дондерон вдруг ни с того ни с сего пригласил меня принять участие в колоссальной вечеринке у него «на хате». Не пожалеешь, олдбой, предков не будет, а кадры будут. Давай, пристраивайся на Моховой к колонне Университета, протопаем все вместе по Красной, а потом, за Базилем Блаженным, свернем на набережную и прямиком дунем к моей избушке. Откроем сразу «Бал дровосеков»! Тудудуруруруру, тудудуруруруру, тудудудруруру, бдаааааам!

Ну вот тут-то уж я ее обязательно увижу! Уж наверняка она там окажется! Уж если Юрка так за ней бегал по улице, то все же наверняка ведь пригласит к себе «на хату»! И она наверняка все-таки придет, ведь все-таки международный праздник солидарности, эту песню не задушишь, не убьешь все-таки! Представляю, как она будет выделяться среди «дунек-то-с-трудоднями»! И вот тут к ней некто из низшей касты, но все-таки чем-то привлекательный молодой человек подгребет, то есть я. Ну, конечно, совсем не обязательно отбивать ее сразу у Дондерона. Можно дружить втроем. Дать этому «безымянному чуду природы» возможность выбрать; ну в общем!

В назначенный час я подошел к Ломоносову, что возле старого здания МГУ. Там уже толклась огромная толпа демонстрантов. Распределялись плакаты и транспаранты. Я стал там среди всех толкаться и вскоре заметил Дондерона с друзьями; сразу понял, что это наши, джазовый народ. Знакомьтесь, мальчики, запросто так представил меня Юрка, это Так Таковский, наш парень из Казани.

Ребята были разнокалиберные, но всех роднили отменные причесочки с пробором; и где они так клево стригутся? Все стали меня приветствовать: кто по плечу хлопнет, кто по заднице, кто просто руку пожмет; Тим Гребцов, Боб Ров, Ренат Шайтан, Гарик Шпиль, Мома Зарич, Анджей Плиска, Кот Волков, Юз Калошин. Народ вокруг на нас поглядывал; ну просто сценка из фильма!

Стали распределять наглядную агитацию. Дондерон и Гребцов взялись с двух сторон нести портрет Лаврентия Павловича Берии, а меня приспособили тащить сзади заднюю палку портрета для поддержания равновесия. Мома и Анджей как представители народных демократий растянули лозунг: «Позор ревизионистской клике Тито-Ранковича!» Гарик и Ренат колбасились с гитарами и пели песни демократической молодежи в джазовой интерпретации.

Однажды забастовку мы затеяли опять,
Один лишь только Кей Си Джонс не хочет бастовать...
Кей Си Джонс карабкался на небо,
Кей Си Джонс работает в аду!
Кей Си Джонс жалеет, что был «скэбом»,
И просит всех штрейкбрехеров иметь в виду!

Наконец, вся огромная толпа стала вытекать на Манежную площадь и медленно двигаться в сторону Красной.

Играли оркестры. Народ кружил в хороводах, увлекался и индивидуальным переплясом. Над головами плыло несметное количество вождей. Я видел их сзади, то есть через ткань плакатов. Множество таких же, как я, энтузиастов балансировали сзади, то есть поддерживали их несуществующие спины длинными палками. Кто-то из новых друзей протянул мне бутылочку «Зверобоя». Я сделал пару глотков, после чего преисполнился добрейшими и даже несколько вдохновенными чувствами в адрес всей этой несусветной демонстрации. Особенно мне нравился студенческий хор народной песни. Развевались платки и юбки с вышивкой, звенело черт знает что, мониста, что ли, с неподдельной резкой дикостью звучали голоса.

> Ой медведь ты мой медведь,
> Птаха многоцветная!
> Как нам радостно воспеть
> Ту мечту заветную!

или

> Расцветай, народный труд
> Пастухов Абхазии!
> Про тебя в горах поют,
> Штурман Эштерхази!

В этом роде.

Вдруг я заметил в голове колонны девичий затылок с удивительной золотой косой. Едва лишь я выделил этот затылок из многих тысяч других, как вся девушка повернулась к нам, продолжая пятками вперед продвигаться к Красной. Над собой она несла небольшой элегантный портрет Иосифа Сталина. Глаза ее сияли, и этими сияющими глазами она вроде вглядывалась в хвост колонны, где косолапила вся наша группа. Я понял, что это Она. Та самая! Безымянное Чудо Природы! Рядом со мной выкаблучивал Гарик Шпиль, и я его спросил, не знает ли он, как зовут вон ту чувиху со Сталиным. Гарик весело раскукарекался: «Да кто ее не знает, это же Глика Новотканная! Только ты, Такович, лучше там не возникай: в первых рядах наши комсомольские лидеры выстроились». Глика! Новотканная! Что за божественное имя! Она махнула кому-то рукой — похоже, Дондерону, не мне же — и вернулась в свою позицию торжественного шествия вперед, то есть пятки вслед за пальцами стопы. Черты ее прежде мной уже замеченной, неповторимой спины были на этот раз скрыты жакеткой, однако и сквозь жакетку они угадывались, и я просто-напросто влюбился в эти черты, как в древние времена Эол влюбился в Психею, — со спины.

Наша колонна тем временем уже вливалась на Красную. Вся огромная площадь была заполнена шествием, исполненным любви к Мавзолею. Мы оказались на левом фланге, ближе к ГУМу. Отсюда, из-за бесчисленных голов, нельзя было разглядеть лиц на верховной трибуне, которым мы должны были салютовать, что мы и делали. Длинный ряд вождей, осеняющих площадь своими дланями, выглядел собранием темных, черных или коричневых пятнышек, и только в центре светилась яркосерая шинель Сталина. «Отличная мишень», — вдруг подумалось мне, и от неожиданности и от полной несусветности этой мысли я наполнился каким-то трепетом и звоном, как будто только что спустил курок.

Мысль об уязвимости гада и о теоретической возможности его уязвить была такой всепоглощающей, что я не мог больше ни о чем подумать в те несколько минут, пока мы шли мимо Мавзолея. Только уже на подходе к Базилию Блаженному я вспомнил о Глике Новотканной. Хорошо бы с ней именно в этот день познакомиться. В этот торжественный день.

Я впервые посетил пятикомнатную квартиру Дондеронов, огромное запущенное помещение со следами чего-то похожего на дебош. Юрка всем показывал телеграмму. Оказывается, через день должны вернуться его родители после трех недель отдыха под ласковым балдохо Юга, говоря на старой фене. Так что, чуваки, прошу всех быть в форме, не риголеттить и не сурлять. Несмотря на новую феню в голосе его слышалась мольба. Славный мальчик: три недели живет один в такой кубоквадратуре, где можно было бы расселить всю нашу коммуналку, и все-таки недостаточно счастлив.

Когда я вошел в гостиную, там уже танцевали буги-вуги. Особенно старался юнец в штанах с подтяжками и в ярчайших носках, высовывающихся из-под оных штанов. Позднее выяснилось, что это сын нашего посла в Соединенных Штатах. Он только что вернулся из этой страны, где научился оригинальному стилю и теперь как бы предлагал равняться на него. Ну и все равнялись, особенно две сестренки Нэплоше. Позднее вообще выяснилось, что больше половины гостей были детьми правящего класса: сын маршала, дочь генерала, любимый племянник начальника суперглавка и тому подобные.

Народу все прибавлялось. Я, конечно, внимательно вглядывался в женский контингент. Я не понимал, что имел в виду Юрка Дондерон, когда однажды назвал современных девчонок «дуньками-с-трудоднями». Те, что заполняли его квартиру и взвизгивали под ритм Вуди Германа, были очень стильными, почти вровень с кадрами, собиравшимися на танцевальных вечерах в Казанском доме ученых, где играет наша гордость, джазок «малых шанхайцев». Увы, Глики Новотканной среди них не было.

Я выбрался из гостиной и вошел в кабинет, где светилась только пара неярких настольных ламп.

Там тоже была публика, и сквозь эту публику я увидел сидящую с ногами на подоконнике Глику. Рядом с ней стоял Дондерон. Ну надо решиться, иначе упущу и этот шанс. Я направился к ним и поймал конец фразы, произнесенной Юркой: «...надеюсь, ты все-таки останешься?» Она не отвечала и смотрела в окно. Боже мой, как бы я хотел задать ей такой же драматический вопрос! Пусть не отвечает, пусть смотрит в окно, я постою-постою и еще какой-нибудь ей задам вопрос, менее драматический, в легком таком жанре, чтобы улыбнулась.

Кто-то позвал хозяина из глубины этого дондероновского капища. Он пошел на зов, а меня, кажется, даже не заметил. Неожиданно мы оказались вдвоем с Гликой Новотканной. Теперь вперед, не упускать шанса.

«Я тебя видел сегодня на демонстрации, — сказал я. — Ты Сталина несла, Иосифа Виссарионовича».

Она даже вздрогнула от этого обращения. Отвлеклась от окна и повернулась ко мне.

«Простите, я вас не знаю, — сказала она милейшим тоном. — С кем имею честь?»

Я представился: дескать, Такой-то из Казани, по фамилии Таковский. Признаться, у меня сводило кишки от некоторой трусости. Ну и ну, засмеялась она. Значит вы, Такой-то товарищ Таковский из Казани. А я подумала, что из наших стиляг. Я поспешил ее успокоить: нет-нет, я не из тех, я просто поэт. Вот это да, еще один поэт! Трудно сказать, что она имела в виду. Кто еще тут поэт? Докажите, что вы поэт, сочините строфу обо мне! Легче легкого, сказал я и тут же прочел неизвестно откуда взявшееся:

Глика Новотканная,
Девка окаянная;
Демон тела, ангел лика,
Сногсшибательная Глика!

Добавить еще два децибелла к ее хохоту, и рухнула бы вся эта нерушимая башня соцархитектуры. Она явно заинтересовалась мной, эта нимфа многоэтажия. «Откуда вы взяли эти стихи, товарищ Таковский? А если сами сочинили, то когда? Вообще откуда вы знаете мое имя?» Я ловко подпрыгнул и уселся с ней рядом на подоконник. «Ты что, не понимаешь, что это экспромт?» Она оборвала свой хохот и сердито насупила соболиные брови. «Простите, любезный товарищ, разве вы не знаете, что незнакомые люди обращаются друг к другу на «вы»?»

«Прошу снисхождения, любезная товарка...» — начал было я, но был прерван.

«Как вы меня назвали? Товаркой?!» — вскинулась она.

«Женский род от «товарища» — это товарка, — с некоторой занудноватостью пояснил я. — Я просто хотел вам сказать, прекрасная Глика, что я ведь не москвич, я из Казанского меда, вот почему не знаю тонкостей столичного этикета».

«Интересно! — вскричала она и даже внимательно заглянула мне в глаза. — Он говорит, что он из Казанского меда, а сам шляется по Москве перед весенней сессией!»

Вдруг меня протрясла какая-то мгновенная дрожь сродни той, что я испытал, вообразив снайперский выстрел в ярко-серое пятно на Мавзолее. Сказать ей все, как есть, или продолжать лукавить? Сказать!

«Видишь ли, меня недавно вышибли из института, вот и приходится околачивать пороги министерства, снисхождения испрашивать».

«Вот это да! — воскликнула она и тут же, даже не заметив, перешла на «ты». — За что тебя вышибли? За неуспеваемость? Или...ммм... за стихи?»

Далее последовал выстрел в ярко-серое пятно. «За то, что я про родителей не написал в анкете при поступлении».

Она приблизила ко мне овал своего прекрасного лица. Веки ее приспустились, пригасив синее сияние. «А кто твои родители?»

Я пожал плечами. «Ничего особенного. Мать — бывшая заключенная, отбывает вечную ссылку в Магадане. Отец — заключенный в Воркуте».

«Что ты такое говоришь, Таковский? — Веки, ресницы и брови взлетели, однако синева ее глаз больше не напоминала ни Крым, ни Кавказ, а скорее уж застойное небо над вечной мерзлотой Колымы. — Что за бред? Как это может такое быть?! Такого просто быть не может!»

Я стал ладонью как бы тормозить этот поток вопросительных и восклицательных знаков. «Спокойно, спокойно, Глика. Такое бывает. Если ты об этом не знаешь, это еще не значит, что такого не бывает. Вот почему я Таковский. Ты слышала когда-нибудь о «ежовщине»?»

В это время топот танцоров в гостиной прекратился, вернее, сменился массой хаотических звуков и криками: «К столу, ребята! К столу!»

Глика Новотканная спрыгнула с подоконника. «Слышать ничего не хочу о твоей «ежовщине»!» Не глядя на меня, она молниеносно прошла через кабинет и только на пороге гостиной на мгновение остановилась и бросила на меня взгляд через плечо, как будто старалась запомнить. Вот так странно закончилась наша первая встреча.

Я прошел к столу, на котором выставлены были

разнокалиберные бутылки, открытые банки консервов, с преобладанием шпрот, грубо нарезанные сыры и колбасы, котел с горячей картошкой, маринованные помидоры, тут же и торты, куски шоколада, конфеты — всего было достаточно, чтобы нажраться и захмелиться; что я и сделал. Рядом со мной оказался немолодой, лет под тридцать, отчасти быковатый парень Света Куккич, беженец из титоистской Югославии. С ним сидела смугловатая дочь румынского посла по имени Анастаса, что ли. Она меня через мощные плечи Светы то и дело хватала за ухо. Потом Света пошел на рояле играть «Меланколи бэби», Анастаса пела по-английски, а я, обняв ее за талию, голосил по-русски:

> Приходи ко мне, мой грустный бэби,
> Исчезай печали след.
> Выдумал беду мой милый бэби,
> А беды в помине нет.
> Есть у тучки светлая изнанка,
> Тарли-турли-бурли-бред,
> Слезы, не горюй,
> Осушит поцелуй,
> Ведь нам с тобой совсем немного лееееееет!

Народ стал парочками разбредаться по многочисленным углам и закоулкам квартиры. То тут, то там вскипали свары. Были и сцены слегка отвратительного братания. Все измазались кто чем: прованским маслом, губной помадой, помидорными ошметками, липким ликером какао-шуа, соплевидными плевками, плевкоидными суселами, сусластым шлаком, а также общим щепетинством и куражистым зазоно-затором. В этой обстановке трудно было вообразить безупречную деву Гликерию, да ее там и не было, ни разу не промелькнула, разве только в его, то есть в моем половинно-четвертичном бреду. [Он кружит Глику над головой (та временами отделяется и совершает самостоятельные кружения), в конце концов он и сам отделяется (кружат вдвоем над крышами какого-то захолустья), и наконец рассаживаются вроде бы на облаке, но со стаканами красного вина].

Юрка Дондерон помчался за Гликой, как только она выскочила из квартиры. Почему-то она не вызвала лифта. Он слышал стук ее каблуков, снижающийся с 12-го этажа их корпуса ВБ. Когда она закончила свой спуск, он уже ждал ее в нижнем холле. «Провожу тебя, если не возражаешь». Она молча кивнула. Они вышли во двор. По случаю праздников главный корпус, ее жилище, включил свою подсветку и теперь стоял над ними со всеми своими двенадцатью подсвеченными гранями, словно сказочный чертог.

«Слушай, Глик, что с тобой сегодня происходит? — спросил он. — Ты сама не своя». С минуту она шла молча, потом остановилась и взяла его за лацкан стильного пиджака со «сваливающимися» плечами. «Знаешь, Юрк, со мной что-то непонятное случилось на Красной площади, — проговорила она. — Мне вдруг стало нестерпимо страшно за Сталина. Вдруг ни с того ни с сего мне показалось, что ему угрожает опасность». Юрка оторопел. «Ну и ну, вот это да! Послушай, Глик, что ему может угрожать? Знаешь, какая там вокруг охрана?» Она оттолкнула его и топнула ногой. «И все равно мне казалось, что в этой огромной ликующей толпе кто-то целится в него из винтовки». Быстро пошла прочь.

Он бросился за ней. «Гёрл, ну и разыгралось у тебя воображение, май гёрл!» Она снова остановилась и на этот раз прижала свою ладонь к его губам. «Замолчи! Прекрати эту свою противную американщину! Ты что, не понимаешь, к чему может привести вся эта ваша дурацкая американщина?! Ты меня приглашаешь в свой стиляжный вертеп, как будто не знаешь, что я член университетского комитета комсомола! А что, если мне начнут задавать вопросы о вас? Что мне тогда прикажешь делать?»

Пока она все это кричала ему отчаянным шепотом, он целовал прижатую к его рту ладонь. Наконец она резко отвернулась и снова устремилась прочь. «Не провожай меня!» Он поспешал за ней, растерянно бормоча: «Да что ты, Глика... Да мы же просто отмечаем Первомай... Мы же все-таки все патриоты... Ну просто джаз любим, музыку угнетенных... Ненавидим американскую военщину... Клеймим югославский ревизионизм... Ведь мы же все комсомольцы как-никак... Там, знаешь, дети таких родителей?..» Он попытался положить руку ей на плечо. Она вывернулась и, произнеся загадочную фразу: «Ты уверен, что все?» — бросилась бежать. Дондерон отстал.

Все в эту ночь казалось ей каким-то искажением своего первичного чистого замысла. Например, панно на потолке круглого вестибюля. Там были изображены юные пионеры и пионерки, с восторгом наблюдающие, облокотившись на балюстраду, дерзновенный запуск авиамодели. Каждое утро она пробегала под этим панно, чаще всего его не замечая, но иногда с умилением бросая взгляд на свежайшие яблоковидные рожицы любознательного поколения. Вдруг ей показалось, что она стоит на дне колодца, что ей никогда с этого дна не подняться, а милые рожицы того и гляди превратятся в издевательские поросячьи чушки.

Только в лифте — благо он был пуст — ей удалось подавить поднимающееся к гортани рыдание. Мальчишки, комсомольцы, джазисты, полное извращение чистого замысла, и наконец Таковский с его бредовой «ежовщиной», и наконец эти ухмыльчивые иностранцы, несчастный Юрка погибнет среди похотливых сластен. На своем этаже она сняла туфли, на цыпочках пересекла холл, открыла своим ключом дверь смельчаковской квартиры и, не зажигая света, прошла в его кабинет. Впервые за время его отсутствия она воспользовалась привилегией войти сюда «как образ входит в образ, и как предмет сечет предмет».

Сначала на ощупь, а потом привыкнув к ночному свету, она прошла в его кабинет и прыгнула на широченную тахту, где однажды едва не отдалась его опытным рукам, губам, усам, коленям; Кирилл, где ты? Ей казалось, что она чувствует его запах: смесь коньяка, французского лосьона, табака, а главное — запах его прерывающегося шепота: люблю, люблю, люблю...Как я могла все эти месяцы так над ним издеваться? Все эти бредни о «небесном жениховстве», к чему они? Ведь он настоящий мужчина, солдат, Дон Жуан, как он мог выдерживать мои прихоти, все это глупейшее высокомерие, неуклюжую позу «вечной девственности»? Тоже мне нашлась весталка! Кирилл, быстрее возвращайся! Я немедленно тебе отдамся! Вот именно на этой тахте, здесь, с открытыми шторами, под ночным светящимся небом, над созерцающим Кремлем! Если я разделась перед мальчишкой Дондероном, почему мне не раздеться перед Тезеем? Сразу стащу платье через голову и позволю ему разобраться с бельем так, как он хочет. Сама расстегну ему брюки, возьму его член и вся раскроюсь. Все мои мышцы станут мягкими, эластичными; они ведь все-таки предназначены не для сопротивления, а для ласки. Все мужчины повсюду смотрят на меня как на женщину-ласку, вот такой я и стану с ним! И даже боль первого совокупления не помешает, потому что за ней последует колоссальный прилив любви. Кирилл, люби меня, ллл-юби, ллл-юби, ллл-юби, юби, юби, юби, би меня, би меня, би меня, бббллююю!

В это время через несколько монументальных чечулинских межквартирных стен начала развиваться другая сцена все усложняющихся межчеловеческих отношений. Ариадна Лукиановна вошла в свою квартиру, зажгла свет в обширной передней, медленно, словно Любовь Орлова в фильме «Весна», сняла и уронила на козетку изящное пальто-труакар, двумя руками освободила слегка растрепанную прическу от маленькой шляпки, продвинулась далее, включила еще один свет и, войдя в полутемную гостиную, совершила несколько кругообразных движений; голова мечтательно откинута вверх, плечи чуть назад, бедра чуть вперед, вальс, вальс в чьих-то надежных и влекущих в глубины венского леса объятиях. Такты вальса еще звучали в ее голове, вкус великолепного экстрасладкого массандровского шампанского еще тревожил душу, и вся обстановка сегодняшнего приема «на высоком уровне» еще живо отзывалась в ублаготворенном организме высотной жительницы.

Послышались быстрые мужские шаги, вспыхнул верхний свет, в гостиную, застегивая китель, вошел сотрудник СБ Фаддей. «Не угодно ли чаю, Ариадна Лукьяновна?»

Она присела на диван. «Чаю, да-да, чаю. И парочку тех, слоеных. Что, Глика у себя?»

«Нет, Глики еще нет. Там вроде бы большой пир у этих, Дондеронов. Родители еще не вернувшись, вот и загуляла золотая молодежь».

Он полетел на кухню и тут же вернулся с подносом: горячий чайник и вазочка тех, слоеных, еще вчера называвшихся «наполеонами». Ариадна с интересом следила за его движениями. Не раз они с мужем удивлялись сноровке этой супружеской пары спецбуфетчиков. Вот уже больше года назад, еще в академическом особняке на Соколе, появилась в семье Новотканных эта услужающая чета и ни разу не вызвала нареканий. Ну Нюра — та все-таки понятней: круглолицая, румяная, с вечной улыбкой на пухлых губках, как-никак подходит под стандарт идеальной домработницы, но вот Фаддей, тот может даже озадачить: грубоватая, хмуроватая солдафонская ряшка мало гармонирует с любезнейшим лакейским тоном и гибкими, словно из «Метрополя», движениями.

«Присаживайтесь, Фаддей, давайте почаевничаем».

Он быстро слетал за дополнительной чашкой и присел на край стула, всей позой показывая, что готов к выполнению последующих пожеланий.

«А что Ксаверий Ксаверьевич, не звонил?» — спросила она.

« Звонил сразу же, как вы отбыли на прием. Он задерживается на объекте и вернется, очевидно, ко Дню Победы».

«А что, больше никто не звонил?» — Она внимательно присматривалась к его лицу. Что-то промелькнуло в буграх лба, заставившее и все лицо как бы шевельнуться этому промелькнувшему вслед.

«Да как не звонить, Ариадна Лукьяновна, ведь праздник! Было шесть звонков с поздравлениями. Я всех записал и оставил у вас на ночном столике».

«На ночном столике?» — переспросила она.

«Да, как вы сказали».

«Я так сказала? На ночном столике?»

«Вы так Нюре сказали, Ариадна... (Сука такая, молниеносно подумал он.)... Лукьяновна».

«Ну, конечно, — подтвердила она. — Я так и сказала. Нюре. На ночной столик». Она отвлеклась от этой малосодержательной беседы, взяла со стола номер «Вечерки» со снимком Мавзолея на первой полосе (кто их так снимает, в упор?), спросила вроде бы между прочим: «А Кирилл Илларионович не звонил?»

В ответ на этот мимоходный вопрос прозвучало молчание. Теперь уже грубая ряшка без всякой любезности вглядывалась в ее лицо.

«В чем дело, Фаддей?» — сурово спросила она.

«Был один звонок из Парижа», — наконец проговорил он.

«Ну так что же вы молчите?! — воскликнула она, не в силах скрыть радости. — Что он сказал?»

«Он ничего не говорил. Его не было. Была только сотрудница, телефонистка. Это квартира Новотканных, спрашивает и поясняет: вас Париж спрашивает. А на это я отвечаю согласно инструкции: вы ошиблись номером, здесь таких нет. Надеюсь, вам все ясно, Ариадна Лукьяновна?»

«Послушайте, Фаддей, вы же знаете, что Смельчаков — это очень ответственный товарищ. Уж он-то знает, можно ли звонить из Парижа, как вы считаете?!»

Спецбуфетчик встал и отошел к дверям. Оттуда ответствовал твердо:

«В эту квартиру нельзя звонить из Парижа, Ариадна Лукьяновна».

Она в сердцах притопнула ногой: «Лукиановна! Я вам не раз уже говорила. С вашими Лукьянами ничего общего не имею. Я — дочь Лукиана!»

Что-то похожее на ненависть потащило его щеку вбок, даже клык обнажился. «Я думал все-ш-таки вы понимаете, а вы без понятия, что мы у вас тут не только по буфетному делу. Согласно инструкции, в квартиру академика Новотканного нельзя звонить из-за границы. Он принадлежит одной из самых секретных систем Советского Союза. Сотрудница-телефонистка проявила преступную халатность, она будет наказана. Я связался с соответствующими товарищами, мои действия были одобрены».

Он собрался было выйти из гостиной, но она с дивана похлопала ему в ладоши. «Поздравляю!» Он вроде бы споткнулся об эти аплодисменты. «С чем?» Она очаровательно улыбнулась. «Ну, во-первых, с Первомаем, а во-вторых, с одобрением. Скажите, Фаддей, вы в каком пребываете чине?»

«Я капитан, Ариадна Луки-ановна».

«А Нюра?»

«Она майор».

«А где же она, этот славный товарищ майор? Даже не выглянула с поздравлениями».

«Да вы же сами ее отпустили третьего дня в Арзамас, к теще то есть, ну, в общем, к мамаше».

«Ах да! — Ариадна скакнула с дивана, словно великолепная львица. — А вы знаете, товарищ капитан, в каком я пребываю чине?» Он молчал, охваченный одной удивительной мыслью: «Наверное, во всем человечестве нет второго генерала с таким телом». Она приблизилась к нему и взяла его сразу за две пуговицы кителя. — Ну что же, товарищ капитан, хотите, чтобы генерал заменил вам на эту ночь майора?»

Проснувшись после любовного словоизвержения на смельчаковской тахте, Глика снова ощутила себя в кромешном мраке. То, что прежде отсвечивало под мерцающим московским небом, все эти предметы писательского холостяцкого быта — чернильный прибор, машинка «Смит-Корона», фотографии на стене, бутылки за баром, бюст Вольтера, каминные щипцы, эспандеры и гантели, боксерские перчатки, автомат «Шмайзер», ножи, покрывающие распил благородного древа, — все это слилось в бесформенную темноту. И только то, что чернее любой темноты, огромный монстр с бычьей главой и человечьими членами отчетливо выделялся в глубине жилья. И контактировал с ней. И контактировал с ней остро. Возможно ли, что он видит во мне одну из тех семерых молодых афинянок? Именно так, с остротой, контактировал бык, именно так. Вдруг отчетливо вспомнилась кирилловская строфа:

> В этом мраке есть житель, он черноту коптит.
> Ты не увидишь, как он опускает рога.
> Ты только услышишь грохот его копыт
> И, не успев помолиться, превратишься в рагу.

Именно так, с остротой, контактировал бык, именно так. Именно так будет с тобой, и с Кириллом твоим, и с вашим будущим другом, которого звать Георг. И стоял неподвижно. Контактировал остро, до глубины. Боясь, что он начнет двигаться, она не кричала, собирая свое белье. Потом пронеслась сквозь могучие стены — домой! Но монстр почему-то остался стоять. Неужто стены ему преграда? Мама, где моя нежная мама? Тут, наконец, она пришла в себя. Дверь в мамину спальню была закрыта изнутри. Она прошла к себе и выпила до дна бутылку кефира, заботливо, как всегда, приготовленную сотрудниками СБ.

Poet de la Paix

В Париже в это время было всего лишь начало двенадцатого. Кирилл, наконец-то в одиночочестве, шел по Бульвару Мадлен в сторону Пляс Опера. Смотрел на ветви каштанов, только что украсившиеся миниатюрными новогодними елочками своих цветов. Когда-то и в России, как во всем мире, новогодние елочки назывались «рождественскими». Он вспомнил 1937 год, когда ему было двадцать два. Тогда, впервые после нэпа, разрешили к Новому году наряжать елки. Без всякого упоминания о Рождестве, конечно. Языческий праздник Деда Мороза и Снегурочки. Как по заказу, вернее, вот именно по заказу, появилось множество детских стишков и песенок.

> В лесу родилась елочка,
> В лесу она росла,
> Зимой и летом стройная,
> Зеленая была.

За десять лет до этого, в 1927 году, когда ему было двенадцать, еще наряжали «рождественские» елочки, хотя в кругах партактива предпочитали их таковыми не называть. Из Лондона тогда приехал отец. Втроем, мама, папа и Кирюша, они отправились на Воробьевы горы, где сияли снега. Как будто случайно, так, по пути, зашли в церковь Живоначальной Троицы. С легкими, вроде бы попустительскими улыбками поставили свечки под иконой Спасителя. Мальчик прикрыл глаза и в уме прошептал то, что запомнил от няни: «Боже правый, Боже крепкий, Боже бессмертный, помилуй нас!» Выйдя из церкви, мама крепко поцеловала сына и мужа. Папа смущенно произнес: «Есть все-таки своя эстетика в этих христианских мифах».

Как странно, что именно Рождество вспоминается в ночь Первого Мая в Париже, думал глава делегации советских писателей Кирилл Смельчаков. Ах да, это каштаны виноваты, их елочкоподобные цветы. Ранняя пышная весна стоит по всей Франции, медовый запах цветения, смешанный с бензином, рождает ностальгические чувства даже у ответственных товарищей по ведомству борьбы за мир.

Третьего дня завершился Всемирный конгресс мира, который по размаху ветераны сравнивали со знаменитым форумом 1934 года «С кем вы, мастера культуры?». Выступления советских писателей изобиловали отменными, то есть неувядающими, цитатами из классиков. Смельчаков, например, вспомнил Платона. Философ был прав, выстраивая свою метафору «пещеры», ничтоже сумняшеся заявил он. Человечество от рождения было узником пещеры, закованным в наручники невежества. Оно могло видеть только тени предметов, мелькающие на сводах. Тени возникали и двигались только за колебанием костра. Реальный мир находится вне пределов пещеры. Он содержит сложный рисунок, рождающий свои копии в виде предметов. Он исполнен добра, чьим аналогом является солнечный свет. Человек должен освободиться от оков и подняться из пещеры на поверхность. Средства свободы лежат во власти человеческого понимания. Человек поднимется вверх к познанию, развивая свой смысл и чувство истины.

Философская метафора, созданная в четвертом веке до нашей эры, злободневна и сейчас. Человечество, или большая его часть, до сих пор пребывает в пещере угнетения, насилия и угроз. Реальный мир, к которому оно должно подняться, — это мир идей и деяний социализма, а аналогом солнечного света является коммунистическая идеология, творения классиков марксизма и великого Сталина. Именно у нас, в СССР, выстраивается сейчас государство и общество будущего. Не думаю, что мы все доживем до этого будущего, однако конечный результат в своем совершенстве убедил бы и Платона.

С трибуны он видел, что «высоколобые», эти прогрессивные профессора и литераторы, друзья СССР, а также интеллектуалы левой формации очень внимательно вслушиваются в перевод, обмениваются взглядами и даже перешептываются. Отлично зная образ мысли этих людей, он живо представлял себе, о чем пойдет речь в кулуарах. Смотрите, господа, в Советском Союзе происходят какие-то кардинальные изменения. Они присылают на форумы своих мыслящих людей, которые говорят о Платоне и не чураются неокантианской картины мира.

Что касается журналистов ведущих газет, те, разумеется, саркастически улыбались. Уловив идеологические позывные, они уже планировали свои заголовки: «Смельчаков ставит Сталина над Платоном, поближе к Солнцу». Сарказм не был чужд и хорошо знакомым личностям, вчерашним соратникам по Коминтерну, титоистам из Загреба и Белграда. Зря, мол, стараетесь, содруг Смельчаков, уж мы-то знаем, чем все это пахнет. Ну а если не терять из виду работников советского посольства, то о них можно сказать, что с их лиц ни на минуту не исчезало сугубо пещерное выражение.

Кирилл был доволен своими братьями-писателями, то есть его как бы подчиненными. В общемто, ни один из этих матерых миролюбцев не нуждался ни в каком руководстве, и он им ничего не навязывал. Симонов с трибуны рубал чеканку Маяковского. Сурков с постоянной задушевностью вспоминал Пушкина. Твардовский с мнимым простонародием влачил никому неведомого Некрасова. Эренбург, подчеркивая связь с богемой двадцатых и тридцатых, по-французски цитировал Малларме и Бодлера. Все запасы спиртного, привезенные в чемоданах, были выпиты во время полуночных посиделок в отеле «Крийон», однако никто из писателей не впал — или не успел впасть — в запой, то есть не опозорил советскую литературу на многочисленных приемах. Женским полом Парижа эти великолепные мужчины как-то не интересовались, потому что так уж повелось, что женский пол остается в Москве, а в странах НАТО вместо женского пола советскому человеку подсовывают приманку для шантажа. Вот уж кому доставалось, то вот этим несуразным организациям, НАТО, Пентагону, ЦРУ; этих драли без пощады. Словом, неплохо было развито хорошо известное в разведке «чувство локтя», возникла чем-то напоминающая фронт спайка, тем более что со всеми этими ребятами, особенно с Костей, Кирилл был накоротке после встреч в ставках Рокоссовского, Конева, Толбухина.

И все-таки в этот поздний вечер Первого Мая Кирилл был рад, что остался один. Вся делегация уже паковала багаж. Наутро разлетались в разные края: Эренбург как член верховного органа ВСМ[1], разумеется, в Стокгольм, мон амур, Твардовский в любимую Москву-разливанную, Сурков в Грецию к Микису Теодоракису, работать над циклом, Костю тянула к себе корейская 38-я параллель. Кирилл собирался вместе с Твардовским вылететь в Москву — звала просыпающаяся тревога, какая-то странная боязнь за «небесную невесту», вообще за все семейство Новотканных, каким-то труднообъяснимым, едва ли не мистическим, образом переплетенная «Нитью Ариадны», то есть не однокурсницей, а неоконченной поэмой, — как вдруг его вызвали в посольство и там, «под колпаком», то есть в самом секретном помещении, сказали, что он должен прямо из Парижа через Северный полюс лететь в Японию, где возникает мощное народное движение против американской военной базы Иокосука. Он хотел было тут же откреститься от этого предложения, сославшись на то, что его в Москве ждут, однако человек, говоривший с ним, сделал несколько тайных знаков при помощи четырех пальцев, бровей и крыльев носа, и он понял, что должен лететь.

После этого произошла передача шифра, кодовых имен, а также огромной суммы денег, которую он мог в этой стране то ли восходящего, то ли заходящего, а скорее всего висящего, как атомная бомба, солнца тратить без всякой отчетности. После этого вышли из-под «колпака».

Секретчик хлопнул поэта по плечу. «Завидую тебе. Надоело это осиное гнездо. (Он имел в виду Париж.) Был бы поэтом, ха-ха-ха, поехал бы вместо тебя к гейшам». После обмена знаками распальцовки они легко перешли на Кир и Ник. В одном из залов посольства шел какой-то прием. Черт

---

[1]ВСМ — Всемирный Совет Мира.

знает кого там принимали. Стали там прогуливаться по водкатини. Кирилл попросил какую-то секретаршу соединить его с Москвой. Дал ей телефон Новотканных. Через недолгое время девушка прибежала, трясясь от страха. «Товарищ Смельчаков, такого номера не существует!» Ник тут же вышел с ней, а вернувшись, сказал: «Кир, ты что, опупел? По таким номерам нельзя звонить из загранки. Ладно, постараюсь все это утрясти с этими гадами. (Он имел в виду конкурирующую организацию.) Только запомни, ты никаких звонков из посольства не заказывал».

Вспоминая теперь все эти обстоятельства и все больше наполняясь тревогой за Глику, Ариадну и Ксаверия, он приблизился к Площади Оперы и остановился у входа в Кафе дё ля Пэ. Мимо прошла приплясывающая компания молодежи, кто в дурацких колпаках, кто в венецианских масках. Пели что-то из репертуара Жюльет Греко. В Москве таких даже и вообразить невозможно. Вдруг все тревоги выветрились из головы. Пронзила радость парижского одиночества. Проведу здесь два-три дня — и две-три ночи! — один, без всяких обязанностей, без присмотра, вне всякой борьбы, пусть мир отдохнет, не как агент, а просто как поэт Божьей милостью.

> Мой друг стоял однажды на бульваре,
> У входа в заведенье дё ля Пэ,
> Как вышедший в отставку граф Суворов,
> Творец стихов в манере «воляпюк.

Пойду сейчас и засяду на веранде, чтобы всех видеть, проходящих мимо, шутов и блядей. В полном одиночестве. Так и скажу половому: жё сюи жюстеман соль. Выпью как следует, а заказывать буду в следующем порядке: двойной мартини, двойной скоч, абсент; все повторить!

Все-таки ноги сами знали, куда вести. Это огромное буржуазное кафе он заприметил еще тогда, когда юнцом возвращался из разгромленной Испании. Обожженный разгромом, он тут охлаждался напитками, комфортом, удивительной вежливостью персонала. С тех пор всякий раз, когда бывал в Париже, старался не упустить случая, чтобы посидеть тут хоть полчаса, а если все-таки упускал, то и уезжал с ощущением чего-то упущенного, как будто в Лувр не зашел. Здесь, справа от входа, его всегда умиляла висящая на стене доска, обтянутая зеленым сукном. Под стальные прижимы на этом сукне подсовывали почту для посетителей, то какую-нибудь фривольную записочку, а то и солидный конверт с марками и печатями. Удивительным было полнейшее доверие. Никто никогда не спрашивал никаких документов. Ищи то, что тебя здесь ждет, а найдешь, забирай. Сейчас, правда, кажется, стало строже. Вон портье весьма внимательно приглядывается. Выходит из-за своей стойки, приближается, расшаркивается.

«Простите, мсье, вы, кажется, давно у нас не бывали?»

«Да уж, пожалуй, около года. Года полтора, если я еще в своем уме».

«Ищите что-нибудь на свое имя, мсье?»

«Мир меняется, вы не находите? В прежние времена у вас имени не спрашивали».

«Дело в том, что я держу у себя невостребованные мессажи, мсье. Если угодно, я могу проверить».

«Сделайте одолжение, любезнейший, — попросил Кирилл и добавил неожиданно для самого себя: — Мое имя Штурман Эштерхази». Портье поклонился, удалился к своей стойке и через пару минут возвратился с продолговатым розовым конвертом. «Извольте, мсье. Это письмо лежит у меня не менее месяца. Должно быть, вы задержались в пути, мсье».

«Именно так и произошло, — подтвердил Кирилл. — Непредвиденная задержка. Чертовски вам благодарен».

Он положил престраннейшее письмо несуществующей фигуре в карман своего вполне реального пиджака и отблагодарил благородного старца сотней франков; действительно, чертовская благодарность. Чертовская благодарность за какие-то чертовские шуточки. Затем проследовал на веранду. Да как и кем мог быть подстроен такой розыгрыш? Разложите все по полкам и увидите, что никак и никем.

Он занял столик в углу, чтобы можно было видеть публику и на бульваре, и в кафе. Заказал официанту все три разновидности напитков, а также бумаги и чернил. Вторая половина заказа нисколько не удивила молодца, поскольку вот именно за этим столом, где вы сейчас сидите, мсье, академик Золя писал своих «Ругон-Маккаров». Что касается первой половины заказа, то на лице официанта, несмотря на великолепные пушистые усы, отразилось некоторое недоверие: дескать, сомневаюсь, мсье, что после таких возлияний вам удастся написать что-нибудь стоящее, глубоко реалистическое.

Где ты, послушница Гликерия?
Иль непослушница уже?
Тиха ль твоя светлица-келья
На недоступном этаже?

Ночные звуки Первомая
Тревожат девы робкий сон.
Что мучит, сон превозмогая:
Лягушка, чайка или сом?

Поёшь ли ты девичьим голосом
На русских пажитях ржаных,
Как мчит в Японию над полюсом
Твой вечный пьяница-жених?

Что вытесняет эти образы?
Твой светлый Александр Блок?
Страны твоей немые борозды?
Иль в темноте стоящий бык?»

Так он писал, разбрызгивая кляксы по великолепной плотной бумаге, что предоставляет своим пишущим посетителям Кафе дё ля Пэ. Писал, не особенно тщательно цепляя рифмы, сбиваясь с ритма, не тревожась о ясности. Вот так и надо хоть иногда писать, думал он. Поддать как следует и валять, не думая ни о печати, ни о читателях, такой, туды его в качель, лирический дневник, из которого потом буду черпать. Вот именно оттуда буду черпать, как сейчас вливаю по второму разу: двойной мартини, двойной скоч и абсент. Он немного запутался, куда вливать, откуда черпать, но его это сейчас не особенно качало: главное — выговориться, пока не мешают.

Метрах в десяти от него за большим столом сидело несколько мужчин интересной наружности. Даже Кирилл, захваченный своим лирическим дневником, на них посмотрел: что за ребята там сидят, как будто все одного рода? Крупные, прямые, одинаково мрачноватые, носатые, с преувеличенными подбородками, не похожие на французов, все в одинаково плечистых пиджаках, они молча чокались стаканами с чем-то прозрачным, явно очень крепким. Пьют, как наши, подумал он, однако морды не наши. У наших так не бывает, чтобы собралось сразу шесть человек с такими отчетливыми мордами. Для наших морд характерна расплывчатость. На всякий случай все-таки пересел спиной к компании и тут увидел, что на веранду с ночного бульвара поднимается весьма элегантный молодой человек. Неизвестно, по какой причине он не мог оторвать взгляда от этого явного парижанина. Да, вот этот-то явный парижанин, хоть и дылда. Однако явные-то парижане не такие дылды. Значит, это явный не-явный парижанин в таком вот длинном плаще из магазина «Old England». Кого-то мне напоминает этот денди. Ну кого он может мне напоминать, если не явного-не-явного-так-его-так парижского денди, зашедшего в поздний час на веранду кафе? Молодой человек обеими ладонями пригладил зачесанные назад волосы и прошел было мимо, но споткнулся о взгляд Кирилла и застыл перед его столиком в крайнем изумлении.

«Не верю своим глазам, — проговорил он хоть и с трудом, но на чистом русском. — Кирилл Смельчаков, это вы?»

Ну все, решил опознанный поэт, это какой-то типус из МИДа. Или из энкавэдэ. (Так презрительно старой аббревиатурой называли конкурирующую организацию в их «школе».) На наших, грушников, во всяком случае, не похож. Так или иначе сей мир совсем уже не годится для лирики.

«Ну хватит отбрасывать такую длинную тень, — сказал он. — Присаживайтесь».

Молодой человек присел. Тут же подошел специалист с усами, выслушал заказ, «гран-пресьон, силь ву плэ», и почти немедленно принес большой бокал пива.

«Вы что, из МИДа? — спросил Кирилл. Блаженное поэтическое пьянство уже отступало. — Или из каких-нибудь других почтенных организаций?»

Денди все еще, очевидно, не верил своим глазам, хотя и смотрел на Смельчакова вылупленным взглядом. Ушам своим он, по всей вероятности, тоже не очень-то доверял. «Из МИДа?.. Из организаций?.. Что вы?.. Что вы?.. Я просто здешний...» — бормотал он.

Настала очередь Кирилла удивляться: «Откуда вы меня знаете?»

Молодой человек отпил большой глоток пива, закурил «Кэмел» и немного успокоился. «Я видел вас восемь лет назад. Вы выступали у нас в Литературном институте».

Вся пьянь мигом выветрилась из головы Кирилла. Ему показалось, что он вспомнил этого парня. Тот был тогда огромным юнцом в задрипанной кацавейке, из коротких рукавов которой свисали одутловатые руки. Если не ошибается, он был сыном одной катастрофической литературной семьи. Так, во всяком случае, полушепотом пояснил присутствовавший на встрече Николай Асеев. Внешность его поражала среди нескольких десятков студентов, большинство из которых были комиссованы по ранениям из действующей армии. Иной раз надутая надменность лица напоминала какого-нибудь средних лет римского сенатора. В другой раз, особенно когда официальная часть кончилась и все сгрудились вокруг фронтовика-поэта, он показался едва ли не ребенком, эдаким детенышем-Гаргантюа. Не он ли тогда задал вопрос о киплингианстве и гумилевщине, который показался совершенно невероятным в детских устах?

Не нужно показывать этому денди, что я его помню, что знаю что-то о его семье, а то еще вляпаюсь накануне перелета в Японию в какую-нибудь нелепейшую историю. Не буду задавать ему никаких вопросов, решил он и тут же задал вопрос:

«Вам сейчас, должно быть, лет двадцать шесть?»

«Двадцать семь», — был ответ.

Засим последовал еще один ничего не значащий вопрос:

«А как вас зовут?»

Молодой человек ответил не сразу. Сначала посмотрел исподлобья. Потом чуть отвлекся в сторону. Почти протрезвевший Кирилл отметил, что никаких следов той, 1944 года, одутловатости в его облике не отмечается. Напротив, лицо было отмечено некоторой утонченностью черт, что при выпуклом лбе создавало вполне приятный портрет, завершенный слегка подрагивающими длинными пальцами пианиста.

«Меня зовут Серж».

Того, кажется, звали иначе, и все-таки, по всей вероятности, это был тот самый, из «катастрофической семьи». Может быть, прикрывается чужим именем, чтобы не ставить советского писателя в неловкое положение?

«Ну что ж, Сережа, давай выпьем за Литературный институт. — Кирилл подозвал усатого: — Силь ву плэ, маэстро, мэм шоз пур дё персон!» Тост был принят. Хмель очень быстро развеял неловкость.

«Скажи, Сережа, как же ты из нашего Литературного института угодил в Париж? Впрочем, если не хочешь, можешь и не говорить».

«Отчего же, Кирилл, могу и рассказать. Знаешь, я попал в Литинститут, как тогда говорили, «по блату». И сейчас так говорят? Здорово! В общем, один большой классик, он знал мою, ну, семью... ну и в память о них... в общем, это долгая история... короче, он дал мне рекомендацию. Вот из-за этого добряка я и угодил в самое пекло. Он не знал, что в Литинституте нет брони, так что меня вызвали в военкомат и забрили, рьен а фэр. Месяц муштровали, а потом, алез-и, в маршевую роту — и на фронт. В первом же бою, то ли в восточной Польше, то ли в Западной Литве, черт его знает где лежит проклятое место, меня как саданули, почему-то сзади, там был полный бардак, все неслись не поймешь куда, и вдруг кто-то сзади на мне точку поставил, так припечатал, будто весь бардак упорядочил».

«Хорошо рассказываешь, Серега, — ободрил Кирилл. — Я это по себе знаю; рраз — и точка, и порядочек».

Серж тут чуть отвернулся от него и немного повыл в сторону Больших Бульваров. Потом продолжил:

«Все возобновилось ночью, когда очнулся. Там под страшенной луной по всему полю ходили фрицы и ставили точки на раненых. И орали друг другу через поле. Двое увидели, что я дергаюсь, и подошли ко мне. Дальше случилось миракль, ну, чудесо. Знаешь, я все детство провел во Франции и, видно, в бреду что-то орал по-французски. Вот только поэтому фрицы на мне точки не поставили, а, наоборот, взяли за ноги и потащили за собой в свою сторону. Может, надеялись, что им отпуск дадут домой за взятие французского большевика. Пока тащили через минные воронки, я, пожалуй, не меньше трех раз умер, а очнулся уже под брезентовым тентом, в каком-то жутком госпитале. Там санитарки-украинки меня выходили, хорошие девки, между прочим. Потом меня допрашивали военные чины, узнали, что у меня четыре языка в активе: рюс, франсе, дойч и инглиш. Выдали мне фрицевский мундир и отправили с командой каких-то ублюдков через райх во Францию. Сказали, будешь переводчиком. Пока ехали то на поездах, то в грузовиках, я видел, что вокруг царит паника. Оказалось, что союзники уже высадились. Короче говоря, в Нормандии я сразу в плен угодил к американским парашютистам. Между прочим, у них тоже была какая-то фильтрация пленных, но, конечно, не такая, как у немцев, или... ну скажем, у кого-нибудь еще. Много курили, все время дымишь, дымишь, проснулся — и «Кэмел» в пасть, черт знает что! Видишь, я и сейчас без американского курева не могу. В каком-то штабе я у них подвизался, а когда Париж освободили, они мне говорят: так, парижанин, теперь ты можешь идти, good riddance, то есть в жопу, по месту жительства. Вот так у них разведка работала, можешь себе представить, Кирилл?»

«Очень хорошо себе представляю, Сережа», — покивал Кирилл. Тут ему захотелось спросить, как на самом деле его нового друга зовут, но он не спросил.

«Вот так моя одиссея закончилась. — Тот снова подвыл, но прервался с виноватым выражением. — Прости, башка чуть-чуть буксовать начинает от воспоминаний. Париж — Москва — Бугульма, опять Москва — Ташкент, еще раз Москва — Польша или черт знает что, Райх — Нормандия — Париж. Мне было девятнадцать лет, когда я вернулся. С тех пор живу здесь. Работаю в банке. Пишу роман».

«По-французски или по-русски?» — спросил

Кирилл. Насколько он помнил, родители этого странного молодого человека писали по-русски.

Серж не успел ответить. Сидящая рядом компания запела что-то диковатое, сумрачное, героическое. Двое, тенор и баритон, вели некий дуэт, остальные четверо вторили, кто-то подстукивал ритм ладонями по столу. Невозможно было понять, на каком языке исполняется песня, хотя иной раз проскальзывали знакомые славянские слова. Из основного роскошного зала на простоватую веранду уже спешил метрдотель, чтобы довести до сведения уважаемых господ, что в Кафе дё ля Пэ не принято петь, тем более хором в шесть человек. Получив такой афронт, шестерка встала, отдала деньги и один за другим, словно караул, пошла к выходу. Проходя мимо, один из них положил руку на плечо Сержа.

«Я их знаю, — пояснил тот. — Это хорваты, беженцы от Тито, сталинисты».

«Что же они в Париже сидят, если сталинисты? — усмехнулся Кирилл. — Лучше бы в Москву перебирались. У нас там все сталинисты».

«Ты тоже, Кирилл?» — с некоторой осторожностью спросил Серж.

«Ну конечно! — воскликнул Кирилл. — Как ты думаешь, мог бы я приехать сюда на Конгресс мира, если бы не был сталинистом? Ты, видно, забыл за эти годы, что у нас весь народ сталинисты? За исключением, может быть, только горсточки заключенных».

Фу ты черт! Серж неожиданно весь вспотел. Я действительно многое забыл. Кирилл протянул ему салфетку. Вытри лоб. Потом спросил прямо в этот потный лоб: не тянет ли его назад, в Союз, ну, в общем, в Россию? Вытирая лоб, а также засовывая салфетку за воротник, чтобы и там приостановить истечение влаги, Серж сказал, что этого он и сам не знает. Временами мучительно почему-то тянет, но, как бы ни тянуло, он туда никогда не вернется. Он был там вдребезги несчастен, если кто-нибудь понимает, что такое вдре-без-ги. Потерял всех своих, всех без иск-лю-че-ния. Ведь ты же знаешь, Кирилл, чей я сын, сознайся! Ты знаешь, как меня зовут, ну! Кирилл сказал, что это безобразие: два молодых мужика из России тянут свой скоч глоточками, словно янки. Давай-ка сразу, жопы кверху! Я знаю, что тебя зовут Серж, Серега! Больше я знать ничего не хочу! Они оба тут же жахнули виски buttoms up, то есть так, как и было сказано. Усатый специалист тут же принес новые порции абсента. Что тебя все-таки тянет туда, куда ты не хочешь; дай мне понять! Серж хохотнул и опять же с некоторым намеком на волчий язык. Если уж так без анализа подойти, то тянет больше всего язык, стихи, словесная русская брага; самогонка, если хочешь. Они стали все теснее сближать лбы, один ладонями приглаживал волосы, другой взвихрял чуб. Признаюсь, я многое у тебя любил, Кирилл, даже знал наизусть.

> ...Но ты откроешь надо мной
> Надежды купол!

Прочти мне что-нибудь из нового! Кирилл вытащил из-под локтя только что исписанный лист. Нет, не годится, он ничего не поймет. Только она это поймет, больше никто. Вдруг, как недавно в МГУ, проскользнул какой-то импульс, и он стал читать «Нить Ариадны». Серж слушал, опустив лицо и сжав на столе свои длинные сильные пальцы. Вдруг в одном месте, а именно там, где:

> Темные мраморы, мерная поступь.
> Стража сзади смыкает штыки.
> Сколько храбрость свою не пестуй,
> Жила дергается на щеке,

он поднял свое лицо, озаренное пьяной юностью. Когда чтение кончилось, он только прошептал: «И ты называешь себя сталинистом?» Был уже час ночи, в Москве — три. Ну все, прости, нам, сталинистам, пора спать. Утром лечу. Туда? Ну да, соврал Кирилл. Серж написал что-то на бумажной салфетке. Вот здесь адрес моей двоюродной тетки. Он назвал фамилию, довольно известную в литературных кругах. Можешь передать ей деньги? Какие еще деньги? Ну франки, конечно. Он зашуршал в карманах. Да ты офигел, Серега? Забыл, что они у нас не ходят? Ладно, давай адрес, я ей твердокаменных рублей подкину. Теперь скажи мне на прощанье, Серж Моржовый, ты не агент? Ну раз нет, тогда давай обнимемся на прощанье. Передам от тебя привет моей Глике, ты ведь ее знаешь. Фу, прости, у меня тоже башка что-то забуксовала.

С этими словами Кирилл Илларионович Смельчаков, чьи титулы после такого вечера мы не в состоянии перечислить, покинул свое излюбленное Кафе де ля Пэ. Сквозь стеклянную дверь Серж смотрел, как он удаляется в сторону Гран-Опера, прямой, статный и только на пятом или на шестом шагу слегка отклоняющийся вбок.

«Интересный собеседник у вас сегодня был, не так ли, Серж?» — спросил метрдотель своего постоянного клиента.

«А вы его разве знаете, мсье Ламбер?» — сдерживаясь, чтобы совсем уж не забуксовать, поинтересовался Серж.

«Ну, конечно, — важно покивал метр. — Его зовут Штурман Эштерхази».

Сержу ничего не оставалось, как только воскликнуть «Пар экзампль!», после чего он быстро вышел из кафе и стал быстро-быстро исчезать в качающейся тени каштанов с их маленькими рождественскими елочками.

Тень четырехмоторного «Констеллейшна» проходила над сверкающими льдами Северного полюса. В салоне первого класса сервировали дежене с шампанским. «Клико» превосходно умиротворяло разладившуюся было вегетативку. Чтобы завершить отличный прием пищи, пассажир полез в карман пиджака за портсигаром и тут рядом с искомым обнаружил письмо, адресованное мифу. Удалив со столового ножика остатки паштета и масла, он вскрыл конверт, вытащил лист плотной бумаги, прочел текст, смял бумагу и сунул комок в сетку рядом с уже прочитанным «Нью Йорк Геральд Трибюн».

Передаем на всякий случай дурацкое содержание послания:

«Два друга, Летчик Крастрофович и Штурман Эштерхази, летели в своем знаменитом самолете «Орел СССР» над дельтой Нила. По пути им попался еще один воздушный путешественник, не кто иная, как Ева Браун. На своем самолете «Вихрь Райха» она возвращалась в Берлин из Каира от друга фюрера короля Фарука. По дороге она послала радиограмму: «Дорогой Ади, Фарук — душка! Удовлетворение окончательное!»

Надо признаться, что девушка немного кривила

душой: удовлетворение было не окончательное. Вот почему она заинтересовалась двумя летящими рядом великолепными мужчинами неопределенной национальности.

«Как ты думаешь, кто это рядом летит, Нефертити или Клеопатра?» — спросил Эштерхази у Крастрофовича.

«Судя по трусикам под юбкой, это недотраханная Дева Райха», — предположил прагматик.

Не прошло и пяти минут, как оба аэроплана приземлились на дюне в дельте Нила.

«Мальчики, если вы привнесете в мою жизнь окончательное удовлетворение, я раскрою вам главную тайну Второй мировой войны!» — воскликнула Ева.

Оба авиатора бодро взялись за дело. Дева визжала несколько часов, и, только когда наступила ночь, она победно протрубила:

«Тот, кого боится весь мир, ни на что не способен!»

Если учесть, что этот короткий рассказ сопровождался рисунками Кукрыниксов, можно понять, почему на всех фронтах началось сокрушительное наступление».

Толкуем Платона

Вот на этом наступлении, собственно говоря, мы можем завершить наше затянувшееся отступление от прямого действия. Теперь возвращаемся в блаженный московский июнь, в искрящуюся звездами Кремля и небосвода раннюю ночь, на террасу 18-го этажа Яузского небоскреба, где засиделись за десертом основные герои наших сцен плюс только что прибывший на жительство контр-адмирал Жорж Мокки-накки.

Не посвященный в предшествующее действие, он внимательно следил за пересекающимися взглядами супругов Новотканных, их дочери Гликерии, их соседа по этажу Кирилла Смельчакова, а также работников Спецбуфета Фаддея и Нюры. Не все понимал, но многое улавливал. Улавливал, в частности, что между сказочно прекрасной девой и героическим эталоном Кириллом существуют какие-то особые отношения, однако не до конца понимал, отчего эти отношения находятся под вопросом; в том смысле, что велик ли вопрос.

Не знал он, конечно, что Смельчаков только вчера прибыл из каких-то никому неведомых пространств и что Глика была так сердита на него, что даже пресекла его попытку поделиться дорожными впечатлениями. Хорош жених, кипятилась она наедине сама с собой, за полтора месяца ни одного звонка, ни одной телеграммы! Нет-нет, наша помолвка должна быть немедленно расторгнута! Уж лучше я буду флиртовать с Дондероном и Таковским, чем быть своего рода заложницей, а то и наложницей этого малопонятного человека. Малопонятного человека, который считает, что ему все позволено! Талантливого? Да! Смелого? Да! Сильного? Да! Малопонятного? Да! Да! Да!

А вот маменька, подумал Моккинакки, великолепная Ариадна; она ли тут главное действующее лицо, ответственный, так сказать, квартиросъемщик? И как прочесть эти ее нечитаемые мгновенные и уникальные по своей остроте взгляды, которые она иной раз бросает то на мужа, то на соседа, то на услужающего военнослужащего, а то и на вновь прибывшего к месту действия, то есть на меня?

Что касается военнослужащих, то здесь вроде бы не требуется никаких дополнительных догадок, однако и они не так уж просты: вроде хорошо вышколенные специалисты своего дела, да и только, а все-таки чувствуется и в них по отношению к семейству какое-то кумовство. И этот, с мохнатенькими бровками, иной раз из-под бровок своих Кирюшу нашего, гордость армии и флота, слегка ужалит. А напарница-то, щечки-яблочки, все хлопочет-хлопочет, эдакая Нюра, а вот иной раз как-то подбоченится, словно она вовсе и не Нюра, а Анна, будто так и хочет сказать бу-бу-бу самому хозяину.

Единственное лицо, которое не вызывает дополнительных вопросов, — это, конечно, хозяин, сам Ксаверий Ксаверьевич Новотканный, национальное сокровище, которое, будь рассекречено, немедля гением своим огребло бы для страны великую динамитную премию; большущий, добродушнейший мега-ум советской формации. В данном случае, пользуясь авторским своеволием, мы можем сказать, что наблюдательности у адмирала слегка чуть-чуть не хватило. Не заметил он, к примеру, того, что при всем своем добродушии Ксаверий иной раз испытывал мгновенное желание засандалить кое-кому из присутствующих со всего размаху, да так, чтобы не поднялся.

Да что там говорить, подвел итоги своих наблюдений Георгий Эммануилович Моккинакки, чудесное общество, настоящие советские патриции, можно только поблагодарить Министерство обороны за предоставление квартиры именно на этом этаже, где столь очаровательным образом процветает волнующая девушка Глика.

И впрямь, все сидели в свободных, красивых

позах вокруг круглого стола, ужин подходил к концу, все попивали из тонких рюмочек терпкий бенедиктин, производства спеццеха Раменского ликеро-водочного завода, и вели непринужденный разговор.

«Вы знаете, Георгий, — обратилась к гостю Ариадна Лукиановна и как бы предложила ему кисть своей руки с длинной сигаретой «Фемина», — мы тут часто с подачи Кирилла Илларионовича толкуем Платона и, в частности, дебатируем идею неоплатоновского града. Высотное строительство в столице проявило в нашем обществе что-то вроде высотной группы граждан. Конечно же, не ленивую аристократию, не жадных до деньжат толстосумов, но трудящуюся группу умов, талантов, руководящих качеств, ну своего рода платоновских «философов», только, уж конечно, как вы понимаете, не «царей». Что вы думаете, Георгий, соответствуют ли эти наблюдения реальным картинам социалистической действительности или они отражают просто игру ума?»

«Браво, Ариаднушка-матушка! — вскричал Ксаверий Ксаверьевич. — Интересно поставлен вопрос! Очень бы хотелось услышать твое мнение, Георгий! Что думают об этом в военно-морских силах?»

«Позвольте, товарищи, — возразила Глика, — адмирал только что проделал весьма серьезное путешествие! Что же вы его так нагружаете?» Она, казалось, опасалась, как бы Моккинакки не попал впросак.

Кирилл между тем вроде бы спокойно покуривал и сквозь дым подмигивал товарищу по оружию. Что касается спецбуфетчиков, то они без всяких выражений лиц и членодвижений, словно скульптура «рабочий и колхозница», стояли в отдалении.

Моккинакки, конечно, понимал, что ему устраивается экзамен. Вытерев губы безукоризненным платком с монограммой и на мгновение положив свою большущую правую ладонь с перстнем на чуть трепещущую и полностью оголенную левую кисть Глики: дескать, не волнуйтесь, родная, — он начал высказывать свои соображения.

«Ариадна Лукиановна, я вам очень благодарен. Ведь своим вопросом вы сразу приблизили заматерелого охотника за подлодками к вашей высотной группе граждан. Постараюсь не оскандалиться. Мне очень понравилось то, что, говоря о неоплатоновском граде, вы столь естественным образом соединили его с реальной социалистической действительностью, за которую мы сражались в тылах и на фронтах. Я много думал, друзья, о том времени, в котором нам выпало жить, то есть о двадцатом веке. В первой трети этого века в Европе возникли три могучих социалистических общества, отражающих тягу своих граждан к единству. Не подумайте, что я впадаю в какую-нибудь крамолу, но я имею в виду фашистскую республику Муссолини, национальный райх Гитлера и Советский Союз Иосифа Сталина. В принципе, все три этих общества бросали дерзейший вызов буржуазным плутократиям, их лицемерной либеральной демократии. В этом и выражалась вся суть двадцатого века, не правда ли?»

В этот момент хозяин дома, метнув осторожный взгляд в сторону спецбуфетчиков, сделал обескураженный жест обеими ладонями в сторону гостя. «Позволь, Георгий, что за парадоксы ты предлагаешь? Как можно ставить на одну доску бесчеловечные режимы Гитлера и Муссолини рядом с нашей державой, которой мы все гордимся?»

«Ксава!» — урезонила благоверного Ариадна: дескать, не горячись. Изумленная и шокированная парадоксом Глика все же постаралась направить мысль своего столь приятного соседа в должное русло. «Ах, папочка, ведь Эммануил Георгиевич, то есть, наоборот, Георгий Эммануилович, еще не успел развить свою парадоксальную идею, не так ли, товарищ адмирал?» С трепетной надеждой она посмотрела прямо в глаза Моккинакки, и тот ответил ей благодарным наклоном головы.

Эва, какую торпедищу сбросил тут заматерелый охотник за подлодками, подумал с довольно отчетливой для себя неприязнью Кирилл и не произнес ни единого слова.

«Знаешь, Ксаверий, — продолжил адмирал с теплой приятельской интонацией, что дало Кириллу возможность удивиться, когда они перешли на «ты», — ты очень вовремя упомянул Бенито и Адольфа. Именно они со своими страшными кликами узурпировали стихийные порывы своих масс к единству.Символы фацесты и арийской свастики затемнили сознание масс и отвернули их от единственно верного сияющего символа серпа-и-молота. Идиотская политика правящих клик привела Италию и Германию к сокрушительному разгрому. Вместо трех социалистических структур на карте Европы осталась только одна, наш великий Советский Союз, ведомый мудрым Сталиным. Вопрос сейчас стоит так... — Он на минуту задумался. (Так... так... Так Такович Таковский, вспомнилось вдруг Глике.) — Итак, вот как! — воскликнул он фортиссимо, со вспышкой удивительного вдохновения. — Мы одни представляем сейчас двадцатый век! Мы, только мы, воплощаем огромную, едва ли не метафизическую мечту трудящихся о единстве, о возникновении новой расы землян! Под водительством такой уникальной в истории силы, как наша партия, ведомая личностью невероятного, поистине планетарного масштаба, мы вышли из войны победителями и в невероятно короткий срок преодолели все мытарства послевоенного периода. Европа все еще пробавляется жалкими подачками по плану Маршалла, в то время как мы, ежедневно наращивая темп, становимся основной державой мира, подлинной фортецией истинного социализма. — Удивленный и вроде слегка чуть-чуть несколько смущенный своим патриотическим пылом адмирал на минуту умолк, обвел взглядом сосредоточенно молчащее общество и продолжил в мягкой, задушевной манере: — Должен признаться, я просто поражен темой нашей беседы. Дело в том, что в своей каюте на авиаматке «Вождь» я держу платоновскую «Республику» и довольно часто в нее вникаю. Сейчас возникает удивительная связь времен. Две с половиной тысячи лет назад мудрейшие мужи Эллады пытались представить себе идеальную структуру общества, а теперь мы столь успешно воплощаем свой идеал. При всей отдаленности смыслов я иногда думаю, что, не будь Платона, энергетическая цепочка могла бы и не законтачиться, в том смысле, что мы могли не прийти к нашему торжеству именно сейчас и именно в данной форме. Вот почему я думаю, Ариадна Лукиановна, что ваши соображения о «высотной группе граждан» не только умны, но и детерминированы всем развитием».

Все уже подняли было ладони, чтобы наградить Моккинакки заслуженными аплодисментами, когда вскочил с удивительной живостью академик. «Вот это да! Ну и ну! Как вам это нравится? Вот каковы наши охотники на подлодки! Вот какие Вольтеры гнездятся на авиаматке «Вождь»! Жора, дай-ка я тебя поцелую!»

Моккинакки, готовый отдать ему свои жесткие щеки и мягкие губы, тоже воздвигся за своим сегментом стола. Увы, стол был слишком велик даже для таких величественных мужчин, и поцелуй не состоялся. Качнувшись, Ксаверий Ксаверьевич слегка чуть-чуть потерял равновесие и, пытаясь удержаться на ногах, вляпался своей лапой в спецторт. То-то было смеху, ликования, дружественных взглядов, да что там говорить, сущего восторга, особенно от лица юного поколения. Один только Фаддей с каменным ликом быстро приблизился и мгновенно удалил со стола размазанные сливки с цукатами.

На этой светлой юмористической ноте ужин был завершен. Георгий и Кирилл поцеловали Ариадне Лукиановне ручку. Глика, восхищенная мудростью нового соседа, вальсировала в отдалении и посылала из этого отдаления воздушные поцелуи. Выбравшись благополучно из медвежьих объятий академика атомного ядра и попрощавшись за руку с военнослужащими Спецбуфета, поэт и моряк покинули террасу.

«Когда это ты успел, Жорж, так запросто скорешиться с Ксаверием?» — полюбопытствовал Кирилл.

«Да ведь он у нас на «Вожде» бывал, и не раз, во время испытаний устройства, — ответствовал Моккинакки. — С нашей палубы мы с ним летали к полигону на Новой Земле».

«И видели устройство в действии? — Задавая эти вопросы, Смельчаков смешивал коктейль в миксере. Можно было подумать, что именно коктейль был для него главной задачей, а вопросы о Ксаверии задаются просто между делом. — Какое впечатление?»

«Апокалиптическое! — захохотал Жорж. — В Японии тебе, небось, показывали Хиросиму? Ну а наше изделие в тридцать раз мощнее».

Смельчаков был изумлен, поставил миксер. «А как ты узнал, Жорж, что я был в Японии?»

Моккинакки снова хохотнул. «Да по радио американскому слышал. Э хьюдж крауд эт зе джапаниз трэйд юнионз ралли гэйв а стэндинг овэйшн то э нориуз совьет пропаганда монгер, хэндсам феллоу Смэл-Ча-Кау. Понимаешь по-английски?»

«Получается что-то вроде «вонючей коровы»? — снова изумился Смельчаков. Тут оба стали так бурно хохотать, что попадали в кресла. Вот вам гримасы произношения. Называют красивым парнем и тут же «вонючей коровой». А ведь ты на корову не очень-то и похож, Кир! Скорее уж на ковбоя!

Разговор этот проходил в гостиной смельчаковской квартиры, куда они перешли сразу после завершения ужина у Новотканных. Решено было отдохнуть от изящных манер и поддать по-настоящему, по-солдатски. С этой задачей проблем вроде бы не было. Кирилл сделал несколько коктейлей, но потом они махнули рукой на эту блажь и перешли на чистые напитки. Говорили громко, с хохотом, с матерком, вспоминали разные участки фронта, людей войны, кто выжил, кто погиб, кто искалечился, а кто превозмог ранения, несли всякую похабель и разные романтические истории, травили анекдоты, в том числе истории о Штурмане Эштерхази и Летчике Крастрофовиче. Кирилл сказал, что эти персонажи кочевали по обе стороны фронта; у немцев, дескать, тоже гуляли свои варианты, у англичан, точно, он слышал что-то подобное, все эти былины варились в том грандиозном братоубийственном, в поколенческом смысле, бедламе на манер мотивчика «Розамунда». Георгий не исключал, что были какие-то реальные персонажи под этими именами. Дескать, он однажды, когда перегонял «дугласы» со взрывчаткой в Боснию, слышал о них от партизан как о реальных людях. Будто бы они работают на одном из секретных самолетов маршала Тито. Кирилл сказал, что это вздор. Жорж разозлился. Откуда у тебя такой апломб? В вашей школе что, у всех такой апломб? Вот в нашей школе ни у кого нет такого апломба! Если я говорю, что это не вздор, то это не значит, что это не вздор, а просто то, что я тебе рассказываю, что мне говорили партизаны в Боснии, а это не вздор! И я могу это доказать! Можешь доказать? Могу! Давай заложимся, что не сможешь! Ну, ладно, хватит уевничать! Они замолчали и перестали даже друг на друга смотреть. Все темы вроде бы были исчерпаны. На этом лучше было бы закруглиться и разойтись, чтобы ненароком не испортить отношения. Вдруг Моккинакки, глядя на отдаленный простенок с портретом Сталина, спросил:

«Скажи, Кирилл, ты с кем спишь, с мамашей или с дочкой? Или с обеими?»

Последовало молчание. Полная тишина, даже

дыхания не слышно. Моккинакки скосил глаза и увидел, что Смельчаков целится в него из «Макарова». Без всякого выражения на лице держит обеими руками тяжелый убойный ствол, нацеленный ему прямо в лоб. Ни малейшего движения.

Моккинакки встал, покопался в карманах и вытащил парабеллум. Встал боком к Смельчакову, настоящий дуэлянт, поднял пистолет над головой. По прошествии нескольких минут Смельчаков опустил свое оружие и покрасовался перед дулом Моккинакки. Тогда и тот сунул свое обратно в штаны.

«Спокойной ночи», — сказал Смельчаков.

«Спокойной ночи, друг», — ответил Моккинакки.

С кислыми рожами они разошлись. Оба злились сами на себя. Экая пошлятина. Гарнизонные игры. Не хватало только убить друг друга.

Кирилл залез в ванну и отмокал там чуть ли не час, то засыпая, то взбрыкивая сначала в горячей, а потом в еле теплой воде. «Смэл-Ча-Кау», — бормотал он. — Вставай, вылезай, ложись спать по-человечески!»

В глухой ночной час он вышел на свой балкон в купальном халате, но с аккуратно причесанной головой. Справа уходили вниз отвесы гигантского здания. Слева громоздилась двойная идеологическая скульптура террасы Новотканных. У ее подножия видна была тоненькая фигура Глики. Она смотрела в сторону Кремля. Их отделяла друг от друга пропасть шириной не более десяти метров. Он позвал ее. Она обернулась и очень серьезно, без всякого удивления на него посмотрела. Большие глаза, великолепная дневная коса превратилась в две ночных, закрученных в стороны; сущий ребенок, грустный бэби с манящей девичьей фигурой. Кам ту ми, май меланколи бэби! Кадл ап энд донт би блю... Он стал говорить ей, что любит ее, что не было дня в долгом путешествии, когда бы он не думал о ней. Он любит ее как вечной, небесной любовью, так и обычной человеческой, страстной. Он знает, что обидел ее, но не по своей вине. Так складывается иной раз жизнь. Порой ее ход диктуется долгом, гражданскими обязанностями. Он хочет ей прочесть стихи о ней, что сложились на далеких меридианах. Он привез ей кучу подарков. Он... Часть его слов развеивалась в путанице ветров, вечно свистящих вокруг высотки. Трудно сказать, какие слова достигли ее ушей.

«Послушай, Кирилл, — проговорила она, и ветры стихли, — когда ты уехал, вскоре произошел праздник Первого Мая. Я пошла на демонстрацию с университетом, несла там небольшой портрет Сталина, очень живой и человечный. Ты знаешь, он помог мне преодолеть публичное одиночество. Родной Иосиф Виссарионович, думала я, если бы вы знали, как вы дороги одинокой девушке-москвичке! И вдруг, уже на Красной площади, в моей душе стало подниматься что-то ужасное. Я видела его над десятками тысяч голов, ярко-серое пятнышко его шинели на трибуне Мавзолея. И вдруг я почувствовала, вернее, догадалась, что из этой движущейся толпы какой-то человек целится в него из винтовки. С тех пор я постоянно чувствую эту страшную угрозу, она висит над всеми нами. Что ты скажешь, Кирилл?»

«Родная моя! — Ветры опять засвистели, и он прокричал обращение, чтобы она хотя бы это услышала. — Я сомневаюсь, что Сталин боится пули. Ведь, если она его настигнет, он немедленно вернется к нам уже не как человек, но как Бог. Ты понимаешь, моя родная?» Он жаждал, чтобы хотя бы это обращение долетело до небесной невесты, и молил Сталина, еще не Бога, но уже первейшего кандидата: пусть долетит, пусть долетит не от какого-нибудь Жорки Моккинакки, а от меня, только от меня долетит это обращение «моя родная»! Девушки ранних пятидесятых любили, когда к ним обращались таким образом.

ЧАСТЬ ВТОРАЯ

Юлианский июль

Григорианский июль наступает в середине юлианского июня, и только в середине грегорианского июля наступает настоящий июль, юлианский. Вот тогда даже в Москве с ее постоянной склонностью к метеонасморкам воцаряется настоящая жара и в раскаленном прозрачном воздухе на Москве-реке, словно призраки античного мира, появляются тысячи купальщиков. Нынче, в двадцать первом веке, даже активисты «Гринписа» в самом сладком сне не могут вообразить, как чисты были воды этой реки в 1952 году. Работы по загрязнению в те времена еще не начались, а если уже и начались, то публика этого не подозревала. То тут, то там в городской черте с наступлением жары возникали весьма привлекательные на вид купальни, ну а центром купального сезона, разумеется, становились длинные гранитные ступени ЦПКиО им. Горького, уходящие прямо в воду.

Обнаженный до допустимых в те времена пределов народ стоял, сидел и лежал на этих ступенях. Введенная тогда унификация публики по отраслям деятельности в купальнях, естественно, отсутствовала, так что нельзя было, скажем, отличить дипломата от юриста, горняка от железнодорожника, финансиста от офицера МВД. Словом, если не приглядываться к гражданам, трудно было с ходу понять их чины или статус; обнаженность без труда создавала понятие «демос». Напрашивалось желание сравнить этот демос с купальщиками древнего городского государства Сиракузы, в котором философ Платон предавался своим церебральным упражнениям.

164

Если взять две этих толпы в целом, то следует, конечно, учесть разницу цивилизаций. Сиракузцы были плоть от плоти древней культуры Средиземного моря, взращенной под щедрым солнцем в трепещущей тени оливковых деревьев, в изобилии фруктов и овощей, парной баранины и козьего сыра. Как и в прочих городах античного мира, они были замкнуты в своей небольшой общине, защищены от вторжения иноземцев стенами крепости и потому не подвержены действию болезнетворных микробов. Можно предположить, что они болели гораздо реже, чем москвичи середины XX века, а стало быть, их тела не были уязвлены последствиями рахита, цинги, туберкулеза, недоедания и безобразного водочного алкоголизма.

Советский народ пятидесятых, как известно, перенес множественные эпопеи массового голода, эпидемий и ужаса, и это, конечно, не могло не сказаться на общем внешнем виде московской обнаженной толпы. Всего лишь семь лет прошло со дня окончания Второй мировой войны, и потому многие тела еще совсем не старого мужского пола несли на себе следы ранений. Нельзя, разумеется, сказать, что сиракузцы не воевали, не раз им приходилось отбивать нападение пиратов, однако следы их ранений являли собой рубцы, оставшиеся от ударов холодным оружием, в то время как на телах москвичей можно было увидеть следы пулевых или осколочных терзаний, а также швов, сохранившихся после хирургических вмешательств. Иной раз на спине ветерана можно было даже заметить слегка ссохшийся и пожелтевший, как стручок, кожный трансплантат. Парадоксально, но факт: в сиракузской толпе купающихся было больше усеченных людей, чем в толпе московской. Дело в том, что бойцы, потерявшие в битвах за город конечности или черты лица, почитались в Сиракузах как герои, в то время как Москва в послевоенные годы постаралась избавиться от неприглядных калек, дабы не омрачать образ великого града как «столицы счастья». Крайне редко можно было заметить в купальнях какую-нибудь умеренную культю, ну а укороченный народ весь был выслан за 101-й километр или еще подальше, предположим, на остров Валаам.

Что касается разделенных двадцатью пятью веками юношеств, то они, следуя совершенству греческих скульптур, по всей вероятности, мало отличались друг от друга: все те же бицепсы, трицепсы, мускулюсы глютеус и брюшные прессы, подобные панцирям черепах. Одни лишь гениталии основательно за эти века разрослись, очевидно, вследствие чрезмерного онанизма, распространенного в казармах труда и обороны.

Теперь поговорим о купальных модах. Вот перед вами сиракузская агора с ее банями, бассейнами и фонтанами, со спусками к темно-зеленому аквамарину бухты. Проходят женщины, позванивая браслетами рук и ног, финифтью своих монист. Девы вступают в воды, с каждым шагом все выше поднимая свои купальные хламиды и наконец, пустившись в плаванье, одним изящным движением обкручивают их вокруг головы. Зрелые матроны нередко обнажают груди на манер богорожденных вроде кносской царицы Пасифаи, остается лишь повязка белой или цветной ткани вокруг чресел. Старухи, хохоча, сидят в бочагах совершенно нагие, поскольку мало кто на них обращает внимание. Юноши длинными шагами летят к воде, лишь налепив на пиписку фиговый листочек. Весомые мужи степенно прогуливаются в фонтанах, а их пенисы покачиваются, будто утвердительно кивая в ответ на серьезные мысли.

Девы, матроны и старухи социалистического общества береглись от взглядов мужчин, закрывая молочные железы и межножие плотной тканью трусов и грудодержателей. Иной раз, впрочем, среди них мелькали и предметы интимного, то есть манящего, обихода, так называемые «комбинации» на бретельках и с кружевными каемочками. Носительницы этих едва ли не прозрачных одежд подвергались молчаливому, а порой и чрезвычайно шумному, крикливому, с матерком, осуждению. Что касается сильного пола, то он в купальнях просто-напросто стягивал брюки и оставался в длинных черных, так называемых «семейных» трусах. Никому и в голову не приходило, что этот всесоюзный товар предвосхитил модные, чуть выше колен шорты. Народ помоложе между тем подвязывал скротум полоской сатина с тесемками на боку, так называемыми «плавками».

Вообще-то тон на реке задавала та часть молодежи, которую называли коротким нерусским словом «спорт». Принадлежность к спорту означала высшую категорию. Она оставляла далеко за кормой любительщину, именуемую «физкультурой», которая почему-то считалась словом сугубо русским. Парни и девушки в майках «Динамо» или «Спартака» горделиво несли цвета своих клубов. Еще более исключительную, или, как сейчас бы сказали, «элитную», часть молодежи составляли те, кому посчастливилось какими-то неимоверными путями добыть трикотажные шерстяные плавки или купальники. Предметы эти вызывали всеобщее завистливое удивление. Вот вам пример подобного умопомрачительного явления.

Заканчивается гребная регата студенческого спортобщества «Буревестник». Победоносные байдарки МГУ после пересечения линии финиша подплывают к гранитным ступеням ЦПКиО. Стройные и сильные девушки в сине-белой форме несут свои суда на плечах к расположившейся на набережной базе. Потом возвращаются за веслами. Одна из байдарочниц отстает от подруг и, опершись на свое весло, оглядывает толпу купальщиков. Смех, бурные аплодисменты. В чем дело? Оказывается, гребунья (или гребчиха, если угодно) полностью повторила позу стоящей у нее за спиной знаменитой скульптуры «Девушка с веслом». Живая девушка (это, разумеется, наша героиня Глика Новотканная) оглядывается. Великолепная гипсовая копия шедевра напоминает ей ее шедевральную матушку Ариадну Лукиановну Рюрих. Расположившаяся неподалеку компания стиляг в разноцветных шерстяных плавках восторженно подсвистывает. Юрка Дондерон от полноты чувств сильно разбегается и производит безупречное сальто. Глика со смехом убегает в раздевалку.

Пока она меняет форму гребной команды на купальник, я, Так Таковский, стою возле «Девушки с веслом» и размышляю о сходстве и различии людей двух утопий. Дверца кабинки наконец открывается, и Глика выходит, обтянутая изумрудным шедевром французского трикотажа. Ее появление в новом качестве вызывает на гранитных ступенях массовый шок сродни тому, что случился на картине Карла Брюллова при употреблении неожиданно интенсивных красок.

Этот купальник привез ей «небесный жених» из долгой франко-японской экспедиции по добыванию мира во всем мире. Он был лишь малой частью обширной коллекции даров, однако с особым прицелом на летний сезон. Вот рванем с ней в Сочи, думал Кирилл, вот там она будет щеголять в этой классной тряпочке, больше поверит в прелесть своего тела, в свою магнитность, вот там все и свершится.

Цветы поставим в чудо-вазу,
Моя прелестная коза,
И там начнем иную фазу,
Как вождь народов указал.

Среди коллекции даров были предметы, к которым Глика не знала даже, как подступиться. Ну, например, некоторые флаконы духов. Неоткрывающиеся флаконы! Что за глупость? Как же тут добраться до чудесной «Балансиаги»? Оказывается, нужно только нажать на верхушку флакона, и в тебя полетит интенсивный пучок брызг. Или вот еще пример: умещающийся на ладони магнитофон с набором джазовых мини-бобин. Можно гулять, а из кармана будут петь сестры Берри.

Увидев всю эту коллекцию разложенной на любимом туркменском ковре Кирилла, Глика проявила всю гамму своих девических чувств: от отвержения через высомерие («у советских собственная гордость!») к снисходительному интересу и наконец к взрыву восторга, столь мощному, что из него просто не могло не вылупиться сильнейшее желание дарителя немедленно отблагодарить. Не веря самой себе, она растянулась во всю длину на тахте и потянула его за руку на себя. Не менее дюжины страстных поцелуев были лишь началом благодарности. Потом она стащила через голову свитерок и отдала ему свои груди с набухшими от страсти сосками. Он стал целовать эти соски, вернее, сосал их. Ее рука стала искать вход в его промежность, но не могла найти ни одной пуговки на его удивительных брюках. Он показал ей, как опускается вниз застежка «зип», и извлек свой увеличившийся и твердый, словно статуэтка из слоновой кости, член. (Слово «статуэтка», между прочим, появилось неслучайно: совсем недавно он видел статуэтки японских пенисов в музее неподалеку от Наро... нет-нет, не от Наро-Фоминска, а от синтоистского монастыря Нара.) Она взяла в ладонь этот предмет и сжимала его чуть пониже головки. Потом подлезла туда всей головой и водила предметом по своим щекам, поцеловала его несколько раз и даже один раз лизнула во всю длину. Между тем его рука давно уже держала весь ее цветок в своем объятии. «Кирилл, любимый, как я благодарна тебе за твою заботу, — шептала она, — только, пожалуйста, не делай главного... пока нет, но скоро да... скоро-скоро да... но пока еще нет». Тут ее пронзила удивительная мысль, что она ведет себя почти как проститутка. Благодарит щедрого мужчину за дары, за удивительные, роскошные вещи. В этом, наверное, и гнездится суть женщины — благодарить мужчину своим телом за его заботу, за дары. И тут она, словно стараясь предотвратить неизбежное терзание цветка, взяла в рот всю его статуэтку и вскоре заполнилась ее содержимым. Вот это да, ну и ну!

Потом они долго лежали, прижавшись друг к другу. Он гладил ее по голове. «Глика, дурочка, кто тебя всему этому научил?» Она смеялась, гордая своим женским «проститутским» опытом, но уже старалась выбраться из объятий, чтобы предотвратить новое посягновение на цветок. «Это в университете мне подкинули затертую дореволюционную книжонку, — соврала она. — Спустили с верхотуры на лекции по политэкономии. Видно, кто-то всерьез заинтересован, хм, в расширении моих горизонтов».

«Уж не Юрочка ли Дондерон?» — хохотнул он.

«Ну что ты! Юрочка еще сущее дитя. — Она выбралась из объятий и натянула кофточку. — Скорее уж Боб Ров, он там считается главным специалистом по «Камасутре». А, кстати, куда пропал твой странный друг и наш сосед, адмирал Моккинакки? Уж две недели, как о нем ни слуху, ни духу».

А почему же тогда кстати? — подумал Кирилл. Почему же «кэситати», вспомнил он Амаяка Захаровича. Какое же может быть «кэситати» между моей «девой радужных ворот» и охотником за подлодками?

Он и сам уже недели две, а то и больше не встречал Жоржа. Перед тем как исчезнуть, тот наведался к нему с тремя бутылками экстрасекретного молдавского хереса. «Только ты, Кир, можешь оценить этот напиток!» Мало кто на поверхности обращался к Смельчакову с этим укороченным именем, а вот в резерве все называли именно так: Кир. Он заткнул правым мизинцем левое ухо, а левой ладонью сделал крышечку над макушкой. Жорж ответил правильно, создав с помощью третьего пальца левой и большого правой фигуру «я свой», но воздержался от дальнейшей сигнализации.

«Послушай, Кир, мне чертовски деньги нужны», — сказал он запросто.

«Сколько?» — в той же манере спросил Кирилл.

«До черта, — со смешком сказал Жорж. — Сто тысяч».

Кирилл вытащил из конторки тот самый «докторский чемоданчик» с вааповским гонораром, который он ни разу не открыл с того мартовского дня: денег и так хватало. «Черт, не могу ключей найти», — пробормотал он. «Да ну, какого черта!» — Жорж подсунул длинный ноготь мизинца под петельку замка. Чемоданчик раскрылся. Емкость вся до предела была заполнена пачками ассигнаций с гербом Советского Союза и с портретом Сталина. Жорж присвистнул.

«Слушай, ты знаешь, что у тебя тут целое сокровище? Это вовсе не деньги, а векселя социалистической империи, десятитысячные билеты, которых никто из граждан СССР никогда не держал в руках. Эти билеты примет любой банкир по высочайшей ставке. Откуда они у тебя?»

«Понятия не имею, — пожал плечами поэт. — Какая-то чертовщина».

«Вот именно». — Жорж качал своим длинным носом и поверх носа смотрел на Кирилла сгустившимися до коньячного цвета глазами.

«Слушай, Жорж, мне этот чемоданчик в марте в ВААПе вручили и ведомость дали подписать на 248 тысяч рублей, выплата за стишки, превратившиеся в песни. А тут этих таинственных векселей, я смотрю, на...»

«Миллионов на десять, — прикинул Моккинакки. — От кого ты мог получить такой дар? Может быть, сам черт тебя попутал?»

«Ты что имеешь в виду? — спросил Смельчаков. — Точнее, кого?»

«Да никого, — ответил Моккинакки. — Просто фигура речи».

Он, видно, что-то знает о моих ночных беседах, подумал Смельчаков, но виду не подал. Открыли первую бутылку хереса. «Вот это напиток!» «Ну я же тебе сказал. У меня там друг есть, в молдавских подвалах». «У тебя, похоже, везде есть друзья». «Ну не везде, но есть. В их числе ты, Кир, я надеюсь?» «В этот херес надо маринованную маслину опускать, не находишь?» «У тебя есть маслины?» «Да вот банка маслин перед тобой». «Ты прав, с маслиной вообще класс». Открыли вторую бутылку.

«Завтра отнесу все это хозяйство куда положено», — сказал Кирилл и слегка оттолкнул от себя раскрытый чемоданчик.

«Не пори горячку! — гаркнул Жорж. — Тебя там сразу с таким добром возьмут под стражу! Даже тебя! А ВААП весь отправят на Колыму! Включая гардеробщиц, Кир, включая гардеробщиц! — Он вынул из чемоданчика пачку десятитысячных бумаг, схваченную ленточкой Центрального банка. — Давай лучше отложим все это на месяц. Если уж у тебя этот золотой теленок лежал три месяца без движения, почему ему не полежать еще месяц? За этот месяц я с предельной острожностью, точнее, с осторожностью, не называя никаких имен и не упоминая никакого черта, ни слова ни о какой чертовщине, обсуждаю эти векселя со своими братанами с «Коминтерна», ты их помнишь, железные ребята. За это время ты не говоришь об этом никому, ни мужчине, ни женщине, ни богам, ни чертям, ни днем, ни ночью. Через месяц я возвращаю тебе взятую сумму, взятую не для себя, а для спасения моего дяди в Узбекистане, и тогда мы решаем вопрос, что делать с чемоданчиком».

«Лучше всего было бы бросить его в реку», — предположил Кирилл.

«Гениальная идея! — вскричал Жорж. — На крайний случай это просто гениальная, слушай, гениальнейшая идея! Однако спешить не надо. Хорошо бы проверить эти векселя. Проверить на подлинность. Не исключено, что с их помощью можно спасти много людей в Узбекистане, в Абхазии, в странах народной демократии, даже в Москве, Кир, даже на самом высшем уровне. На самом, самом, мой дорогой, откуда выше уже нельзя! Теперь главное — спокойствие, постоянная подзарядка аккумуляторов оптимизма. Ведь мы с тобой недаром, Кир, прошли школу ленинского комсомола!»

С этими словами он положил миллионную пачку не-денег в карман и исчез. Кирилл отнес «докторский чемоданчик» в чулан и поставил его там рядом как раз с запасными аккумуляторами. Он был почти уверен, что этим чемоданчиком Гага и Сосо расплатились с ним за Эсперанцу. На Кавказе все-таки принято не жалеть денег за хорошую девушку.

«Давно ли ты не видела этого нашего соседа?» — спросил он Глику.

«Три недели и два дня», — ответила дева с удивительной точностью. И добавила: — Наш папочка тоже почти столько же дней в отсутствии».

«А где же Ксаверьевич Ксавочка обретается, ты не можешь сказать?» — поинтересовался Кирилл, вставая и одним, поразившим ее движением, снизу вверх, закрывая свой поддон.

«Кирилл, ну ты же знаешь, это государственная тайна», — проговорила она, подавляя желание снова взяться за железочку «зипа».

«Ну вот видишь», — сказал он.

«Что?» — ужаснулась она.

«Да ничего страшного, — улыбнулся он. — Не исключено, что они оба обретаются сейчас в одном месте, а именно на авиаматке «Вождь», возле Новой Земли. Проводят какие-нибудь жизненно важные научные испытания. Не побоюсь тебе сказать, что в этом доме немало мужчин время от времени исчезают. Знаешь, дорогая моя, государственную тайну одним движением не откроешь».

«Прочти мне что-нибудь из нового, — попросила она. — Только не из «Тезея». И не из «Дневников». И не из «Испании».

Он стал читать из нового цикла «Ночные звуки Первомая».

> Ах, девушка моя родная,
> Под звуки красного числа
> Ты шла, сияя и рыдая,
> Портретик Сталина несла.

Так вот, значит, что нужно делать, чтобы стать лирической героиней, печально думала она. Спасибо, мамочка, за вашу книжечку, столь изящно забытую в ванной.

На прощанье поэт неудачно пошутил: «Смотри, поосторожней на лекциях политэкономии».

Она долго плавала под ослепительным небом, лавируя среди визжащих, хохочущих и ойкающих московских тюлених и фыркающих матерком тюленей. Посредине реки ложилась на спину, делая вид, что не замечает фотографирующих ее с двух яликов стиляг. Наконец, выбежала из воды и взлетела по ступеням, рассыпая массу сверкающих, изумрудно отсвечивающих от купальника брызг. Уселась прямо на граните, стала отжимать весьма отяжелевшую косу.

Мы подошли к ней вместе с несчастным Дондероном. Можно к вам присоединиться, мисс? Она с интересом уставилась на меня. Ах, это вы, Таковский! Прошу вас, сэр. Юрка безотчетно кусал губы. Тут следует отметить, что он был в великолепных шерстяных плавках, а я в синих трусах х/б, но зато с недурной вышивкой по бокам: на правом боку негр с трубой, на левом — дева с веслом, кое на кого похожая.

«Экие у вас штаны заграничные, Так Такович!» — насмешливо восхитилась Глика.

«Чисто казанские, — сказал я. — Просто девчонки с санфака сделали вышивку мулине. — И пояснил: — По моим рисункам, конечно».

«Браво, браво, какой разносторонний талант! — еще пуще насмешничала Новотканная. — Экий Леонардо да Винчи!»

Юрка, конечно, не удержался от остроты: «Да Винчи, да недовинченный». Я бы тоже не удержался от точно такой же остроты. Мы уселись на ступеньке рядом с Гликой, я справа от нее, Дондерон слева.

«Я очень польщен, мисс, что вы запомнили мое имя», — сказал я.

«Позвольте, но как можно такое имя забыть, Так Такович Таковский?» — продолжала она театральничать.

«Ну и девчонка!» — подумал я. Юрка, отвернувшись, насвистывал блюз из кинофильма «Рим в 11 часов».

«Прошу прощенья, вкралась небольшая ошибка, — сказал я. — Вы говорите Таков003, а надо Тако́вич. Ударение на втором слоге».

«Спасибо, что не дали мне за это оплеуху», — с полной серьезностью сказала она.

Я чуть не задохнулся от восхищения. Во всей Казани, даже на инязе педа, не найдется девки, которая бы смогла так словесно срезать!

«Ну а как насчет очередного экспромта? Потянете?» — спросила она. Она, видно, думала, что «девку окаянную» я заранее на Первомай подготовил. И тут же я начал рубать «лесенкой» в духе Маяковского:

> Товарищи, мне нравится
> Одна комсомолка!
> Ее фигура —
> Сплошной изумруд!
> На губах у нее
> Насмешки колкие,
> Ну а в мыслях
> Любовь и труд!

Она одарила меня поистине изумрудным хохотом. «Вот это да! Ну и ну! Каков Такович!» Интересно будет заметить, что даже страдающий Дондерон засмеялся.

Как вдруг смех оборвался. Оба персонажа уставились сверху в умеренно обнаженную толпу, как будто там появилось нечто экстраординарное. Между тем там просто шествовал патриций. Молодой мужчина в белом купальном халате медленно пробирался через простецкую толпу москвичей. Движения его были исполнены уверенности, черты лица выражали благосклонность и улыбчивость. Если бы не светлая копна волос, я бы сказал, что он похож на Роберта Тейлора из «Моста Ватерлоо». С этой копной волос он больше напоминал советского киногероя Самойлова или, скажем, поэта Смельчакова.

Он снял халат. Никаких жиров, хотя слегка, самую чуточку, чуть-чуть боковины нависают над краем плавок. Грудная клетка, однако, слегка чуть-чуть дисгармонична. Ага, следы пулевых ранений, три маленьких кратерка, по диагонали в ряд. Должно быть, стреляли из автомата в упор.

«Этот парень, ну вон тот, на кого все смотрят, как видно, воевал всерьез», — сказал я.

Тут я заметил, что Глика и Дондерон впервые обменялись взглядами. Прочесть эти взгляды мне не удалось.

«А вы знаете, кто это, Такович? — с некоторой лукавинкой спросила Глика. — Семижды лауреат Сталинской премии Кирилл Смельчаков». «Вот это да! Ну и ну! — вскричал я с непосредственностью провинциала. — Неужели тот самый, «поэт Надежды»?!»

«Кирилл!» — Глика подняла обе руки над головой и стала как бы полоскать кистями воздух. Странный жест: с одной стороны, знак капитуляции, а с другой — полная легкомысленность. Поэт отыскал ее взглядом и мгновенно просиял. Отличный кадр: поэт, просиявший при виде девушки. Он показал жестами свои намерения: сейчас, мол, искупаюсь и подойду. Пощелкал по циферблату часов на запястье. Показал перстами цифру 10. Пошел к воде.

«Глика, видите, часы забыл снять этот ваш... товарищ... Хотите, догоню?» Настроение у меня пошло вниз. Хотелось прекратить весь этот дурацкий флирт, обмен подколочками. Радио над пляжем сильно вопило: «Горит в сердцах у нас любовь к земле родимой...»

«Да у него «Командирские», водонепроницаемые», — пробормотал Дондерон.

178

Смельчаков приближался к воде. Какие-то девахи лезли к нему за автографами, то есть, если перевести на патриотический, за «саморо014списью». Прыгнул в воду, поплыл хорошим брассом. Мы трое замолчали, как будто потеряли нить беседы. Я стал выискивать в толпе современников Кирилла Смельчакова со следами боевых ранений и сразу одного нашел. Чуть ниже по ступеням, спиной к нам стоял некто довольно длинный и узкий, но с мохнатыми тяжелыми плечами, с лысой смуглой башкой, напоминающей желудь. Под левой лопаткой у него наблюдался довольно глубокий каньон. Наверное, осколок пропахал.

«Вот интересно, если сравнить... — вяловато начал я, — ...сравнить, скажем, раны наших ветеранов с ранами героев какого-нибудь античного града, ну, скажем, Сиракуз... Тоже ведь резня порядочная была две тысячи лет назад, но только холодным ведь оружием, верно? Да и хирургия еще была не на высоте...»

«Послушайте, Таковский, откуда вы знаете про Сиракузы? — с чрезвычайным возбуждением спросила Глика. — Мы дома только и говорим про эти Сиракузы, а вы-то откуда знаете?»

«Да из Платона, — промямлил я. — Там его вроде в рабство продали, потом он вроде бежал, бродил там как неприкаянный...»

«Юра, — вдруг повернулась она к Дондерону. Тот вздрогнул. — У твоего друга какая-то специфическая фантазия. То он про вечную ссылку какую-то говорит, то про раны, то про рабство Платона... — И вдруг воскликнула: — Вот это да, это он!»

Последний возглас был вызван тем, что человек с каньоном под левой лопаткой повернулся к нам в профиль. Теперь мы видели его крупный нос, выпуклую грудь, впалый живот, увесистый гульфик плавок, длинные квадрицепсы нижних конечностей. Фигурой он был похож на бывшего чемпиона по легкой атлетике. Вылупив свои чудесные зенки, Глика не отрываясь смотрела на него. Мы для нее перестали существовать.

«Ты не знаешь, кто это такой?» — спросил я Юрку.

«Случайно знаю, — ответил тот. — Это юрисконсульт Крамарчук. Работал с моим батей над договором по полному собранию сочинений».

«Что за вздор ты несешь, Юрка! — Глика как завороженная смотрела на человека с каньоном под левой лопаткой. — Это же наш сосед, контр-адмирал Моккинакки. — Она встала, вытянулась всей своей тонкой фигурой и стала махать рукой. — Товарищ Моккинакки! Георгий Эммануилович! Жорж!»

Товарищ, названный почти одновременно юрисконсультом и контр-адмиралом, услышав ее голос и увидев машущую руку, растолкал стоящих поблизости купальщиков и помчался вверх, к нам, каждым огромным скачком преодолевая несколько ступеней. Через несколько секунд он был уже на нашем уровне и полетел вперед, уподобляясь древнегреческим бегунам с краснофигурного килика. Я ждал увидеть вблизи какое-нибудь человеческое чудовище, но он, приблизившись, явил вполне приятную смуглую ряшку еще не старого, хоть и лысого мужчины, сияющую от счастья видеть второкурсницу МГУ Глику Новотканную.

«Глика! Родная моя! Я тебя повсюду искал! Сегодня утром прилетел! Бросился на восемнадцатый, не нашел! Бросился на Манежную — не нашел!

Вдруг увидел регату на реке! Интуиция подсказала — гони туда, в ЦПКиО! Спасибо ей! Вечное спасибо ей!»

«Да кому, Жорж? Кому?» — смеялась счастливая Глика.

«Интуиции, Глика! Не подвела!»

Он обхватил ее за талию и даже слегка приподнял, а она слегка на нем повисла. Вот странная несоразмерность, подумал я. Допустим, я или Дондерон влюбляемся в женщину бальзаковского возраста. Разве мы будем у всех на глазах сиять от счастья при встрече с такой женщиной? Скорее уж будем проявлять сдержанность, не правда ли, Дондерон? А тут у всех на глазах чувиха нашего юношеского возраста вне себя от счастья навешивается на лысача! Это все Хемингуэй натворил, согласен, Юрка? Бальзак совсем еще годных женщин облажал, а Хем героизировал пожилую мужскую кобелятину. Не плачь, Дондерон, мы тоже такими будем, если в тюрьму за джаз не сядем. Ну вот, она уходит с этим Кокки-мокки-накки-такки, а нам, мальчикам, даже «пока» не говорит. Остается только посмотреть, как вернется из плаванья поэт Смельчаков.

Длинный жаркий день юлианского июля подошел к концу. В светлом еще небе над Яузской высоткой и над башнями Кремля стали появляться планеты. Венера, как всегда, опередила сестер с мужскими именами. Зажег все огни покачивающийся духан под названием «Ресторан Поплавок». Сходни его угрожающе прогибались под тесной очередью, но люди готовы были пойти на любой риск ради счастья попасть внутрь, где стучал барабан Лаци Олаха и где звучал манящий баритон Гурама Апчхидзе. Тот пел:

Здравствуй, здравствуй, друг мой дорогой!
Здравствуй, здравствуй, город над рекой!
Видишь, я прошел все испытания
На пути к свиданию с тобой!
Здравствуй, здравствуй, позабудь печаль!
Здравствуй, здравствуй, выходи встречать
В город, что прошел все испытания
Под высоковольтною дугой!

«Послушай, Жорж, что это он поет такое несуразное? — спросила Глика. — Ведь это же популярная песня, и никогда там никакой высоковольтной дуги не было».

Они танцевали что-то вроде танго. Крепко обняв, он вел ее длинными шагами, поворачивал то направо, то налево в зависимости от танцевальной обстановки, слегка сгибал в талии. Елки-палки, думала она, ведь никогда прежде не ощущала я прелести танца, никогда не чувствовала себя так надежно и любовно в объятиях мужчины. Можно было только удивляться, как он умудряется не наступить ей на ногу, какую изящную фигуру танца они выписывают, особенно шествуя вбок, щека к щеке.

«Ха-ха, родная моя, — ответствовал адмирал, одетый в чесучовый большущий костюм с кокеткой и накладными карманами, то есть как сущий юрисконсульт, — надо посочувствовать Гурамчику Апчхидзе, ей-ей. Он эту песню поет уже несколько лет, каждый день и не менее чем по пять раз в вечер. Можешь себе представить, что бы с ним стало без высоковольтной дуги?»

В этот как раз момент вся публика, так здорово прожаренная сегодня под юлианским солнцем, так вкуснецки нажратая уже карским под водку, так эротомански уже пропотевшая в танце, хором грянула повтор:

В город, что прошел все испытания
Под высоковольтною дугой!

Взрыв восторга, буря аплодисментов певцу. Апчхидзе раскланивался, творчески полностью удовлетворенный. Следует сказать, что через неделю он был уволен из Москонцерта за «идеологически двусмысленное извращение утвержденного репертуара».

«Мне кажется, что все тут только и ждали этой высоковольтной дуги», — хохотала Глика. Моккинакки склонился к ее уху, похожему на отдельное идеальное существо. «Между прочим, родная, это я подсунул Гурамчику эту дугу. Пообещал и в будущем поработать над текстом, да вот все времени нет». Красавица в «хорошеньком костюмчике», как о ней говорил ресторанный люд (костюмчик, между прочим, был от Коко Шанель), смотрела на него обалденно влюбленными глазами. «Ах, Жорж, ты такой странный, просто невероятный, какой-то вообще карнавальный! А ты знаешь, что я фактически первый раз в ресторане, да еще и с мужчиной такой стати?»

Рестораны в советском обиталище хоть и существовали, но считались местами повышенной подозрительности, каким-то наследием прошлого, своего рода капищами греха. Глика и сама как член университетского комитета комсомола не раз участвовала в проработках студентов, которые по каким-то непонятным для нее причинам зачастили в эти заведения.

Жорж Моккинакки чокнулся с ней шампанским, погладил по плечику, а потом и по спинке. «Детка моя, тебе еще немало предстоит совершить первых шагов». И вдруг почувствовал, что ее рука с некоторой даже смелостью совершает путешествие от его колена вверх по бедру. Боги Олимпа, Лапландии и Канина Носа, она потупила глазки, а потом посмотрела исподлобья.

«Послушай, Глика, а что, если нам отправиться вдвоем в Абхазию?»

«Когда?» — прошептала она.

«Да вот прямо сейчас!»

«С тобой, Жорж, я готова куда угодно, а тем более в Абхазию».

Абхазия на особом режиме

Ночное шоссе, протянутое недавно к Быковскому аэропорту, было почти пустынным. Только кошки да ежи иной раз пересекали его в свете автомобильных фар. Моккинакки Георгий Эммануилович сам вел свой старый трофейный «Опель-адмирал». Работал классный эсэсовский приемник. «Радио Монте-Карло» передавало только что вошедший в моду и тут же перелетевший через «железный занавес» вальс «Домино». Глика, положив голову на верное, навсегда верное, категорически непреклонно верное плечо Жоржа, подпевала медленно кружащейся мелодии. Неужели это реальность, думал Жорж, неужели это происходит со мной, разве маленькая моя муттер думала когда-нибудь, что ее пацанчик с цыпками вырастет в такого, что там говорить, сильного плешивого неотразимого мужчину?

На Быковском аэродроме базировалось много разной летающей шелупени, в основном «Яки» санитарной авиации. «Опель» проследовал мимо этих машин к глухому забору со сторожевой вышкой. Бесшумно открылись ворота. Контр-адмирал на «Опель-адмирале» въехал на территорию секретной зоны. Там все выглядело иначе. Вдоль построенной по последнему слову взлетно-посадочной полосы стояло несколько новинок, реактивных МИГов, а также какой-то четырехмоторный гигант странных очертаний и непонятного назначения. Из него как раз спускались уставшие летчики. Они помахали адмиралу. Тот ответил им через открытое окно двумя дружескими жестами левой руки: большой палец вверх и «очко».

«Ребята только что с задания. Фотографировали эскадру НАТО». Глика постаралась укрыться за верным плечом. Матушка моя Ариадна Лукиановна, куда это ваша дочка заехала?

Машина свернула на боковую бетонку и через лесопосадки выехала к светящемуся под луной пруду. Посредине пруда чуть покачивался на серебристой зыби гидроплан, похожий на тот самый, что приводнился у подножья Яузской высотки всего лишь месяц с небольшим тому назад. Впоследствии выяснилось, что это и был тот самый, только в тот раз он был в полном комплекте, включая экипаж из шести человек. Сейчас влюбленных встретил на борту только один пилот по имени Семен, мужчина примерно того же возраста, что и Моккинакки, с короткой трубочкой в зубах, с поблескивающим в этих зубах золотишком.

«Знакомься, Семен, — сказал адмирал, — это та самая девушка, о которой я тебе так много».

Семен проявил чрезвычайную галантность: «Дорогая Глика, со слов Жоржа я представлял себе что-то исключительное, однако действительность превзошла все его дифирамбы».

В задней части машины было что-то вроде крошечной каюты с большущим диваном. Оставив там Глику, Жорж ушел в кокпит. Через несколько минут она увидела в окошках, что высоко подвешенные под крылья моторы начали раскручивать пропеллеры. Еще через несколько минут они были уже в чистом ночном небе. Пруд быстро уходил вниз и наконец, превратившись в сверкающее под луной блюдце, исчез из поля зрения.

Моторы гудели ровно и надежно, а у Глики стали постукивать зубы, подрагивать пальцы. Неужели это произойдет здесь, в воздухе, вот именно в гидроплане? Нет, это невозможно! Я притворюсь спящей, он должен понять, это был слишком длинный, слишком утомительный день даже для девушки в девятнадцать лет: я выиграла заезд на байдарке-одиночке, я восхитила огромную толпу в ЦПКиО, я кокетничала с мальчишками, ждала уплывшего Кирилла, «небесного жениха», с которым однажды уже грешила на французский манер, а вместо него появился мой возлюбленный Жорж, жених земной, который уволок, как раз уволок меня в небо, мы пили шампанское, мы танцевали танго под высоковольтною дугой, мы ехали ночью в Быково, мы слушали «Радио Монте-Карло», кружилось «Домино», отнюдь не «Динамо», мы полетели в Абхазию, ах, всего было слишком много для девушки, которая боится мужчин, которая никогда раньше не поднималась в воздух, ну ясно, что она может заснуть как убитая на этом широком мягком диване. Но если он влезет сюда, и сядет рядом с моим спящим телом, и начнет меня ласкать под своим отеческим взглядом, будет шептать «детка моя», а потом начнет меня раздевать и полезет в меня как муж, прямо здесь, прямо в полете курсом на юг, что тогда?

Мы могли бы слукавить, разбросать многоточия, позволить себе некоторые туманности, увы, действие наше подходит к кульминации, и мы не можем здесь заменить круто-сваренный реализм сентиментальностью всмятку. Все произошло именно так, как предполагала Глика, за исключением того, что она решила не притворяться спящей. Жорж влез в каютку и сразу без церемоний сделал Гликино ложе общим. «Глика, родная моя, с этого момента вся жизнь моя будет принадлежать тебе. Это не я тебя покоряю, а ты берешь меня себе». Он аккуратно стал ее раздевать, не забывая покрывать поцелуями каждую новую обнаженность. Упомянутая уже мягкость его губ сделалась совсем уже неотразимой в связи с накоплением в них (в губах) любовного электричества. В то же время он беспредельно старался не вмешивать в эту активность свой чрезмерно крупный и твердый нос, дабы не оставить на нежных ланитах девы нежелательных вмятин. Двигаясь над трепещущей обнаженной Гликой, он ни на минуту не забывал о тяжести своего мощного тела. Каждую, даже секундную паузу между поцелуями он заполнял жарким шепотом, типа «родная», «любимая», «детка моя». Эффективность поцелуйной работы, особенно в области живота, оказалась такова, что Глика перестала дрожать и испытывала теперь только жажду все большей и большей близости. Он сразу понял, что имеет дело с девственницей, и потому, начиная ласкать пальцами ее межножие, не уставал повторять: «Все будет хорошо, родная...все будет нежно, сладко, любимая...не будет никаких терзаний, детка моя...» И наконец, находясь в вертикальном положении над ее телом, то есть фактически образовав прямой угол, он стал медленно вводить в ее влагалище свой, столь любимый женщинами разных гарнизонов пенис, то есть единственный орган, которому надлежало быть предельно твердым в соитии.

«Жорж, неужели ты во мне? — сквозь счастливые слезы вопросила девушка.

«Полностью, дочка моя», — чуть цокнув языком над неблагополучной коронкой, ответствовал он и тут уже с предельной бережливостью накрыл своей волосатостью ее нежное тело.

Почти всегда, подходя к оргазму, он начинал чувствовать женщину не как отдельный организм, а как нечто соединившееся с ним, то есть совпавшее со всеми очертаниями его тела. Ну а сейчас, держа Глику всеми конечностями, он ощущал ее, как нечто вроде эмбриона в его собственном теле и испытывал к ней совершенно чудовищную любовь. Что касается девушки, то она, потрясенная тем, как быстро боль перешла во все нарастающий сладостный жар, чувствовала себя одновременно и жертвой и владычицей, а мужчина, творящий все это чудо, казался ей огромным, как весь мир, ангелом-демоном.

Они заснули, держа друг друга в объятиях. Головка ее с перекинутой косой теперь покоилась на его волосатой груди. Иногда сквозь сон она высовывала язык и слизывала его пот, скопившийся в этих дивных зарослях. Они парили в каких-то высотах, забыв о приближающейся Абхазии, не чувствуя вибрации алюминиевого корпуса и не слыша рева двигателей, преодолевающих метеорологический раздел небес. Несколько раз они просыпались, чтобы продолжить свой пир. Она блаженно стонала, он выспренно кряхтел. Однажды он даже водрузил ее сверху на свой перпендикуляр, и она замечательно смеялась, воображая себя всадницей.

Неизвестно, сколько времени прошло, прежде

чем они почувствовали холод. Дело в том, что отопительная система этого превосходного гидроплана была еще далека от совершенства, во всяком случае, ее нельзя было даже поставить рядом с отопительными системами современных гидропланов. Счастливые и склонные к невероятному оптимизму даже в этих далеких от совершенства условиях, они беспечно издевались над своими посиневшими носами. Жорж приволок целую кучу кожаных курток на цигейковом меху. Был повод похохотать и над куртками. Жорж сказал, что он сейчас устроит завтрак с горячим кофе, и отправился в кокпит. Она увязалась за ним, но тут по дороге в этот самый юмористический кокпит какая-то струя, негодяйка, хлестнула прямо в лоб нашему советскому бычку-гидроплану, укравшему легкомысленную девушку Европу, и оная, оная, оная не удержалась на ногах, а перешла на четвереньки и так на четвереньках и въехала в этот пресловутый кокпит.

Семен, неутомимый штурвальный, юмористически на нее посмотрел и сделал приветик ладошкой от уха в сторону. Глика забралась на колени своего самого любимого летчика. «Ну где же твоя хваленая Абхазия наконец?»

«Натаныч, ты не можешь объяснить барышне? — спросил адмирал своего пилота. — Я, признаться, за эту ночь потерял все координаты».

Все трое прыснули. Семен Натанович вынул трубочку изо рта, вытер тыльной стороной рукавицы свои бывалые, «соль-с-перцем» усы, после чего концом трубочки стал показывать ближние координаты. «Вот, видите, барышня, скопление огоньков? А в двух кабельтовых от них, на мысе, работает мигалка. Это, собственно говоря, береговая линия. Сейчас заходим на посадку».

Небо уже потеряло свою ночную однотонность. За горбом самолета явно назревал рассвет. Через несколько минут, когда они уже основательно снизились, стала отчетливо видна чеканка пустынного моря. Еще через несколько минут солнечные лучи осветили движение близких волн, но они уже шли в густой тени, которую отбрасывал высокий обрывистый берег. Именно там, в прибрежной тени, нашлась небольшая круглая бухточка, на которой они и приводнились. Натаныч и Эммануилыч вылезли на крыло. Какой-то заспанный абхазец бросил им конец. Втроем, один заспанный и двое невыспавшихся, подтянули гидроплан к дощатому пирсу. По всей вероятности, ночных путешественников здесь ждали. Подошли, протирая глаза, еще два абхазца. Они начали выгружать какие-то увесистые ящики. Большой открытый автомобиль медленно съезжал к бухточке по серпантиновой дороге.

Дом, в котором они остановились, удивил Глику своими размерами и комфортом. Даже двухэтажная квартира в Яузской высотке блекла перед абхазским, явно секретным, эксклюзивом. Особняк, построенный в смешанном стиле — Восток и дореволюционный модерн, — зиждился над обрывом к морю. Стены его были облицованы отполированными каменными плитами, а внутри украшены резными панелями из темного дуба и немалым числом масляной живописи, в основном, морскими и горными пейзажами. В огромной нижней гостиной присутствовал даже удивительный зрительный эффект. В трех широких и высоких окнах беспрерывно катил белоснежный морской прибой, и точно такой же прибой неподвижно катил с картин в оконных проемах. Возникало некоторое подобие неспокойного сновидения.

Глика бродила одна по пустынному залу. Каблуки парижских туфелек постукивали по отменному паркету. Вдруг увидела себя целиком в зеркале на внутренней стене. Прекрасная счастливая девушка во всём парижском. Внезапно, впервые за все время после встречи с Моккинакки в ЦПКиО, она почувствовала мгновенный болезненный укол: Кирилл! Неужели она предала своего «небесного жениха»? Неужели она предала все то странное существование, что началось в марте, весь тот символизм, все то взаимное обожание, толкование небытия, тревогу за Сталина, образ черного быка в лабиринте? Что ж, если она и предала Кирилла, то лишь потому, что он предал сам себя во время тех безумных, почти уже окончательных утех.

Сверху доносились голоса Семена и Жоржа, они там о чем-то разговаривали с местным персоналом. Глика вышла на террасу, на которой, если не жалеть мячей, можно было бы играть в теннис. Бриз обхватил девушку дружеским свежайшим объятием. Заполоскались и затрепетали юбка, блузка и шарф «Эрмес». Несколько плетеных кресел и столик стояли посредине. На столике окулярами вверх приглашал морской бинокль. Она взяла прибор и стала его наводить на тянущийся к горизонту вогнутый берег. В окуляры вплыло импрессионистическое многоцветное пятно. Прибавив резкости, она увидела чудо-город с высоким белым маяком, с многоэтажным терракотового цвета дворцом версальского стиля, с прибрежными отелями арт деко.

Охотник на подлодки Жорж Моккинакки вышел на террасу и замер, увидев почти реальную полную воздуха картину: тоненькая девушка в трепещущих под бризом одеждах светлых тонов стоит с биноклем в углу каменного пространства, годного для построения штурмового взвода морпехов в полном комплекте. Несколько минут он стоял, не двигаясь, со скрещенными на груди страшноватыми для любого противника руками. Девочка моя, любимая на всю жизнь, если бы ты знала, что нас ждет впереди!

Почувствовав его присутствие, она посмотрела через плечо. Готов на все за один только такой взгляд через плечо. Без тебя, может быть, и не решился бы на то, на что сейчас, в этот миг, окончательно решаюсь. «Жорж, что за город там высвечивается на берегу?» — весело крикнула она. Он подошел, обнял ее сзади и взял у нее из рук бинокль. «Да это Сухуми, Глики-блики, что же еще?»

«Что-то он слишком хорош для Сухуми!» — засмеялась она.

Вечером они отправились ужинать в этот Сухуми. Проезжали через маленькие чистенькие городки, в центре которых за столиками открытых кафе сидели местные мужчины в плоских черных головных уборах. «Вот это типичные абхазцы, — просвещал Глику Жорж. — Видишь эти большие черные кепки? Их тут называют аэродромами».

«Вижу, вижу, — кивала девушка. — Типичные абхазцы, типичные кепки-аэродромы! — И потом добавляла: — Если только это не береты».

Мелькали вывески каких-то незначительных заведений или учреждений. Глика вдруг встрепенулась. «А что, здесь разве латинский алфавит в обиходе?» Жорж, который теперь сам вел большую открытую машину (очевидно, трофейную, «Испано-

Сюизу», или что-то в этом роде), на мгновение отрывал взгляд от извилистой дороги, чтобы поцеловать любимую в левую щечку и сказать: «Должно быть, здесь смешанный, кириллица и латиница. Абхазия ведь у нас на особом режиме». Пытливый взгляд любимой заметил еще одну странность: отсутствие лозунгов. Только однажды на придорожной площаденке она увидела двух дядек, на этот раз в красных «аэродромах» и с красными пионерскими галстуками на шее; они держали плакаты с надписью на латыни: «Gora В.О.!»

Ресторан, в котором они собирались поужинать, находился в массивном здании с огромными окнами, построенном, очевидно, пару десятилетий назад на самой кромке обширного пляжа. Обстановка здесь значительно отличалась от московского «Поплавка». Вместо разудалого оркестра в углу ненавязчиво импровизировал одинокий пианист, слышались переходящие одна в другую темы Моцарта, Бетховена, Шопена. Публика не выражала ни малейшего поползновения образовать отплясывающую толпу. Да и вообще можно ли было назвать здешних клиентов публикой? Во всем большом зале заняты были не больше пяти столиков, за которыми не более дюжины персон предавались еде с серьезным выражением истинных гурманов. Скользили бесшумные официанты в коротких белых куртках с серебряными погончиками.

«Что-то здесь очень уж изысканно», — с некоторым подозрением промолвила Глика. Жорж улыбнулся: «Такова Абхазия. Ты, конечно, понимаешь, что это заведение не для всех. Спецобслуживание».

С любезнейшей улыбкой на устах к ним направлялся метрдотель, седовласый и загорелый, словно капитан океанской яхты.

«Бон суар, мадмуазель э месье Мокнаки», — сказал он и далее добавил целую добродушно-шутливую фразу по-абхазски, явно предназначенную для создания дружественной атмосферы. К удивлению Глики, Жорж ответил слегка спотыкающейся, но явно понятной фразой, тоже по-абхазски.

Стол для них был уже приготовлен возле открытого окна, за которым, словно по заказу, проходила церемония великолепного морского заката.

«Ква ву вулэ пур аперитив, мадмуазель?» — спросил метрдотель. Два молодых официанта уже стояли за его спиной.

«Ажуте фуа а вотр гу, мсье», — бойко ответила девушка. Все трое представителей обслуживающего персонала просияли. Жорж Моккинакки восхищенно изумился. Вот так запросто, с непринужденной светскостью его любимая переходит на французский! Что же в этом особенного, мой Жорж, для такой девушки, как я, удивилась Глика. Как же я могу не говорить по-французски при такой мамочке, как Ариадна Рюрих, и при таком папочке, как Ксаверий Новотканный? Однако, увы, мой Жорж, можно только сожалеть, что ваша возлюбленная пока еще не обучена по-абхазски.

Далее последовал ужин, совершенно удивительный для советской автономной социалистической республики. Можно было только аплодировать сектору спецснабжения, сумевшему создать в этой спецзоне атмосферу изысканного французского ресторана. Сначала открыли бутылку шампанского «Вдова Клико». Не всякая птица, ей-ей, отведала этой влаги! Затем подали большущее, возвышающееся над столом блюдо устриц, в середине коего возлежал владыка морей, только что сваренный краб. По завершении этих подготовительных действий явилось в сопровождении вина «Сен-Эмильон» главное блюдо, «седло барашка», чье название никоим образом нельзя понимать, как реальное седло, под которым когда-то гарцевал поедаемый барашек. Так бесконечно с мнимой серьезностью шутила в тот вечер Глика, а ее возлюбленный, прилетевший в ее жизнь на гидроплане ее мечты с картины советского слегка чуть-чуть формалиста Дейнеки и в этом же гидроплане на пути в экзотическую Абхазию в стиле, достойном только подражания, лишивший ее надоевшей невинности, только восхищался Гликиным несколько своеобразным юмором.

После главного блюда, перед десертом, они танцевали. Глика попросила пианиста сыграть и спеть целиком новоявленный миру вальс «Домино». Присутствовавшие гурманы мягко аплодировали медленно кружащейся паре. Один из гурманов заметил, что девушка похожа на идеальное земное существо, а ее кавалер... ммм... напоминает каких-то голливудских героев. Другой гурман, по всем признакам абхазский ловелас, заметил, что кавалер похож на Хемфри Богарта в комбинации с Кинг Конгом. Остальные сошлись на том, что ловелас необъективен. Привыкший к быстрым победам, он уже воображает себя владыкой идеального земного существа, а потому пылает ревностью к ее спутнику.

После вальса они вернулись к столу, где их уже ждал десерт. Не будем его описывать, чтобы не завязнуть во взбитых сливках и не утонуть в сиропах.

«Ты довольна этим абхазским вечером, моя родная?» — спросил он.

«Слушай, Жорка, я просто в отпаде, — ответила она чуть-чуть слегка чрезмерно по-студенчески. — Я просто на грани реальности и великолепного настроения! — И, войдя во вкус, забыв про свой статус в комсомоле и про благородное происхождение, продолжила в той же манере: — Сам посуди, Жорж, какой еще девочке так подфартит: потерять целку на высоте пять тысяч метров, заполучить такого чувака, как ты, да к тому же еще прилететь в эту так называемую Абхазию!»

Контр-адмирал Моккинакки был слегка несколько шокирован подобным стилем излияния чистейших чувств. «Ласточка моя, не могла бы ты чуть-чуть понизить громкость своих жаргонных всплесков? Ведь здесь могут быть люди высокого партактива, а также флагманы нашей промышленности. Не говоря уже о высокопоставленных абхазцах, да, не говоря уже о них».

«Аллах с ними, мой адмирал! Ах-ах, мой адмирал, я сегодня в таком легкомысленном настроении! Надеюсь, вы простите это баловство обесчещенной вами, то есть, я хотела сказать, осчастливленной вами девушке».

«Радость моя, позволишь ли ты полярнику зари социализма и пирату Второй мировой войны сделать тебе предложение руки и сердца?»

Глика попросила у официанта сигару. Тот мгновенно слетал и церемонно поднес «гавану» на серебряном подносе. Девушка выпустила из пунцовых губ несколько колец дыма и нанизала их на загорелую руку, еще вчера столь ловко сновавшую с байдарочным веслом. «Ваше предложение, Георгий Эммануилович, увы, принято». Он страусоподобным движением повернул недоумевающую голову. «Разве это совместимо, «принято» и «увы»?

Она устроила своей сигарой настоящую дымовую завесу и, только вынырнув из дыма, прояснила ситуацию:

«Принято, потому что я вас люблю, а увы — потому, что любовью разрушаю свои былые жизненные планы».

Они церемонно поцеловались. Ловелас, не отрывавший от них глаз, подумал, что хорошо было бы проверить год рождения девицы, а в случае нарушения кодекса указать «арабу», как он в уме постоянно называл смесь Богарта и Конга, на дверь.

«Хорошо бы узнать, какие жизненные планы я столь бесцеремонно нарушил», — поинтересовался адмирал.

Глика попросила еще «двойной коньяк», после чего, с коньяком и с сигарой, явно подражая какому-то «трофейному» фильму, начала свой рассказ:

«Ты, возможно, уже знаешь, Жорж, или от моих родителей, или... мм... от соседей, что перед тобой сидит настоящая, то есть преданная и убежденная сталинистка. Наш вождь для меня — это не просто глава правительства, это живой столп всего нашего общества, больше того — всего советского социализма, о котором ты так интересно говорил в наш первый вечер на террасе восемнадцатого этажа. Что касается меня лично, то — верь не верь — я нередко обращаюсь к нему с мольбой: Сталин, солнце мое золотое, согрей одинокую мизантропку! Мысль о его смерти повергала меня — и повергает сейчас — в неукротимый ужас. Недавно на первомайской демонстрации я увидела его среди вождей на трибуне Мавзолея. У меня началась настоящая духовная экзальтация, и вдруг меня пронзила мысль, что в этой гигантской толпе находится какой-то человек, который смотрит на Сталина как на мишень!»

В этом месте рассказа лежащие на столе руки Жоржа сжались в каменные кулаки.

«Да, Жорж, я непроизвольно окаменела, но мои кулаки не так сильны, как твои. Конечно, все люди смертны, и Сталин, возможно, не исключение, но я даже отвлеченно не могу себе представить его кончины, как не могу, скажем, вообразить, что он подвержен всем физиологическим отправлениям, как и все смертные. Ты, наверное, знаешь, что есть такие люди, причем такие же истинные сталинисты, как я сама, которые предпочитают не страшиться его смерти. Конечно, он может умереть, говорят они, но после смерти он станет богом, и тогда у нас появится новая религия...»

«Я знаю, о ком ты говоришь, — с кривоватой улыбкой проговорил Жорж. — Это Кирка Смельчаков, не так ли?»

Возникла пауза. Глика отпила коньяку и затянулась сигарой. В этот момент она была совершенно неотразима. Затем продолжила:

«При всех этих раздумьях я выработала для себя первый основной план своей жизни. Если он умрет, я стану жрицей в его храме и буду поклоняться ему всю жизнь, как кносская царица Пасифая поклонялась Посейдону. Я буду пестовать в этом храме свою девственность и распевать посвященные новому богу гимны. Если же он не умрет при моей жизни, а станет долгожителем на манер греческих и библейских героев, что ж, на этот случай я разработала второй основной план своей жизни. Я решила сделать головокружительную журналистскую карьеру и возглавить самое влиятельное на земле сталинистское агентство печати».

«И там, в агентстве-то, тоже пестовать свою девственность?» — с невинным видом вопросил Жорж.

Она надменно на него посмотрела. «Ну разумеется! Буду там сидеть в кабинете, как Пасифая сидела на троне».

«Между прочим, Пасифая была порядочной гетерой. Совокуплялась с чудовищами», — печально вздохнул Жорж.

«Проклятое чудовище! — вскричало дитя. — Как мне нравятся твои торчащие уши! — и схватила своего нового, уже земного жениха, за упомянутые органы. — Как мне нравится все, что из тебя торчит. Уши, нос...» — и еще что-то прошептала в одно из ух.

К этому времени летний закат над морским горизонтом погас окончательно и установилась полная, хоть и короткая, ночь. Приближалось уже к одиннадцати, то есть, по-авиационному, к 23 часам, когда влюбленные заметили, что в чинном ресторанном зале происходит какое-то движение, которое, казалось, может привести к революционным, то есть катастрофическим, изменениям в повестке ночи. Вдруг оказалось, что все столики заняты довольно возбужденными людьми. Происходили вроде бы даже некоторые перебранки по поводу столиков. Между тем в глубине зала открылись большие двери, из которых стали выходить оживленно друг с другом дискутирующие абхазцы, многие из них в вечерних смокингах, а иные женщины, невзирая на исламский кодекс, декольте. За дверями были видны глубоко уходящие анфилады открытых помещений с круглыми столами, покрытыми зеленым сукном, и с рулетками. «Ничего себе, братская социалистическая республика! Ничего себе сектор спецобслуживания! — вскричала прекрасная сталинистка. — Да тут, оказывается, вовсю кипят азартные игры!» Жорж, как бы очнувшийся от сладостного сна, беспокойно оглядывался. Вдалеке у стойки бара он видел надежную фигуру Семена, который вроде показывал ему, что пора уходить. Жорж позвал метрдотеля, вынул пачку каких-то удивительных, специальных, как он объяснил, сертификатов, похожих на великолепно хрустящие иностранные деньги. Глика трепетала от ожидания: чем же кончится вся эта Абхазия, что гудит вокруг неумолчным французским гулом, иной раз и с дерзкими выкриками?

Кончилось это, увы, странным и печальным, хоть не столь уже редким, дважды, увы, событием. В толпе, скопившейся возле бара, Глика заметила впечатляющую молодую пару. Он, высоченный, ростом не ниже Жоржа, очень бледный, в черном с шелковыми лацканами пиджаке, мелькая длинными пальцами, пытался возбужденно что-то объяснить ей, тоже бледной, в удивительном туалете, похожем скорее не на платье, а на «комбинацию», но с длинным хвостом. Вдруг она махнула перед его лицом, как будто хотела нанести оскорбительный удар тыльной стороной ладони. Он секунду смотрел на нее, лишь губы его отвратительно шевелились. Все это из-за шума выглядело, как немое кино. Потом он отшвырнул ее прочь, резко двумя ладонями пригладил волосы назад и устремился к выходу на набережную. Пересек променаду, спрыгнул на широкий, подсвеченный фонарями пляж. Замелькал своими длинными ногами и руками на фоне белого наката волн. Она бежала за ним, то настигая, то отставая, крича: «Серж, па буже! Же тю суплие! Же тюз эм! Атанде!» Застряла тонкими каблуками в песке, упала на колени. Он не оборачивался. Их догоняли какие-то фигуры из казино. Серж вдруг упал, распростерся, лишь ноги дергались. В шуме прибоя и голосов выстрела не было слышно. Глика порывалась бежать к упавшему, почему-то ей казалось, что она может ему помочь одним-единственным словом, однако Жорж крепко удерживал ее за плечи. Серж и Жорж — странное созвучие для всей этой абхазской ночи.

Вокруг царила паника. Толпясь и разлетаясь, пробегали мимо всевозможные люди. Вдруг промелькнула русская фраза: «Он сам виноват!» Взвывала, приближаясь, какая-то сирена. Глике вспомнилась московская осень 1941 года. Ей было восемь с чем-то лет. Они с Ксаверием и Ариадной бежали в толпе к метро. Взвывало множество сирен. Теперь к ним с Жоржем довольно спокойной походкой подошел Семен Натанович. «Нужно немедленно уезжать, а то попадем в переплет», — сказал он. Правую руку он держал в кармане пиджака.

Обратно ехали втроем под полной луной по почти пустынной дороге. Маленькие городки спали. Под редкими фонарями проплывали тамариски, над корявыми их стволами колыхалась нежная хвоя. В свете фар приблизился дорожный столб с надписью «Бордо 182 км».

«Бордо — это тоже Абхазия?» — спросила Глика.

«Ну, конечно, Абхазия, — ответил Жорж. — Спроси у Семена, если мне не веришь».

Она повернулась к заднему дивану, на котором в свободной позе, с трубочкой и плоским лилипутиком коньяку сидел ласково улыбающийся ей, надежный, как гидроплан, Семен. «Конечно, Абхазия, Гликочка, что же еще». У него в Питере была дочка, ровесница Глики, славная девушка, хотя внешним обликом и физическими данными на порядок ниже избранницы шефа. Семен, человек здравого смысла, конечно, желал счастья этим двум сумасшедшим, хотя не исключал на будущее и некоторого поворота в свою пользу. Вот, допустим, через некоторое время происходит между этими двумя разрыв. Глика в слезах приходит к Семену узнать, где обретается Жорж. Он утешает ее, утешает, утешает, и она от некоторой злости к Жоржу утешается, утешается, утешается. Что же делать, если приходится иногда помогать даже подобным красавицам в преодолении психологических неприятностей.

Через час они вылетели в обратный путь. Семен в одиночестве сидел за штурвалом и добродушно ухмылялся, улавливая, что в знакомом и любимом до последнего винтика аппарате появилась какая-то дополнительная вибрация. Прошел еще час, прежде чем шеф вернулся в кокпит. Начиналась Германия с ее частой сменой зон и границ. Приближался лагерь мира и социализма. Нужно было в соответствующих местах сбрасывать соответствующие количества алюминиевой фольги для пресечения действия радаров. Еще через четыре часа они благополучно приводнились на пруду в Быкове.

Утром 17 июля адмирал Моккинакки на своем трофейном автомобиле подвез невесту к подножию Яузского великана.

«Я тебя высажу здесь, моя родная, а сам поеду на летучку в Минобороны. — Он усмехнулся. — Видишь, как все вокруг привержены к летучести».

Глика выпрыгнула из машины и задрала голову на вздымающиеся перед ней стены. «Странное ощущение, Жорж: я смотрю на наш дом, как будто год его не видела. Подумай только, мы потратили на наше путешествие в далекую Абхазию всего лишь тридцать шесть часов, а кажется, что все тридцать шесть дней. Странный феномен, правда? Я уже слышала от... ну от людей, которые часто путешествуют, что время невероятно растягивается, когда перемещаешься в пространстве. Ты, конечно, и сам прекрасно это знаешь, не так ли?»

Не вылезая из-за руля, он легонько подтянул ее поближе к себе и поцеловал в самую близкую на этот момент часть ее тела, то есть в локоть. «Ты, надеюсь, понимаешь, киска моя, что об этом полете не надо никому рассказывать, особенно твоим близким. И о наших отношениях, родная, пока не стоит распространяться. Мне хотелось бы самому поговорить с твоими родителями, идет?»

Она отошла на шаг от машины. «Что же мне сказать родителям? Где я была?» Жорж почувствовал ее огорчение и с некоторой нарочитостью заулыбался всеми крупными складками своего лица. «Ну скажи, что после победы ваших байдарок воцарился такой сугубо студенческий энтузиазм, и все ребята, подхваченные этим порывом, решили куда-нибудь, как вы говорите, «смотаться», ну, скажем, в Ленинград на белые ночи, а там, дескать, вдоль Невы бродили, пели «Глобус крутится-вертится, словно шар голубой», ну а потом все погрузились в какой-нибудь медленный поезд, «пятьсот-веселый», и там все пели-пели, и все тридцать шесть пролетели, как один час. Вот тебе и другой вариант феномена времени. Годится?»

Он все уже продумал, с грустью поняла она и сделала еще один шаг в сторону. Страсть и риск, головокружительное веселье, таинственная Абхазия, где все говорят по-французски, — все это отодвинулось на два шага в сторону под тяжестью каких-то дурацких практических соображений. Все-таки жаль, что я не родилась в революционные годы. В те времена такой мужик, как Жорж, стал бы командармом первого ранга, а я скакала бы рядом с ним с севера на юг, трясла бы богатых, поощряла б бедных. Увы, в наши дни он озабочен практическими соображениями, как какой-нибудь юрисконсульт.

«Ну пока!» — крикнула она и побежала прочь.

Хитрость тела

В последующие недели и месяцы родители Глики Новотканной, равно как и спецбуфетовцы их семьи, не замечали никаких особенных изменений ни в ее поведении, ни в настроении. Расцвет продолжался. Ариадна Лукиановна задавала себе вопрос: повлияла ли на дочь подброшенная ей крамола, то есть тайно распространявшееся в Москве пособие по женской сексологии с практическими рисунками. От «бесед по душам» Глика теперь уклонялась и, в общем-то, сохраняла какое-то ровно-приподнятое и даже отчасти слегка чуть-чуть победительное состояние души и тела. Тут еще по не совсем понятным причинам усилилось увлечение гребным спортом. Девушка не пропускала ни одной тренировки. Ходили слухи, что идет усиленный отбор среди университетских гребчих в сборную Советского Союза. Будто бы приближались какие-то совершенно невероятные спортивные события, по уровню сравнимые с великолепными сталинскими начинаниями в природе. Никто не мог извлечь из шепотков никакого толку, как вдруг объявили, что огромная сборная СССР по всем видам спорта едет на Олимпийские игры в Хельсинки, чтобы дать «последний и решительный» молодым представителям буржуазии.

Трудно сказать, последний ли готовился бой, однако решительность лилась через край, как горячая сталинская сталь в магнитогорских домнах. Глика однажды примчалась домой с возвышающей вестью: я еду в Хельсинки! Вот вам и «девушка с веслом»! Вот так они и вырастают в олимпийских чемпионок! «Без золота не возвращайся!» — задорно крикнула ей вечно юная маменька, однако тут же прикусила язык, уловив двусмысленность в этой фразе. «В чем дело? В чем дело? — вынырнул из своей постоянной атомной задумчивости папенька Ксаверий Ксаверьевич. — Хельсинки? А что Хельсинки? Присоединились наконец-то?» Вести об Олимпиаде до него пока не дошли, мелькающее то тут, то там словечко «Хельсинки» он относил на счет грядущего присоединения Финляндии к Карелии. Глика дала ему за рассеянность неслабый шелобан.

Сосед Моккинакки Георгий Эммануилович долго качал свою «детку» на коленях, хвалил за успехи в спорте. Мы с Семеном будем следить за твоими стартами с финских трибун, однако приблизиться там к тебе вряд ли удастся: спортивный режим там будет, конечно, поддерживаться с наркомвнуделовской беспрекословностью. Что касается второго соседа по этажу, Смельчакова Кирилла Илларионовича, то он во время чаепития на террасе у Новотканных, как всегда, теперь сохранял байроническое немногословие, однако в честь будущей чемпионки пропел какую-то парафразу к фильму тридцатых годов:

Идем вперед, задорные подруги!
Страна дает полет для всех сердец!
Везде нужны заботливые руки
И сильный, процветающий бабец!

«Фу, Кирка!» — попеняла ему за это «фо-па» Ариадна Лукиановна, но вообще-то она ему все прощала.

Кирилл никому из окружающих не давал ни малейшего повода предположить, что он страдает. И уж тем более ни малейшего намека на то, что он обижен, если уж мы не употребляем слова «унижен». В тот день юлианского июля, выйдя из кристального потока московской городской реки, отряхивая брызги и слегка напрягая все еще неплохую мускулатуру, окруженный поклонниками, он стал уверенно подниматься по гранитным ступеням, рассчитывая найти Глику там, где она сидела с двумя мальчиками, и вдруг вместо прелести своей несравненной не нашел там никого, кроме подвыпившей компании стиляг. Один из этих типусов, преждевременно отяжелевший юнец с нашейным талисманом из акульего зуба (это был Боб Ров), довольно развязно обратился к нему с познавательным вопросом: «Кирилл Илларионович, вот тут молодежь спорит, от чего происходит слово «утопия»? От «топи» или от «утки»?» Он присел рядом с ними и спросил у ближайшего к нему юнца, то есть у меня, Така Таковского, который вообще-то знал происхождение слова, но молчал: «Глику Новотканную случайно не видели?» Что мне оставалось делать, если не сказать правду? «Она ушла с таким высоким фронтовиком, смугловатым таким, то ли адмиралом, то ли юрисконсультом». Он встал, посмотрел на ухмыляющегося Боба Рова и с непонятной четкостью произнес: «Слово «утопия» происходит от слова «утопленник», — и ушел. Вслед ему неадекватным хохотом грохнула вся компания. Браво, поэт!

В тот вечер они с Гликой собирались на антиголливудский кукольный спектакль «Под шорох твоих ресниц». Билеты завез ему сам лично главный кукловод Зяма Гердт. Часок посидели со старым другом за оставшейся еще от встречи с Моккинакки бутылкой коллекционного хереса. Кирилл все предвкушал, как Зяма ахнет, когда заявится «Дева Радужных Ворот», но та не заявилась. Пошел к Новотканным. Никого не было, кроме военнослужащих. Нюра, как всегда, темня со своим арзамасским произношением, сказала, что Глика заскакивала, запыхамшись, хватанула каку-тось кучку из гардеробу и убегамши. Он ткнулся к Жоржу — гробовая тишина. На дверях пришпилена записка: «Жду пакет, прошу оставить у соседей». Вдруг его осенило: она ушла из ЦПКиО именно с этим гадом, с Жоржем! Это именно тот, о ком болтали стиляги, адмирал или юрисконсульт. Слово «юрисконсульт» почему-то показалось Кириллу полным подтверждением догадки. Между ними существует какое-то взаимное тяготение. Надо было быть полным кретином, чтобы этого не заметить! Они смотались из Москвы вместе, улетели куда-нибудь в Сочи или в Сухуми. Глика нашла своего мужчину. Именно он отберет у нее или уже отобрал ее девственность. А ты, Смельчаков, оказался полным мудаком со своим идеализмом, со своей пресловутой чувственностью. Нет, недаром мне тогда, после его циничных шуточек, захотелось подержать «старого друга» на мушке.

Он заметался, почему-то впал в какую-то трудно объяснимую панику. Не знал, куда себя девать. Даже о Глике, собственно говоря, не особенно думал, просто дрожал. У него и раньше, в пору любовных передряг, случались такие состояния. Он знал, что врачи называют эти дела «кризисом середины жизни», дисфункцией вегетативной системы, однако никогда раньше кризис не достигал такой крутизны. Лечился коньяком. По ночам выдувал по три бутылки «Греми». Пьяный, пытался записывать какие-то стихи. Получался высокопарный вздор. Утром с отвращением вырывал странички из блокнота. Ему казалось, что они смердят. Вот еще одно напастье — всюду чудились какие-то гнусные запахи. Покупал, например, в «Елисеевском» продукты и не мог их есть. Великолепная ветчина пахла тухлой селедкой. Зернистая икра на свежайшей булке с маслом казалась какой-то отвратной инфекционной дрисней.

Думая о себе и о своем состоянии, он часто употреблял слово «тело», словно оно, это тело, прежде такое ладное и веселое, теперь отделилось от его сути и стало лишь жалкой, дрожащей тварью. Ишь ты, усмехался он, все еще хитрит, пытается выкарабкаться. Ничем иным, как лишь хитростью тела, он мог объяснить нарастающее желание обратиться за помощью к женщинам, которые его когда-то любили. Позвонил однажды «стахановке», матери своего сына, попросил рандеву. Оказалось, что она в конце концов «устроила свою жизнь», расписалась с руководящим работником Дальстроя МВД СССР и вскоре вместе с Ростиславом уезжает в те края, где зарплаты за несколько лет поднимаются на астрономическую высоту. В другой раз, после двух бутылок с переходом на третью, дерзновенно брякнул Эсперанце. Часто вспоминаю тебя, особенно когда играю Боккерини, сказала та своим волнующим голосом. У нее появился партнер, молодой флейтист, удивительный музыкант, они играют дуэты и постоянно импровизируют. Дошло до того, что «тело» потянулось даже к фронтовой подруге Надежде Вересаевой. Муж ее за это время стал профессором Военно-медицинской академии, а она работает вместе с ним в должности доцента. Друг мой, сказала она ему очень задушевным тоном, то, что происходит с тобой, — это результат латентной фронтовой травмы. Я пришлю тебе очень надежное лекарство. И, действительно, прислала с солдатом коробочку таблеток. Открыв коробочку, он обнаружил, что они пахнут мышиным дерьмом. Ну и наконец дошла очередь до незабываемой Кристины Горской. Вдруг столкнулся с принцессой цирка прямо во дворе города-града. Та вышла из-под арки горделиво и благосклонно, фиолетовая накидка струилась за ней; не хватало только полумаски. «В моей жизни, Кирилл, получились магнетические сюрпризы, — сказала она со своим венгеро-словацким акцентом. — Мне предписали титул. Народная артистка, как вам это кажется, ха-ха! Предписали квартиру вот здесь, где мы стоим, в корпусе ВК, не затруднись вообразить!» Он завел свою руку под накидку, окружил талию. Все так же гибка и отзывчива. Сквозь густую завесу ТЭЖЭ лишь чуть-чуть слегка несет тигриной псиной. «Ты одна?» — спросил он. «Мы вдвоем со Штурманчиком, ну, помнишь Штурмана Эштерхази, он однажды, ха-ха-ха, ха-ха-ха, позаимствовал у тебя прямо с вилки узбекский кебаб». Рука упала. Тело утратило все желания, кроме как засесть в туалет. Оно к тому же сотрясалось от кашля, пока он дрейфовал от артистки Горской прочь.

Однажды вдруг посетила нелепейшая жажда мести и самомести. Надо оставить в «Макарове» три патрона, для двух предателей и одного ничтожества. Вышел на этажную площадку, внимательно осмотрел дверь Моккинакки. Нужно четыре патрона. Первым сбиваю замок, как однажды пришлось сделать в Варшаве. Остальные по порядку: шмальну гада, который к тому же до сих пор не вернул долг сталинских денег, вторым самого себя, ничтожество, третьим ее, зазнобу, небесную невесту, новоявленную бл. То есть наоборот: второй пойдет зазноба, третьим ничтожество. Иначе зазноба никуда не уйдет; надеюсь, это понятно? А может быть, просто ничтожество устранить, оставить тело для издевательств зазнобе и Казанове? Может быть, тогда и их так называемая любовь сама по себе завянет и отвалится? Тело стало впадать в почти неукротимую дрожь. Перестало бриться. Стало прислушиваться к звукам из-за метровой толщины стен, старалось уловить любовные взвизги и спазмы, сродни кошачьим бесчинствам. Все втуне.

Интересно, что за все эти мучительные дни он ни разу не сталкивался ни с Гликой, ни с Жоржем, ни с Ксаверием, ни с Ариадной. Возникало предположение: не вступили ли они все в заговор, чтобы покончить с ним?

И вдруг однажды, выйдя в холл, прямо и натолкнулся на выходящую из лифта ослепительную Глику. Она была в тренировочном костюме сборной.

«Что с вами, Кирилл?» — как бы вскричала.

«С кем это, с нами? — Он как бы осмотрелся. — Здесь больше никого нет».

«Бедный ты мой мальчик, — как бы сказала она как бы тоном своей матушки Ариадны. (Звук «как бы» употребляется здесь вовсе не для того, чтобы догнать третье тысячелетие, а просто для летнего кваканья.) — Ну хочешь, я зайду к тебе прямо сейчас?»

Теперь уже он почему-то перешел на «вы»: «Извольте, мадмуазель».

Она вошла и тут же зажала нос двумя своими пианопальчиками. Значит, не только он страдает от кризиса обоняния. «Хотя бы окно открыл!» — фыркнула она. Пока он боролся с закупоркой окна, она быстроходно стащила свитер, а потом и штаны, чуть-чуть помедленнее, но все-таки быстро. Вдруг все, что в нем так позорно увяло, воспряло с удивительной мощью. «Презерватив у тебя найдется?» — спросила она. Затребованный предмет, хоть и слегка засохший, нашелся под рукописью в ящике письменного стола. Приступая к коитусу, он с глуповатой педантичностью заметил время. Хорошо бы распространиться в сегменте двадцати двух минут. Как ни странно, именно по завершении данного сегмента он зарычал, а она завизжала. «Фуфу», — пытался он отдышаться. «Ну и ну», — смеялась она, из-под него вылезая и пружинисто вставая.

«Это как же прикажете понять? Что же, Жоржа в отставку?» — Он старался не отрывать голову от подушки, чтобы не увидеть в углу черного быка.

«С какой это стати? — улыбнулась она. — Просто он все время в полетах, а я ведь собираюсь на Олимпиаду. Тренер говорит всем девчатам, чтобы поддерживали гормональную стабильность».

«Что с тобой, Глика?» — промычал он страдальчески в подушку. Она этого даже не заметила.

«Между прочим, мы скоро с ним поженимся. На свадьбу придешь?»

«Значит, с ним ты не предохраняешься?»

«А вот это уже наш интим».

«Что с тобой происходит, невеста моя небесная?»

Он вылез из постели и прошел в угол. Черный бык уперся ему рогами прямо в тощий живот. Ударил быка сразу двумя руками по загривку и коленом в хрящ. Наваждение исчезло, если не навсегда, то надолго. Обернулся. Незнакомая девка вытирала румяную мордаху каким-то его заскорузлым полотенцем.

«Знаешь, что я тебе скажу, — с некоторой дозой враждебности произнесла она. — Со мной ничего не происходит, кроме ежедневных тренировок на байдарке. Предстоит отстаивать престиж страны, ты это понимаешь?»

Откровения медалистки

Трудно сказать, что отстаивали в Хельсинки две девчонки, обогнавшие в финальном гите Глику Новотканную, престиж своих малых стран или свой собственный азарт, во всяком случае, она получила только бронзу. Тренер ходил, как в воду кверху килем опущенный, боялся, что попрут с должности, а то и в тюрьму упрячут за «подыгрывание спортивным амбициям агрессивного блока НАТО», как вдруг все его стали поздравлять. Слышь, Поцелуйко, воспитанница-то твоя, красоточка-то (шепотком: академика-то дочка), видал, во всех газетах, во всех цветных журналах, слышь, да ее бронза ярче трех золотых блестит! И, впрямь, за Гликой все время волоклась цепочка фотографов. Именно там, в Финляндии, она впервые услышала очень странный, даже шокирующий, однако отчасти слегка и завлекательный термин: «секс-символ».

Известно, что в первые дни Олимпиады советская команда твердо следовала инструкциям быть предельно бдительными, не вступать ни в какие личные контакты во избежание провокаций со стороны американцев и титоистов. Особенно почему-то это распространялось на гребцов. Может быть, боялись, что уплывут черт знает куда на своих суденышках. Как вдруг в одночасье все коренным образом переменилось. Пришла другая инструкция, неизвестно от кого, если не от самого «отца народов»: быть предельно раскованными, вступать в личные контакты, показывать хороший, жизнерадостный характер, затмевающий характеры всяких там тлетворных американцев, а особенно, обратите внимание, товарищи, характеры мрачных титоистов.

В этом свете Глике Новотканной даже разрешили дать несколько интервью западным журналистам. И вот тут-то наша девушка утерла нос этой предвзятой шатии, которая привыкла рисовать советских спортсменов то в виде дремучих медведей, то в виде механических роботов, не заботясь даже о том, что одно другому противоречит: медведь-то прет напролом, а робот марширует по радиосигналам. Оказалось, что бронзовая медалистка, несравненная Глика, не нуждается в переводчиках, поскольку в отличие от малограмотных финнов в совершенстве владеет английским и французским. Среди девушек моей страны я вовсе не являюсь исключением, говорила она, сидя в весьма скромной и в то же время очень волнующей позе под вспышками фотокамер. Огромное большинство студенток МГУ, например, владеют иностранными языками. Кто мои родители? Нет, конечно же, это не секрет. Какой тут может быть секрет? Мой папа — преподаватель математики, а мама — библиотекарь. Недавно мы получили квартиру в новом доме. Денег нам хватает, потому что образование и лечение в нашей стране совершенно бесплатны. Что я лечу? Насморк.

Ура, кричат журналисты и аплодируют. Браво, Глика! Какая находчивость! Какое чувство юмора! Она ловит взгляды иностранного мужского племени и находит, что оно не отличается от отечественной кобелятины. Журналисты переговариваются друг с другом. Посмотрите, как она сидит, как упирает подбородок в ладошку. А этот взгляд исподлобья, в нем чувствуется что-то невероятное, как будто она владеет откровениями эроса. Глика, скажи, у тебя есть жених? Да, спокойно отвечает она, у меня есть два жениха. Новый взрыв восторга. Браво, браво, Глика!

Приближается апофеоз. Глика, скажи, что ты больше всего любишь: своих родителей, свою новую квартиру, своих женихов, что-нибудь еще? Руководство делегацией показывает ей на часы. Пора закругляться! Она встает, то есть дает еще одну возможность полюбоваться очертаниями своей фигуры. Больше всего на свете я люблю нашего вождя Иосифа Сталина! В зале пресс-конференций начинается дикий грохот. Развал стульев. Журналисты дубасят друг друга по спинам, подбрасывают шляпы, сморкаются в свои и чужие платки. Общее мнение сводится к заголовку: «Очарование 19-летней гребчихи Глики Новотканной выводит Советы вперед!»

Примечание ЮПИ: «Советам все-таки пришлось потесниться в драматической борьбе с югославами за золотые медали по футболу. Первый матч гайдуки выигрывали со счетом 3:0, однако красный командир Всев Бобров, включив весь свой идейный пыл, умудрился за 10 минут до конца сравнять счет. В повторном матче гайдуки все-таки одолели красных командиров; 3:1. Тито получает золотые медали.

И все-таки главным впечатлением северной Олимпиады остается дочь московского учителя Глика Новотканная. Хью Хефнер, почему ты ее упустил?»

В поезде на Москву она подолгу стояла в коридоре, невидящим взором глядя на мелькающие более чем скромные пажити своей необозримой отчизны. Отнюдь не головокружительные успехи в тихом (или в тихих?) Хельсинки (Хельсинках?), приправленные легкой горечью бронзы, занимали ее ум. Она думала о вроде бы простых, как бы банальных, а на самом деле слегка чуть-чуть мучительных обстоятельствах своей личной жизни. Став женщиной, она теперь поняла, какие обязательства налагают на женскую персону такие, казалось бы, легкие, пожалуй, даже сладостные, подобные пчелиному сбору меда, перемещения из одной постели в другую; пусть их даже всего две.

Давайте посмотрим, как относятся ко мне эти два недюжинные мужчины современности. Начнем с Георгия Эммануиловича Моккинакки, героя полярной эпопеи многомоторника «Коминтерн», героя войны, выполнявшего таинственные воздушные операции и тэ дэ и тэ пэ. Он разбудил во мне женщину, да так основательно, что я, признаться, еле сдерживаю возникающие постоянно и весьма часто в неподобающих обстоятельствах женские порывы. Конечно, он любит меня и любит в таком ключе, о котором я, помнится, мечтала в одинокие ночи девичества. Мне виделся мужской идеал, в котором я жаждала найти как могучее охраняющее отцовство, так и всепоглощающее любовничество, если есть в нашем великом, могучем, правдивом и свободном такое слово. В самом деле, мне как растущему стебельку Новотканных не хватало той дозы отцовства, что я получала от своего любимого, столь преданного моей маме (но не мне) медведоватого папочки, вечно поглощенного своими секретными научными проблемами, а также всем известной страстью к Ариадне. Жорж увеличил эту дозу до гомерических размеров. В его волосатых лапах я чувствую себя маленькой девочкой, как развращаемой, так и опекаемой, а в общем, нежно любимой. Со мной он позабыл всех своих пятерых бывших жен и бесчисленное число «эротических объектов», как он выражается. Разбросанное на обширных территориях (в силу его профессии) потомство не удовлетворяет его отеческих инстинктов. Со мной он мечтает зачать новый всепоглощающий выводок. Он мечтает, наконец, стать моим неразлучным мужем. Он устал от бесконечных вызовов на верха, от экстренных заданий. Со свойственным ему чувством юмора он иногда шепчет мне на ушко, что счастлив был бы уединиться со мной в какой-нибудь заморской Абхазии. Я люблю в нем все и даже то, что могло бы вызвать в какой-нибудь чистюле чуть-чуть слегка несколько брезгливое отталкиванье. Однако могу ли я ради него окончательно отринуть от себя такую парящую, хоть временами и беспомощно падающую, но все-таки взмывающую натуру, как Кирилл Смельчаков? Бубнящий вечно свои рифмы, бредущий вечно по сферам памяти и воображения, будь это минные поля в Крыму или тропа Тезея на Крите, сколько раз он своими стихами заставлял меня забиваться в угол и слушать, слушать его монотонный речитатив, сопровождаемый иногда бессвязным мычанием, иногда выкриком чеканных слов. Не знаю, кем я тогда была для него, просто красивой девчонкой или всепоглощенным участником творческого процесса. Как я могу полностью отторгнуть такую личность?

Как я могу вышвырнуть на помойку те наши, совсем еще недалекие, символистские воспарения, нашу «небесную помолвку», столь возвышающие разговоры об апокалиптических нотах у Блока, об инкарнациях Святой Софии, что позволяло мне иногда с трепетом предполагать, что он видит во мне ее очередное явление, как я могу наплевать на наш культ метафизического сталинизма, на все это всепоглощение?

Послушай, бронзовая медалистка, обращалась она в несколько чудаковатой манере к самой себе, не кажется ли тебе странным, что ты в своем внутреннем монологе слишком часто обращаешься к производным от глагола «поглощать»? А, впрочем, что же тут странного? Чем же еще занимается в постели женщина, если не поглощением? Что же еще совершила я тогда с Кириллом, тогда во время нашего первого, еще до Жоржа, хоть и неполноценного интима, когда я поглотила, или проще — проглотила часть его сути? Что же еще витало надо мной тогда, в отсутствие Жоржа, все те двадцать две минуты сильных движений, когда я так жаждала поглощения Кирилловой сути своим нижним ртом? Чего же еще жаждет Жорж, когда без конца играет со мной, если не все нового и нового поглощения?

Ну хорошо, завершала она свои железнодорожные раздумья, неужели наличие двух женихов обязательно приводит к схватке двух самцов из-за одной жалко трепещущей самочки? Неужели мы, люди середины XX века, не сможем найти гармоничный компромисс? Неужели мы не сможем уподобиться «трудовым пчелам» Александры Коллонтай или идеальному тройственному союзу Маяковского, Брика и Лили Каган?

Ее возвращение шумно отмечалось всеми «трудовыми пчелами» 18-го этажа. Нюра играла на гармошке. Фаддей плясал вприсядку. Ксаверий Ксаверьевич между портретами Эйнштейна и Берии прикноппливал олимпийский плакат с радостным образом его дочери. Присутствовали оба жениха, хотя и поглядывали друг на друга слегка чуть-чуть поволчьи. Ариадна прошептала в нежное ушко Глики: «Я вижу, тебе помогла та книжонка, на которую я натолкнулась среди нэповского хлама».

«Ах, мамочка, — вздохнула девушка, — ведь я пока что всего лишь бронзовая медалистка».

Бабье лето

Кирилл Илларионович Смельчаков переживал очередное возрождение. Пришло оно к нему в погожий сентябрьский день, когда он бедовал на скамеечке в окрестностях заколоченной церкви Живоначальной Троицы. Никогда уж теперь, о Господи, не испытать мне счастия в любви, думал он. Вдруг заметил прибытие какой-то бригады мужиков, которые стали расколачивать боковой вход в храм. Отодрали доски, раскачали заколдобившие, почитай, за четверть века двери. Перекрестившись, стали выкатывать на волю старые бочки. Оказалось, что в храме-то было не что иное, как склад затоваренной бочкотары. И вдруг пришла в голову нестандартная, то есть в том смысле, что не очень советская мысль. А кто сказал, что человек рождается для счастья? Быть может, он рождается как раз для горя? Вот всем нашим детям вдалбливают в головы посредством речевой и наглядной агитации основательную в ее оптимизме цитату, и даже мой сын Ростислав частенько ее повторяет: «Человек рожден для счастья, как птица для полета!» А ведь с тем же успехом можно сказать, что человек рожден для горя, как птица для полета. Кто сказал, что с горем не поднимешься так высоко, как со счастьем? Быть может, именно в перемежении горя и счастья и заключается полет человека? Счастье подбрасывает толчком, горе держит тебя в своем постоянном потоке. Подумав так, он почувствовал удивительную бодрость и пришел к итогу данного мыслительного процесса: жив! Мужики вкатили полдюжины бочек в старенький «газик» и стали заново заколачивать боковой вход.

Интересно, что окружающие люди как будто заметили происшедшую с ним перемену. Во дни уныния он чувствовал себя почти забытым, если не считать редких и весьма деловых визитов Глики, когда Жорж где-то странствовал по своим воздушным и водяным океанам. Глика, собственно говоря, оказалась первой из тех, что стали вновь наведываться. Раз она пришла и стала рассуждать о том, что такое декадентская литература. Декаданс — это упадок, не правда ли, Кирилл? Упадок, угасание, распад художественных качеств, верно? И вот мы гвоздим декаданс, а он между тем был ярчайшим временем нашей литературы, временем новизны и вдохновения, согласен? А что мы сейчас видим в нашем текущем литературном процессе? Вот как раз полнейший упадок, скуку, бесконечную нудную жвачку... Это, конечно, между нами. Ну подожди, Кирилл, ну я же не для этого сегодня пришла... ну пожалуйста, если хочешь... фу, черт, ты прямо ненасытный какой-то стал... ей-ей, твоему аппетиту даже молодежь может позавидовать...

Не прошло и дня, как сама Ариадна пожаловала, очевидно, сразу после заседания Комитета советских женщин, о чем можно было судить по ее туалету. Было известно, что на все заседания своих комитетов она ходит в разном. В принципе всегда это были строгие, но в талию костюмчики, однако цвет подбирался, как она поясняла с улыбкой, «специфический»: для КСП ярко-черный, для КЗМ акварельно-синий, ну а для КСЖ почему-то оливковый[1]. Соответственно подбирались и прически: гладкая с пучком на затылке, высокая с наложенной косой и третья, падающая на правый глаз, то есть слегка легкомысленная.

Кирилл был доволен, что она пришла в тот момент, когда он после трех часов работы за письменным столом начал заниматься с эспандером и с гирями. Он как раз и открыл на звонок, держа в левой руке полпудовую гирю. Ариадна, однако, даже не обратила внимания ни на снаряды физического

---

[1] К С П — Комитет по Сталинским премиям, К З М — Комитет защиты мира, К С Ж — Комитет советских женщин.

возрождения, ни на вздувшиеся мускулы. Прошла в гостиную и уселась в глубокое кресло, открыв совершенно не изменившиеся с их студенческих лет колени.

«Знаешь, Кирилл, мне нужно поговорить с тобой на важную тему. Вчера вечером к нам пришел Жорж...»

Вчера вечером, тут же прикинул Кирилл. Значит, он был еще здесь, когда Глика забежала ко мне поговорить о декадансе. Настроение его стремительно подскочило.

«Должна тебе признаться, этот твой друг мне не очень-то нравится, — продолжила она. — Эти его вечно влажные губищи, этот носище, который он, кажется, у этого одолжил, ну у долбоноса — есть такая птица «долбонос»?»

«Такой птицы нет», — с удивительной точностью, с объективизмом и великодушием ответил поэт.

«Ну неважно! — отмахнулась она. И тут еще что-то припомнила не в пользу Жоржа. — И вообще эти его вечные причмокивания, как будто все время очищает себе полость рта... Ну, словом, человек все-таки не нашего круга. Согласен?»

«Так в чем дело, Адночка?» — с некоторой суровостью, но внутренне ликуя, спросил он.

«Дело в том, что он просил руки Глики, — с истинным драматизмом произнесла она. — Ты представляешь, Моккинакки просит руки Новотканной! Нет-нет, ты не думай, что я как-то принижаю его происхождение по сравнению с нашим. Ведь все мы люди социализма, пролетарской диктатуры. Я просто хочу сказать, что он ведь все-таки наш с тобой ровесник, а Глика — дитя!»

«Глика уже не совсем дитя», — вздохнул Кирилл.

«Я знаю, что она не совсем дитя! — вскричала Ариадна. — И все-таки я как-то шокирована ее выбором!»

«Она присутствовала?» — поинтересовался Кирилл.

«Ну, конечно, присутствовала, ведь мы же современные люди. Сидела на своем любимом месте, то есть на подоконнике, смотрела с каким-то отрешенным видом в окно. Ксавка был совершенно потрясен выступлением Жоржа — вот что страшно, Кирилл. Он как-то весь вздыбился по-медвежьи, подошел к тому и стал давить на его плечо. Позднее он мне признался, что полагал Глику еще несовершеннолетней, что-то вроде пятнадцати — шестнадцати лет, и был потрясен, что вот такой мужичище, такой вот Жорж с авиаматки, хочет его крошку забрать».

«Надеюсь, обошлось без мордобоя?» — по-светски осведомился Кирилл.

«Ах, было очень близко к этому! Он так давил и давил сидящему соискателю на плечо и молчал. И я тоже не проронила ни слова, а Глика стукала пяткой по подоконнику. Вообрази себе эту мизансцену, ну сущий Малый театр из мещанской жизни! Потом Моккинакки стал пытаться встать со стула, а Ксавка ему не давал, и так они довольно долго противоборствовали, чуть ли не в полную мощность. Потом тот все-таки встал. Ксавка, если судить по его взглядам, был готов убить адмирала».

«Мне знакомы эти взгляды Ксаверия», — с неподражаемым беспристрастием заметил Кирилл.

«Все разошлись в полной нелепости! — чуть ли

не с отчаянием воскликнула Ариадна. — Глика ушла вместе с Моккинакки. Я так и не поняла, любит ли она его, хочет ли за него замуж или сохраняет верность тебе».

«Верность мне?! — Потрясенный, он вскочил и забегал по комнате, как своего рода Ильич перед штурмом дворца. — Ты понимаешь, что ты говоришь, Адночка? О какой верности мне может идти речь? Я ей никто!»

«Если это действительно так, я буду очень удручена, Кирилл, — в очень драматическом ключе, но только не Малого, а МХАТа, произнесла Ариадна. — Что же, это небесное жениховство было просто детской игрой? А ведь мне казалось, что за ним стояло многое, что ты с нитью Ариадны выбирался из лабиринта, что вы оба...»

«Позволь, Адночка, но я ведь тоже стар для нее, мы с Жоржем одного года».

«Ты поэт! — с жаром возразила она. — Ты вечный юноша, мой друг! Ты рыцарь этой идиотки! Ты не должен бросать нас в отчаянии, в душевной неразберихе. Я не знаю, что делать. Я не знаю, ЧТО делать! Не покидай нас! Я готова была бы встать перед тобой на колени, если бы не знала, чем это может кончиться. Ведь я все помню, мой друг!»

Вот уж действительно выдалось бабье лето, думал Кирилл. Должно быть, почувствовали мое возрождение все мои «звезды-надежды». Звонит доцент Вересаева, с теплотой невероятной осведомляется, как подействовали таблетки. «Стахановка» в своем цветущем Магадане мечтает об отпуске на «материке». Приедет вдвоем с Ростиславом. Мальчику нужно общаться с отцом. Народная артистка

Горская приглашает на свой бенефис. Тигры нашего выводка, Кирилльчик, перфектно обчеловечились. Эсперанца просто скучает: Гага весь в воздухе, флейтист, увы, весь в водке. Даже та, из «Дневников моего друга», Надюша, жаждет совместного творчества.

Но главная баба — это все-таки Москва-Ква-Ква. Стоит, развесив цветные юбки. Красит гриву свою на Ленгорах, рыжеет, лиловеет, законьячивается. Вдруг среди теплых еще струй ниткой невидимого серебра проносится нордическое воспоминание.

> Главная баба — это Москва.
> Пьяные нянчит глюки.
> Помнишь индейское слово «скво»? —
> Спросит шальная Глика.

Чувство друга

Неожиданные визиты к Кириллу Смельчакову продолжались. Вдруг без звонка явился молодой человек с офицерской выправкой. И с маленькими усиками, как его собственные. «Разрешите представиться, товарищ Смельчаков? Майор Чаапаев из личной охраны товарища Сталина. Иосиф Виссарионович приглашает вас пообедать, если, конечно, вы располагаете свободным временем».

Приближение к Сталину всегда вызывает какую-то подлейшую мобилизацию организма, словно внезапная команда «В ружье!» Трудно сохранить внешнюю невозмутимость. Ускорился пульс, короткий перехват дыхания. Неужели вождь не понимает, что упоминание «свободного времени» похоже на некоторое тигриное издевательство? Или, может быть, приближение Минотавра?

«С огромным удовольствием, — невозмутимо проговорил он. — Когда намечается этот обед?»

«В пятнадцать часов десять минут», — сказал майор Чаапаев и посмотрел на часы, такие же, как у Смельчакова, «командирские». — У нас есть еще час, чтобы вовремя добраться до объекта. Мы ждем вас внизу, товарищ Смельчаков». И он козырнул без козырька, то есть приложил вытянутую ладонь к непокрытой, как бы штатской голове. И тут же симпатично улыбнулся с некоторой виноватостью: вы, мол, понимаете, условный рефлекс.

Дежурный персонал высотного дома стоял вдоль стен, бледный, как гипсовые статуи. Только комендант нашел в себе силы указать подбородком на дубовые кафедральные двери главного входа. Там фигурировали два кремлевских мотоциклиста в танковых шлемах с продольными амортизаторами вдоль головы. Двери открылись перед Смельчаковым. У главного подъезда стоял заказной бронированный «Бьюик» из сталинского гаража. Майор Чаапаев приглашал на задний диван. Сам поместился напротив, на откидном сиденье.

Пока ехали по «подготовленному», то есть почти пустынному, шоссе и вели разговор на ничего не значащие темы, ну, скажем, о том, как «хорошеет» Москва, Смельчаков стал замечать со стороны майора какие-то внезапные взглядики, исполненные чуть ли не сокровенного обожания. Тут его осенило: майор-то, по всей очевидности, как раз и принадлежит к «сверхподкожному» подразделению смельчаковцев, о котором батоно Иосиф как-то ему говорил во время телефонного выпивания. Он оказался прав. За обедом Сталин со значением показал пальцем на прогуливающегося по террасе молодого человека и произнес: «Наш парень».

«Этот Чапаев, он что же, потомок легендарного комдива?» — спросил Смельчаков.

«Он не Чапаев, а Чаапаев, — хмыкнул вождь. — Дворянин, а не плебей. Только на бывших врагов и можно положиться. — Он посмотрел налево и направо через плечо, понизил голос: — Таковы смельчаковцы, Кирилл. Таков и ты сам».

Кириллу и самому показалось, что от молодого майора веет уверенной надежностью и что в отличие от постоянного сталинского окружения отнюдь не страх угрюмый движет его руки-ноги, а некий моторчик исторического отбора.

«Объектом» оказалась Ближняя дача в Кунцеве. Сталин к их приезду прогуливался в парке. Шел навстречу по аллее, под могучими дубами, нес свою нездоровую ручку. Смельчакова в который уже раз поразила некоторая ничтожность его фигуры, очень малый рост, понурые плечики, заскорузлый в некоторых местах френчик. Взгляд стал каким-то отвлеченным по сравнению с прошлогодним глубоко проникающим, который он с явным удовольствием демонстрировал на заседании КСП, где Смельчаков был вместе с Фадеевым. Впрочем, вождь и сейчас не без удовольствия проник в мысли гостя.

«Знаешь, Кирилл, вчера я читал перевод стихов товарища Мао Цзэдуна. Между прочим, рекомендую: весьма самобытный поэт. Так вот что он о себе пишет: «Я всего лишь монах, бредущий по жизни под дырявым зонтиком». Ты понял меня? Меня терзает артрит. Кто я такой, если отложить в сторону необходимое славословие? Я «профессиональный революционер», как однажды написала Светланка в школьной анкете, в графе «отец». А что такое жизнь профессионального революционера, если не шествие под дырявым зонтиком? Как ты думаешь, может быть, дадим Мао Сталинскую премию первой степени?» И зашелся, закудахтался кашлеподобным смехом, или, наоборот, смехоподобным кашлем.

Обедали в небольшом кабинете с выходом на террасу. Смельчаков, разумеется, сразу заметил, что обычная эмгэбэшная охрана в фуражках с голубым верхом оттеснена молодыми людьми чаапаевского типа. Две накрахмаленных спецбуфетчицы подавали еду и наполняли бокалы. Сталин был явно удовлетворен мизансценой. Разговор начался с обстоятельств частной жизни.

«Твоей поездкой, Кирилл, наши соответствующие товарищи вроде бы довольны. А вот как обстоят дела на личном фронте?»

«Что вы имеете в виду, товарищ Сталин?» — спросил Кирилл и вопросительно приостановился, как бы осведомляясь, правильно ли он в данной ситуации обращается к вождю. Разного рода хмельноватые фамильярности вряд ли уместны в присутствии персонала, не так ли, товарищ Сталин? Вождь с пониманием кивнул.

Смельчаков уточнил: «Имеете ли в виду какой-нибудь конкретный эпизод личного фронта, товарищ Сталин?»

Вождь отхлебнул своего разлюбезного «Киндзмараули», протянул через стол суховатую, то есть слегка чуть-чуть похожую на игуану, руку и похлопал ею по гвардейскому плечу семижды лауреата его имени. «А помнишь, мы как-то говорили о «Новой фазе», Кирилл? Продвигаются ли наши войска в этом направлении?»

Кирилл, признаться, был несколько смущен. Ведь не станешь же посвящать знаменосца борьбы за мир в некоторые ридикюльные частности этого продвижения. Ну, разумеется, хмыкнул, как полагается в мужской беседе, покрутил головой, пробормотал что-то вроде «охо-хо, товарищ Сталин».

Вождь взял с соседнего маленького столика американский журнал «Лук». На огромной обложке этого издания сверкала всеми своими красками еще не названная в разговоре героиня «Новой фазы». Большими буквами в буржуазной манере журнал сообщал: «Глика Новотканная признается, что у нее есть два жениха, но она предпочитает им Иосифа Сталина!» Тот, кого предпочли, то приближал, то отдалял великолепную героиню, похохатывал: «А я не возражаю, нет-нет, готов включиться! Надо только у Политбюро спросить разрешение!» Пытался прочесть надпись по-английски и несколько раз повторил перевод международному деятелю борьбы за мир. Потом отложил журнал и спросил вполне серьезно, щурясь на свой привычный политический манер: «А кто этот второй жених? Откуда взялся?»

Кирилл сначала хотел отделаться шутливым недоумением. Знать, мол, не знаю. Девчонка просто шалила, высмеивала свору буржуазных шакалов пера. Потом решил, что все равно узнают, лучше уж самому сказать. «Речь, очевидно, идет о нашем соседе по восемнадцатому этажу, контр-адмирале Моккинакки. Со стороны Глики, товарищ Сталин, скорее всего ничего серьезного, просто увлечение юности».

Сталин задумался. Моккинакки, Моккинакки... Звучит почему-то знакомо. Почти как Коккинаки. Кажется, у нас есть такой Герой Советского Союза, летчик, друг Василия. А может быть, и этот Моккинакки тоже герой? Интересный народ эти греки, показывают высокий уровень живучести. Он сделал жест молодцам на террасе. Почти немедленно перед ним возник майор Чаапаев. Сталин вынул из внутреннего кармана своего затрапезного френча толстенную авторучку «Монблан» с заметной гравировкой «To my comrade-in-arms. W.C», написал на салфетке несколько слов и протянул ее майору. Тот почти мгновенно исчез. После этого Сталин повернулся к сотрапезнику.

«Знаешь, Кирилл, эту девушку следовало бы как следует пожурить. Во-первых, за уклонение от проекта «Новая фаза», во-вторых, за чрезмерное легкомыслие на важнейшем мировом форуме. Советские спортсмены при всем их дружелюбии должны были демонстрировать в Хельсинки капитальную строгость нравов. Согласен? Между тем Глика Новотканная, как мне кажется, была слегка чуть-чуть увлечена вниманием капиталистической прессы. Этим она подает нехороший пример советским девушкам, известным исключительной цельностью характера. Если бы она не была невестой одного нашего весьма значимого писателя, да к тому же и дочерью одного нашего в высшей степени ценного ученого, в руководстве мог бы возникнуть вопрос о мерах воздействия на эту девушку. Не кажется ли тебе, что я прав?»

Кирилл во время произнесения последнего параграфа все время кивал, показывая, что он полностью разделяет суровое, но все-таки отеческое мнение вождя. По завершении параграфа он тут же начал говорить: «Совершенно согласен с вами, товарищ Сталин, и к этому я хотел бы еще добавить, что в своей студенческой жизни Глика является чрезвычайно серьезной девушкой, сталинской стипендиаткой и членом университетского комитета комсомола. Должен сказать, что она, без всяких преувеличений, боготворит вождя советского народа. Могу также без всякой лести добавить, что образ и мысли товарища Сталина занимают главное место в ее богатой духовной жизни».

«Ну тогда давай выпьем за эту бронзовую медалистку! — размягченным голосом произнес Сталин. — В следующий раз приходи с ней, Кирилл. А теперь обрати внимание на этих цыплят-табака, они приготовлены по настоящему кахетинскому рецепту».

Сталинские трапезы в узком кругу всегда бывали отмечены грузинским колоритом, несмотря на тот очевидный факт, что вождь давным-давно утратил привязанность к закавказской родине да и вообще не был похож на грузина. Вот только кухня, пожалуй, осталась самым теплым и нефальшивым напоминанием о детстве и отрочестве, а в ней особенно отличались цыплята-табака по кахетинскому рецепту. Сталин хрустел этими нежно зажаренными созданиями, не выплевывая костей.

После основных блюд переместились на террасу, в мягкие кресла, к столику с коньяками, фруктами и небольшим количеством аккуратно не переслащенных сластей. Туда же принесли турецкий кофе для Кирилла и жиденький чаек для вождя. Смельчаковцы выдвинулись глубже в парк, оттеснив голубые фуражки аж до пруда, на дальнем берегу которого видны были слегка уже желтоватые от долгого употребления скульптуры.

Выпив «Греми», Сталин попросил трубку. Обе хорошенькие спецбуфетчицы сделали мину некоторого возмущения: дескать, как можно так нарушать медицинские запреты, — однако трубка была доставлена. «Как-то надоели эти врачи, — пробурчал Сталин. — Вообще надоели евреи». Воскурив любимый табачок, он повеселел и сказал Смельчакову, что теперь на хер посылаются все «товарищи Сталины» и остаются только два хмельноватых друга, Кирилл и Коба, два товарища по партии, черт побери. У Кобы, между прочим, есть еще один довольно интимный вопрос к Кириллу. Из-за жуткой, или, так скажем, опупенно жуткотатой, занятости он, Коба, отстает от культурных событий. Вот среди заинтересованной публики ходят разговоры о новой поэме Кирилла, а Коба остается не в курсе. Очень было бы по-товарищески почитать «Тезея» Кобе прямо здесь, ну как монах монаху, прикрывшись общим дырявым зонтиком.

Кирилл начал читать фрагмент за фрагментом, то, что слышали уже студенты журфака, и даже сверх еще пару стансов. Коба слушал, как поэт поэта: все-таки, если Мао находит время для стихов, почему Кобе не вспомнить батумские духаны? По прочтении он в знак высокой оценки постучал чубуком по столу. И даже повторил одно четверостишие, неизвестно каким образом не перепутав рифм.

> Но даже если ты от него уйдешь,
> Если прянешь в сторону со щитом,
> Если в шейную жилу вонзишь ему нож,
> Не найти тебе выхода в светлый дом.

Выпили еще по доброй рюмке за Крит, за поступь Тезея. Вот именно, Кирилл, за поступь Тезея. Ты думаешь, Коба не понимает, кто там надвигается, чернее мглы? Пентагон, ты говоришь? Браво, символ на символ, черное на черном, вся мировая реакция перед светлым героем.

Как раз в этот момент подошел Чаапаев, передал вождю отпечатанный на машинке текст и, дружески улыбнувшись Смельчакову, растворился в портьерах. Зрение вождя, очевидно, не нуждалось в коррекции, иначе народам мира пришлось бы привыкать к совершенно невероятному, а может быть, даже немыслимому образу Сталина в очках. Он просмотрел листок и протянул его Смельчакову. Текст гласил:

«Ответ на запрос майора Чаапаева; служба ВК-118, рубрика Ю, № 89003782 ШЧ.

В составе Военно-Морского флота СССР контр-адмирал Моккинакки Г. Э. не числится. По предварительным данным Министерство обороны СССР никакими сведениями о военнослужащем с указанными выше фио не располагает.

Примечание: По предварительным данным архива пилот Главсевморпути Моккинакки Г. Э. в 1940 году находился на зимовке аэроплана «Коминтерн», после чего был зачислен в списки без вести пропавших.

Полученные сведения будут уточняться. Просьба выходить на линию запроса под грифом ССВ-007747Б380АБ».

Кирилл, пока читал, чувствовал, что Сталин не сводит с него острейшего, без всяких очков, взгляда. Прочтя, отложил листок, встретил этот взгляд и развел руками.

«Прости, Иосиф, но тут какая-то мистика. Во-первых, этот адмирал живет у меня, к сожалению, просто под боком. За ним приходят машины из Минобороны, он пользуется гидропланом с опознавательными знаками флота. Мой сосед академик Новотканный не раз встречался с ним на борту авиаматки «Вождь». Можно, конечно, предположить, что он проходит по ведомству ГХБ, однако...»

Сталин в этом месте прервал соображения поэта. Он не любил слова «однако». Сам его редко употреблял даже в перипетиях войны, а после победы вообще забыл. Какие еще тут у вас слюнявые «однако»? Получили приказ, выполняйте без всяких «однако». Не можете выполнить приказ, признавайтесь сразу, без всяких ссылок на «однако». Вот Николай Вознесенский вечно уевничал со словом «однако», вот и доуевничался до расстрела.

«Хочу тебе, Кирилл, рассказать об одном своем личном свойстве. Это, быть может, самый большой мой секрет. Капиталистические кремленологи до него так и не докопались. Тебе первому откроюсь. Дело в том, что у меня очень сильно развито чувство врага. В жизни и в политике я много раз на него полагался. И никогда не ошибался. Если я чувствую перед собой врага, стараюсь с ним не тянуть. Сразу принимаю меры по его уничтожению. Интересно, что после уничтожения очень скоро выясняется, что он действительно был врагом. Любопытно, правда? С такой же силой я чувствую и друга и никогда не уничтожаю его, даже если есть подозрения. Вот, например, ты, поэт Смельчаков, прочел мне только что яркое антисоветское стихотворение про Тезея. В нем ты изобразил меня самого в виде Минотавра, так? Так или нет? Нет. Очень высоко ценю твое спокойствие. Ты — Тезей. И все-таки ты лучше не спорь: то, что чернее мрака, — это Сталин. И все-таки я никогда не прикажу тебя уничтожить, потому что чувствую в тебе друга. Ты не только поэт, ты еще друг Сталина, так? Ну вот теперь ты можешь смело сказать: «так!» — Он любовно потрепал поэта по колену. — Вот так-то, так-таковский! Все это я говорю в связи с этим псевдоадмиралом. В сороковом году, когда полярники с «Коминтерна» прибыли в Кремль на церемонию награждения, я сразу заподозрил в Моккинакки врага. Он смотрел на меня без всякого чувства. Старается скрыть злобное чувство, а проявить доброе чувство не может. Получается нулевое чувство. Такие взгляды я видел у троцкистов. Потому и отдал распоряжение об уничтожении этого Моккинакки. Ты, может быть, скажешь, что нужны были доказательства? Отвечаю: доказательства были! После уничтожения выяснилось, что он на зимовке подогревал замерзающих людей отрицательной агитацией. Теперь тебе все ясно, Кирилл?»

«Может быть, мы с тобой о разных людях говорим, Иосиф? — спросил Смельчаков с очень, очень теплым чувством. — Тот, кого я помню по «Коминтерну», был вроде вполне нормальным малым с комсомольской закалкой. Не раз за тебя там поднимали тосты, Коба дорогой. Да и нынешний Моккинакки вроде бы не вызывает сомнений в политическом смысле. И на призрак уничтоженного не похож, иначе бы не ухаживал за Гликой. Странно только, что в списках личного состава отсутствует. Чудеса какие-то».

Сталин вдруг понял, что ясность в его соображениях не присутствует. Евреи все-таки правы, подумал он, никотин туманит мозги. С силой швырнул трубку на пол. «Значит, перед нами только два варианта. Либо чекисты тогда меня обманули, не выполнили распоряжения, либо в Москве появился какой-то титоист, могущественный самозванец».

Смельчаков промолчал. Мрак действительно становится яснее, думал он, сгущается, чернеет. Сталин рассмеялся с неожиданным добродушием. «Все выясним, дорогой Кирилл, можешь не беспокоиться. Завтра вызову Лаврентия, поручу ему лично заняться этим Лжемоккинакки. Давай забудем об этом вздоре, не будем портить нашей встречи. Ведь

234

тебе скоро предстоит важнейшая командировка. Помнишь, такая песня была: «Служили два друга в нашем полку, пой песню, пой!» Ну подпевай!».

Смельчаков начал подпевать. Получалось неплохо. В отдалении, у пруда, на аккордеоне подыгрывал славной песне майор Чаапаев. Подключились и две симпатичных спецбуфетчицы, Стеша и Ксюша.

«Речь идет о Бриони?» — спросил после песни Смельчаков.

«Хорошо, что ты помнишь о Бриони, Кирилл. — Сталин очень повеселел после песни и помахал с террасы гуляющему с аккордеоном майору Чаапаеву: играй, мол, играй! — Есть люди, которые забывают, что было сказано под хмельком. Есть такие, что даже надеются на забывчивость других. Ты не таков, Кирилл Смельчаков. — Он посмотрел каким-то специальным взглядом на спецбуфетчиц, и те немедленно отступили за пределы террасы; он ухмыльнулся им вслед: — Хорошие девчонки не всегда шпионки. Там, на Бриони, Кирилл, клика Тито собирается в декабре. Штормовой сезон. Высадиться будет нелегко, но я уверен в смельчаковцах и в тебе, Смельчаков. У тебя есть шанс совершить великий подвиг, стать Тезеем Советского Союза. Ты понял меня? Уберешь другого быка из лабиринта истории. Пока что ты должен познакомиться с группой. Отбирали лучших из лучших».

«Чаапаев в нее входит?» — спросил Кирилл, прислушиваясь к звукам «Лили Марлен», исполнявшимся в весьма приятной ностальгической манере.

«Он твой начштаба, — сказал не без гордости Сталин, как будто молодой человек был исключительной находкой, открытием либо вымирающего, либо принципиально нового типа, вроде лошади Пржевальского. — Род свой считает с первой Отечественной войны. Отец его и при царе сидел, и против наших держался. И сын в него, сменил только одну букву в фамилии. Таков мой Петр».

После всех этих разговоров, всякий раз с ощущением резкой высотобоязни, Смельчаков решил воздержаться от самой острой для него темы. Если бы не встала столь актуально «тема Бриони», а до этого еще и «чувство врага», он бы поведал «другу Иосифу», что в его доме каким-то совершенно непонятным, загадочным образом оказалась гигантская сумма денег в советских вексельных бумагах. Еще более опасным в этой связи было бы не упомянуть «несуществующего» адмирала, который, как потом, конечно, выяснится, просто-напросто унес пачку векселей на миллион. Лучше будет потом, по телефону, попросить «хмельноватого ночного друга» прислать надежных людей и забрать вексели. Перед этим потребовать у Жоржа ту сумму, которую тот обещал вернуть еще месяц назад. Если, конечно, того не арестуют завтра или послезавтра. А вслед за ним, может быть, и меня, если у «друга» ослабнет «чувство друга». Ну и история! Ну и влип! Кем же был тот человек, который оставил мне в ВААПе тот зловещий чемоданчик?

Обед завершился ближе к сумеркам. Сталин собрался к себе в кабинет, но перед этим возжелал прогуляться вокруг пруда. Все участники обеда, включая «друга Кирилла», отправились его сопровождать. Сталин шел медленно, заложив руки на крестец и обо всех забыв. Четверо двигались в десяти шагах сзади, остальной отряд рассредоточился по периметру пруда, находясь, естественно, в постоянном движении. Сталин совершал круг за кругом, как будто вовсе и не собирался в кабинет.

Стеша и Ксюша улыбчиво посматривали на своих спутников. Особенно на Смельчакова. Петя, конечно, пригож, но немножко слегка чуть-чуть простоват, вроде артиста Алейникова. А вот Кирилл Илларионович, бесспорно, хорош по всем статям и поэт почти головокружительный. Надо признать, что и поэт не очень равнодушно прогуливался с этими высокими, статными девушками. Спецбуфету нельзя отказать в грамотном отборе персонала. В кругах ходили разговоры, что эта организация постоянно набирает силу и даже как бы уже выделяется из породивших ее структур. Шеф-повар, во всяком случае, носит на каждом плече по две полярных звезды.

А вот и еще одна полярная звезда без всякой подготовки появляется среди ветвей в завечеревшем небе. Не Арктуром ли она зовется? Не беду ли предвещает всему этому дому? Сталин вдруг резко остановился и медленно стал поворачиваться. С чем пришел ты на грешную землю, серый человек? Пришла ли пора прощаться?

«Знаете ли вы, товарищ Сталин, что вам грозит бессмертие?» — громко спросил Кирилл.

«Чаапаев, арестовать этого гражданина! — скомандовал Сталин. — Он угрожает мне бессмертием! Отведите его под тот дуб!»

Чаапаев аккуратно, но непреклонно левой рукой взял Смельчакова под локоть. В правой руке у него появился пистолет. Вдвоем они деловито прошли под смертельную сень осминожьего древа. В ожидании казни Смельчаков уставился на повисшую над щупальцами звезду. Вспомнилось нечто, пронзившее его в отрочестве: «О, любовь моя незавершенная, в сердце холодеющая нежность! От чего душа моя зажженная падает звездою в безнадежность?» Черный контур красавицы-птицы вдруг явился, планируя, в зеленоватой прорве и закрыл звезду. «Стреляй!» — взвизгнул Сталин. Грянул выстрел, и птица упала к его ногам. Потрепыхалась мгновение и развалилась.

«Коршун, — сказал Сталин после некоторого молчания. — Жаль бродягу небес. Ничего бы не случилось, если бы он не таскал у нас гигиенических кур». Махнул рукой: мол, что поделаешь, все время сею смерть, — и поплелся к дому, где привык проводить ночи над премудростями академика Марра. Евреи, евреи, говорила его шаркающая походка, что поделаешь, если они перехватывают все наши идеи. Вспомнил что-то, никотин как-никак, малость выветрился из органа мысли. Помахал рукой. «До свидания, Кирилл! Созвонимся!»

Петр Чаапаев припрятал парабеллум для лучших времен подготовки к миру. «А ведь так я мог вас и убить, Кирилл Илларионович. Вот парадокс, я просто расстроен: ведь вы мой кумир, но я бы вас устранил в случае приказа».

«Ну не расстраивайтесь, — пожал плечами Смельчаков. — Приказ Сталина — закон природы».

Подбежали девчонки-спецбуфетчицы, стреляли глазами. «Петяша, подбросишь нас до метро заодно с Кириллом Илларионовичем?»

Чаапаев обнял обеих за плечи. «Видишь, Кирилл, какие у нас кадры на Ближней даче? Лейтенанты, вперед!»

Ледяной дождь

В октябре «бабьему лету» пришел конец. Началась «волшебная пора, очей очарованье», то есть слякоть. На обширных пространствах исправительно-трудовых и штрафных лагерей уже давно валил снег. В Коми АССР вспыхнуло массированное восстание заключенных. Через две недели, после того как были подтянуты танковые части и штурмовая авиация, оно было подавлено. Москва об этих событиях, конечно, ничего не знала. Вскоре после бунта в жарких местах Средней Азии землетрясение стерло с лица земли столицу одной из республик. Москва и об этом не ведала. Москва хлопотала по своим делам. Многие семьи запасались пальтовой материей «драп» или «ратин», подкладками, ватином, пуговицами, меховыми воротниками, озабочивались ордерами на пошив. Видные дамы, супруги генералов и партработников, заказывали панбархатные платья, нередко с кружевными жабо. В меховых магазинах отбирались рыжие и черно-бурые лисы для украшения горделивых плечей. Вскоре начнутся осенние премьеры, и дамы будут прогуливаться со спутниками жизни по театральным фойе.

В семействе Новотканных все эти панбархаты и наплечные лиски с их оскаленными мордочками и зловеще поблескивающими стеклянными глазками, разумеется, решительно отвергались как «моветон». Ариадна Лукиановна предпочитала вместо шедевров гарнизонного стиля ловко скроенные костюмчики из тонкой шерсти, ну и для особенно торжественных оказий удлиненные шелковые платья со скромной накидочкой из соболей.

В тот вечер, который мы избрали для решительного поворота к последовательности событий, она сидела в своей гостиной за чайным столом вместе с мужем и соседом, адмиралом Моккинакки. Мужчины оживленно обсуждали последние испытания устройства. Скандал, вызванный несколько бестактным сватовством адмирала, был почти забыт. Ксаверий Ксаверьевич больше не прибегал к прямому силовому давлению. Похоже было на то, что мужчины нашли общий язык и пришли к какому-то соглашению. К какому соглашению? Ариадну Лукиановну в этот вопрос почему-то не посвящали. Вместо этого без конца говорили о мегатоннах, о секторе поражения, о радиусе разброса. Чтобы вас черт побрал, думала Ариадна, хоть бы сгнили ваши изделия, хоть бы развалились все ваши, а заодно и американские, вооруженные силы, включая пресловутую авиаматку, куда нагнали блядей из Спецбуфета, куда и наша майорша Нюрочка частенько следует за псевдорассеянным Ксавкой.

Надо сказать, что Адночка Рюрих-Новотканная, приобщившись к широкому фронту борьбы за мир, самым серьезным образом в серьезность этой борьбы уверовала. Ей стал претить милитаризм как на Западе, так и на Востоке. Увы, увы, думала она, ничем не остановить взбесившихся мужланов. Придумали теперь ядерное оружие и ради гадких своих гормональных амбиций готовы пустить его в ход. Похваляются своими мегатоннами, ослы! Фаллосами своих пушек! Ради великих своих говенных побед идут на массовые обманы людей Земли, прячут реальную информацию об угрозе. Только двух мужчин она еще была готова, но с оговорками, исключить из этой своры: Эренбурга и Смельчакова. В их глазах хотя бы читается правда, жаль, она не проявляется на языке. Что же остается делать нам, женщинам планеты? Может быть, начинать всемирный заговор Лисистраты? Права я или нет, как ты считаешь, молчаливо спрашивала она услужающего военнослужащего Фаддея. Тот так же молча ей отвечал: отчасти да, Ариадна Лукиановна, отчасти нет, родная моя!

Чтобы показать отчуждение от бесконечного словоблудия бесноватых атомщиков, она начала прогуливаться с сигаретой по всему сектору поражения, то есть по всей гостиной. В окнах то и дело хлопотливо пролетали, как демоны войны, основательные заряды снега. Что за климат, почти непригодный для жизни? Может быть, отсюда, из этой гнили, и идет страсть к вооружениям как сублимированное желание власти над Югом? Ведь если бы весь мир был подобен Бразилии, не возникали бы и оголтелые банды подполярных варягов, то есть врагов, не так ли? Ей виделась блаженная Бразилия, где правит совет земных жен, а атомных муже-песов держат в клетках!

Она смотрела вниз на городские кварталы, зябко поеживающиеся в сумерках гриппозного вечера. Ничего хорошего осень не предвещала. Кремль весь почти нивелировался в снежноватых крепискьюлях, светились там по всему радиусу распада лишь два-три окна в солдатских сортирах. Единственное, что еще как-то более-менее слегка чуть-чуть положительно влияло на угасающую утопию, состояло в циркуляции троллейбусов 16-го маршрута: почти всегда полупустые, хорошо освещенные внутри рыдваны вроде бы намекали на возможность нормальной жизни в этом городе бесконечных угроз; молчок! С приходом этой осени Ариадна Лукиановна постоянно ощущала нарастание какой-то смутной тревоги.

Вот и Нюра, раскрасневшаяся со слякотного

мороза. Автомобиль Ксаверия Ксаверьевича был в ремонте, и ей пришлось перебежками и пересадками добираться до Сивцева Вражка, то есть до нашей спецаптеки, чтобы запастись перед отъездом на север необходимыми составами для измельчения и втирания. «Чтойсь ноне без покойствия в округе, — заговорила она на своем псевдоарзамасском наречии. — А уж наши-то хоромы прям как в осаде. Ищут, что ль, ковось?» Все тут повернулись к ней, и она рассказала, что возле дома стоят по крайности три спецмашины и фургон, а агентура-матушка в пальтищах и шляпенциях частью стоит в главном подъезде, а частью по дворам шастает. Рассказав это, она неожиданно зорким взглядом мгновенно проехалась по невозмутимой фигуре адмирала, покачивающей длинной ногой из глубин комфортабельного кресла.

Моккинакки еще минут десять поговорил с Новотканным о Пентагоне, который в ответ на наше устройство, безусловно, затеет очередной мерзейший виток в гонке вооружений. «Ну что ж, будем отвечать лоб в лоб — такова наша философия, — подытожил он и встал во весь свой недюжинный рост. — К сожалению, не могу дождаться Глики. Меня ждут на Фрунзенской набережной. Адночка, передайте, пожалуйста, нашей егозе, что я сегодня буду поздно, а завтра утром ей позвоню». С этими словами он откланялся. Ксаверий Ксаверьевич тут же углубился в какой-то британский военный журнал, а Ариадна Лукиановна вместе с военнослужащими удалилась в служебные помещения, чтобы обсудить меню ужина. Страннейшее беспокойство не давало ей сосредоточиться. «А, готовьте что угодно, Нюра — сказала она в конце концов, — ведь вы лучше меня знаете его вкус». После этого, почти не скрываясь, она взяла руку Фаддея и положила ее себе на грудь.

Едва Глика вышла из лифта на своем этаже, как из глубины фойе, словно прямо из стены, вышла огромная фигура в пальтище с поднятым воротником и в надвинутой на глаза шляпе. «Вы что здесь потеряли, товарищ?» — дерзновенно спросила девушка. Фигура обволокла ее своим пальтищем и приблизила ко рту, от которого шел запах лука, жаренного на оливковом масле. «Глика, дочь моя, жена моя! — лихорадочно зачастила фигура. — Быть может, вижу тебя в последний раз! За мной идет охота! Знай, что, если меня убьют, в последний момент жизни я вспомню тебя и только тебя!»

С этими словами он вышвырнул ее из своего пальто и грянул вниз по пожарной лестнице. «Жорж!» — вскричала она в некотором полубезумии, которое неизбежно испытывает человек при неожиданных и мгновенных потрясениях. Но топот его шагов становился все глуше, пока не пропал.

Он быстро, но без суеты вышел из маленькой двери в огромный храмоподобный вестибюль высотного дома с бюстами Ленина и Сталина, с вывеской «Агитпункт» (страна шла к ноябрьским выборам в Верховный Совет), направился к главному выходу и с полпути, не вынимая из карманов, стал стрелять в две руки по таким же, как у него самого, пальтищам и шляпам. Кто-то упал под пулей, а кто-то просто раскорячился от неожиданности. Никто не понимал, откуда идет огонь: за семь лет, прошедших после войны, народ отвык от боевых действий. В этой суматохе Моккинакки все той же деловой походкой пересек вестибюль по диагонали и вышел в садик на заднем дворе. Там в почти окончательном мраке стоял силуэтом юнец с большим доберманом. Рядом разлапился кляксой давно вроде бы забытый мотоцикл младшего дворника, дяди Егора. Моккинакки оседлал его, как своего, с мощным рычанием вскарабкался по холмам к руинам Новоафоновского подворья и далее на Володарского, к путанице дворов Котельнических переулков.

Глика, конечно, устремилась вниз, как только чуть-чуть пришла в себя, то есть минут через пять. Не исключено, что она даже слышала пальбу в вестибюле, хотя, конечно, ей и в голову не могло прийти, что кто-то может стрелять под этими сводами. Зрелище панической беготни, распростертые на мраморных плитах тела, а также хаотический шум, в котором выделялись жутковатые начальственные вопли, заставили ее прижаться к стене, как раз в двух шагах от той двери, через которую ушел Жорж. В отличие от наблюдательной Нюры она десять минут назад прошла мимо агентуры в шляпах, ничего не заметив. Только теперь она подумала, что Жорж, по всей вероятности, мимикрировался именно под них. Он сказал, что за ним идет охота. И уж не он ли сам устроил тут побоище? Что все это значит? Кто они, эти большущие пальтищи и велюровые шляпы? Неужели какая-то банда пыталась расправиться с высшим офицером флота прямо под носом нашей милиции и спецохраны? Словно в ответ на эти мысли, вестибюль стал заполняться чинами МВД и МГБ. Она поняла, что погоны и кокарды заодно со шляпами и поднятыми воротниками. Появились военные санитары с носилками. Местные служители расшатали огромные двери и открыли их настежь. Начался вынос раненых и сраженных наповал. Ни малейших следов Жоржа не замечалось.

Неужели за ним охотится наша власть? За героем, орденоносцем, контр-адмиралом морской авиации? Неужели он, не вступая ни в какие объяснения, начал драться с нашей властью? Убит? Подстрелен? Пробился? Исчез? Прячется где-нибудь в доме? Надеется опять перелететь в «Абхазию»? Вдруг какая-то волна сущего восторга, сродни вальсу Арама Хачатуряна к пьесе Михаила Лермонтова «Маскарад», подхватила и закружила ее, и кто-то трубно и непонятно какими словами, то ли абхазскими, то ли баскскими, запел у нее внутри о том, что только так и следует жить: сопротивляться, пробиваться, исчезать; ах, Жорж, я должна быть с тобой, сидеть в кокпите, целоваться, глотать коньяк, выискивать в ночи посадочные огни!

Она выскользнула в маленькую дверь и, только оказавшись в сыром темном саду, пришла в себя. Но ведь Жорж не может быть врагом нашей власти! У нашей власти вообще не может быть никаких врагов в Советском Союзе. Наши враги сгруппировались извне. Если за Жоржем началась, как он сказал, «охота», значит, произошла какая-то чудовищная ошибка. Наша власть где-то дала сбой, и вместо нее вдруг стали действовать частные низменные страсти. Вот в этом, может быть, и есть отгадка сегодняшних безобразных событий. Мы все, люди 18-го этажа, должны защитить от низменных человеческих страстей нашего соседа контр-адмирала Моккинакки, собственно говоря, моего будущего мужа. Ксаверий обладает колоссальным авторитетом в правительственных кругах. Сам Берия не раз у нас бывал в гостях и облизывался на меня, как мерзкий кот на аппетитную рыбешку. Мать — на короткой ноге с Булганиным, с Растрикарнопозецким! Кирилл... о, может быть, он ревнует меня к Жоржу, но... я смогу его убедить, что он должен в данном случае проявить, ну... некоторую солидарность... что ли... ведь он как-то намекал на связи в авиации...кажется, с главным маршалом Иваном Гагачеладзе. А что же Фаддей, что же Нюра?.. Уверена, что они тоже не так-то просты... Спецбуфет в наши дни становится основательной силой... а ведь они стали нам почти родными; достаточно вспомнить, с каким умилением смотрит на меня Нюра, когда я пожираю ее хрустящие блинчики! Однако прежде всего нужно найти Жоржа. Нужно дать ему понять, что он не одинок. В одиночестве в состоянии аффекта он может снова натворить глупостей. В самом крайнем случае нужно будет обратиться прямо к Сосо — так иногда детской ласкательной кличкой наша красавица называла своего кумира. Не может быть, чтобы он не слышал о героине Хельсинкской олимпиады! Гликерия, пришла пора проявить лучшие качества советской девушки!

Туго подвязав пояс своего пальто и прикрыв платком нижнюю часть лица, она стала обходить промокшие под порывами дождя и снега зады монументального здания. Здесь было пусто, ничто не говорило о трагедийных коллизиях фасада. Теннисные корты, что располагались поверх гаражей, были во власти котов, выясняющих свои, параллельные людским и, очевидно, не менее драматические отношения. Ветер трепал нетуго натянутые сетки. В одном из садиков, прямо у подножия центрального корпуса, она заметила блуждающее световое пятно ручного фонарика. Побежала туда. Опознала младшего дворника дядю Егора.

«Дядя Егор, вы случайно не видели Моккинакки с восемнадцатого этажа?»

Егор с горделивой независимостью — о нем говорили, что он был полным кавалером Ордена Славы — задрал свой дрябловатый подбородочек.

«Никаких Коккинаки с никакого этажа не ведаю. А вы кто ему будете, молодая гражданочка?»

«Дядя Егор, вы же знаете меня, я Глика Новотканная с восемнадцатого этажа, и фактически я Жоржу прихожусь невестой, то есть будущей женой, иными словами, я почти невеста будущего мужа Георгия Моккинакки». — Она постукивала зубами от неудержимого волнения, мысли ее смешались, язык плутовал.

«Я вам лично, барышня, посоветовал бы Жоржа в эту абсурдную (откуда он взял это слово?), в эту асбурную (мл. дворник тоже волновался) ночь не искать, а лучше пошли бы под протекцию родителей».

«Как же я могу сидеть с родителями, когда мой любимый неизвестно где, посудите сами, дядя Егор! — трепетала красавица. — Побегу сейчас в гаражи, может быть, сторожа его видели, может быть, он на своей машине уехал?»

«А вот этого я бы вам не посоветовал», — пробурчал дядя Егор и пошел прочь, подсвечивая себе путь вдоль глубокого следа мотоциклетных шин.

Глика все в том же закутанно-замотанном виде прошла по дворам, стараясь не приближаться к подъездам, возле которых стояли кучки явно взволнованных жильцов, а также лифтерши, шоферы персональных машин и милиция. Ярко светились открытые ворота гаража. Она беспрепятственно прошла внутрь этого обширного подземного помещения, где стояли новенькие «Победы» сталинских лауреатов. Невольно ей вспомнилась нашумевшая недавно карикатура художника-плакатиста Пророкова, напечатанная в журнале «Крокодил». Изображен там был противный и нетрезвый юнец в стильном пиджаке и со съехавшим набок обезьяньим галстуком. Расхлябанным телом юнец опирался на автомобиль, а подпись к рисунку гласила: «Папина победа». Юрочка Дондерон как раз принадлежал к этому племени «папиных побед», хоть и отрицал миловидностью своих черт всякое сходство с пророковским персонажем.

В поисках гаражных сторожей она прошла вглубь и вдруг увидела Жоржа. В своем сегодняшнем широченном пальто с висящим хлястиком и в шляпе тот стоял спиной к ней возле своего «Опель-адмирала». Она чуть было не испустила радостный вопль, но в этот миг еще две фигуры в такой же одежде поднялись из-за машины, а мнимый Жорж повернулся, и она увидела вместо своего слегка верблюжьего, но вместе с тем безупречно аристократического возлюбленного бурую ряшку плебея с вывернутыми ноздрями. Ума все-таки хватило немедленно зайти за четырехугольную бетонную колонну. Матерясь и рыча друг на друга, агентура прошла мимо к выходу, после чего большой свет в гараже был притушен, и она выскочила во двор.

Опять принялся хлестать ледяной дождь. Народ попрятался в подъездах. Глику пронзило ощущение полного одиночества. Никто не знает, где Жорж. Никто в мире не знает, где мой Жорж, если он уже не схвачен этими жуткими плебеями. Так или иначе он исчез навсегда из моей жизни. Все, что я придумала для его спасения, — это вздор. Никто за него не вступится, кроме... кроме Кирилла, конечно. Вот кого мне нужно сейчас найти — Кирилла! Все-таки он прежде всего поэт и только потом уже человек государства. Мне нужно сейчас встретиться с ним. Конечно, он ревнует меня к Жоржу, но он поймет мое отчаяние, мое одиночество. Ни в коем случае не возвращаться домой. Даже если его нет дома, я открою его дверь своим ключом и, не зажигая света, буду там сидеть на нашей тахте и ждать его возвращения. Кирилл, давай совершим благородное деяние, спасем сумасбродного Жоржа!

На всякий случай она решила еще раз обогнуть корпус «А», выходящий фасадом прямо на Москву-реку. А вдруг в каком-нибудь парадном откроется дверь и оттуда как ни в чем не бывало выйдет контр-адмирал Моккинакки! Девочка моя, скажет он, как всегда чуть-чуть слегка цыкая языком над единственным неблагополучным органом своего тела, глубинным зубом мудрости, все, что тебя сейчас так тревожит и будоражит, — это не что иное, как сновидение, следствие твоей неверности мне и привязанности к Кириллу. Ты должна, дочь моя, любовь моя, проявить олимпийский стоицизм и все переиначить с точностью наоборот. Ничего не бойся, пролезай ко мне под одежду, прилипай к волосатому животу или, если хочешь, садись, как дитя, ко мне на колени, и я буду тебя баюкать до полного изнеможения.

Вот тут она очнулась от этих видений на бегу и снова с острейшим ужасом поняла, что этой безмятежной близости с Жоржем уже не будет никогда. Она шла стремительным шагом мимо огромных окон яузского «Гастронома» с пирамидами крабовых консервов «Чатка». Магазин был уже закрыт.

Грандиозные люстры под кафедральным потолком притушены. В глубинах гастрономии, словно свечи в церковных притворах, тлели малые источники света. Вот бы, как католики в зарубежных фильмах спасаются в своих храмах, вот так бы спрятаться от всех бед в этом крабовом капище. Увы, и это невозможно.

Она повернула за угол и могла бы мгновенно проскочить торцовую сторону корпуса «А», если бы не услышала знакомый голос: «Смотрите, кто бежит! Да ведь это же Глика!» На торцовой стороне корпуса в красном мраморе была внушительная сводчатая ниша, в которой стоял трехметровый обнаженный по пояс «Сталевар», основательно напоминающий, между прочим, копьеносца Ахилла. Рядом с этой фигурой теснилась группа живой молодежи. Ба, да ведь это Юрка Дондерон со своими друзьями! Ну, конечно, это они: тут и вечный чечеточник Гарик Шпилевой, и монументальный Боб Ров, и две сестренки-молдавано-венгерки-барушки Машка и Кашка Нэплоше, и безукоризненный англо-денди Юз Калошин, и Эд Вербенко, отрицающий холод и потому пребывающий в черной обтягивающей майке, и вылитая копия Кларка Гейбла, саксофонист Томаз Орбели, и атлетический баскетболист Кот Волков. Интересно, что это сборище лиц представляло чуть ли не все основные отрасли МГУ, чьи медные символы украшают парадные двери гигантского храма наук: телескоп астрономии, ледоруб и молоток геологии, циркуль математики, тигль химии, микроскоп биологии, толстенный фолиант гуманитарных наук. Был здесь и я, бывший медикус, человек без определенного местожительства и подпольщик джаза Так Таковский, и потому с полной достоверностью свидетельствую встречу нашей звезды Глики с компанией высотной золотой молодежи, чья дружба произросла сорняками сквозь асфальт Москвы.

Она несказанно обрадовалась, увидев всю «гопу». Раньше-то, если читатель помнит, всегда старалась держаться на расстоянии, а тут вдруг прямо бросилась. «Ой, ребята, дайте закурить, я вся промокла!» Как будто сигарета спасет ее от дождя. Ей тут же кто-то спроворил вслед за сигаретой бутыльмент болгарской «Плиски», и она всем на диво отменнейшим образом сыграла горниста, то есть приложилась из горла. «Давай-ка, чувиха, полезай под мой плащ! — предложил Боб Ров и тут же скомандовал сестрам Нэплоше: — Машка, Кашка, ну-ка обратайте Гличку, не дайте ей пропасть!» Попав в теплый каньон между пузом Боба Рова и твердыми титьками сестриц, с коньяком в руке и с дымящимся «Диамантом», Глика почувствовала неведомый прежде восторг поколенческой общности. Все-таки свои же все-таки типусы, хоть и не назовешь их «ребятами с нашего двора», голубей они не гоняют, однако ребятами с наших этажей можно, наивные мальчишки, гоняют миражи джаза. Боб Ров юмористически скосил глаза ей в затылок, а губы в ухо. «Глик, если почувствуешь с моей стороны какое-нибудь давление, не принимай лично на свой счет: это просто грозные силы природы».

Юрка Дондерон вне себя от счастья, потрясенный близостью своей девушки (а он, не знаю уж по какой причине, продолжал упорно считать ее таковой), тихо сказал мне: «Ты видишь, Так, какая это девчонка? Видишь, какая отчаянная? Не побоялась смешаться с нами!» Он стал прихлопывать в ладоши, отшлепывать ритм подошвой и запел блюз «Это всего лишь лачуга в том городе жалких лачуг».

Я стал ему подыгрывать вроде как на трубе, Томаз подключился вроде как на саксофоне, и вскоре все мы пели, гудели и двигались, невзирая на всю зловещую бредовину этого дня.

«Ты слышишь, Глик, как для тебя поют «Плевелы»?» — сказал я той, которую тоже неизвестно по какой причине считал «своей девушкой»

«Что ты болтаешь, Такович? Какие еще плевелы?» — засмеялась кирноватая чувиха. Народ стал переглядываться. Похоже было на то, что Глика даже не слышала о том, о чем сегодня говорил весь город. Эд Калошин вытащил из своих тугих оверолов гадскую сегодняшнюю «Комсомолку» с фельетоном «Плевелы» на внутренней полосе. Гадский какой-то щелкопер по имени Нарарьянц обсирал там всю нашу компанию, вот именно всех в настоящий момент присутствующих. Особенно доставалось Юрке Дондерону, у которого в основном и собиралась «группа жалких низкопоклонников и отщепенцев». Начиналась статья с нареканий в адрес всеми уважаемого академика Дондерона. Родители Юрки, оказывается, проявляли «халатность» (терпеть не могу этого слова), «сквозь пальцы смотрели на безалаберность своего отпрыска» (вся фраза составлена из ненавистных слов!), «потакали» (еще одно гнусное, типично фельетонистское словечко) его сомнительным вкусам и увлечениям, которые как раз и толкнули его в объятия группы стиляг и бездельников, которых следовало бы назвать «плевелами» на теле нашего созидательного, бурно колосящегося и неуклонно идущего вперед общества.

Пользуясь частыми отъездами родителей, Юрий собирал в их пятикомнатной квартире компанию своих подозрительных дружков, щеголяющих попугайскими прическами, карикатурно узкими брючками и неизвестно как приплывшими к нам «бродвейскими» галстуками и жилетками. Далее перечислялись все присутствующие здесь, возле советского Ахилла, плевелы, которые съезжались на «папиных победах», высокомерно поглядывая на простых советских людей, как будто это именно они сами, а не их высокопоставленные родители привели их к таким победам. Кроме этих баловней судьбы, в компании нередко появлялись и темные личности без определенного местожительства. Таким, например, был некий Так Такович Таковский, снабжавший «золотую молодежь» самодельными пластинками джаза, от которого вся эта компания просто впадала в экстаз. Часами они могли отплясывать и голосить под эту «музыку толстых» в дондероновской или в каких-нибудь других подобных квартирах, которые они с ухмылками называют «хатами». В «хатах» они подогревают себя алкоголем и близостью ветреных девиц, именуемых в этой среде «кадрами».

И все это происходит чаще всего в высотном доме на Яузской набережной, где проживают заслуженные деятели нашей науки, литературы и искусства, а также руководители нашей промышленности, что уже само по себе является возмутительным кощунством. Многие соседи Дондеронов не раз выражали возмущение многочасовым грохотом, топотом, дикими песнопениями и визгами на 12-м этаже. На недавних первомайских праздниках в этой квартире произошло короткое замыкание, возникла пожарная ситуация. Нам кажется, что администрация высотных домов слишком снисходительно относится к подобным сборищам. Необходимо принять соответствующие меры. Мы надеемся также, что наша публикация привлечет внимание администрации вузов, и особенно МГУ, где эти оболтусы числятся студентами. Ведь помимо коммунальных безобразий стиляжные компании могут оказать серьезное разлагающее влияние на широкие массы молодежи, вольно или невольно, ненамеренно, а может быть, и намеренно, опошлить идеологическую чистоту нашего общества.

«Откуда этот Нарарьянц взялся? — спросила Глика, возвращая гадскую газету. — Похоже на то, что он и сам там бывал, на этих ваших, как вы говорите, «сэшнз».

Все зашумели. Ну, конечно, он много раз бывал среди нас. Его вообще считали своим, называли Нарой. Такой вообще-то вроде бы ничего себе чувачок не первой молодости, лет тридцати, а то и с гаком, он на гитаре играл, такой держал ритм, совсем неплохой. Кто-то бодро пошутил: «Ну вот теперь из-за этого Нары мы и отправимся на нары»! Начался бурный, почти невменяемый хохот. С именем Нары вперед, на нары! Тут я заметил, что Глика озирает всю эту вечно жадную до хохота компанию с выражением некоторого ужаса на своих прекрасных чертах. «Вот дурачье, — шептала она, выбираясь из объятий Боба Рова и сестер Нэплоше и подбираясь таким образом поближе ко мне. — Слушай, Так, скажи им, чтобы все немедленно расходились на все четыре стороны, — прошептала она. — Пусть из этого дома бегут подальше. И не такие люди, как вы, здесь попадают в беду. А тебе особенно здесь нечего делать. Следуй за мной, я помогу тебе выбраться». Она взяла меня за руку и потащила за собой, и я, должен признаться, не сопротивлялся. Бежать вместе с Гликой Новотканной! Бежать, куда бы то ни было! Просто нестись вместе с ней без всякой цели! Хотя бы прыгать в Москву-реку, течь вместе с ней! Пусть преследует всякий, кому не лень, мы убежим вдвоем! Пусть вся жизнь превратится в бег! В бег с Гликой! Пусть преследует даже вот этот Ахилл-сталевар, пусть видит во мне Гектора, а в ней Елену, черт с ним. Пусть за его спиной разгорится сталинская топка, мы прыгнем прямо в нее и вместе испепелимся!

Но было уже поздно. Из холодного мрака на нишу со сталеваром надвигалось не менее полусотни плоскостопых с красными повязками народных дружинников. За ними подъехали задом и гостеприимно распахнули свои жопы три милицейских возка. Началась неравная битва. Боб Ров, поклонник Маяковского, с восторгом ревел строки поэта:

> Нет, не старость этому имя!
> Тушу вперед стремя,
> Я с удовольствием справлюсь с двоими,
> А розозлюсь — и с тремя!

Так и получалось, он стряхивал с богатырских плеч то пару, то тройку илотов. Кот Волков тем временем успешно применял приемы самообороны без оружия. На левом фланге, однако, Гарьку Шпилевого уже придавили. Дондерона, наоборот, схомутали и раскачали, словно собирались куда-то швырнуть. Сталинская топка уже багровела за плечами Ахилла. Сжигать, что ли, собираются вредоносные плевелы? Юзику Калошину то ли палкой, то ли свинчаткой стукнули по голове; он поплыл. Сестер Нэплоше дружинники обратали с гоготом, с прибаутками, с похабелью. С полдюжины плоскостопых пытались и до Глики добраться, однако наткнулись на препятствие в лице неукротимого Таковича. Дай мне дрынду твою, Ахилл, отбиться от кровососущего плебса! Трехметровый человек склонился ко мне и протянул свою длинную мешалку для раскаленного металла и дальнейшего пролома троянских стен. Я стал крутить эту штуку над головой, и вокруг нас с Гликой образовалось свободное пространство. Теперь отступаем, краса моя, крикнул я ей, и мы начали медленное отступление. Плоскостопые топтались по периметру. Им явно не хватало самоотверженности.

Мы не успели еще выбраться из этой свалки во мраке, озаряемом лишь слабой лампочкой над уличной нумерацией 1/15, как вдруг подъехал еще один автомобиль, на этот раз легковушка, то ли «Эмка», то ли «Форд», и осветила по головам кишение битвы. Из машины выбрались три субъекта в шляпах и пальто, а вместе с ними сукин сын Нарарьянц. Главный субъект сложил ладони вокруг рта и проорал: «Немедленно прекратить возмутительную драку! Сотрудники милиции! Начинайте погрузку!» Драка почему-то тут же прекратилась. Страсти, очевидно, были не так уж горячи. Стиляги, вперемешку с дружинниками, под наблюдением регулярной милиции стали влезать в фургоны. Шляпенции внимательно наблюдали процедуру. Нарарьянц в этих ночных трепещущих огнях смахивал на классического Иуду с полотен позднего Ренессанса. Он, стоя сзади и стараясь не засветиться, что-то нашептывал шляпенциям в ороговевшие уши.

Вдруг они все трое посмотрели на нас с Гликой и тут же стали приближаться. Нарарьянц за ними не последовал, а, наоборот, укрылся за автомобилем. Приблизившись, субъекты притронулись двумя пальцами к полям своих шляпенций. Странно, подумал я, какой-то нерусский салют; может, в демократической Германии их учили?

«Если не ошибаемся, Гликерия Новотканная, не так ли? Вас ищет ваша мать, генерал-майор Рюрих. Она очень взволнована в связи с... с некоторыми непредвиденными событиями. Нашим сотрудникам всем дан приказ сопроводить вас до дверей вашей квартиры в корпусе «Б» на восемнадцатом этаже. Вот капитан Умывальный будет вашим спутником. Всего хорошего».

«Ну пойдем, — Глика дернула меня за рукав и тут же ослепительно улыбнулась капитану Умывальному. — Это мой мальчик, — и с ходу придумала мне имя: — Вася Волжский, — попала почти в точку. — Мы к тем ребятам не имеем отношения. Просто гуляли там и попросили закурить».

«А вот это зря, Гликерия Ксаверьевна», — строго сказал капитан Умывальный.

«Что зря?» — удивилась Глика. Мы уже шли. Быстрыми шагами удалялись от поля боя. Меня терзала досада и что-то вроде угрызений совести. Бросаю товарищей, сматываюсь под прикрытием дочки генерала Рюрих. С другой стороны, Глика недаром тянет меня за собой. Она понимает, наверное, что после дознания ребят передадут их высокопоставленным папашам, а меня с моими данными отправят прямой дорогой в лагерь. С третьей стороны, «Васе Волжскому» подвалила фортуна: он спасен удивительной девушкой!

«Зря вы курите, Гликерия Ксаверьевна! — с еще пущей строгостью сказал агент. — Зачем вам портить ваш великолепный цвет лица? — Порция строгости досталась и мне: — А ты, Василий, наверное, совсем уж искурился с твоим цветом лица».

Через несколько минут мы уже поднимались в

лифте на восемнадцатый этаж. На этаже Глика хотела было открыть дверь своим ключом, однако капитан приостановил ее и нажал кнопку звонка. Дверь тут же открылась, за ней стояла удивительно красивая и величественная женщина. Капитан приложил два пальца к полям шляпы. «Ариадна Лукиановна, передаю вам вашу дочь Гликерию Ксаверьевну и ее друга Василия Волжского. Капитан МГБ Умывальный».

Ночной клуб

В Москве, хоть и именовалась она «столицей мира и социализма», как в любом мегаполисе бытовали некоторые кодовые фразы. Вот, например, если вы вознамерились купить доброй мясной вырезки, вам не обязательно было делать партийно-государственную карьеру и присоединяться к спецбуфетовским рационам. Можно было на Центральном, скажем, рынке подойти к мясному ряду, подмигнуть специалисту и задать ему условный вопрос: «У вас есть к о л х о з н о е мясо по три двадцать?» Не пройдет и десяти минут, как вам вынесут увесистый кусман в газетном свертке и назовут окончательную цену. Будьте уверены, заказанный продукт не подкачает ни в свежести, ни в качестве разруба.

На исходе только что описанного дня с его столь паническими треволнениями, ближе к полуночи, в опустевших проходах закрывшегося на ночь Центрального рынка появилась высокая мужская фигура в черном кожаном пальто и в зеленой узбекской тюбетейке. Длинные тамерлановские усы изобличали в этой фигуре обитателя Ферганской долины, но уж никак не контр-адмирала Георгия Моккинакки. Подойдя к закрытым дверям мясного павильона, узбек стукнул по ним три раза увесистым кулаком и произнес с присущим этому народу акцентом: «У вас есть к о л х о з н о е мясо по три семьдесят пять?» Внимательный читатель сразу же заметит разницу между цифрами «три двадцать» и «три семьдесят пять», а после того, как из-за дверей глухой, но внятный голос произнесет: «Колхозное мясо сегодня идет по три семьдесят семь», сможет предположить, что это похоже не на куплю-продажу, а скорее на обмен паролями для прохода внутрь. Читатель окажется прав. Двери приоткрылись, и высокий узбек вступил в мясной павильон.

Его встретил молодой человек в клеенчатом фартуке, надетом поверх морской тельняшки. Молодая плешь светилась в темных кудрях. Плечевые мускулы, нажитые мясной работой, распирали одежду. «Добрэ дошли, товарищ адмирал», — сказал мясник, и мы тогда сразу узнали под тюбетейкой и длинными усами нашего подозрительного Моккинакки. Пожав друг другу руки, двое пошли вдоль тускло освещенного торгового зала. Шаги адмирала гулко отдавались от кафельного пола, в то время как мясник семенил бесшумно, словно кот. Над прилавками на крюках свисали бараньи тушки с торчащими изо ртов игривыми бумажными цветочками. У поросят такие же цветочки торчали из задков. По ночам вообще-то читающей публике не рекомендуем прогуливаться вдоль мясных рядов. Могут одолеть мысли о первородном грехе.

«Как вообще-то дела, Владимир?» — спросил Моккинакки.

«Совсем неплохо, — был ответ. — Квартиру подходящую нашел. Собираюсь жениться».

«Ты что, с ума сошел? — ахнул Моккинакки. Он

даже приостановился от этой новости, как будто сам не собирался жениться совсем недавно. — Забыл, что приближается?»

Владимир хохотнул. Приподнявшись на цыпочки, положил руку на кожаное плечо. «Ничего, ничего, адмирал, все будет тип-топ. Я ведь не сейчас собираюсь жениться. В перспективе».

Они говорили на сербско-хорватском.

«Все собрались?» — спросил Моккинакки.

«Почти все. Кроме председателя. Можно сказать, что все».

«Он будет?»

«Можно сказать, что будет. На девяносто процентов будет».

«А десять процентов откуда взялись?»

«Десять процентов риска, друже адмирал. Сегодня по всей Москве какие-то облавы».

«Да, это верно, — вздохнул Моккинакки. — Однако ты же знаешь, Владимир, что председатель неуловим».

«Натюрлих, — подтвердил Владимир. — Но все-таки».

«Никаких все-таки, — сказал Моккинакки. — Риск есть риск, но не надо высчитывать его в процентах. Иначе все провалится».

Из торгового зала они прошли в разделочный цех. Там висели здоровенные говяжьи и свиные туши. Работала ночная смена. Несколько молодцов восточного вида, то ли кавказцы, то ли тюрки, а может быть, и южные славяне, стоя вокруг колод для рубки мяса, споро работали топорами. Пахло сукровицей. При виде адмирала они приостановили свой вдохновенный труд и с превеликим почтением ему поклонились. Моккинакки и Владимир прошли в дальний угол цеха, где за большим столом с закусками и бутылками сидело не менее дюжины мужчин разных возрастов, кто в обычной городской одежде, а кто с намеком на Среднюю Азию в стеганых халатах и в ковровых тюбетейках. При виде Моккинакки все встали и даже слегка как бы вытянулись на военный манер.

Рубщики тем временем возобновили разделку туш. Между делом они обменивались репликами. Занимливьё, кто он все-таки такой, этот верзила, которого называют адмиралом? Можда, белградский. Не знам, белградский он или загребский, но ясно, что птица высокого полета, интеллектуалец. Из евреев, должно быть. Говорят, что грек. Евреи часто косят под греков. И наспрам, верно? По тому, как щедро деньги раздает, видно, что еврей. Душко, перестань зубоскалить. А что? Евреи — самый щедрый народ, щедрее даже, чем черногорцы. Этот парень близок к председателю. Неужто? Тут есть ребята, которые видели его во время войны в боях за Баньску Быстрицу. Он был тогда при штабе председателя и звался Штурманом Эштерхази.

Над столом с яствами и напитками на белой стене висела большая схема коровьей туши, похожая на карту Советского Союза. Пунктирами на схеме были отмечены секторы разделки. Жорж после первого стакана водки расслабился, откинулся на спинку стула, вытянул под столом ноги и уставился на схему. Задние ляжки, окорока с филейными частями и последующими голяшками отчетливо напомнили ему дальневосточные пределы СССР. Грудинка с корейками, а также с куском, именуемым «почетный караул», — Украину. Загривок и седловина с ее отменными вырезками — Прибалтику с Белоруссией. Пашина и брюшные полости — разлюбезный Туркестан. Не исключено, подумал он, что когда-нибудь именно по этой схеме и всего нашего великого дракона разнесут.

«Ты не слышал, Георгий, что в этом городе происходит? — спросил его Зоран Кустурица, самый опытный из всех собравшихся в мясном павильоне гайдуков. — Говорят, что массовая облава идет внутри Садового кольца».

«Слышал, слышал кое-что, — усмехнулся он. — Говорят, что большой зверь, то ли лось, то ли мамонт, приплыл к Кремлю из моря Лаптевых». — Сел в вертикальную позицию и начал есть большой, сочный купат. Все присутствующие с уважением и пониманием смотрели, как быстро он расправляется с вкусной штукой и как пощелкивает языком, очищая ротовую полость. Затем продолжил: «А если серьезно, друзья, охота идет на вашего покорного слугу. Должно быть, Абакумов получил приказ прямо от Сосущего. То есть в обход того, кого мы знаем. Короче говоря, контрразведка в штатском запечатала все подъезды в высотке на Яузе, а главный наряд скопился в том корпусе, где находится моя квартира. Они не торопились подняться, очевидно, потому, что старались разобраться, что происходит в доме, где живет вся знать. Я решил не ждать, переоделся в их стиле (всегда держал в гардеробе ратиновое пальто и мягкую шляпу), спустился в холл и сразу открыл огонь из двух карманов, как мы когда-то — помнишь, Зоран? — делали в Триесте. Еще раз убедился, как херово эти центурионы подготовлены к неожиданностям, пичкамаматерина. Началась паника. Они не понимали, откуда и кто стреляет. Тогда я вышел через черный ход и уехал на старом мотоцикле дворника Егора. Вот так в двух словах было дело».

По каменным лицам собравшихся было видно,

что они не упустили ни малейшей детали из его рассказа. «Убитые, раненые были?» — спросил Зоран Кустурица. «Не исключаю, — печально кивнул Моккинакки. — То есть я хочу сказать, что были почти наверняка». Зоран бесстрастно постучал пальцами по столу. «Это плохо, Штурман. Ты, конечно, понимаешь, что это очень плохо». Владимир сзади подошел и наполнил стакан Моккинакки новой дозой болгарской сливовицы. «Конечно, понимаю, Зоран, — проговорил наш герой, — но без этого было бы еще хуже». Владимир облокотился на спинку его стула. «Ты видишь, адмирал, процент риска стремительно повышается. Надеюсь, что у председателя хватит здравого смысла, чтобы отступить». Моккинакки и Кустурица обменялись крайне серьезными взглядами. «Боюсь, не хватит», — пробормотал последний.

Не успел он произнести эту фразу, как пол по соседству со столом дрогнул. Крупный, метр на метр, квадрат покрытия стал подниматься, ведомый снизу мощной рукой, и отвалился в сторону, не потеряв ни единой кафельной плитки. Из подполья или, вернее сказать, из подземного хода вылезли два гайдука, закамуфлированные под пилотов «Аэрофлота». За ними молодцевато выскочил председатель в кашемировом пальто, плотно обтягивающем тяжеловатый, но мощный живот и такие же ягодицы. Удивительный человек, этот партизанский маршал, он даже не удосуживается менять внешность во время своих визитов в Москву. Всю свою жизнь, а она продолжается уже шестьдесят лет, он полагался на свою кабанью силу, на быстроту своих реакций, но больше всего на свою исключительную фортуну. Страх был неведом ему. В 1943 году в горах, когда от отряда личной стражи осталось всего пять человек, включая Штурмана Эштерхази, а ближайший каньон был занят батальоном горных стрелков вермахта, он сказал оставшимся, что ночью они пойдут на прорыв. Эштерхази начал его увещевать, говоря об исключительной экипировке немцев, об осветительных ракетах, о приборах ночного видения, о том, что по всем приметам наци знают, что обложили главного вепря, что нужно залечь в пещере по крайней мере на три дня, однако председатель только хохотал и делал похабные жесты. Эхо разносило его хохот по всему каньону. «Мы прорвемся, Штурман, потому что мы не можем не прорваться», — сказал он. Ночью, когда они выползли из пещеры, весь каньон полыхал огнем. Тяжелые бомбы ухали, сотрясая склоны. Трассирующие пули нацистских кротов ничего не могли противопоставить пролету валькирий. Впоследствии стало известно, что над Боснией в ту ночь шли стаи союзной челночной авиации; над темными местами они освобождались от излишнего бомбозапаса. Таким образом выход из окружения оказался для крошечного отряда увеселительной прогулкой. «Теперь ты понял, Штурман, почему нам везет? Мы прорываемся не для себя, а для истории. Это мадам Клио о нас печется! Ты должен понять это, советский пилот!»

Теперь в мясном павильоне Центрального рынка, глядя на вздымающуюся из подземного хода плотнощекую ряшку председателя, Моккинакки мгновенно вспомнил, как тот с упорством и задором пёр по тропинке на вершину горы, как пружинилась его жопа, громогласно выпускающая газы.

«Салют вам, герои!» — во весь голос провозгласил он сейчас и начал пожимать руки всем, стоящим перед ним навытяжку. Обнял Кустурицу и

Моккинакки, ухватил за щеку Мому Дивача, взвихрил чуб Свете Кукочу. Все присутствующие, хоть и ждали этой ночью председателя, были, как всегда, потрясены его материализацией. Ночная смена мясорубов восторженно трепетала.

«Что вы смотрите на меня, как на мессию? — хохотнул он. — Я такой же, как вы все, скромный труженик Востока». Вытащил из кармана зеленый советский паспорт. «Вот, пожалуйста, Джезкаганов Исак Абрахамович. Пятый пункт: бухарский еврей». Важно уселся в центре стола под схемой разделки коровьей туши. Махнул «аэрофлотовцам», те достали из сумок полдюжины бутылок настоящей черногорской сливовицы. «Всем налить! За нашу федеративную родину!» Все подняли стаканы. «На здраве!» После смачного, но короткого солдатского ужина началась серьезная беседа. Оказалось, что председатель прибыл в Москву рейсовым из Сталинабада. Во «Внукове» во всех дверях стояли патрули милиции и люди Абакумова. Пришлось воспользоваться окном ресторанной кухни. Удивительное дело: советский народ до сих пор любит деньги. Интересно, на что он их тратит. Интересно, что нас повсюду принимали за среднеазиатских спекулянтов или «цеховиков». Жорж, это была твоя гениальная идея построить нашу структуру под видом туркестанской братии. Даже наш акцент тут только помогает. Выпьем за Жоржа, приятели!

А что все-таки происходит в Москве? Какого Стеньку Разина тут ищут? Моккинакки еще раз, на этот раз с большим числом подробностей, рассказал о том, как он прорвался через блокаду высотки. Председатель задумался. Все смотрели на него. Мысль кочевала у него по лицу, то застревая на переносице, то устремляясь вниз, к брылам, то поддергивая вверх угол рта. Какое-то звено в нашей структуре провалилось, наконец высказался он. Какое? И по какой причине? Содруги, высказывайте свои соображения.

Никто не торопился высказываться. Все ждали, что скажет адмирал: контрразведка группы была целиком в его руках. Ждал и председатель. Пытливыми, хоть вроде бы и мимолетными взглядами изучал лицо товарища по оружию. Какая-то беда стоит у того в глазах. Он что-то потерял и мучается, что этого уже не вернешь. Скорее всего это любовь. Он еще молодой мужик, взращенный к тому же советским комсомолом с его сопливым культом «хорошей, большой любви».

«Я догадываюсь, какое звено у нас провалилось, Зорб, — проговорил Моккинакки. — Это звено я сам. Операция «Высотка» вначале прошла у меня идеально, но потом что-то пошло наперекосяк. Тот человек, о котором мы говорили прошлый раз, оказался моим соседом, больше того — он признал во мне друга юности еще со времен многомоторника «Коминтерн». Я понял, что у него действительно есть прямой контакт с Сосущим и что мы правильно подложили ему векселя. Это еще впереди, векселя нам могут помочь. Друг юности мыслит не логически, а поэтически, и потому мы сможем его ошарашить, назвав источник векселей. Интересно, что он никогда не слышал о том, как после «Коминтерна» меня расстреляли без суда в ярославской тюрьме, а ведь он всю войну вращался в кругах высшего генералитета и спецназа ГРУ. Говорят, что там охотно повторяли анекдоты про Штурмана Эштерхази, однако никто не связывал мифа с пропавшим полярником Моккинакки. Говорят, что даже Сосущий ничего не знал. Короче, я готовил поэта для решительной беседы, пока вдруг не произошел полнейший курьез: мы оба влюбились в нашу юную соседку, пламенную сталинистку. Прошу не ржать, приятели. Всякий любовный треугольник — это тяжелое испытание мужских и человеческих качеств. Я уважал его чувство. В конце концов мы оба выросли на любовной лирике Маяковского».

В этом пункте председатель не выдержал и расхохотался. «Мать моя, пролетарская революция! И это говорит мифический Штурман Эштерхази, на счету которого больше трахнутых баб, чем убитых фашистов! — Он стукнул пухлым кулаком по столу и запел советскую песню, он любил советские песни:

> Сердцу хочется ласковой песни
> И хорошей, большой любви...

Это что, тоже из Маяковского?»

Все за столом оживились, принялись ему подпевать. Очередная бутылка пошла по кругу. Один только Моккинакки молчал. Положив тяжелые ладони на стол, он с неопределенной косой улыбкой смотрел на председателя. Тот наконец угомонился и с дружеской суровостью повернулся к своему верному сподвижнику. «А, между прочим, ты мог все свои проблемы решить разом. Ответь мне теперь, Георгий, при наших самых близких товарищах: почему ты не выстрелил на первомайской демонстрации? Может быть, под влиянием прекрасной соседушки тебе жалко стало корифея всех времен и народов?»

Ладони Моккинакки сжались в кулаки. С минуту он сидел в диком напряжении, как будто удерживал самолет, попавший в грозу. Потом заговорил: «Как ты мог так обо мне подумать, Зорб? Разве ты не знаешь, какие чувства я испытываю к Сосущему? Конечно, я мог одним нажатием на спуск повернуть всю историю этого государства. На крыше ГУМа у меня была отличная позиция. Я видел их всех на трибуне Мавзолея, маршалов и членов Политбюро и в центре корифея, как Анри Барбюс о нем писал, «с головой философа, в одежде простого солдата». Правда, одежда простого солдата была из светлого сукна. Шинель скромного генералиссимуса. (Тут он вспомнил, что председатель тоже пристрастен к ярким индивидуальным маршальским мундирам, и усмехнулся, что не прошло незамеченным.) Короче говоря, среди черных и коричневых партийных пальто он был отличной мишенью. Можно было стрелять и без снайперского прицела, а у меня был еще снайперский прицел, как наши товарищи знают. Оставалось только дождаться сигнала».

«Сигнала от кого?» — перебил его рассказ Горан. Все, кто был за столом, замерли. В павильоне возникла мрачнейшая тусклая тишина, только ночная смена мясников стучала своими топорами. Моккинакки глазами спросил председателя: «Могу я сказать, от кого я мог ждать сигнала?» Председатель ответил вслух: «Скажи». Моккинакки продолжил рассказ.

«Там, на трибуне, недалеко от корифея стоял человек, который меня знает. Он должен был ровно в полдень либо снять шляпу, либо протереть очки. Он сделал второе. Этот сигнал означал, что вместо корифея на трибуне стоит Геловани. Какой смысл вместо тирана убивать актеришку?»

Югославы, в течение нескольких лет играющие роли узбеков, таджиков, армян и грузин, понимали, что чувствовал Геловани на трибуне Мавзолея. Они были поражены рассказом своего ведущего товарища. Конечно, они знали, что группа готовит главную акцию и что событие должно произойти во время первомайской демонстрации трудящихся. Они ждали благого известия, чтобы тут же поджечь бикфордов шнур последующих действий. Однако они не представляли, что исполнителем главной акции должен был стать не кто иной, как сам адмирал, Георгий Моккинакки, юрисконсульт Крамарчук, Султан Рахимов, Штурман Эштерхази. Самой невероятной новостью для всех было то, что на трибуне Мавзолея был человек, подающий сигналы снайперу на крыше ГУМа. Шляпа, очки — значит, он не из маршальского крыла вождей, а принадлежит просто-напросто к Политбюро? Все уже догадывались, кто это был, но никто, конечно, не произнес его имени. Самой же невероятной загадкой для всех было то, что именно в эту осеннюю ночь, именно в мясном павильоне Центрального рынка, председатель и Штурман решили поделиться со штабом группы этой страшной информацией.

Последнее, впрочем, прояснилось, когда председатель приступил к идеологической части совещания. «Содруги, приятели, братья, я уверен, что каждый из вас задавал себе вопрос, почему вместо того, чтобы участвовать в мирной созидательной жизни нашей социалистической страны, мы должны ежеминутно рисковать собой в сонмище врагов. Конечно, вы понимаете, что главная цель состоит в устранении Сосущего. Смысл этой акции в том, что Сосущий является непримиримым врагом нашей Федерации — вы знаете, что я испробовал все способы умиротворить чудовище, — и что он может в любой день двинуть против нас свою грозную армию, на вооружении которой сейчас появляются реактивные самолеты с атомными бомбами. Все это вам известно и понятно, но сегодня я хочу подбросить вам на размышление еще одну идею, которую мы недавно обсуждали на Бриони.

Дело в том, что с каждым днем для нас все яснее вырисовывается одна глобальная концепция, к которой раньше мы шли на ощупь. Устранив Сосущего, мы спасем не только нашу небольшую страну, но и весь гигантский Советский Союз. Сосущий и все его окружение не знают никакой другой системы управления, кроме правительственного террора. Это колесо раскручивается большевиками с самого начала их власти. Другой способ правления им неведом. Попробовали нэп — власть стала уходить из рук. Вернулись к удушающим методам. Вы все знаете, что там произошло к концу тридцатых. Фактически раздавлены были и партия, и вооруженные силы. В стране накопилось отчаяние такой мощи, какую можно унять только массовым буйством. Кто-нибудь из еще уцелевших, но ждущих ареста комдивов мог двинуть свою дивизию на Кремль. В любом из страшных лагерей в любой день могло вспыхнуть восстание. Короче говоря, Советский Союз уже тогда был на грани антибольшевистской революции. Большевиков спасла только война. Народ сплотился вокруг Сосущего.

После войны он должен был бы понять, что назрел переход к другой политике, но он этого не понял, потому что не может этого понять, как не может вампир не сосать кровь. Сейчас эта власть опять достигла критической фазы. Американцы подсчитали, что в советских лагерях используется труд по меньшей мере двадцати двух миллионов. Фактически создана рабовладельческая утопия, а у рабов есть склонность к бунту, вернее, тяга к бунту, еще вернее — неутолимая жажда. Бунты уже начинаются на Печоре и в Казахстане, за ними пойдут Сибирь и Колыма. Кремль при Сосущем не может начать никаких реформ. Крутится порочный круг жестокости, больше, и больше, и больше — на разрыв! Вообразите себе, как все эти миллионы пойдут на Москву. Они уничтожат Советский Союз, а вместе с ним и весь большевизм и далее, увы, произойдет страшное — смерть мирового коммунизма. Последняя утопия двадцатого века, мечта пролетариата, погибнет навсегда.

Кем являемся мы, руководители Югославии? Славянскими националистами? Может быть. Но прежде всего, содруги, мы являемся коммунистами двадцатого века, европейцами, современными марксистами. Мы не можем позволить погибнуть этому государству, созданному Лениным, первому государству так называемой «диктатуры пролетариата», превратившейся в диктатуру кровососущего жлоба. Мы не можем позволить коммунистической идее развеяться над пепелищами СССР, и потому перед началом нового цикла борьбы я провозглашаю: смерть Сосущему!

Вся дюжина подпольщиков повторила вслед за ним: «Смерть Сосущему!», а молодые мясники в отделении подбросили и поймали свои палаческие топоры.

Моккинакки, хоть и сопротивлялся, все-таки поддался председательской риторике и даже после последнего восклицательного знака почувствовал некоторый подъем. Только хлебнув еще полстакана болгарской государственной ракии, он вернулся к скептическому расположению духа. Поглядывая на мясистый затылок, он думал: «Ты, Зорб, преподносишь себя сейчас как борца за идею, а не движет ли тобой просто страх за свою шкуру? Слов нет, ты бесстрашно борешься со страхом, проникаешь в самую сердцевину чудовищного вражеского мира, однако потом ты возвращаешься к своим дворцам, к своим аляповатым мундирам, к восторженному реву толпы, к своей УДБ[1], что контролирует эту толпу и концлагери так называемых «сталинистов» на Адских островах, то есть к своему миру, где ты сам уже стал Сосущим. Предположим, мы ликвидируем здешнего, но кто гарантирует, что следующим не будешь ты сам и что призрак коммунизма все-таки не развеется без остатка?»

Теплая рука друга легла ему на плечо. Председатель приблизил свои губы к его уху. Дуновение парижского лосьона проникло даже сквозь душный, пропитанный запахом скотской сукровицы мясной павильон. «Послушай, Штурман, пойдем поболтаем о наших блядских делишках». Они вылезли из-за стола и проследовали в торговый зал с его гирляндами бараньих и поросячьих тушек. Два телохранителя в форме работников «Аэрофлота» сопровождали их, однако на расстоянии, которое вроде бы исключает подслушивание негромкого мужского конфиданса. Председатель был значительно ниже Моккинакки. Тому иногда казалось, что с носа его может упасть капля прямо на довольно обширную уже плешь псевдомарксистской головы.

«Ты знаешь, где я жил последние три дня и три ночи, Эштерхази? — Председатель зорким глазом мониторил негладкое лицо сподвижника. — Представь себе, у Кристины Горской, в твоем собственном высотном доме. Фигурировал там как ее дядюшка из Риги, Вальдис Янович Скальбис, в прошлом красный латышский стрелок».

---

[1]УДБ — Органы Госбезопасности Югославии.

«Хм, здорово придумано, Зорб, — хмыкнул Мок-кинакки. — Лучшего адреса здесь не найдешь для рижского спекулянта. Тем более что у нее там живет тигр, верно?»

«Тигр под твоим собственным именем, между прочим. Штурман Эштерхази, ха-ха-ха! Если только это не твой сын. Остроумная девчонка эта псевдо-Кристина. Интересно, что она со своим неотразимым сексом стала будто бы неотъемлемым звеном всей нашей структуры, вообще всей этой истории, не находишь? Ведь ее привез в горы как раз Кустурица. Только потом она перебралась сначала в мой, а потом в твой блиндаж. Интересно, что в Москве она едва не вышла замуж за Кирилла Смельчакова. Ты знал об этом?»

«Зорб, как я мог не знать об этом? Ведь мы были с Кириллом на короткой ноге. Очень много разных напитков выпили вместе. У него всегда там стояли ящики «Греми» («Любимый коньяк Сосущего», — вставил тут председатель), я притаскивал коллекционный молдавский херес. С ним выпить, знаешь ли, одно удовольствие: читает стихи, несет всякий вздор, славный малый».

«Скажи, Штурман, а он уже вычислил тебя как юрисконсульта Крамарчука?»

«Думаю, что нет, хотя однажды я вынудил его наедине со мной открыть тот чемоданчик. Оказалось, что он ни разу его не открывал за три месяца. Таков поэт. Он был потрясен этими векселями. Даже он не знал о существовании этих секретных ценностей СССР. Хотел было выбросить их с моста в реку».

«Надеюсь, он не сделал этого? Ты же знаешь, Штурман, что эти десять миллионов наши ребята с боем изъяли из казначейства».

«Один миллион, Зорб, я у него взял, вроде бы взаймы. Нужно было платить за явки в Узбекистане. Там эти векселя идут один за десять».

«Надеюсь, ты не забыл, что все это нацелено непосредственно на Кирилла? Точнее, на нашу фиксированную идею?»

«Зорб, мне кажется это битый номер. Он не пойдет на эту сделку и даже шантажа не устрашится».

«Ты очень высокого мнения об этом парне, Штурм, правда?»

«Это верно. Хотя, по идее, должен был бы его ненавидеть. Понимаешь, Зорб, мы оба влюблены в одну девчонку, и она заходит то ко мне, то к нему...»

«Глика Новотканная, как я понимаю?»

«Зорб, да откуда у тебя все эти сведения? Неужели от Кристины Горской?»

«Вот именно, от нее. Она там прогуливает своего полосатого Штурманочка и знакомится со всеми, кого встречает во дворе. Ты же знаешь ее общительность. Тигр подружился с доберманом-пинчером Дюком. Его хозяин юнец Дондерон влюблен в Глику. Эта девка окаянная, чудо красоты, выходит поболтать с Юркой, то есть как бы из жалости к нему. Потом она остается с Кристиной и часами откровенничает с ней, время от времени девки целуются».

«Боже! — вскричал могучий диверсант (он иногда несмотря на партийную принадлежность апеллировал по этому адресу). В отчаянии он сжал ладонями виски. — Ты так живо описываешь эти сцены, как будто сам с ними прогуливался!»

«Ну, конечно, прогуливался. Дядюшка Вальдис Янович из Риги ньемного плоховатенько п-русски. Девушки при мне лопотали, не стесняясь».

«Зорб, ты можешь мне открыть свою тайну? Зачем ты совершаешь эти чудовищные по риску путешествия? Отчего тебе не сидится в твоем коммунистическом королевстве?»

Председатель бросил на сподвижника быстрый серьезный взгляд. А вдруг это не он, подумал сподвижник. Вдруг и Зорба, как Сосущего, подменяет какой-нибудь искусный артист? Зорб подмигнул ему с какой-то похабненькой лукавостью, как будто прочел его мысль. Нет, это его типичная мимика. Никакой двойник не сможет такие тонкости воссоздавать. Вот сейчас он положит одну руку на мое плечо, а другой возьмет меня за пуговицу. Проявление высшей близости.

«Ты все-таки поосторожней, Штурм, — сказал дружище Зорб, кладя руку на плечо дружищи Эштерхази. — Будь все-таки посдержаннее в мыслях, содруг. — Другой рукой он взял его за за регалановую пуговицу, напоминающую расколотый орех. — А что касается моих «чудовищных по риску» путешествий, могу тебе открыть эту государственную тайну Федеративной республики. Самое главное тут заключается для меня в попытках отдалить старость. Риск будоражит гормоны».

Вдруг громкий стук в железные двери нарушил спокойствие ячейки. Председатель и адмирал в этот момент находились в дальнем конце торгового павильона. Оба присели за прилавки, одновременно вынули пистолеты и передернули затвор. В цехе разделки прекратились все разговоры, только стучала топорами ночная смена. Владимир пробежал через все помещения ко входу в павильон. Приоткрыл двери, с кем-то поговорил, пробежал обратно.

«Все в порядке, это за колхозным мясцом по три двадцать. Сказал им, чтобы зашли через часочек».

Председатель выпрямился с легким покряхтыванием: «Ох, как я люблю эти русские уменьшительные».

Гликино горе

Вася Волжский уже несколько дней жил на антресолях в квартире Новотканных. Ариадна Лукиановна отрекомендовала меня спецбуфетовцам как своего племянника из Ленинграда. Нюра прям-таки расцвела радушием при знакомстве с юнцом. Сразу поинтересовалась, любит ли он хрустящие блинчики. Фаддей хмурился с подозрением. Ему многое не нравилось в этой залетной птице, особенно склонность к долгим задушевным беседам с хозяйкой дома. Ксаверий Ксаверьевич, весь погруженный в борьбу с лабораторией в далеком Лос-Аламосе, охотно поверил в легенду о племянничестве и тут же, между нами, ее забыл, а если и сталкивался с юнцом в обширной квартире, похлопывал того по плечу и тут же уходил в свое сокровенное. Каждый в этой маленькой — по численности людей, но не по квадратным метрам — коммуне высотного люда жил своей особой личной жизнью, но больше всего, разумеется, это относилось к девятнадцатилетней Глике.

Прежде всего ее заботила, конечно, академическая программа на третьем курсе. Несмотря на нахлынувшую любовь надо было поддерживать безупречную репутацию лучшей студентки и сталинской стипендиатки. Не на последнем месте также были спортивные дела. После Хельсинкской Олимпиады в Госкомитет по делам физкультуры и спорта, можно сказать, потоком стали приходить приглашения для бронзовой медалистки принять участие в различных соревнованиях на водных дорожках Европы, Америки и даже Австралии. Эти приглашения, естественно, до самой спортсменки не доходили и немедленно засекречивались особым отделом. Однако влюбленный в свою питомицу тренер Поцелуйко каким-то образом о них узнавал и умолял Глику поддерживать форму, тренироваться, а также следить за гормональным балансом. Глядишь, Глик, и приглашение какое-нибудь придет от прогрессивных спорторганизаций. Буржуазные-то приглашения нам без пользы: им ведь не результаты твои нужны, а просто твои внешние данные, саксаульные (sic!) твои особенности, а вот, глядишь, на праздник «Юманите» вдруг пригласят, вот мы тогда с тобой в Париж и отправимся. И вздыхал змс Поцелуйко, и очи свои чернявые слегка чуть-чуть закатывал.

Что касается гормонального баланса и с а к с а-
у л ь н ы х особенностей, то они тоже не создавали благоприятной почвы для того, чтобы отвлечься от собственной персоны и хотя бы присесть на пять минут, поболтать с Таковским. Пропавший любимый Жорж не выходил у нее из головы, и всякое воспоминание о его ласковых руках, о мягких губах, о пушистой груди и о вечно твердом участке тела вызывало трепет и томление. С трепетом и томлением по Жоржу она входила в соседнюю квартиру, и второй любимый, бывший жених Кирилл, тут же поднимался из-за письменного стола, за которым он с почти уже неизбывными трепетом и томлением шлифовал свою «Балладу Тезея». Забываясь в его объятиях, она все-таки не забывала Жоржа, и, даже приходя вместе с Кириллом к финалу встречи, она ощущала, что образ идеального мужа

теперь раздвоился для нее на этих двух мужиков, весьма близких к байроническим типам русской литературы, вроде Онегина и Долохова.

Но где же он, этот незабываемый Жорж? Жив ли он? Не угодил ли за какие-то немыслимые прегрешения в тюрьму? Был ли он достаточно искренен с ней, когда воспевал исключительные качества Сталина? Родители отметали все ее попытки поговорить с ними о судьбе Моккинакки. К черту, к черту, бубнил отец и тут же скрывался в своем кабинете. Забудь об этом человеке, говорила мать. Просто забудь. Неожиданно Глика подружилась с соседкой из корпуса В, укротительницей тигров Кристиной Горской. Почему-то ей казалось, что эта роскошная фемина имеет какое-то, пусть отдаленное, пусть косвенное, но отношение к бесстрашному Моккинакки. В этом смысле Глика проявляла некоторую детскую хитрость. Она ни разу сама не затеяла разговора о Жорже, а только с замиранием ждала, когда гибкая и влекущая дама среди множества своих тем вдруг коснется Жоржа, и тогда информация польется потоком. Ну вот, например, момент: Кристина, ну точно как мамочка Ариадна, на европейский манер отводит в сторону длиннейшую сигарету с золотым мундштуком — как раз «Фемину», антр-ну — ах, знаешь, лапа, в ту пору я, пуркуа не понимайш, имела мягкость к гидропланам; Глика вся напружинивается — вот-вот возникнет Моккинакки, — но, увы, артистка цирка вдруг отвлекается на их постоянного спутника Штурмана Эштерхази, и всякая моккинаккиевщина испаряется.

Это имя, Штурман Эштерхази, иногда проскальзывало в рассказах Смельчакова, и всякий раз он начинал бурно хохотать, как будто вспоминал что-то не совсем приличное. В устах Кристины Горской легенда превратилась в жизнь в виде годовалого тигра, которого она выводила на прогулки по яузским дворам на тонком ремешке, словно болонку. Уссурийский этот красавец с его совсем еще не траченной юношеской шкурой воспылал к Глике бурными чувствами со всей, как говорила артистка, любезностью. При виде девушки он с грозным мяуканьем поднимался на задние лапы, давая всем присутствующим созерцать изумительный в его свежести поддон с весьма впечатляющим копулятивным органом. Кружащие вокруг стройных Гликиных бедер юбки привлекали усиленное внимание его носа. «Что это? — удивлялась гребчиха. — Уж не то ли, что приходит в голову?» «Фу, Штурманок! — с мнимой грозностью укорачивала своего питомца Горская и поворачивалась к девушке с шаловливым смешком: — Вы не ошиблись, Гликочка, лапа моя, этот эштерхазенок имеет интерес к молодым человеческим самкам».

Вот эти бесконечные «лапы» в ее устах тоже привлекали советскую аристократку Гликерию. «Лапа», «лапка», «лапочка», «лапуля», «лапуся» — все эти мягкости московского жаргона, которых она до Кристины нигде и не слышала, забавляли ее и щекотали язык. Однажды она даже обратилась таким образом к маме, «мамочка, лапка моя», что вызвало у Ариадны мгновенную напряженную стойку с последующим запретом употреблять «эти пошлости» в семейном обиходе.

А почему, Кристина, вы дали своему тигренку такое странное имя, интересовалась Глика. Ах, отвечала та и начинала хохотать с некоторым хулиганским оттенком. Проходила немного вперед и оборачивалась на Глику, играя греховными глазами через плечо. Ах-ах, я имела такого любовника во время войны в некоторых партизанских краях. Я попадала туда полностью беспорочной девочкой, а тот парень, ну Штурман Эштерхази, был во всей бригаде гра-андиозный спесьялист по девичьим вишенкам. Глика замирала, просто вытягивалась в струнку, прижимала правую руку к левой груди, левую руку к области пупка. Да что же это за парень такой, Кристина? Расскажите о нем поподробней, пожалуйста! Кристина округляла глаза, гудела в нос, отрицательно покачивала пальчиком. Это невозможно, лапуля, потому что полная секретственность, вы понимаешь? Вот и дядюшка Вальдис подтвердит, потому что сам был полнейшая парторганизация.

Гость Кристины Вальдис Янович Скальбис, который нередко прогуливался вместе с этими очаровательными особами, как раз к этому моменту вышел из подъезда. Он был, как всегда, облачен в свои исключительно мягкие одежды, длинное пальто, тонкий шарф, латышский лисий треух, однако в руке нес туго набитый кожаный портфель: ну типичный прибалтийский командировочный.

«Куда же вы собрались, дядя Вальдис?» — спросила удивленная Кристина. Тигренок, слегка подпрыгнув, покачнул весьма устойчивую фигуру с портфелем. Предыдущая тема к вящему разочарованию Глики была тут же вытеснена отъездом респектабельного гостя.

«Вынуждаюсь к срочному отбытию, — объяснил тот. — Нашего предприятие завтра имеет вручение переходящего красное знамено». Поцеловав племянницу в щеку и одобрив рукопожатием комсомольскую юность столицы, он сел в ожидавший его автомобиль с номерными знаками московского горкома.

Рассказывая Глике всякие истории или намекая на нечто большее, заслуженная артистка Горская как бы поощряла младшую подругу на ответную словоохотливость. Глика, однако, сохраняла определенную степень сдержанности. Так, например, с удовольствием рассказывала об олимпийских своих ристалищах в Хельсинки, но не распространялась о семейном быте и уж тем более о деятельности своего сверхсекретного папочки. Однажды, проходя с тигром под величественной аркой центрального здания, они увидели быстро идущего от подъезда к большому черному автомобилю Кирилла Смельчакова. Шофер открыл ему дверь, он прыгнул внутрь и отбыл, так и не заметив двух близких ему женских персон вместе. Штурманок, потянувшийся было к знакомому человеку, разочарованно рыкнул.

«Я слышала, лапуля моя, что Кирилл Смельчаков произвел вам предложение руки и сердца, — в изящном изгибе полюбопытствовала актриса цирка. — Простите за, ну как это, инвазию личного интима, но это правда, не так ли?»

«Но от кого вы это могли услышать, Кристиночка? — поразилась Глика. Юное сердце ее испытало при этом вопросе какой-то едва ли не оперный полет.

«От нашей лифтерши Марьям Башировны», — был ответ.

«Поверьте, это преувеличение, речь, очевидно, идет просто о своего рода лирическом отступлении в жизни поэта», — затараторила юная красавица. С приходом женственности пришла и склонность к вранью. Такого рода вопросы, исходящие от многоопытной и все еще прельстительной дамы будоражили и наполняли почти головокружительным тщеславием вчерашнее дитя. Если мы говорим сейчас с ней о моем Кирилле, то не исключено, что в один день мы коснемся и моего Жоржа, не так ли, моя тигриная лапуля?

Обо всем этом я мог только догадываться в бытность мою под крышей Новотканных. Глика меня практически не особенно замечала. Вечно врывалась в преувеличенной спешке, проносилась на кухню, под возмущенные крики Нюры хватала кусок колбасы с колбасой, стремительно влетала в свою комнату и захлопывала дверь. Утром в таком же темпе проносилась в санузел, потом на кухню, варварскими укусами и глотками уничтожала аппетитнейший Нюрин завтрак и уносилась прочь. Частенько, впрочем, она вообще не врывалась, не влетала и не уносилась прочь, пребывая, по всей вероятности, в квартире поэта, расположенной с удивительным удобством на том же 18-м этаже.

Интересно отметить, что третья дверь этого этажа была запечатана сургучом. Это напоминало мне раннее детство, когда после ареста родителей в нашу квартиру пришли какие-то люди в белых гимнастерках и белых шлемах, очевидно, мильтоны, и запечатали сургучом почти все горсоветовские комнаты, кроме детской, где все оставшиеся и сгрудились. После такой шикарной милиции вскоре появились и наркомвнудельцы в штатских пальтуганах и военных прахарях и довершили разгром.

Иногда, в те моменты, когда сталкивались лоб в лоб и уж никак нельзя было не отреагировать на физическое присутствие паренька ростом 175 см с «канадским» чубом еще на 8 см вверх, она бросала: «Как дела, Такович?» — и, не дожидаясь ответа, огибала препятствие.

Тем более мне показалось странным, когда однажды в вечерний час она без всякой спешки поднялась на антресоли и тихо произнесла: «Прости, мне нужно с тобой поговорить». Мы открыли окошко — возник до сих пор удивляющий меня ровный московский гул на одной ноте с неожиданными и трудно объяснимыми рваными стаккато — и задымили наш излюбленный албанский «Диамант», который в нашей стране называли «Диаматом», то ли из-за свойского отношения к «мату», то ли из приверженности к диалектическому материализму. Мы, плевелы, называли этот сорт «Динамитом».

«Знаешь, вчера Юрку Дондерона арестовали», — произнесла она довольно спокойным тоном; запнулась только между предпоследним и последним словом этой фразы.

«Ты точно знаешь?» — спросил я и тут подумал, что мы похожи на актеров, разыгрывающих эпизод из жизни подполья. Глика швырнула в окно окурок — на кого он упадет, кому такое счастье? — прошлась по комнате и села в кресло, обнаружив свои ноги, о которых даже теперь я не могу говорить без волнения.

«Сейчас я все тебе расскажу. Вчера под вечер мы гуляли вокруг дома с Кристи Горской и ее зверем, и вдруг я увидела Юрку. Он шел, держа руки за спиной, в сопровождении двух одинаково одетых, в шляпах. Увидев меня на расстоянии метров десяти, он крикнул: «Глика, прощай!». Один из сопровождающих рявкнул: «Отставить разговорчики!», — и тут же Дондерон был засунут в «Победу».

Потрясенный, я увидел слезы в ее глазах и почувствовал, что ей трудно говорить. Я взял со своей подушки свежее полотенце и протянул ей. Пока она промокала свои глаза, меня посетила неуместная мысль: каково жить вот такой девушке, представляя собой постоянный соблазн мужчин?

Дондерон просто весь трепетал при каждом взгляде на Глику. Теперь он ее не скоро увидит, если увидит вообще. Она продолжила свой рассказ:

«Я побежала тогда к его родителям. Они оба были совершенно опрокинуты. Мать с неадекватным возмущением все время кричала, что эти типы запретили ей проводить ее мальчика до машины, как будто в этом и состояла вся трагедия. Отец все-таки нашел силы рассказать, как было дело. Значит, так, Такович, слушай меня внимательно. После боя с дружиной, откуда нас с тобой вывел агент, все «плевелы» были доставлены в Таганское районное отделение милиции, по одному допрошены и выпущены на волю. Через три дня, однако, Юра получил повестку на допрос к следователю МГБ. Потом еще три раза с разными интервалами его вызывали. Он оттуда возвращался в довольно легкомысленном настроении, иронизировал по поводу вопросов и личности самого следователя, словом, не предвидел никаких драматических событий. В крайнем случае, предполагал он, вышибут из университета, и тогда он со своим новым саксофоном отправится на «стройку века», чтобы превратиться из «плевела» в строителя коммунизма. В еще более крайнем случае забреют в армию, и тогда он станет мужественным бойцом за дело мира во всем мире. И будет, конечно, играть для бойцов на саксе. И вот сейчас произошел еще более крайний случай: пришли с ордером на арест. Не знаю уж за что, за игру на саксе, что ли?» Вот именно, подтвердил Таковский.

«Пока я сидела у Дондеронов, к ним пришел наш участковый, старший лейтенант Галеев. Он пожелал поговорить с академиком наедине, то есть «как мужчина с мужчиной». Они ушли в кабинет, а я осталась с Юркиной мамой и совершенно не знала, как ее утешать и что говорить. Потом Галеев ушел, академик вышел и рассказал, какой был разговор. Оказалось, что один из эмгэбешников приходится нашему участковому кумом. Он якобы ему сказал, чтобы утешил родителей. Их «плевелу» светит не больше, чем три года. Есть даже возможность устроить его в лагерь на территории Москвы. Конечно, это в том случае, если академик Дондерон проявит взаимопонимание. Галеев с его солидным стажем в «органах» будет осуществлять контакт».

«Что это значит, Такович? — спросила меня Глика. — Ты хоть что-нибудь понимаешь?»

«Ну, конечно, понимаю, Глика, — ответил я. — Как можно этого не понять? Просто им деньги нужны, этим гадам. Зарплаты маленькие, траты большие. Значит, тут у них налажена цепочка по облегчению участи малозначительных узников, другими словами — по набиванию собственных карманов».

«Такович, знаешь, мне все страшнее становится взрослеть, — тихо-тихо, почти на грани шепота произнесла она, глядя в окно на приближающуюся серятину ноября. — Как-то раньше я не могла себе даже и представить, что в социализме столько еще нетипичного, лишнего, невразумительного».

Я не стал спорить с ней о социализме, который, на мой взгляд, как раз сейчас и проявлялся в своих самых типичных, то есть блевотных, прелестях. Вместо этого спросил по делу:

«Скажи, а что с остальными «плевелами»? Кого-нибудь еще взяли?»

«Кажется, все выкарабкались. Во всяком случае, Кристи Горская такие сведения получила от своей лифтерши. Гарька Шпилевой сразу умчался в Мукачево к папаше под крыло, тот там большой военный начальник. Эд Вербенко, Юз Калошин, сестры Нэплоше — все более менее даже в студенческих списках уцелели, хотя и совмещают это с трудовым перевоспитанием. Была проблема с Бобом Ровом: слишком уж рьяно тот сопротивлялся дружинникам. Вот его как раз собирались отправить на Таймыр, однако вмешался его кузен Сева Бобров, ну да, тот самый футболист. Ты же знаешь, это наш герой: три гола забил в одиночку югославам! В общем, Юрочку моего сделали почему-то козлом отпущения».

Она пожала плечами, замолчала, потом у нее совершенно по-детски искривился рот, вот-вот заревет, схватила полотенце, отвернулась от меня и стала судорожно тампонировать глаза. Я взял ее за локоть. «Глика, что с тобой?» «Если бы я могла тебе сказать, что со мной, — бормотала она. — Но я не могу. Это ужасно, я ни с кем не могу поделиться своей бедой!» Она глянула на свои часики, ахнула, вскочила: «Ой, я в цейтноте! — Вдруг хохотнула с некоторой даже вульгаринкой. — Бегу!» Я стоял рядом с ней и все еще держал ее за все тот же локоток. Голова, кажется, была не в порядке. «Ну только тебя еще здесь не хватало, Такович! — с характерной грубоватостью, свойственной МГУ, произнесла она и нежнейшим образом высвободила свой локоток. — Послушай, Такович, или Вася Волжский, или как мне тебя еще называть, ты, конечно, понимаешь, что из всех «плевел» ты самый уязвимый? Тебе уже никакой участковый не поможет, если распознают, так сразу и отправишься туда, где...» Она запнулась.

«Наверное, хочешь сказать: где твои родители прозябают? — с некоторым вызовом высказался я. — Так знай, что они не прозябают. Рабами их сделать никому не удастся!»

Она вдруг поцеловала меня, и не формально, а по-настоящему. Прижалась. Я чувствовал ее правую грудь и трепет правой ресницы. Вознаграждение за бестактность. Щедрое вознаграждение, я и не мечтал об этом. «Прости меня, Так! Я просто боюсь, что тебя в этом доме в конце концов вычислят. Здесь все нафаршировано слежкой. Говорят, что сам маршал Берия, между прочим, друг моего папочки, непосредственно занимается Яузской высоткой. — Вдруг снова грубоватенько хохотнула: — Представляю вашу встречу с маршалом на сорокалетнем юбилее Ариадны! — Объятие распалось. — Я просто не знаю, что тебе сказать, что посоветовать, я просто за тебя боюсь, Волжский! Не хочется терять уже третьего друга».

Я подумал, что вот сейчас я должен показать девчонке свое спокойное бесстрашие. Бесстрашие и ко всему готовность, сродни тому, что демонстрировал артист Джим Уайт (или Райт) в фильме «Почтовый дилижанс», неуклюже переведенном у нас как «Путешествие будет опасным». Я должен ей показать себя в роли «одинокого героя», как мне однажды сказала одна чувиха из Иняза. В Америке, оказывается, процветает культ одинокого героя. То есть в том смысле, чтобы рассчитывать только на свои собственные силы. Девчонка боится взрослеть, а я, как раз наоборот, жажду возмужалости. Надеюсь избежать лагеря до тех пор, пока не возмужаю и не проявлю себя каким-то действием. Глупо отправляться туда ни за что. Если уж это неизбежно, пусть будет за дело. Вместо всего этого я просто спросил Глику, кто там еще подвизается у нее в роли «третьего друга».

«Вот этого я как раз и не могу сказать, мой Волжский! — с подлинным чувством горя воскликнула она и добавила уже по-театральному: — Теперь прощай!» — снова прижалась ко мне на миг. Теперь уже левой грудью, и на моей щеке трепет ее левой ресницы. Умчалась. Экое счастье! Экое горе!

Странная суперженщина

Признаться, я чувствовал себя сейчас слегка чуть-чуть в довольно хреновой ситуации. С распадом нашего джазового клуба я лишился основного источника дохода. Знакомая проводница из поезда «Казань — Москва» продолжала привозить мне рентгеновские пленки, которые приносил ей мой друг и однокашник Дод Бахрах, однако здесь после гадского фельетона они лежали без дела.

В Министерстве здравоохранения, между прочим, совершенно не спешили вникать в дело о моем исключении из института. Вот скажите, товарищи, спрашивал я там разных референтов, может ли семнадцатилетний абитуриент предполагать, что нужно написать в анкете, были ли или находятся ли в заключении его родители, если этот вопрос в анкете не поставлен? Референты смотрели на меня с непонятной пристальностью, переглядывались, потом углублялись в бумаги и говорили из-под бумаг: «Мы постараемся для вас что-нибудь сделать». Проходила, однако, неделя за неделей, но ничего не делалось.

У меня еще оставались кое-какие деньги, и, в принципе, я мог снять какой-нибудь угол где-нибудь в Текстильщиках или в Реутове, уйти, что называется, «на дно», сидеть там, сочинительствовать до решения моего дела, однако Ариадна Лукиановна, так сказать, «не выпускала меня из своих объятий». Кстати говоря, об Ариадне. Вот уж не думал, что готовится ее сорокалетие, на котором среди прочих гостей ожидается маршал Берия! Мне иногда казалось, что ей от силы можно дать лет тридцать с небольшим, не более. Потом я спохватывался: как же тридцатилетняя женщина может быть матерью девятнадцатилетней девицы?

Так или иначе, но она опекала меня с такой энергией, как будто была моей родной теткой. «Постарайся как можно реже выходить из дому, — наставляла она «племянника Васю Волжского». — Высотка находится на спецрежиме. Если будешь здесь шляться по дворам, а еще хуже по квартирам своих «плевел», а еще хуже — полезешь на Швивую горку, сиречь улицу Володарского, где размещается спецобъект, то есть тюремный лагерь, то тогда тебя заберут обязательно. Покажи-ка мне свой паспорт».

Я показал ей свою паршивую полуклеенчатую книжицу. Собственно говоря, паршивость она приобрела от долгого пребывания в заднем кармане штанов — как будто затертость штанов передалась и зелененькой книжице. Это хорошо, сказала она, что ты все-таки записан русским, гражданин Константин Меркулов. А ведь ты не совсем русский, не так ли, товарищ поэт Такович-Волжский? Как ты догадалась, удивился я. Как-то так у нас пошло, что я стал с первого дня обращаться к ней на «ты». Ей, кажется, эта манера в моих устах очень нравилась. Из твоих сбивчивых рассказов, а еще больше по твоей физиономии, особенно по выпуклым глазам и впалым щекам, я поняла, что ты сын Лиды Хмелик. Верь не верь, но я была хорошо знакома с твоей мамой. Когда ее снова увидишь, спроси про Ариадну Рюрих, только в письмах не пиши. Я была сопливой девчонкой, а она уже утвердившейся звездой тогдашней литературы. В 1930 году она вела поэтический семинар молодых в Звенигороде, и я там тоже подвизалась со своей графоманией. Лида Хмелик! Она была моим кумиром!

Ну хорошо, об этом потом. Пока посмотрим твою прописку. Она полистала гнусные странички и расхохоталась. Ну, брат, когда ты успел в девятнадцать лет набрать такую коллекцию? Казанская прописка, штамп спецкомендатуры Дальстроя, еще один такой же, третий, четвертый, временная прописка в Ленинграде, временная, истекшая, прописка в Москве... Знаешь, только ленивый не заинтересуется таким странным молодым человеком.

Я смотрел на нее и думал, что только ленивый из странных молодых людей не заинтересуется этой странной суперженщиной. Вроде бы принадлежит к самой верхушке нашего рабовладельческого общества, а в то же время выражает такое искреннее участие в судьбе паренька из отверженных низов. По выпуклым глазам и впалым щекам опознает сына Лидии Хмелик и в то же время признается, что эта «врагиня народа» была ее кумиром. Но самое странное заключается в том, что мы оба,

Костя Меркулов и Ариадна Рюрих-Новотканная, испытываем друг к другу какое-то трудно объяснимое сильное теплое чувство. Вернее, наоборот, теплое сильное чувство, так, что ли? Или все-таки первый вариант, не так? Во всяком случае, ни к кому я за последние годы не испытывал такого полного доверия, кроме Лидии Хмелик и Юрки Дондерона.

В тот вечер жуткой новости и чудного соприкосновения... или наоборот?.. чудного соприкосновения с Гликой и жуткой новости о Дондероне... Итак, в тот вечер огромная квартира Новотканных была почти пуста, если не считать спецбуфетчика Фаддея. Именно он прошелестел из служб к входной двери на стук каблучков Ариадны Лукиановны. Со своих антресолей я слышал, как они негромко и довольно дружественно разговаривают. За дни, проведенные у Новотканных, мне иной раз казалось, что хозяйку и слугу соединяют какие-то личные узы, однако никогда в голову не приходило, что у красавицы-патронессы может быть что-то интимное с павианистым Фаддеем.

Если у Глики была просто отдельная, хотя и весьма обширная комната, то Ариадна тут располагала чуть ли не внутренней квартирой: гостиная-кабинет с массой книг, со старинным письменным столом, и глубже — спальня, гардеробная, ванная и даже маленькая кухня. «Такое расположение дает мне все-таки некоторое подобие независимости», — объяснила она мне. Я с пониманием кивнул. Всякий обладает правом на некоторую независимость, в том числе и на раскладушку под обеденным столом.

«Ариадна, мне надо с тобой поговорить!» — крикнул я с антресолей. «Спускайся, Васёк!» — ответила она. Я увидел сверху, как мелькнуло лицо Фаддея, залепленное негодованием в мой адрес: как смеет какой-то бродячий пацан так обращаться к важной персоне! Больше того, она подставляет пацану щеку для поцелуя, и тот непринужденно этот поцелуй осуществляет. «Чертовски устала, — говорит она. — Этот Комитет по Сталинским премиям — самый муторный из всех. Фадеев с компанией, включая и нашего Кирку Смельчакова, могут часами спорить над скучнейшими опусами».

Вслед за ней я прошел в ее гостиную и сел на диванную подушку прямо на полу, недалеко от ее великолепных, почти таких же, как у дочки, ног. Она попросила Фаддея принести чай. «Для Василия тоже?» — поинтересовался мрачневецкий павиан. «Тащи на двоих, Фаддей, не стесняйся», — сказал ему я. Государственная дама, глядя вслед негодующей фигуре, покатилась со смеху. «Ты классно говоришь с ним, ей-ей! Как-то по-флотски».

За чаем я рассказал ей о разговоре с Гликой вообще и о том, что случилось с Дондероном, в частности. Сказал, что, очевидно, мне придется «линять». Она насупилась. Однако я предпочел бы остаться, пока... Она просветлела. Пока что? Пока не узнаю, куда Юрку засунут. А это еще зачем? Ну чтобы иной раз махорочки другу подбросить. Слушай, Волжский, ты что это тут рисуешься таким бесстрашным? Хочешь сказать, что все вокруг трусы? В глубине квартиры столбом стояла фигура Фаддея. Ее можно было бы назвать стройной, если бы не похабновато откляченный задок. Фаддей, у вас сильно отросло левое ухо! крикнула Ариадна. Хочешь показать, что не все вокруг трусы? спросил

292

я. Она рассердилась. Закрой дверь, Так Таковский, теперь сядь, Так Такович Таковский, и слушай.

Оказалось, что у нее созрел план по мою душу. Сейчас надо «слинять» недели на две. Она отвезет «племянника» на их дачу, в Звенигород. Да-да, именно туда, где в 1930 году на семинаре молодой поэзии она познакомилась с Лидой Хмелик. Я буду официально оформлен как сторож. Мне выпишут трудовую книжку. Она берет на себя Галеева, чтобы тот вместо п о т е р я н н о г о сделал мне нормальный советский паспорт с постоянной московской пропиской. Я буду время от времени приезжать в Москву и жить по несколько дней у них, а потом опять уезжать в Звенигород. Таким образом я не намозолю глаза здешним спецрежимовцам. За это время она внедрится в систему Минздрава, и я буду восстановлен в чине студента. После этого с помощью академических друзей она добьется моего перевода в Первый МОЛМИ.

Не веря своим ушам, я слушал Ариадну и не заметил, как на столе появилась бутылка недавно вошедшего в московскую моду грузинского коньяка «Греми».

«В МОЛМИ ты будешь среди лучших студентов и по примеру своей кузины Гликерии получишь Сталинскую стипендию!» — воскликнула она и просыпалась пьяноватым и совершенно очаровательным смехом. Только тут я заметил бутылку, а также то, что она на две трети уже пуста. «Ну и хозяйка, — пожурила себя Ариадна, — сама хлещет, а гостю, будущему сталинскому стипендиату, не наливает! — Встала и с изяществом неимоверным слетала за вторым бокалом. Вдруг просунула все пять пальцев свободной руки в мой чуб, еще сохранивший форму стиляжной стрижки. — А вот это нам придется срезать! Об-кор-нать! Превратить в идейно правильный комсомольский полубокс! — Протащив несколько раз туда и обратно свои пальцы через мою шевелюру, она вернулась в свое кресло. — Наше общество, Волжский, с чрезвычайной бдительностью относится к прическам. Не говоря уже о «канадках» у мальчиков, оно не очень одобряет перманент у девочек. Предпочтение отдается вот таким, как у меня, ханжеским пучкам на затылке».

«Тебе очень идет твоя прическа, Ариадна, — сказал я ей по-дружески. — Я тебя просто не представляю с другой прической».

Она погрозила мне пальцем. «Шалишь, парниша, как говорила Эллочка-людоедка. Ну давай выпьем за наш Звенигород!»

Мы выпили и закурили по албанской сигарете из моей пачки. Первый раз я видел этого руководящего товарища курящей.

«Ариадна, можно задать тебе вопрос? Почему ты так хорошо ко мне относишься? Почему ты, такая строгая, сразу как-то очень сердечно меня приняла? Не могла же ты сразу вспомнить Лиду Хмелик, а?»

Она вздохнула и потрясла головой, как делает человек, освобождающийся от груза. Мне давно уже казалось, что, общаясь со мной, она вроде бы освобождается от груза. «Знаешь, когда тебя привела Глика, я сразу же подумала: ну наконец-то у нее появился подходящий парень. Ты чем-то мне напомнил Кирилла Смельчакова двадцать лет назад. Он моложе меня на три года, а я смотрела на него, как на мальчика. Между прочим, у него тогда тоже была беда в семье. Отца отозвали из Лондона — он там работал от СССР в международной комиссии по торговому арбитражу — и арестовали. Мать была в отчаянии. А Кириллу было семнадцать лет, он окончил школу и не знал, что делать со своим вдохновением, со своим самолюбием, ну и вообще. Отца, впрочем, вскоре выпустили, но тут же куда-то отправили, куда — неизвестно, в общем, зашифровали. Скольким людям эти сволочи искалечили жизнь!»

«Кого ты называешь сволочами?» — спросил я и подумал: сейчас назовет перестраховщиков, или бюрократов, или еще кого-нибудь из этого рода отговорок.

«Как будто ты не догадываешься, — усмехнулась она. — Большевиков, конечно».

Это меня потрясло. Даже среди маминых друзей в Магадане, уже отсидевших лагерные сроки, не было людей, называющих лопату лопатой. Разговоры велись довольно откровенные, но с иносказаниями. Большевиков, например, называли «наши тараканы», а Сталина почему-то величали «Отец Онуфрий».

«Но ведь ты, Ариадна, очевидно, и сама член партии», — с некоторой глуповатостью предположил я. Она сделала свой типичный аристократический жест ладонью, вроде бы означающий что-то вроде «катитесь вы все к черту».

«Конечно, я член партии. Как я могу не быть в партии? Но если бы ты знал, Такович, как я их презираю».

Мне стало не по себе. Ведь тут наверняка в стенах сидит прослушка. Как она решается так свободно говорить? Уж не...? Мне пришлось додумывать до конца. Она сказала:

«Не бойся, Фаддей перекрыл тут все прослушки, то есть перенаправил их. Он в меня влюблен и сделает все, что я ему скажу. Вот эта магия еще действует».

«Магия любви, ты хочешь сказать? — Я чувствовал, что краснею. Испытывал что-то отвратительное, смесь ревности и гадливости по отношению к павиану. — Или просто магия похоти?»

Она отмахнулась. «Да и того, и другого. Слушай, Такович, раз ты мне стал такой родной, я должна тебе открыть мой самый глубокий колодец. Ты, наверное, спрашиваешь себя, как могла женщина, презирающая большевиков, оказаться на вершине большевистского общества. Держись за свое стуло, мальчик: я сейчас расскажу тебе то, что до конца неизвестно даже моему Ксавке, даже другу юности Кирке Смельчакову.

Дело в том, что во время войны я оказала большевикам неоценимую услугу. Это не фигура речи, а исторический факт: у той услуги нет цены. Ты, конечно, видишь по моей девичьей фамилии, что я происхожу из немецкой семьи. Рюрихи принадлежали к остзейской аристократии, и в семье рядом с русским бытовал безупречный хох-дойч. Во время войны, когда вермахт подходил к Москве, я, движимая ифлийским патриотизмом, с помощью Смельчакова предложила свои услуги разведке. Я думала, они будут меня использовать для переводов или контрпропаганды, а они на самом верху — и Сталин, и Берия — занимались этим делом и — решили заслать меня в Берлин. Полгода меня готовили, а потом сбросили с кислородной маской с какой-то чудовищной высоты из секретного самолета. Не знаю, сколько времени я летела вниз. Надо мной не парашют раскрылся, а развернулись какие-то черные крылья. Я чувствовала, что они знают, куда меня нести. Увидев внизу Кёнигсберг, я поняла,

296

что все русское от меня уже отторгнуто. Даже дочь уже не моя. В городе меня ждали высокопарные, но довольно сердечные родственники из нацистских кругов. Через несколько недель меня отправили к другим родственникам в Берлин. Там в честь меня стали устраивать светские рауты каждый раз со все более высокопоставленными нацистскими гостями. В конце концов там появился доктор Геббельс. Он приблизился ко мне, и я увидела, как он на глазах преображается, превращается из недоступного нацистского бонзы в подрагивающего от вожделения кобеля.

Мне было тогда около тридцати, и я была совершенно неотразима. Ты можешь себе это представить, Такович?»

«Ариадна, ты и сейчас неотразима», — с трудом произнес я. Весь этот бред показался мне сущей правдой, я даже чувствовал, что и сам могу на манер доктора Геббельса превратиться в подрагивающего кобеля.

«Шалишь, парниша! — хохотнула она и продолжила повествование: — Я была совершенно не ограничена в средствах, и вскоре в моем загородном доме стал собираться салон той нацистской сволочи, которая в отличие от кремлевской сволочи всетаки умела пользоваться парижскими духами. Одним из моих фаворитов был, разумеется, Риббентроп. Он, кстати, был не так уж плох, циничный и истерически веселый плейбой. Однажды он приехал с тем, с кем я должна была познакомиться во что бы то ни стало, то есть с Адольфом Гитлером. Его сопровождала эта занудливая Ева Браун. Летчики люфтваффе, которые постоянно шлялись к Эми фон Тротц, то есть ко мне, напоили ее допьяна. А я осталась с Ади. Вот говорят, что он был очень плохим мужчиной, но я этого не заметила. Вполне обычный трудящийся. На следующий день он прислал мне с адъютантом кокетливую открытку и, вообрази, коробку второсортного шоколада.

Вскоре после этого я получила из Москвы формулу основного задания. Надлежало вывезти из Берлина и переправить через линию фронта гражданина Германии Адольфа Гитлера (Шикльгрубера). Шло уже второе лето войны. Потрясающе, медом и юностью, пахли цветущие липы на Аллее-Под-Липами. Именно тогда мы с моими аристократическими родственниками приступили к выполнению задания. Говорить приходилось иносказаниями, намеками и умолчаниями. Граф Штауфенберг, кажется, понимал меня по колебанию сетчатки глаз. Постепенно с нашей стороны выстраивалась система предстоящей невероятной акции. Я была уверена, что погибну, что гестапо вобьет мне кол в причинное место. Каждая минута жизни могла оказаться последней. Я старалась наслаждаться всем, чем можно наслаждаться, включая музыку, мой друг. В конце концов германский мир дал нам Гайдна, плеяду Бахов, Моцарта, Бетховена, всех тех, кто каждым своим нотным листом опровергал марширующих нацистов.

Между тем Гитлер то и дело возникал на моем горизонте и всякий раз в своем романтическом облике — в черном кожаном пальто с поднятым воротником. Он почему-то трепетал перед своей Евой и потому устраивал наши свидания в своих отдаленных ставках, часто на оккупированных территориях СССР. Наконец, зимой 1943 года в Белой Церкви я усыпила его в постели, а группа моих фаворитов, летчики люфтваффе, перебросили нас с фюрером через линию фронта в бомбардировщике «Дорнье».

Представь себе, Такович, какое ликование воцарилось тогда в ставке Верховного Главнокомандующего Красной Армии. Те, кто был посвящен в это дело, а их было не больше дюжины, буквально пели мне осанну, называли спасительницей родины. Сталин же на банкете в честь Гитлера трижды облобызал меня и провозгласил тост за спасительницу человечества. Ну а фюрер, который, очевидно, думал, что все это сон, всякий раз при виде меня начинал аплодировать и кричать: «Гениальнише! Гениальнише фрау!» Все это происходило в глубочайшей тайне, в великолепных бункерах, похожих на какой-нибудь дворец Люцифера, последнего эшелона Линии Сталина. Не знаю, но живо могу представить, что происходило в те дни в верховных кругах Германии. В узких кругах известно, что именно в результате похищения фюрера капитулировала группировка фельдмаршала фон Паулюса в Сталинграде.

Как ни странно, Гитлер в плену чувствовал себя вполне привольно. Он спал до полудня, потом еще часа два таскался по своим покоям в халате, слушал радио «Голос Москвы» вроде бы на немецком, а на самом деле на грубом швабском диалекте, крутил пластинки с пошлейшими венскими фоксиками и сам подтанцовывал, как всегда, в своей плебейской манере. Да, гулял в подземном саду, с какой-то странной мечтательностью посматривал на фальшивое небо, откуда улыбался ему золотым ртом пышноусый Бисмарк. Короче, освободился от страшной власти, отдыхал. Во второй половине дня его допрашивали следователи военной прокуратуры, однако процедуры эти были недолгими, ну час в день, не больше, и касались почему-то не особенно злободневных тем, ну, предположим, структуры национал-социалистической партии Германии.

Очень оживлялся фюрер по вечерам, когда для общения с ним приезжали высшие фигуры ВКП(б). Ему нравились их полувоенные костюмы, высокие сапоги, скрипучие портупеи. Нравились пролетарские манеры и отменный аппетит к икре и лососине. Кроме Сталина, ему больше всего импонировало общение с Лазарем Кагановичем, который в юности был смазчиком колес и потому мог объясниться по-немецки. С ним они обсуждали вопрос об устройстве послевоенной Германии.

На эти вечеринки всегда приглашалась и я, Муза Победы, как назвал меня в тосте дамский угодник Ворошилов. Я приходила в шикарных, стиля арт деко, декольте, пила шампанское, хохотала, принимала ухаживания крупнейших гадов человечества. Гитлер робел, не решался ко мне подойти, только издали аплодировал: «Гениальнише, гениальнише фрау!» Он вообще-то всем там до чрезвычайности нравился, хотя с каждым днем все больше накалялись дебаты о его публичной казни. Должна тебе сказать, Такович, что я вовсе не была уверена в том, что все это происходит в реальном времени и пространстве, что все эти жирненькие и в основном низкорослые люди не являются фантомами моего, возможно, сдвинувшегося в результате дикого напряжения моей миссии воображения, или как там, ну ведь ты же писатель, кончай сам дурацкую фразу.

Мы выбрались из-под земли только тогда, когда Гитлер исчез. Оказалось, что после долгих консультаций с союзниками решено было водворить его на прежнее место. Те же летчики люфтваффе отвезли его на «Дорнье» в Берлин и были тут же казнены под крыльями машины. До сих пор скорблю по тем великолепным мальчикам, эталонам арийской расы, скорблю и плачу, мой Такович.

Гитлер, конечно, дал нашим козлам основательные гарантии по свертыванию войны, однако через несколько месяцев в эпицентре ужасающей жары начал сокрушительное наступление на Курскую дугу. То есть опять надул псевдодоверчивого псевдогрузина. Есть все же признаки того, что он до самого конца ощущал себя отчасти нашим человеком. Доверенные люди поведали мне, что в имперской канцелярии был обнаружен его рапорт одному советскому чину, записанный в те часы, когда бункер каждую минуту содрогался от тяжеловесных взрывов и мозги его обитателей были полностью сдвинуты в неопределенных направлениях. Вот что было сказано в рапорте: «Генерал-майору Рюрих от вождя немецкого народа Гитлера. Дорогая геноссе Рюрих, спешу вам сообщить, что ваше задание выполнено. Злейший враг свободолюбивых народов мира, гитлеровская Германия уничтожена!»

Ты, конечно, понимаешь, что этот рапорт был адресован мне. Интересно, что в нем были не только расплавленные мозги, но и первоклассные агентурные данные. Еще в 1944 году вышел в свет для того, чтобы никогда не увидеть света за пределами «Особой папки», ультрасекретный указ Сталина о присвоении мне звания Героя Советского Союза и чина генерал-майора пограничных войск за блестящее исполнение беспрецедентной операции в разгар Великой Отечественной войны. Чаще всего такие исполнители сразу после исполнения исчезают, но в моем случае все повернулось иначе. После похищения Гитлера наши вожди стали видеть во мне своего рода талисман успеха. Они всячески меня опекают, постоянно награждают своими побрякушками, присылают мне в пакетах свои секретные вексели на крупные суммы. В Политбюро существует негласный кодекс, разрешающий его членам ухаживать за Музой Победы и набиваться в любовники. В данный период в этой роли подвизается Булганин. Эдакий хмырь! Отрастил себе козлиную бороденку и подражает царским сановникам!»

На этом восклицательном знаке Ариадна Лукиановна прервала свой монолог и опустила лицо в ладони. Плечи ее тряслись. Я слышал, как она бормочет: «Ты думаешь, что это все плод больного воображения? Да? Признайся, Такович!»

Признаться я мог только в своем полнейшем замешательстве. «О, Ариадна, конечно, твой рассказ похож на какой-то немыслимый фильм, однако мне хочется верить тебе, хотя бы потому, что я не могу тебе не верить. Ну как я могу тебе не верить? Это было бы полнейшей катастрофой». Так прозвучало бы то, что я хотел ей сказать, на деле же я лишь бормотал сущие бессвязности: «Ну чё ты, чё ты... Ариадна, ну чё ты плачешь... не надо плакать...» И тэ дэ.

Она встала, гордо, с подрагивающим вроде бы от оскорбленного самолюбия подбородком, потянула одну стенку слева направо через всю комнату. Открылась большущая гардеробная, в центре которой висел сшитый ей по фигуре генеральский мундир со звездой Героя и многочисленными орденами. Рядом с этим символом подвига современной Юдифи располагались невесомые, на тонких бретельках, вечерние платья, свисали гирлянды палантинов и шубок. «Ну вот, ты видишь, Волжский, какую жизнь мне приходится вести в обществе оборотней псевдочеловечества. И ты, конечно, теперь понимаешь, почему я к тебе прикипела душою, к такому юному, нищему, к такому, над которым хочется распространить крыло лебедихи!»

Она на миг скрылась за катящейся стенкой и почти в тот же миг явилась в вечернем платье. «Таким мгновенным переодеваниям нас учили в Школе НКВД. Берия приезжал поглазеть на эти экзерсисы женской агентуры. Хохотал, наслаждался. А ты, мой племянник, издеваешься, смеешься над своей теткой!»

«Бог с тобой, Ариадна!» Я вскочил и сделал к ней один шаг. Что за магнит подтягивает меня к ней все ближе и ближе? Сделал еще один шаг. «Когда я издевался, смеялся над тобой?»

Она жалобно и притворно заскулила. «Ты смеешься над моей прической, над моей ханжеской плюхой». Двумя мгновенными, как уколы фехтовальщицы, движениями пальцев она вышвырнула из своих волос две больших шпильки. Накладная плюха упала на пол. Тряхнула своей короткой и очень густой гривкой и окончательно превратилась из советской государственной дамы в игривую подлунную нимфу-шлюху эпохи арт деко. «Ну запусти свои пальцы в мои волосы, — зашептала она. — Чувствуешь, какие они густые, какие они шелковые и в то же время пружинные, не находишь? Ну что мне делать, Так, если тело отказывается стареть?»

Признаться, я всегда наслаждался своими антресолями в квартире Новотканных. Кроме скошенной крыши, там было еще какое-то странное идеально круглое окно, открывающееся прямо в спину мускулистого бога труда с молотком на правом плече. Сюда, в подпотолочное пространство, стекались все шумки, шепотки, музыкальные нотки и разные вентрологические откровения организмов, в которые я старался не вдаваться. Все это вместе создавало тишину и покой огромнейшей с моей тогдашней точки зрения двухэтажной квартиры. Фактически я ведь находился на третьем.

После возвращения из покоев Ариадны мне долго не удавалось уснуть. Во всей огромной кубатуре в ту ночь присутствовали только три живые души: я, она и он, то есть Фаддей. Именно эта мысль не давала мне уснуть. Снизу до меня доносились бесшумные шаги не очень-то человекообразной обезьяны, мне казалось, что надо мной повисают его страдающие яростью глаза. Я слышал, как он тихонько, но отчетливо стучится в запертые двери Ариадны, стучится, стучится, стучится, безответно, но с неумирающей надеждой, как будто стук отождествляется с его натурой. Наконец он перестает стучать и медлительно шелестит под антресолями, почти неуловимо, но отчетливо повторяя «я тебя убью, я тебя убью». Я думаю над этой фразой, взвешиваю ее и так и сяк. Он, наверное, хочет себя убить и обращается к себе во втором лице. Ведь не может же так быть, что он задумал убить меня. Вряд ли он дал бы мне знать об этом. Все-таки мне надо быть начеку. Нужно проверить свой арсенал. Начинаю перебирать пулеметную ленту имени великой смертоносной революции. Куда же мне вставить эту ленту, как превратить ее из украшения в оружие обороны? Нужно всунуть ее в какую-нибудь щель, то есть в пулемет морского типа. Однако как я разверну это оружие для отражения павиановой атаки? Стрельба может целиком уйти в мое круглое окно и сразить бога труда. Тот свалится вниз и разнесет в клочья спящую возле дома машину «Хорьх» семижды лауреата Сталинской премии Кирилла Смельчакова. Этот последний даже и не проснется в своем счастливом сне. Вот кому надо подражать — этому красавцу-мужчине. Человек, победивший окружающее страшное пространство. Живет так, как ему говорит душа, и в то же время звучит гордо, как птица для полета; так, что ли? Отпустит ли он этой ночью мою любимую девушку Глику, вернется ли она домой, начнет ли кружение внутри квартиры и в ее окрестностях? Встретится ли с сидящим на грибовидном облаке своим папочкой Ксаверием Ксаверьевичем? Поможет ли им летчица Нюра пробить вековечную атмосферу?

Тут наконец я просыпаюсь, весь в поту, при дружеском и умиротворяющем присутствии Луны. Принимай нить Ариадны, советует она мне. Отправляйся в Звенигород, сторожи дачу, налаживай там потихоньку производство рентгеновского джаза и не забывай о Юрке Дондероне, которому ты обязан все три года его срока подбрасывать табачку.

Прозрачность Ядрана

В течение осени 1952 года Кирилл Смельчаков трижды побывал на Адриатике. Сначала приехал как почетный гость на съезд писателей Народной Республики Албании. Был представлен местному тирану Энверу Ходже. Произвел на того исключительное впечатление. Передавали фразу, сказанную генсеком после обеда с Кириллом: «Хотел бы я, чтобы у меня были такие писатели: ветераны войны, борцы за мир и джентльмены». Эта фраза открыла ему едва ли не зеленую улицу в маленькой, еще недавно полностью мусульманской, а ныне стопроцентно коммунистической стране. Стоило Кириллу сказать, что он хотел бы ознакомиться с албанским побережьем, как в Союзе писателей тут же организовали группу для сопровождения товарища Смельчакова в этом вообще-то полностью засекреченном направлении. Побережье оказалось пустынным, дороги заброшенными. Военные машины, выделенные правительством для писательской экспедиции, поднимали столбы пыли, в которых скрывался сверкающий морской горизонт. Кирилл интересовался, почему не видно ни рыбаков, ни причалов. Ему отвечали попросту: мы со всех сторон окружены врагами, под видом рыбаков к нам могут приплыть югославские ревизионисты. Он спросил, нельзя ли с горных дорог спуститься к кромке моря. Посовещались на своем полностью непонятном языке и решили спуститься. Вода оказалась прозрачной до глубокого дна. Позади нависали почти отвесные пустынные скалы. Такая удивительная прозрачность воды, очевидно, характерна для всего Адриатического моря, предположил он. Да, это верно, с гордостью отвечали албанцы. А что же, вот такие неприступные отвесные скалы тоже характерны для адриатического побережья? Нет-нет, отвечали албанцы, это только нам так повезло. В других местах они не так уж отвесны, не так уж неприступны.

Второй раз он приехал под видом нью-йоркского композитора славянского происхождения в город Бари, на итальянской стороне Адриатики. Его сопровождал личный секретарь и виолончелист Питер Чааппи, тоже нью-йоркер, но итальянского происхождения. Наблюдательный читатель, конечно, сразу догадается, что это был не кто иной, как отборный смельчаковец П. Чаапаев. Итальянцы в отеле не были так уж наблюдательны и приняли их за чету гомосексуалистов. Хихикали у них за спиной. Парочка старалась не развеивать их заблуждений.

В огромном presidential suite с окнами на неспокойный осенний Ядран стоял единственный в городе концертный рояль Steinway. По вечерам они музицировали в стиле только что возникшей минималистской музыки. Они привезли с собой несколько долгоиграющих пластинок гринвичской звезды авангарда Херби Клампенстока. В принципе, играя в минималистском стиле, можно было обойтись и без пластинок, но они на всякий случай пускали их в ход и таким образом играли, что называется, «под фанеру». Впрочем, этот уголовный термин в те годы не был еще в употреблении.

Однажды с моря в панике вернулось несколько рыболовецких — на сардину — суденышек. В прозрачных водах Ядрана прямо под ними прошла темная масса гигантского кита. Поднятая им волна едва не перевернула малые лайбы. На протяжении веков в Адриатике не появлялся подобный нарвал, если только это не была нечистая сила. На набережной теперь постоянно толпился возбужденно жестикулирующий народ. Среди толпы можно было увидеть и двух любопытствующих американцев.

Ночью они при помощи вмонтированной в виолончель радиостанции через Берлин связались с этим китом. Им оказалась подлодка Балтфлота «Ленинские профсоюзы». Она обогнула Европу, прошла через Гибралтарский пролив прямо под килем сухогруза «Нарком Орджоникидзе» и в конце концов вышла на траверз города Бари с опозданием всего на одно сутко.

Баричане в течение нескольких недель обсуждали появление кита-призрака и почти немедленное после этого исчезновение американских музыкантов, явных сатанистов, если судить по исторгавшимся ими звукам. Говорят, что вскоре там причалил сам Херби Клампенсток. Он был опознан по его фортепианным экзерсисам как сатанист, вымазан в дегте, вывалян в перьях и вынесен из города на шесте в лучших традициях его родины.

Кирилл и Петр были подобраны ночью на пляже в десяти километрах к северу от Бари резиновой шлюпкой «Ленинских профсоюзов». Радостно было оказаться на родной советской, хоть и подводной, территории, среди своих, объясняющихся только жестами моряков. В течение трех суток «Профсоюзы» медлительно кружили вокруг главного титоистского гнезда, острова Бриони. На рассветах и на закатах главное око корабля обращалось к бухточкам, пляжам и поросшим ливанскими кедрами спускам этого вроде бы крохотного, если судить по общей карте, а на самом деле вовсе и не такого уж маленького куска суши. Командир то и дело отрывался от наблюдения и передавал перископ Смельчакову. Тот делал нужные ему пометки в своем блокноте рядом со строфами «Тезея». Потом к перископу подходил Петр и производил весьма умелые зарисовки открывающихся видов. Особенно удался пейзаж со спускающимся к воде парком президентского дворца. За купами деревьев были видны даже балконы «кровавой собаки».

Кирилл за спинами наблюдателей садился в кожаное кресло и прикрывал глаза, чтобы эти осточертевшие спины не видеть. Он вообще не любил тесноту, а тесноту подлодки — и в данный момент тесноту рубки — можно было назвать не иначе как теснотищей. С закрытыми глазами он пытался осознать невероятность своей судьбы, которая, словно по заказу, подводила его все ближе и ближе к Лабиринту. Чернота черноты снилась ему во сне, появлялась, когда он прикрывал глаза, возникала по соседству с головой, даже когда он сидел с капитаном и помполитом в крохотной кают-компании. Академик Новотканный Ксаверий Ксаверьевич в своих логически построенных догадках был, конечно, не прав: Минотавр — это не Сталин. И, уж конечно, не американская военщина. Вообще Минотавр — не метафора, это просто неизбежность и неотвратимость. Это антитеза моей любви, моей звезде-надежде, антитеза Глике, в самом имени которой чувствуется вспышка света. Впрочем — признайся, диверсант! — даже и в этой тезе ты уже замечаешь некоторое скопление антитезы. Девушка приходит к тебе почти ежедневно, часто и еженощно, вы ложитесь в постель и совершаете половые акты, один за другим, и так и сяк... вот когда в ней проснулась дочь Ариадны... или по крайней мере ее сестра Федра... во всяком случае, ненасытная подруга Тезея... увы, все реже в этих актах возникает небесный восторг, все чаще партнеров одолевает прямая физиология, поддон телес, иной раз там мелькает даже ухмылка черноты.

Я чувствую, что она, отдаваясь мне, страдает о другом, что, как это ни парадоксально, Ланселотом в ее душе становится подозрительный Жорка Моккинакки, тот, кто был у нее первым. Как это ни странно, не со мной у нее связывается девичья мечта, а с циничным и наглым трахальщиком Жоркой. Мне мнится, что, страдая о нем, она поднимается на какую-то высоту; недаром он впервые появился перед ней в гидроплане.

Мне нужно отобрать у него вооружение Ланселота. Это касается, может быть, не только Глики, но и меня самого как поэта. Я должен совершить подвиг и уйти в неизвестность. Может быть, вернуться оттуда, а может быть, и нет.

> Стопа Тезея не знает ступеней,
> Не посвящен он и в таинства букв,
> Однако он слышит безбрежное пение
> И налетающий грохот подков.

Почему именно меня избрал своим окончательным другом окончательный тиран? Уничтожитель рода человеческого, какого черта дался тебе поэт? Может быть, он сатанинским чутьем распознал мои утопические бредни, образы неоплатоновского града? А может быть, просто ему положили на стол агентурную сводку? Недаром ведь после возврата Эсперанцы мне дали ордер на вселение в высотный дом. Нет, вульгарной слежкой этого не объяснишь. Должно быть, все-таки он что-то почувствовал, когда читал тот сборник «Лейтенанты, вперед!» То есть уловил самую мощную мистику войны, мистику атаки? Почувствовал метафизику главного клича войны «За Родину, за Сталина!»? Может быть, он опален огнем самого невероятного в истории жертвенника людей? Может быть, ждет славы от богов за столь щедрые жертвы? Может быть, он понимает, что я, куря ему фимиам, подспудно жажду его смерти? Может быть, он, как и я, уверен, что восстанет в большевистской Валгалле как новый бог, как зачинатель еще неведомой нам религии? Быть может, даже сейчас, после уничтожения деятелей Антифашистского еврейского комитета, перед задуманным им окончательным решением еврейского вопроса в СССР, он в глубине своей черной сути, то есть в черноте черноты, верит, что он умрет не так, как умирает простой одряхлевший таракан?

Так почему после стольких вопросов я выполняю все его приказы: занимаюсь брехологией на конгрессах в защиту мира, обманом японских трудящихся масс и вот плыву сейчас на подводном пирате и выбираю через перископ, где мы взорвем ошеломляющий фугас, откуда откроем минометный огонь, по какому спуску мы начнем подъем, и решаю, сколько будет задействовано бойцов, полсотни или все сто, чтобы устранить его самого злостного врага, партизанского маршала Тито? Ответ один — потому, что я сталинист! Я не верю в то, что столько миллионов людей было уничтожено просто так, включая и моего отца. В этих жертвенниках рождается новая религия; что же может быть еще, как же может быть иначе? Я устраню Тито, но потом я приду к нему и сделаю его жертвой его жертв; пусть подохнет со славой! Вернее, мы оба.

Обогнув несколько раз Бриони, они пошли в подводном положении на север. Несколько раз поднимали перископ на траверзах группы пустынных островков, где УДБ устроила страшные концлагери для арестованных «сталинистов»: Крк, Пытвич, остров Раб... Особенно их интересовал Голый Оток с его заминированными шахтами. Там томилось немало видных партийцев и военных, включая генерала Полянеца. Именно там после завершения операции на Бриони должно вспыхнуть антититовское восстание. Там и будет создано ядро будущего правительства.

Завершив свою весьма полезную рекогносцировку, «Ленинские профсоюзы» вошли ночью в большой и в значительной части еще заброшенный после бомбардировок Второй мировой войны порт

Триеста. Там, на корабельном кладбище, подлодка высадила двух своих пассажиров и отправилась на юг, в албанский порт Дураццо, где ей предстояло ожидать соответствующего приказа.

Замысловатая цепочка и каменный треугольник

К открытию Девятнадцатого съезда ВКП(б) в Москве установилась идеально-декабрьская погода. Днем без остановки валил мокрый снег, народ на Горького без устали месил калошами и ботиками «прощай молодость» привычную кашу песка и снега, ночью прочищались небеса, проносились в них предварительные морозы, тротуары и мостовые схватывались гололедицей, народ косолапил, подворачивал ноги, плюхался, кому повезет, на «пятую точку», то есть на спасительные амортизаторы задницы, но чаще носом вперед или боком с переломом или растяжением, ну а автотранспорт раскручивался на поворотах и юзом вляпывался либо в столб, либо в стенку; ездить практически было нельзя, если ты не был счастливым обладателем шипованной резины, а достать оную было невозможно никому ни за какие деньги, будь ты хоть семижды лауреатом Сталинской премии. Впрочем, он доставал.

В час между волком и собакой, в сумерках мокрой грязи, в преддверии чистого льда Кирилл Смельчаков шествовал по любимой столице в своем американском верблюжьем пальто «Гетц» и в итальянской фетровой шляпе «Сассикая» и думал думу, довольно привычную для всей советской международной агентуры: «Ну как можно жить постоянно в нашей стране? В нее даже на короткие сроки приезжать не очень возможно. Я представляю, как сейчас в адриатическом городе Бари под вечерним бризом хлопают тенты открытых кафе, как собираются люди вокруг фонтана. Если может быть у советского человека мечта, то давайте выскажем ее до конца. Хорошо бы взять свою девушку, некую Глику, и с нею сбежать из Москвы навсегда в тихий приморский Бари!»

Едва лишь эта мечта советского человека была высказана до конца прямо под повисший в унынии нос, как сзади кто-то знакомый густо произнес:

«А почему бы нам с тобой не выпить, Кирилл?»

Он оглянулся и даже не удивился, увидев сгорбившегося под меховым воротником Жорика Моккинакки. Грустью отсвечивал один его глаз, второй полыхал улыбкой.

«А почему бы и нет? — хохотнул Кирилл. — Какие есть предложения?»

И в самом деле — почему бы не выпить в такой заунывный час где-нибудь в сводчатом народном подвале или хотя бы в шоферской столовке, где некогда, то есть совсем недавно, прятались с Эсперанцей?

Безопасное место находилось, как ни странно, прямо напротив, через площадь от органов пролетарской диктатуры, общеизвестной Лубянки. Шоферы шумели матерными выражениями, создавая уют. Запах состоял из смеси пивных дрожжей, микояновских котлет, папирос-гвоздиков «Север» (бывший «Норд»), наваристой селянки и разделанной воблы, слегка напоминающей окаменелости скифских курганов. Водкой тоже пахло, однако справедливости ради следует отметить, что не было там ни малейших признаков рыгаловки.

Бывшие полярные друзья попросили хорошо знакомую администраторшу разместить их в «нише», то есть в некотором углублении грубо покрашенной стены под всем известным шедевром художника Решетникова «Опять двойка». Заказ, который они там сделали, говорил сам за себя и за крепкие мужские качества заказчиков: отменных размеров сельдь «залом» в кольчуге из кружков узбекского лука, бутыль «Московской особой», то есть 56-градусной, и полдюжины «Двойного золотого» в витых бутылочках темного стекла. По прибытии этого добра возникла атмосфера специфического запьянцовского уюта, на которой еще держалась вконец измученная большевиками Россия.

Кирилл с интересом смотрел на облаченного в партийный френч Жоржа. За ним, очевидно, идут по пятам. В глазах присутствует некоторая загнанность. Углубились вертикальные морщины щек.

«Что же ты мне ничего не рассказал о своей отягощенной биографии?» — спросил он.

Жорж усмехнулся, вынул коробку «Казбека», со смаком закурил здоровенную штуку: явно косит под номенклатуру. «Да ведь ты, Кирилл, ничего не спрашивал, а мне было не до этого. Как, впрочем, и тебе тогда, «когда нам с тобою сквозь дым улыбались ее голубые глаза». Согласен?»

«Ты все-таки расскажи, что произошло у тебя со Сталиным после льдины и куда ты пропал, — предложил Кирилл. — Но прежде я хочу тебе задать еще один вопрос. Надеюсь, ты не думаешь, что это я навел на тебя чекистов?»

«Нет, не думаю, — с серьезной суровостью ответил Жорж. — Все, очевидно, произошло случайно. А теперь слушай про Сталина. Тогда, в сороковом, нас, «коминтерновцев», привезли на празднества в Кремль. Ты там был, я видел тебя в толпе журналистов. Потом журналистов попросили на выход, а героев пригласили в банкетный зал. Еще на церемонии я заметил, что Сталин как-то странно на меня поглядывает. Как будто что-то ему покоя не дает в моей внешности. Спрашивает что-то у Берии, показывает подбородком на меня. Потом, уже за столом, все время посматривает с каким-то даже вызовом. Не обижайся, Кирилл, но что-то в нем тогда было от урки, некая угроза, вроде «А я тебе пасть порву!» Я за него тост поднимаю, а он не верит, прищуривается и опять что-то Берии шепчет. Короче говоря, меня взяли сразу на выходе из Большого Кремлевского дворца. Навалилось не менее пяти туловищ. Защелкнули железа на руках и ногах. Целый день лупили по-страшному. Не знаю, как я сразу не отбросил копыта».

«Жорж, ты же знаешь, что существует особая методика неубивания», — проговорил Кирилл, глядя на лежащую между ними селедку.

«Тогда еще не знал, — хмыкнул Жорж. — В комсомоле мы этого не проходили. Короче, им удалось превратить меня в жалкую, дрожащую тварь. Я подписал весь бред, который они тут же с гоготом накатали своими палаческими пальцами. Швырнули в клетку. Потом возле клетки появилась группа вождей, те самые, что приветствовали в Кремле «героев ледяной блокады». Я крикнул тогда в отчаянной надежде: «Товарищ Сталин, ради вас я готов на все!» Послышался приказ: «Откройте клетку!» Они вошли всей кучей внутрь и стали меня топтать. Сознание то пропадало, то возвращалось, в один момент мне показалось, что кто-то из них сказал: «Отправьте его в Кандалакшу, пусть сдохнет сам»...

«Ты уверен, Жорж, что это тебе не приснилось?» — спросил Кирилл и подумал, что этот вопрос может показаться Моккинакки чудовищно подлым. Поднял глаза от селедки к его лицу. Вдруг заметил то, чего раньше не замечал: большие пушистые усы, на голове вместо лысины белобрысый чуб. Похож скорее на архангельского помора, чем на крымского грека. Вот это класс мгновенного преображения! «Помор» подмигнул с какой-то странной веселостью.

«Уверен, Кирилл. Мне продавили ребра под левой лопаткой. Во сне такого не бывает».

«Ты понимаешь, что мне это важно знать».

«Знаю, что важно, но не знаю зачем. Впрочем, догадываюсь».

«Ну что ж, выпьем?»

«Выпьем за Родину, выпьем за Сталина! Выпьем и снова нальем!»

«Между прочим, эти стихи написал очень хороший поэт».

«Я знаю. Они во многом передают нашу послевоенную эйфорию».

«Так что же было в Кандалакше?»

«Там, в том огромном лагере в Кандалакше, я сообразил, что бухгалтерия убийств у них в очень херовом состоянии. Например, в лагерном госпитале я был записан среди жмуриков, а на самом деле я поправлялся. Меня там прелестная молодая хирургесса врачевала, сама удалила мне выломанные и уже гниющие ребра под левой лопаткой, в общем, спасла. Ее мужа, тоже военврача, куда-то заслали, то ли на Колыму, то ли в Европу, вот она меня и спасла».

«Случайно не Надя Вересаева ее звали? Нет? И то хорошо, а то я бы подумал, что мы с тобой живем по закону тождества».

«Она как-то вписала меня не совсем так, как я значился по спискам гэбэ, кажется, заменила М на

Ш, то есть оживила жмурика и устроила подсобником в санчасть. С новыми ксивами у меня появился шанс уцелеть. Однажды моя спасительница пошла на крайний риск — отдала мне старую шинель своего мужа, его хромовые сапоги и фуражку с голубым верхом. В этом маскараде я прошел за зону, сел в поезд и уехал в Москву.

Слава нашей великой советской секретности! Никто в Главсевморпути не знал, куда я пропал. А также слава нашим советским женщинам, особенно тем, которые еще любят мужчин. Уж тебе-то, Кирилл, их ли не славить! Я предъявлял им выписку из истории болезни как свой основной документ, травил всякие байки про аварии, про кражу чемодана, про жуткий Север, где все уносится ветром. Все они знали меня только как героя с многомоторника «Коминтерн» и свойского разбитного парня. Однажды одна такая девчонка налетела на меня в коридоре главка. Ой, Жорка, там у тебя неправильно фамилия записана, вместо Моккинакки стоит Шоккинакки. Что будем делать? Ну, Ниночка, ты знаешь мою фамилию, правда? Ну вот и впиши ее так, как знаешь, в трудовую книжку. Так я снова стал Георгием Моккинакки...»

«Послушай, Жорж, а почему ты так откровенно все это рассказываешь? Да еще кому? Своему сопернику!»

«По ряду причин, Кирилл. Ну, во-первых, мне кажется, что Глика нас не разъединяет, а сближает. Ведь она наш общий идеал. В конце концов она выберет кого-то из нас, или найдет кого-то третьего, или не выберет никого, все равно и для тебя, и для меня она останется ярчайшим проявлением жизни. Во-вторых, мне кажется, что мы, то есть вся страна, стоим на краю каких-то невероятных событий, после которых откровенность будет больше цениться, чем скрытность. В-третьих, я потерял страх. Это понятно?»

«Более или менее. Ну что ж, может быть, продолжишь свою одиссею? Ведь в ней уже идет сорок первый год, вот-вот начнется Отечественная война. На каких участках фронта ты побывал? В каких операциях участвовал? Где ты стал Штурманом Эштерхази?»

«Это ГРУ тебе подготовило такую ориентировку?»

«Представь себе, Жорж, я сам это вычислил. Ни ГРУ, ни МГБ не объединяют Моккинакки и Эштерхази. Последний считается европейским продуктом».

«Скажи, Кирилл, а ты помнишь такого Крамарчука Остапа Наумовича, который однажды, то ли в марте, то ли в апреле, пригласил тебя заглянуть во Всесоюзное агентство по авторским правам?»

«Как я могу помнить человека, которого никогда не видел? Помню только голос, похожий, между прочим, на твой, Жорж. От такого голоса, ей-ей, любая баба задрожит. Ну а мужчина к такому басовитому, естественно, проникнется доверием. Особенно тогда, когда тот налегает на выражения типа «батенька мой».

«Ну, кажется, Кирилл, ты уже почти догадался, что это был я».

«Знаешь, Жорж, со стороны контр-адмирала Моккинакки было довольно рискованно вселяться в высотку. Ведь среди ее жильцов есть люди, которые знают это лицо не иначе, как юрисконсульта Крамарчука Остапа Наумовича».

«Кирилл, ты, наверное, заметил, что я с сорокового года обвенчался с опасностью и никогда уже с ней не расстаюсь».

«Звучит слишком высокопарно, Жорж, но в принципе это так».

«Итак, Кирилл, мы подходим к самой главной теме нашей встречи над селедкой «залом».

«Ко второй по важности, Жорж, мон ами».

«К степеням важности, Кирилл, мы вернемся, когда будем расставлять точки над i. Сейчас мне хотелось бы узнать, как ты вычисляешь чемоданчик со сталинскими векселями?»

«Вот тут, Жорж, для меня больше тумана, чем ясности».

«Ну хорошо, Кирилл, идем теперь прямо в лоб, без всяких экивоков. Тебя должны были подвергнуть шантажу и с этой целью обратились к юрисконсульту Крамарчуку Остапу Наумовичу».

«И он, этот умудренный жизнью мужчина, согласился участвовать, вернее, даже играть главную скрипку в шантаже. Почему, Жорж? Ведь мы все-таки когда-то вместе бесились на льдине от комсомольского счастья под символом нашей родины, звездой Арктур. Почему ты готов был меня погубить?»

«Потому что я ненавидел тебя, считал своим врагом. А как, Кирилл, должен был относиться к кумиру этого общества враг этого общества, который жив только на обмане этого общества?»

«А что же изменилось, Жорж? Почему ты сейчас все это мне, извини, выбалтываешь? Еще один шантаж?»

«Верь не верь, Кирилл, но я перестал считать тебя врагом. Все изменилось благодаря Глике. Я увидел, что ты любишь ее так же беззаветно, как я. Даже ревность способствовала дружескому чувству к тебе. Наверное, он все-таки классный парень, если она тянется к нему, думал я, и, уж во всяком случае, настоящий поэт, если она не может расстаться с ним даже ради донжуанствующего Штурмана Эштерхази».

«Ну хорошо, Жорж, давай поверим в эти сказки. А теперь вернемся к векселям. Это, конечно, фальшивые бумаги?»

«В чемоданчике, Кирилл, лежат три варианта: утонченно фальшивые, грубо фальшивые и настоящие вексельные билеты секретной секции Центрального банка СССР».

«Стало быть, Жорж, готовы были векселя на три варианта расстрела, не так ли?»

«Во всяком случае, Кирилл, с третьим вариантом ты можешь проходить прямо к президенту любого большого банка мира и предъявлять вексель к оплате».

«До расстрела или после, Жорж?»

«Вместо, Кирилл».

В этом месте мы должны прервать этот диалог, чтобы дать джентльменам возможность выпить и закусить. Итак, твердой рукой наполняются два граненых стакана, то есть по 175 граммов 56-градусной «Московской особой». Другая твердая рука выливает в толстостенные кружки две бутылки «Двойного золотого». Две твердых руки одновременно поднимают граненые стаканы над столом и стукают их друг о дружку, создавая видимость дружеского выпивона. Головы запрокидываются, влага вливается, внедряя выше указанные градусы в и без того горячие кровотоки. Немедленно возникает желание «отлакировать», и пивные кружки опорожняются до дна. Мощно, безапелляционно, нормально. Передовые резцы наступательных челюстей не без некоторого скрипа нарушают целостность коричневых от долгого засола бочковых огурцов. Языки метут, отбрасывают сочные до отвратительности куски на размол коренной гвардией. И наконец приближается апофеоз закусона, услада нёба, почти не существующая дореволюционная рыба «залом». Блаженство завершено. Диалог возобновляется.

«Ну, что же, Жорж, может быть, намекнешь, кому я понадобился для шантажа?»

«Если бы я знал, Кирилл, так прямо бы и сказал, без всяких намеков. Однако там такая, как мне кажется, запутанная цепочка, что назвать окончательного заказчика просто невозможно. Можно только догадываться, что с твоей помощью хотят выйти на того, с кем ты по ночам пьешь коньяк «Греми».

«Так вот оно что, Жорж! Вот, значит, для чего тебя подселили на восемнадцатый этаж! Осмелюсь спросить, ты сам подслушивал или только аппаратуру включал?»

«Ни то, ни другое, Кирилл. Этим, конечно, другие люди занимались еще на Кузнецком мосту, где ты упрятал свою звезду Эсперанцу».

«Так в чем, Жорж, должен был выразиться шантаж?»

«Очень просто, Кирилл. В один прекрасный день к тебе приходят вроде бы с ордером на обыск. Находят векселя, которые тебе с какими-то неопределенными целями были доставлены из-за границы, вроде бы из Лэнгли, Вирджиния, каким-то международным агентом, ну, скажем, неким Штурманом Эштерхази. Угрожают пытками и расстрелом, если ты не выведешь их на твоего хмельноватого ночного друга. Если же ты выполняешь требования, тебе гарантируется безопасный выезд в любую страну по твоему выбору. Естественно, вся сумма векселей остается за тобой».

«Включая и липовые бумаги, Жорж?»

«Боюсь, что так, Кирилл».

В этом месте мы снова делаем перерыв, чтобы повторить все то, что имело место в первом отступлении от диалога. Следует только добавить, что на этот раз выпивон с закусоном завершился взрывом обоюдного хохота. Мужчины хлопали друг друга по плечам, тянули за нос и даже, склонившись над столом, сошлись лбами. Взрыв был настолько ярок, что таксисты, заступающие в ночную смену, преисполнились зависти. Во, отдыхают мужики, а нам еще всю ночь горбатить!

«Ну а почему же это до сих пор не произошло, Жорж?»

«Хочешь верь, хочешь не верь, Кирилл, но только потому, что я стал водить их за нос. Сначала сказал, что тебя как поэта вообще мало интересуют деньги, что ты за несколько месяцев даже не удосужился открыть вааповский чемоданчик. Потом сказал, что, открыв, ты решил, что это просто-напросто облигации государственного займа. Потом, когда кто-то поведал тебе финансовую тайну векселей, ты просто-напросто швырнул чемоданчик с моста в реку. Кажется, я и сам попал под подозрение той замысловатой цепочки, однако мне было уже на все их ухищрения наплевать с высокого дерева. Я вдруг попал под очарование этой вашей, то есть я хотел сказать — нашей, высотной аристократии. Подумать только, люди живут в этом великанском доме какой-то совершенно нормальной, безмикробной жизнью!

Ксаверий зарабатывает на хлеб насущный, Ариадна создает эстетику дома, Глика занята произрастанием своей красоты и мечтами о будущем. Слуги хлопотливо и старательно занимаются ежедневными заботами. По соседству живет одинокий патриций, он беседует с дочерью о высоком. И хотя я знал, чем зарабатывает Ксаверий, и слышал кое-что о прошлом Ариадны, и отлично понимал специфику спецбуфетовцев, а уж о патриции из корпуса защиты мира и говорить нечего, милостивый государь, все-таки весь этот быт ярчайшими вспышками чистоты освещала непорочная дева социализма. И коммунизма, который, конечно, не за горами. Помнишь эту хохму армянского радио, Кирилл: «Коммунизм нэ за горамы, а мы ЗА горамы»? И вот въезжает, опять же по соседству, нестарый и холостой контр-адмирал, ну и начинается нормальная человеческая драма под кодовым названием «любовный треугольник». Я просто наслаждался нормальностью ситуации. Ну что, неужели я не могу употребить хотя бы небольшой кусочек своей хронологии для нормальной человеческой жизни? Не выживать, не спасаться, не мимикрироваться, не пятнать все вокруг лапами загнанного монстра, а просто пожить, как Евгений Онегин, как контр-адмирал, как владелец гидроплана, как влюбленный Ленский наконец?»

«Это здорово, Жорж, и Онегин, и Ленский, и следы, очевидно, мокрые, лап загнанного монстра, да ты просто любопытный поэт, мон Жорж! Наверное, это твою песенку нередко напевает Глика:

> Видишь, он прошел все испытанья
> Под высоковольтною дугой!

Ну признайся! А вот скажи, одинокому-то патрицию какая зарезервирована роль в этой нормальной человепческой (не опечатка!) жизни? Скорее Ленского, ты говоришь? Или Онегина, ты говоришь? Давай суммируем: ты скорее Онегин, но и

Ленский, одинокий патриций — скорее Ленский, но и Онегин. Ну а Глика-то Новотканная кто: Татьяна, или Ольга, или скорее то, чем другое? И кто кого убьет вообще-то, если все не перепьются, ваше превосходительство? А между прочим, что по этому поводу думает «замысловатая цепочка»? Не высказывается ли слегка в таком, скажем, духе: «Никакви проблема никад нитко имати приже нова година опросите»? А что же наш хмельноватый-то ночной друг? Сидит себе и раздувается коньяком в ожидании устранения, так, что ли?»

На этом, собственно говоря, диалог двух друзей-соперников можно считать законченным. Остальное свелось к малосвязному бормотанию, вспышкам хохота, юмористическим движениям, легким заиканиям и громогласным иканиям. Администрация была посажена на колени сначала Онегину, потом Ленскому или наоборот, увы, не сразу к обоим, не ко всем четырем. Все остальные в темпе осушали третью тару 56-градусной, рассовывали по карманам сигареты и зажигалки; пора сваливать!

«Где вы берете такие заломы, уважаемая Дора Валерьяновна?»

«Ах, мальчики, откуда же еще, если не из кремлевских источников!»

Держась друг за друга, они вышли в сплошной, хоть и косой, в смысле диагональный, снегопад, если так можно сказать о полностью распоясавшемся и оскорбительном для нормального человеческого смысла явлении природы. Возле столовой, оказывается, дежурил милицейский патруль, два олуха на ногах плюс еще один на олуховидном мотоцикле с олухоидной коляской.

«Подошли сюда, мущыны! — скомандовал старшой. — Показали паспорта!»

Чтобы удержаться на ногах, Моккинакки слегка навалился коленом на мотоцикл. Вместо паспорта он предъявил красную книжечку. Старшой заглянул в нее и тут же взял под козырек: «Желаем всего наилучшего, товарищи!» По всей вероятности, фильтровали народ попроще.

Пока шли с наклоном вперед, упираясь в диагональный снегопад, оба товарища, не сговариваясь, желали себе побыстрее отрезветь, то есть всего наилучшего. Предстояла важная операция, вытекающая из содержания недавней беседы. На площади Ногина одиноко стоял огромный довоенный ЗИС-101. Жорж подошел к шоферской двери, стал сбивать ледяную корку с ключевого отверстия. Кирилл рукавом сметал снег с хвостового номерного знака. Увидев буквы и цифры, присвистнул: «Ничего себе, товарищ Шоккикакки, передвигаетесь на машине МВД!» Влезли оба в просторный, пропахший табачищем салон. Жорж попытался запустить мотор. Без толку. Вытащил подсос, прокачал педали сцепления и газа. Еще раз повернул ключ. Бесполезно. «Вы так аккумулятор посадите, товарищ Эштерхази». Упомянутый дважды под разными кликухами товарищ полез под сиденье и вытащил заводную ручку. «Придется вам покрутить, товарищ семижды лауреат». Кирилл взял ручку и вылез в гадский, все усиливающийся снегодап. Не удержался от соблазна сказать в полуоткрытую дверь: «Черт бы вас побрал, товарищ блядский юрисконсульт Крамарчук!»

Крутанул раз, другой, третий. На четвертый «зисок» бешено взвыл и мощно затрясся, демонстрируя вполне устойчивые обороты. Влез обратно в салон. Там уже беспорядочно трещала печка. «Дворники» счищали оплывающее обледенение. Медленно поехали вниз, к набережной Москвы-реки. Там повернули налево. Остановились под мрачными сводами Большого Устьинского моста. Сквозь снегодап то тут, то там на всю высоту светились уютные окна яузского гиганта. «Итак, мы оба полностью отрезвели, — сказал Жорж. — Я жду тебя здесь ровно полчаса. Сверим часы. Отлично. Через полчаса решаю, что ты передумал, и немедленно уезжаю».

Кирилл быстро перебежал пустынную набережную и медленно, вроде бы рассеянно, вроде бы весь погруженный в творческие мысли, прошел через центральный холл к лифтам. На 18-м царила вполне зловещая тишина. Он вдруг вспомнил, что завтра предстоит прибыть на пленум XIX съезда нашей родной партии. Открыл дверь своей квартиры. Ударил кулаком промеж рогов стоявшего в прихожей черного быка. Тот медленно ушел в гостиную. В спальне горела ночная лампа. Там в кресле с книгой сидела облаченная в свитер с полярными оленями Глика. В постель не залезла. Она любит, когда я ее сам раздеваю. Подняла голову, увидела меня, глаза ее вспыхнули. Или это лампа так отсвечивает? Отшвырнула книгу. «Вот муть бездарная!» «Что это?» «Кавалер Золотой Звезды». Нас учат писать рецензии на новинки литературы».

Он взял с полки для отвода вспыхнувших глаз стихотворную рукопись, сложил вдвое и сунул в карман. «Мне надо еще спуститься вниз, Глик. Там Костя ждет в своей машине. Хочу ему прочесть «Тезея». Вернусь через полчаса».

«Смотри — не дольше, а то уйду к Таковскому!»

Ах, эти жесты: взъерошила свои волосы, откинула их назад, новая вспышка, на этот раз вспышка-улыбка-уловка; как будто уже подо мной.

«Скорей погибну, чем отдам тебя Таковскому!»

По дороге к дверям он заглянул в кладовку и вытащил там из кучи старья предмет, получивший уже кодовое название «вааповский чемоданчик».

Снегопад восстановил орфографию, то есть вроде бы уже перевалил за свою максимальную фазу. Лучше стала определяться линия фонарей на мосту. Под мостом было пусто. По часам я отсутствовал всего 25 минут. Значит, Жорка опять крутит свои финты? Значит, надо быть сейчас, вот именно в следующую минуту, готовым ко всему. Он перенес чемоданчик из правой руки в левую, а правую опустил в карман пальто к успокаивающим гладкостям пистолета. Моккинакки вдруг появился, словно бы из ниоткуда, махнул рукой. Оказывается, он перестраховался и загнал машину за бетонную опору моста.

«Откуда у тебя этот «зисок», Жорка?» — спросил, подходя, Смельчаков.

«Все очень просто, — ответил Моккинакки. — Устроился шофером в «почтовый ящик». Жить-то надо. Вожу начальника».

Они залезли внутрь мастодонта. Теперь он жужжал, как пчелка. Было тепло без всякого шума и треска. Жорж включил крохотную лампочку, открыл у себя в ногах «вааповский чемоданчик» и стал деловито, почти не глядя, почти на ощупь отбирать настоящие брикеты десятитысячников от поддельных; иными словами, отделять жемчуг от плевел. Все отобранные брикеты он собрал в кучу и положил в затрапезный солдатский вещмешок. Из собственного кармана вынул еще один брикет.

«А это то, что я у тебя когда-то брал в долг. Все цело, тут миллион».

«Значит, ты тогда не для дяди в Узбекистане старался, Жорж, а для замысловатой цепочки?»

Моккинакки дружески усмехнулся. «И для дяди в Узбекистане работал, и для замысловатой цепочки. Но это все в прошлом, Кирилл, сейчас мы работаем для себя».

«В каком смысле «мы», Жорж, и в каком смысле «для себя»?

Моккинакки тряхнул худобой вещмешка. «Ты знаешь, сколько здесь? Пять. По курсу восемь в зеленых. Хватит нам всем троим, чтобы устроиться в жизни. Где-нибудь на Адриатике. Конечно, на итальянском берегу, где-нибудь в Бари. Ты там бывал? А может быть, лучше будет с другой стороны сапога, в Лигурийской части Межземельного моря, ну, скажем, на дикой Сардинии? Ты там бывал?»

Смельчаков покуривал, поглядывал на часы, а сам внимательно вслушивался в разговорные ловушки, расставляемые Моккинакки. Что это значит? Знает ли тот о подводной экспедиции вокруг Бриони? Или только слышал о приезде двух музыкантов в Бари? Вместо ответа на географические вопросы он задал вопрос по существу: «Что это значит «всем нам троим», что это за компания?»

Жорж ответил с печальной и очень искренней улыбкой. «Ну как же, Кирилл, ведь несмотря на все игры разных «замысловатых цепочек» нас троих связала судьба. Ты будешь жить там со своей суженой, а где-нибудь в стороне, но неподалеку будет жить третий, твой, так сказать, полярный брат, а ее вздыхатель, который прошел все испытания под высоковольтною дугой. Таких вариантов ведь было немало в мировой литературе, достаточно вспомнить Тургенева и супругов Виардо. Не так ли?»

«Ну хорошо, — сердито пробурчал Кирилл. — Давай прежде всего покончим с проклятым «вааповским чемоданчиком». Устраним элемент шантажа и тогда поговорим о любви».

Они вышли из мастодонта с чемоданчиком, наглухо закрыли все двери и зашагали к парапету. Река, которая еще недавно сверкала всеми дейнековскими красками, теперь представляла мрачнейший Стикс. Плыло по ней ледяное крошево, местами сплошное ледево тормозило поток, над стремнинами черной воды колебался пар. Размахнувшись твердой рукою в перчатке, метнул Смельчаков чемоданчик царю ВААПу в пасть. Как ни странно, тот не утонул. Проехался по ледяному и остановился, притулившись к скопившемуся горкой крошеву. И так поплыл вниз по течению и вскоре скрылся из глаз.

«Скоро утонет, — утешил Кирилла Жорж. — Намокнет, набухнет и пойдет ко дну. Долго будет висеть между поверхностью и дном, то влекомый течением, то неподвижный, годами в заводях русской реки. Обрастет илом и потащит за собой бороду до самого Каспия. Если бы я был композитором Херби Клампенстоком и выловил бы это чудище вместо стерлядки, я сочинил бы под этим влиянием фортепианную пьесу «Шантаж».

«Пошел ты к черту, Жорж! Ну что тебе надо от меня?»

«Только твой ответ на один вопрос, а без него я не проживу и недели. Скажи, это правда, что твой хмельноватый ночной друг, которого в той замысловатой цепочке, ну той, что ты вычислил даже на сербско-хорватском, называют как-то иначе, перестал доверять своим органам — то печень ноет, то суставы вздуваются, то сердчишко ёкает от любви к человечеству — правда ли, что он создает особый отряд так называемых «смельчаковцев»?»

Кирилл молча поставил локоть на парапет и пригласил Жоржа к единоборству. Соединив ладони в железном зажиме, они стали испытывать силу своих предплечий. Сила, однако, нашла на силу. Мускульный треугольник превращался в камень. Каменели и силовые улыбки. Цвета глаз, устремленных друг в дружку, сгущались: голубой становился синим, кофейно-бобовый превращался в жареный каштан. Не видя исхода дурацко-дружбанскому спору, Кирилл произнес: «Жаждешь ответа? Изволь! Все это бред и неправда». Зажим распался. Жорж комично подул на свою лопату. Кирилл с неменьшим комизмом повращал кулаком. «Вот это и есть ответ, которого я жаждал, — сказал Жорж. — Теперь я жив».

«Пока», — сказал Кирилл и пошел к своему чертогу.

«Пока, пока», — ответил Жорж и положил в карман Кириллов «вальтер», создав таким образом для своего кармана двойную тяжесть. Подумал секунду и крикнул вслед: «Эй, ты не будешь возражать, если я приглашу Глику в консерваторию?»

Кирилл запнулся на ходу и медленно повернулся. Между ними теперь кружились крупные снежинки. Наплывала какая-то типично-московская осенне-весенняя нота. Он пожал плечами: «Почему бы нет? А что там дают?»

«Три последних квартета Бетховена», — был ответ.

Б.П.А.П. в О. (все встают)

Девятнадцатый съезд ВКП(б) во многом отличался от предшествующего Восемнадцатого. Во-первых, вожди партии основательно постарели. Это бесило многих делегатов. Природа жизни все-таки сволочь, думали они. Неужели не понимает, что это противоречит природе вещей? Во-вторых, отчетный доклад делал не Сталин, а Маленков. Этот последний противоречил своей фамилии: жирное тело выходило за размеры трибуны. Сталин сидел в ложе президиума, чуть на отшибе от остальных членов. Среди делегатов находились люди, которые сомневались, что это сам Сталин. Они ошибались.

Мало кто знал, что за кулисами съезда происходят довольно странные события. На предсъездовском закрытом пленуме ЦК собрание рыл показалось Сталину сомнительным. Почему-то было мало знакомых. Каким образом на уровень пленума ЦК поднимаются незнакомые рыла? В общем-то, неплохо поначалу разыгрывался театр «бурные аплодисменты, переходящие в овацию». Рыла вроде бы сияли энтузиазмом, излучали любовь к руководящему органу. Она (любовь), как и полагается, возникала в глубине, и нарастала, и, нарастая, материализовывалась в «возгласах с мест» (чрезвычайно важная деталь — возгласы никогда не должны перерождаться в крик, тем более в вопль, а еще более в во! пли!, в пливопы, в вопляпы и прочую недопустимую абракадабру). Сначала все шло вроде бы пристойно. Малознакомые рыла, как полагается, в о з г л а ш а л и: «Да здравствует Центральный Комитет Коммунистической партии Советского Союза!» (так возникала новая историческая аббревиатура, уже без всяких скобок), «Да здравствует наш великий вождь товарищ Сталин!», «Да здравствуют бурные аплодисменты, переходящие в овацию!»... Все шло ровненько в рамках сложившейся традиции, пока вдруг какой-то товарищонок с белорусскими чертами лица, подрыгнув, чтобы заметили, не испустил к р и к, переходящий в в о о п п л л: «Да живет великий Сталин вечно!»

Началась вакханалия криков и воплей: «Вечно! Вечно!» Что это за мистика — вечно? Эти малознакомые рыла, наверное, думают о его смерти, постоянно переглядываются, может быть, даже шушукаются. Он нахмурился и вперил свой недвусмысленный — понимаете это выражение или нет? — взор в общую вакханалию, стараясь выдернуть из нее одну, две, энное количество головок с малознакомыми, а то и просто незнакомыми рылами и повлиять на них ужасом. Ничего не получалось, вакханалия продолжала буйствовать, «Вечно! Вечно!», никто, оказывается, не мог прочесть моего нахмуренного взора, глубоко проникающего ужаса глаз. Славословие достигало признаков истерии, и все больше нарастало чувство, что славят словами, не чувством ужаса, что приказы часто не выполняются, что повсюду пробирается титовская агентура, что в криках «Вечно! Вечно!» звучит истерическая мысль о смерти, что эти товарищонки, эти рыла ее в равной степени и бздят, и предвкушают. То есть еще не едят, но готовятся съесть. Какое, к черту, они имеют отношение к нашему марксизму, к диалектическому империализму, то есть материализму, к историческому, отнюдь не истерическому, катехизису революционера?

Тогда он перебросил Маленкову записку: «Перерыв!» И шквал любви мгновенно стих.

Немедленно, как, собственно говоря, и предполагал формат съезда, то есть оперативно, собралось Политбюро со всеми своими помощниками и консультантами. От этих последних пришлось избавиться, потому что без них не возникла бы в Белграде и на Бриони такая масса скопившейся информации. Тут он заметил, что члены Политбюро и Секретариата распределились, черт бы их побрал, по возрастным группам. Это еще что за фокусы? «Старая гвардия», то есть все эти молотовы, кагановичи, ворошиловы и иже с ними, то есть больше никого, сидели вместе, как будто им в нашем братском Политбюро требовалось еще какое-то особое чувство локтя. Эх вы, чугунные башки, уцелевшие благодаря Кобе в ярой очистительной страде тридцатых, вам бы продемонстрировать единство, верность вождю, нет, вы обособляетесь, отжившие особи, дрожите за свои дряхлые шкуры, вам все еще кажется, что общие преступления помогут вам уцелеть. А почему же здесь нет Михаила Ивановича, Льва Давыдовича, Сергея Мироновича, Коли Бухарина, любимца партии, Карла Радека, наконец, с его блистательным чувством юмора? Хотелось встать и запросить: «А почему не известили Орджоникидзе?!»

Интересно, что «молодая гвардия» тоже давала знать о своем существовании. Сосредоточились вместе со своими вполне алкогольными лицами: некто Косыгин, некто Брежнев, известный молдаванин, Суслов Фардей Фихайлович... Этот последний, впрочем, если и пьет, то только каплями. Вот на него еще можно положиться в теоретических разработках. Но почему же нет среди молодежи Жданова Андрюши, Коли Вознесенского? Партия, увы, еще не изжила из своей практики язву интриганства и карьеризма. Иными словами, практика партии нуждается в диете, товарищи. Вот об этом нужно будет сказать в заключительном слове.

А вот и главные действующие лица — среднее поколение высшего руководства страны, социалистического лагеря, всего мира в конце концов: Маленков, Берия, Хрущев, Булганин... Именно им предстоит нанести смертельный удар по ползучей гадине югославского ревизионизма. А они, вместо того чтобы разрабатывать эту исторически глобальную, можно сказать, планетарную идею, сидят и думают, что скажет в заключительном слове Хозяин, в том смысле, как это отразится на послесъездовском перераспределении портфелей.

Ну что ж, вот здесь, сейчас, мы дадим бой всем приспособленцам и обскурантам. Так и будет записано в истории нашей партии, в «кратком курсе» и в полном: «Бой Сталина с интриганством и карьеризмом, с приспособленчеством и обскурантизмом, за сплочение всех, живых и мертвых. Декабрь 1952, Москва, Девятнадцатый съезд ВКП(б)». То есть КПСС.

Сталин начал свое обращение к Политбюро на минорной ноте. К сожалению, надо отметить, сказал он, что наш съезд может пройти на бескрылом уровне. Не кажется ли товарищам, что мы чрезмерно увлеклись вопросами кадровизма? Что решают кадры? Известно, что они решают все, но они все-таки не все решают в историческом ключе. На исторический, то есть крылатый, уровень мы должны выходить с уже подготовленными, отточенными кадрами. Они должны быть настолько подготовлены и отточены, что мы просто не должны будем думать о кадрах, выходя на крылатый, то есть исторический, уровень.

Может быть, у нас нет даже стремления достичь

этого уровня в связи с увлечением некоторых товарищей вопросами приземленного характера, в частности, товарищей, на 97 процентов лишенных исторического кругозора.

А ведь прежде мы в Политбюро могли с пылом обсуждать вопросы народного быта, ну, скажем, вопрос об увеличении производства кисточек для бритья, а в следующем параграфе, товарищи, с утроенным, а может быть, и удесятеренным пылом приступать к вопросам искоренения в наших рядах империалистической агентуры.

Слов нет, явившиеся на смену старым товарищам наши молодые товарищи обладают значительными преимуществами... Тут он бросил зоркий вперяющийся взор на жалкую кучку почти готовых к своему устранению старых товарищей. Все трепетали. Один лишь мерзавец Молотов, заключивший позорный пакт с фашистом Риббентропом, как ни в чем не бывало вынул носовой платок и чихнул; кто ему обеспечивает чистоту платков вместо еврейки, вознамерившейся отдать ВЭСЪ наш Крым израильскому государству Соломон, или как его там?.. И не только благодаря своим сугубо возрастным преимуществам, но главным образом благодаря преимуществам своего образования. Возьмите, например, товарища Молотова, быть может, он демонстрирует хорошие старорежимные манеры, щеголяя на Политбюро своими безукоризненными платками, однако в каких учебных заведениях он получал свое образование? В старорежимных царских учебных заведениях получил свое образование наш товарищ Вячеслав. Мы сами еще не знаем, какие балласты оседают в наших характерах в результате образования, однако балласт такого смутного характера должен быть беспощадно отброшен!

Тут он замечает, что многие товарищи выражают искреннее восхищение развитием его мысли, а некоторые товарищи лишь формально слегка трепещут ладошками далеко не первосортных рук. А где же «бурные, продолжительные аплодисменты, переходящие в овацию, все встают»? Где вообще-то вся эта необозримая процессия восторженных народов мира, из которой целится в тебя неоспоримый снайпер? Он вздрогнул, что, к сожалению, не прошло незамеченным.

А теперь возьмите товарища помоложе, скажем, Хрущева Никиту. Быть может, его манеры оставляют желать лучшего, однако образование он получил целиком советское без всяких буржуазно-феодальных экивоков. Это неоспоримо, товарищи, как прицел снайпера!

Тут было замечено, что глаза у многих товарищей чрезвычайно расширились, можно сказать, вылупились из своих орбит. Надо было, конечно, смягчить ситуацию какой-нибудь доброй шуткой. Я уж не говорю об образовании наших самых молодых товарищей, просто-напросто потому, что оно у них еще не закончено. И он милосердно поаплодировал кучке гнусных юнцов, в частности, молдаванину Брежневу, унылому, как все немцы, Косыгину, ну и добросовестному, как все китайцы, ФФ Суслову. В кабинете потеплело. Многие замилели друг к другу людскою ласкою. Но не все.

Теперь вперед! Прямой переход на крылатый уровень. Вот, например, еврейский вопрос, как он предстает перед большевиками в данной конкретной ситуации в нашей стране. Всему миру известно, что наша партия является партией интернационалистов. У нас нет никаких претензий к еврейским массам. Среди них мы видим немало вдохновенных тружеников, но есть и трутни. Больше того, замечаются и разлагающиеся плевелы. Говоря с предельной искренностью: бросается в глаза множество мелких элементов, паразитирующих на теле великой страны. А из этих элементов, товарищи, вырастают и самонадеянные скорпионы.

Вот буржуазные молодчики, когда пишут о процессе Антифашистского еврейского комитета, обвиняют нас в жестоком антиеврействе. Однако мы с вами, товарищи, видели в этих коварных деятелях не евреев, а вот именно самонадеянных еврейских скорпионов!

Возникает пауза, в которой он ждет хотя бы слабого проблеска восхищения. Проблеск, однако, не проявляется. Все молча смотрят на него в ожидании следующей фразы, хотя прекрасно знают, что в таких местах полагается проблеск. Он медленно озирает собравшуюся компанию скор... нет, не скорпионов, а политбюрократов: что их держит за язык? Уж не открещиваются ли от борьбы со скорпионами, уж не хотят ли на него все взвалить?

Вдруг чей-то голос прорезался сквозь сыроватую вату собрания: «Товарищ Сталин в своем анализе, как всегда, прав». Тут все закивали: ну, конечно, кто же спорит, само собой разумеется, что товарищ Сталин прав. Ах, вот как? Он прищурился, вообразив, как всех отсюда выводят одного за другим, руки за спину, и остается только один, которому совсем уж нельзя было не вякнуть: Каганович Лазарь Моисеевич, «железный нарком», большущее, тяжелое тело, усики тридцатых годов а ля Чарли Чаплин — или, скажем, а ля Адольф, уж мы-то, старая гвардия, помним, каким его привезла отважная Ариадна; все хохотали — сущий Чаплин! — и узкий, несмотря на огромную лысину, лобик.

Вот, товарищи, мой старый товарищ по революционной борьбе товарищ Каганович Лазурь Моисеевич, безусловно, поймет, что мы считаем задержанных сейчас кремлевских врачей скорпионами не потому, что они евреи, а потому, что они задумали нехорошее против вождей, то есть против вас, дорогие товарищи. В скором времени это дело будет обнародовано, и мы опасаемся, что оно повернет свой справедливый гнев по национальному признаку, вот в чем проблема, товарищи. С другой стороны, евреи могут получить из своего соломоновского Израиля секретное оружие против нашего народа, и в этом тоже мы видим серьезную проблему, товарищи. Надеюсь, всем ясно, что нам надо прийти к окончательному решению еврейского вопроса.

Далее он стал развивать это окончательное решение. Никаких лагерей смерти не будет, никаких газовых камер, никаких печей. Во избежание справедливого возмездия и вообще для гармонического умиротворения народных стихий будет организован переезд еврейского населения на новое местожительство, в Еврейскую автономную область со столицей в Биробиджане. Комитет выдающихся граждан еврейской национальности, включающий писателей, музыкантов, ученых и уцелевших врачей, обратится с соответствующей просьбой в правительство. Министерство путей сообщения получит соответствующие директивы по выделению соответствующего подвижного состава. Министерства внутренних дел и государственной безопасности получат соответствующие приказы по охране переселенцев от соответствующего народного гнева. Все прогрессивное человечество соответственно по заслугам оценит эту грандиозную гуманитарную операцию. Вот именно такого масштаба дела как раз и являются тем, что он полагает историческим подходом к решению проблем.

Пока он говорил, все члены Политбюро и кандидаты в члены, а также секретари ЦК одобрительно кивали и делали пометки в своих блокнотах, однако в паузе никто не произнес ни слова, за исключением так и не поумневшего за долгие годы Клима Ворошилова, который поинтересовался, будет ли внесен этот проект в повестку дня Съезда. Сталин ответил, что этот вопрос будет решен прямым голосованием среди присутствующих. Всем показалось, что он прибавил к этому матерное ругательство. Впрочем, ничего подобного в стенограммах не сохранилось.

Несколько минут он что-то бурчал, перелистывал бумаги в своей подшивке, а потом начал излагать второй, но далеко не по важности второй, проект противопоставления исторической поступи внеисторической «бескрылости». Здесь уже не было ни ухмылочек, ни вопросительных знаков, ни привычной психологической игры со сподвижниками. Грубым, чтобы не сказать железным, наждачным, стальным, ну, в общем, сталинским голосом он излагал директивы по ликвидации ревизионистского проекта Федеративной Республики Югославии. Ждать больше нельзя. Клика Тито продолжает уничтожение верных ленинцев-сталинцев. С мест поступают многочисленные просьбы трудящихся о применении эффективной интернациональной помощи. Сразу после Съезда начинаем концентрацию войск на болгаро-югославской границе. Не позже первомайского праздника советского народа и всего прогрессивного человечества начинаем братские действия силами десяти бронетанковых дивизий, десяти мотострелковых дивизий, десяти ракетномортирных дивизий, десяти конногвардейских дивизий, десяти горноравнинных дивизий при общей поддержке десяти авиаармий бомбардировочно-истребительной авиации. Одновременно соединенная эскадра надводно-подводных сил Балтийского и Черноморского флотов запечатает побережье уклонившейся от сотрудничества страны. Для изоляции ревизионистского руководства как в центре, так и на уровне райкомов так называемой Коммунистической партии Югославии будут высажены десять парашютно-прыжковых дивизий агитационно-диверсионных войск специального назначения. Вся операция будет завершена в течение одного месяца, после чего наши силы совместно с патриотическими силами Югославии приступят к активным созидательным действиям по возрождению государственных структур и партийному строительству в выделяющихся из федерации независимых и в то же время братских странах южных славян.

Вся эта великолепная доктрина была передана самому мощному в человеческой истории синедриону без всяких междометий и посторонних звуков, то есть блестяще. Завершив нелегкое дело, он набрал полную грудь воздуха, однако он, этот данный воздух Политбюро ЦК КПСС, не показался ему воздухом высшего качества. Он мало был похож на воздух боржомских высот, где в детстве гуляли с несчастным, но далеко не всегда отвратительным отцом. В тот день он был как раз таким. Именно там и тогда, при вдыхании того воздуха, отец изложил ему свою мечту о том, чтобы он, Сосо, стал священником. Собственно говоря, мечта его сбылась: Сосо и стал первосвященником нового культа, а потом, как дружище Кирилл предрекает, пойдет еще дальше. Кстати, где он, дружище Кирилл, почему не сидит тут рядом со мной вместо этого противного Лаврентия?

Лаврентий между тем сидел прямо напротив и кивал, кивал в знак согласия своим мерзким пенсне. И все члены и кандидаты в члены совокупно с членами Секретариата кивали в знак согласия кто чем: лысиной, шевелюрой, шнобелем, жабоподобными брылами. Но все молчали. Чем-то попахивает. Чем? Засидевшимися, застоявшимися, залежавшимися мужланами — ничем иным. Ничем не протирают подмышек, паха, расселин. Мы производим неплохой одеколон «Шипр», а для этой компании он вроде и не существует; спрашивается, почему?

Вспоминается Ялтинская конференция. Черчилль и Рузвельт уж если чем и попахивали, то только чистотой вкупе с какими-то приятными пряностями. Однако запашок чего-то слежавшегося постоянно присутствовал за столом переговоров. Союзники даже иной раз кривили нос, унизительно переглядывались. Однажды, будучи в раздражении, он даже спросил свою свиту, чем это тут все время отталкивающе попахивает. Свита замялась в молчании, но тут переводчик президента, какой-то белогвардейский последыш, мягко заметил: «Боюсь, что попахивает недостатком одеколона «Ярдлей», маршал Сталин». В тот же день в резиденцию был доставлен здоровенный флакон указанного одеколона, и больше за столом переговоров уже ничем отталкивающим не попахивало.

Парадокс заключается в том, что вождь народов

мира не может здесь себе позволить реплики об одеколоне «Шипр»: все-таки заседание Политбюро КПСС имеет место. Никто, конечно, не возразит, однако все недомытки будут уязвлены нарушением партийной этики. Приходится и дальше задыхаться от отвращения по отношению ко всем этим, которые вот все кивают, кивают по двум ключевым, поистине «крылатым» вопросам и ни слова не произносят, потому что подошел такой момент в истории партии, когда боятся больше не Его, а друг друга.

Почему тут у нас нет ни одного женского лица? Чью волю мы тут в конце концов выражаем: всего народа или только мужланской его части? Почему я тут никогда не могу увидеть ни матушки Кето, ни жены своей, Звезды-Надежды, ни даже оперной певицы Пантофель-Нечецкой? До войны меня повсюду изображали с девочкой Мамлакат; где она? Почему из очаровательного ребенка, да еще и рекордсменки угледобычи, который так уютно посиживал на коленях у дядюшки Иосифа, сделали пропагандистского идола? Почему ее не ввели в ЦК, не провозгласили окончательной гордостью нашей партии? Что происходит с госпожой Ладыниной и другими белозубыми блондинками-трактористками? Разве не могут они заменить всяких там евреев вроде Кагановича? Женщина — это вообще более надежный товарищ мужчины, чем мужчина. Они не склонны к внутрипартийным интригам. Известно, что всякие сволочи рассматривают женщину лишь как источник нового поколения солдат. Есть также козлы, вроде Берии Лаврентия Павловича, 1899 года рождения, которые при виде женщины алчно жаждут только одного — удовлетворения своей гипертрофированной похоти. Некоторые члены знают, что товарищ Сталин пестовал идею ИСТОРИЧЕСКОГО включения в Политбюро выдающейся женщины-коммунистки Ариадны Лукиановны Рюрих-Новотканной, 1912 года рождения, однако «кадровистам» каким-то образом удалось подвесить эту идею. Больше того, через структуры Спецбуфета в Секретариат товарища Сталина стала просачиваться гнусноватая информация о некоторых странноватых высказываниях нашей героини, особенно по еврейскому вопросу, то есть о ее отклонениях от генеральной линии. Учитывая все эти обстоятельства, можно констатировать, что товарищ Сталин оказывается в своего рода изоляции по самым кардинальным вопросам перед лицом нескольких возрастных групп.

Все эти довольно четко структурированные мысли пронеслись через сознание вождя в течение тех нескольких минут, пока участники заседания высшего аппарата страны продолжали вроде бы выказывать ему полную лояльность, кивая, кивая и кивая своими головенками, но в то же время сохраняя вполне отчужденное молчание. В конце концов он решил высказать третье и, может быть, самое кардинальное предложение сегодняшнего дня.

«Товарищи, в свете того, что я вижу вокруг себя в канун открытия исторического Девятнадцатого съезда нашей партии, я прихожу к решению представить съезду формальное заявление о моей отставке с поста Генерального секретаря». И он протянул Маленкову заранее подготовленный текст.

Как он и предполагал, это его заявление произвело парализующий эффект на весь состав Политбюро. Маленков трясущимися руками отложил исторический текст, даже не решившись открыть рта. У многих членов, как раз наоборот, отвалились нижние челюсти, открыв зияющие отверстия в глубины их грешных организмов. Слепым огнем воссияли стекляшки Берии. Кто-то, кажется, пукнул, во всяком случае, к привычной затхлости прибавился ручеек какого-то остренького зловония. И только каменный Молотов исторг из себя панический и явно не мужской возглас: «Нет!» И лишь после этого бабского визга верного ленинца, верного несмотря на справедливую изоляцию еврейской жены, лишь после этого на Политбюро воцарился звуковой хаос. Все члены повскакали с мест, простирая к вождю умоляющие длани. Все выкрикивали «Нет! Нет!», что немедленно переводилось в голове вождя на языки ведущих этносов великого Советского Союза — «Йок! Йок! Ара! Ара!». И, наконец, после получасового излияния чувств председательствующий Маленков проникновенно подвел черту:

«Товарищ Сталин, дорогой Иосиф Виссарионович, ради счастья всего человепчества Политбюро ЦК КПСС сердечно просит вас забрать обратно свое заявление!»

После этого было решено начать работу съезда в заранее разработанном формате.

На следующий день в Большом Кремлевском дворце начал свою работу съезд самых стойких, самых верных и к тому же самых приверженных к ИСТОРИЧЕСКОМУ масштабу решения дел. Некоторой слегка чуть-чуть назойливой склонности к бескрылому деловизму было указано на дверь. Появление в ложах президиума великого Сталина было встречено нарастающим рокотом зала сродни тому, что возникает при приближении к бескрайнему океану. В глубине стихии он возник, и окреп, и материализовался, уже не в одиночном вопельке самого горластого, а в едином от лица всей всенародности стройном хоровом возгласе: «Да живет великий Сталин вечно!» Реверберация: «Эчно! Эчно! Эчно!» Долгие, продолжительные аплодисменты, переходящие в овацию; все встают.

Сталин довольно долго наслаждался этой стройностью, вне зависимости от ее содержания. В конце концов при всей близости слова «вечность» к буржуазной метафизике можно все-таки снизойти к некоторому отдалению от материалистической незыблемости ради такого проявления единых чувств. Потом он начал ладонью осаживать все нарастающий восторг, как бы говоря на манер незабвенного Бенито Муссолини: «Пиано, пиано...»

Тут он заметил в зале столь располагающие к себе лицо и фигуру Кирилла Смельчакова. Тот стоял с аплодисментами в десятом ряду крайним, чтобы в случае чего немедленно выйти из зала. Сердце вождя наполнилось при виде поэта теплым чувством полнейшей надежности. Он помахал ему рукой, и зал, потрясенный этим проявлением личных, персональных, вернее, персонализированных, чувств, стал стихать. Впредь этого не надо делать, подумал он. А впрочем, пусть думают, как добиться такого личного привета. В общем, он остался доволен.

Вечером на приеме он подошел к Кириллу.

«У нас тут прошел слух, что вы снова собираетесь в большое путешествие, товарищ Смельчаков».

«Вскоре после Нового года, товарищ Сталин».

«Ну вот и отлично. Партия и правительство высоко ценят ваши усилия в защиту мира во всем мире».

Квартеты Бетховена

Концерт, на который Глика была приглашена таинственным голосом по телефону, проходил не в Большом зале консерватории, а в Малом. В Большом-то, как всегда в ту пору, разыгрывалась какая-то могучая народная оратория, а в Малом давали просто-напросто три скромных квартета Людвига ван Бетховена. «Издалека я знаю вас давно, Гликерия Ксаверьевна, — звучал в трубке странно-ломкий, чуть ли не надрывный голос, изобличавший удивительную интеллигентность и утонченность его носителя. — Всегда восхищался вашей внешностью и не только потому, что она безупречна, но также и потому, что каждый ваш промельк пробуждал в душе что-то удивительно музыкальное, как будто поднимающееся из партитуры вот именно Бетховена или из черновиков молодого Бори Пастернака».

«Вот оно как! — сказала она, не скрывая некоторого раздражения. — Стало быть, были знакомы? С обоими, должно быть?»

В городе давно уже ходили разговоры о приближении этого вроде бы вполне скромного, однако обещающего некую невнятную с е н с а ц и ю концерта в Малом зале Консерватории. Билеты давно уже были раскуплены, однако представители интеллигенции продолжали их в ажиотаже выискивать, словно пытаясь этими билетами подтвердить принадлежность к задавленной «прослойке». Все ясно, подумала Глика, какой-нибудь сластолюбец-кадрильщик пытается заманить девочку с помощью билетов в Консерваторию. Тут следует добавить, что в те времена слова «кадр», «кадрильщик» и производный глагол «кадрить» уже вошли в обиход с легкой руки товарища Сталина. Уловив, очевидно, ход ее мысли, соблазнитель произнес совсем уже ломким, предельно надрывным голосом: «Я, конечно, никогда бы не решился вас пригласить, если бы у меня не было к вам записки от одного вашего друга, с которым вы нередко прогуливали добермана по имени Дюк во дворе вашего дома».

«Вот это да, ну и ну! — вырвалось тут у Глики университетское восклицание. — Как же это так? Да ведь Юра где-то пребывает... в каких-то... дальних экспедициях, не так ли? Кстати, как мне вас благодарить, в смысле, как вас зовут?»

«Меня зовут Олег Олегович. Я все вам объясню в перерыве или после концерта. Надеюсь, что и квартеты вам понравятся. Ведь будет играть Шостакович».

«Ну и ну, вот это да! — вновь употребила Глика свое универсальное восклицание, хотя и в несколько перевернутом виде. — Шостакович играет Бетховена?!»

«В том-то все и дело, Гликерия Ксаверьевна: Шостакович Бетховена. Но не наоборот».

А он тоже, кажется, не лишен витаминчика, подумала тут Глика.

«Итак, до встречи, любезнейшая Гликерия Ксаверьевна. Предвкушаю ваше изумительное общество. Ваш билет вам доставит на дом один мой друг, проживающий как раз в вашем удивительном доме».

В течение всего дня Глика перебирала в уме этот странный разговор. Странный какой-то этот Олег Олегович. Как странно он говорит! Если бы сказали, что он чревовещатель, я бы не удивилась. И какая странная отсылка к Дондерону: ведь тот в тюрьме. Скорее всего он о т т у д а, ну из наших славных органов. Они что-то прощупывают. Надо было просто послать его подальше. Это провокация. Впрочем, еще не поздно уклониться. Надо рассказать Кириллу: уж он-то знает, как с этими типами разговаривать.

И вдруг какая-то мощная, поистине бетховенская волна охватила ее. Не буду никому ничего рассказывать, не маленькая. Надоело всего бояться! Страннейшая мысль тут посетила ее. Ведь если я уклонюсь, тогда, быть может, навсегда потеряю этого страннейшего Олега Олеговича, а как же мне жить тогда без этого страннейшего? Ведь если я буду из трусости уклоняться от таких внезапных непредсказуемых приглашений, я стану в дальнейшей жизни просто комнатным фикусом. Если есть хоть один шанс, что он принесет настоящее письмо от Юрки, я, быть может, хоть чем-то смогу тому помочь. Ведь я защищена со всех сторон и отцом, и матерью, и Кириллом, а он-то в тюрьме полностью беззащитен. И если я буду уклоняться от странных вызовов жизни, я буду недостойной жрицей Сталина, а самое главное — вот именно самое главное — я никогда тогда не увижу своего Моккинакки.

Утром следующего дня пришел старший помощник младшего дворника Егор и передал через спецбуфетчиков конверт с билетом.

Просидев весь день на дурацких лекциях в МГУ на Моховой, Глика, как была, в студенческой курточке из Сорбонны, отправилась в Консерваторию; благо, рядом. Улица Герцена несмотря на привычную уже непогоду была оживлена. К главному входу Консерватории одна за другой подъезжали автомашины, из которых вылезали любители величественной музыки (давали «Землю Сибирскую»), среди которых тон задавали делегаты ныне проходящего съезда Коммунистической партии. К Малому залу выгружались из троллейбусов представители служилой интеллигенции, которых можно было определить по количеству очков и шляпенок. Студентов среди счастливых обладателей билетов было немного, и потому, вероятно, Глика привлекала особенное внимание своей ярчайшей молодостью. Стараясь стушеваться, выдать себя за городскую скромняжечку (кто догадается, что курточка-то привезена из Сорбонны?), она пробралась к своему креслу. Тут же воздвигся во весь свой отменный рост галантный Олег Олегович. Внешность его была еще более удивительной, чем трепещущий голос. Вот вам несколько штрихов: бросающийся в глаза пышноволосый блондин со значительно развитой сединой, грива, стало быть, представляет из себя амальгаму золота и серебра, в бороде по контрасту с гривой преобладает темная бронза, нос увесист, сущая бульба, а на переносице, совсем уже сбивая всяческие предположения, красуются темно-голубые очочки в железной оправе. Издали такая персона может показаться каким-нибудь голубоглазым потомком викингов из популярной нынче породы скандинавских людей доброй воли и сторонников мира во всем мире, вблизи же может показаться, что вы имеете дело с глазным инвалидом. Всевозможные странные движения и мелкая неадекватная жестикуляция изобличали в Олеге Олеговиче завершенного чудака. Встав, например, перед своей изумительной дамой, он пытался подставить ей кресло, не замечая того, что все кресла ряда соединены воедино. Она смотрела на него, охваченная совсем неожиданной симпатией. Ей-ей, никаким органам не удалось бы научить своего агента трепетать так, как это делал Олег Олегович.

«Ах, как я счастлив вас видеть, ах-ах... Ах, как

счастлив будет Юра, ах-ах... Однако, чу, концерт начинается, любезнейшая Гликерия Ксаверьевна...»

На сцене уже сидел квартет: маститый Шостакович с тремя представителями творческой молодежи: Софьей Губайдулиной, Эдисоном Денисовым и Мстиславом Ростроповичем. Шостакович в данном случае проводил эксперимент с аккордеоном, инструментом народного плана, совсем, в общем-то, не свойственным эре Бетховена. В то же время главную роль в квартете играла старинная арпенджионе, своего рода гитара-виолончель, которая была в руках у Ростроповича. Пошла странная музыка одного из пяти последних квартетов великого композитора.

«Он был тогда уже совсем глух», — прошептал Олег Олегович Гликерии Ксаверьевне. Так тихо, что она ничего не расслышала. И попросила повторить. Тогда он приложил к губам свой длинный и слегка чуть-чуть слишком смугловатый для вихреватого блондина палец. После этого вынул из пиджака блокнот и написал на чистом листке ту же самую фразу. Она кивнула, взяла у него самописку и написала: «Значит, музыка возникала у него не в ушах, а в голове».

«Какая вы умница, — написал он. — Так бывает и в живописи. Малевич учил нас, что цвет возникает не в глазах, а в голове. Или даже подальше».

Музыка шла то в плавном ритме, то впадая в стакатто. Подрявкивал аккордеон. Разливалась арпенджионе. Вторили ей альт Денисова и скрипка Губайдулиной.

«Вы художник?» — написала она.

«Нет», — ответил он.

«А кто вы?»

«Шофер».

«Шутите?»

Вместо ответа он показал ей свои мозолистые и темные от бензина и масла ладони. Потом показал ей одной из этих ладоней: дескать, давайте слушать. Она кивнула и отвернулась. Слушать эту странную музыку было почти невозможно. Она чувствовала, что в ее жизни происходит что-то очень важное. По прошествии какого-то времени она посмотрела на Олега Олеговича. Тот слушал, откинув голову. Из-под правого темно-голубого очочка в носо-губную складку медленно путешествовала капля влаги, то ли пот (в Малом зале натопили чрезмерно), то ли слеза (играли 14-й квартет глухого композитора). На его колене лежал открытый блокнот с ручкой «Монблан». Она схватила ручку и быстро написала:

«Вы такой же шофер, как Ш. аккордеонист».

Он ответил:

«Жить-то надо. Других инструментов не дают».

Монблановское перо заплясало в ее руке.

«Эта музыка не успокаивает, а будоражит. Что происходит? Б. звучит у них, как современный формализм».

Вместо письменного ответа он приблизил свои губы к ее уху. В этом не было ничего экстравагантного. Среди слушателей многие слегка чуть-чуть шептались, приближая губы к близким ушам, то юным, как купидоны, то хрящевидным, будто неживая модель. То ли с ужасом, то ли с восторгом она почувствовала, как его мягкие, но сильные губы берут ее мочку. И вдруг до нее донеслось ошеломляющее: «Родная моя». Снова схватив ручку, она начертала вопрос:

«Это ты?»

Он взял ручку из ее пальцев и ответил с предельным лаконизмом:

«Да».

После этого концерт для них кончился, хотя для всех остальных, как нам кажется, он продолжался еще не менее двух часов. Шостакович разыгрался, как будто у него в руках был не аккордеон, а большой орган Лейпцигского собора.

На Яузе в те времена были такие места, где недострои и долгострои вкупе с прочими заброшенностями сплелись так тесно, что трудно было понять, где находишься: в промышленном ли захолустье, перемешанном с останками закончившейся семь лет назад ВОВ, в затоваренном ли скоплении всяческой бочкотары, труб, сварных и клепаных, кирпичных недостенков, цементных поверхностей, из которых нередко торчали вляпавшиеся и засохшие животные, а также чоботы зэков и сапоги охраны, ну и прочие отходы урбанистического социализма. Немало там было и полуразобранных автомашин, как грузовых, так и «легковушек», частично освещенных каким-нибудь случайно уцелевшим фонарем или погруженных в полнейший мрак, в котором лишь иногда побескивали под луной уцелевшие ветровые стекла и еще не свинченные фары.

В этой компании ничем на первый взгляд не выделялся контур массивного ЗИСа-101, приткнутого к глухому бетонному забору, вернее, куску забора, который не ограждал ничего, кроме такого же хлама, как все перечисленное. Фары его и подфарники были погашены, шторки задернуты, а между тем, если прислушаться, можно было понять, что мотор работает, а если приглядеться, можно было увидеть выбивающийся из-под задка дымок. К счастью, некому там было в ту полночь ни прислушиваться, ни приглядываться. Мы говорим «к счастью», потому что появление какого-нибудь опустившегося бича могло нарушить вот именно счастье двух любящих сердец. Там, внутри, разложены были кресла и широкий задний диван. Было тепло настолько, что можно было даже отбросить приготовленные загодя пледы. В узкую щелку между шторками внутрь попадал чудесный лунный луч. В чуточку опущенное окошко проникал морозный воздух любовной московской юности, если судить с точки зрения Така Таковича Таковского, который на другой стороне неширокой реки Яузы изнывал от ревности и счастья. Конечно, я ничего не слышал из того, что происходило внутри большущего рыдвана, тем более что время от времени мимо проезжал какой-нибудь шумный автомобиль, однако я догадывался, что там тихо играет коротковолновый приемник, передающий из Танжера музыку Эллингтона и Пегги Ли.

«Значит, ты меня еще любишь, девочка моя», — шептал Жорж на ухо Глике, не прикрываясь уже никакими пушистыми усами, гривою и бакенбардами. Она обвивалась вокруг его мускулистого тела, целовала любимую его лысину, вспотевшую от часовой любовной утехи, оживляла его слегка ороговевшие от жизненных невзгод уши, теребила и брала в рот его выдающийся, но далеко не греческий нос, заглядывала в темно-оливковые его глаза, словно пыталась уйти в космос его души. А он приступал к ней снова и снова с тем же пылом, с каким приступал к ней в вибрирующем чреве гидроплана на высоте пяти тысяч средних европейских метров, с тем же пылом, если не с большим.

«Ах, как мы летели тогда, как драпали к счастью!» — вспоминала Глика ту полугодичной давности авантюру. В промежутках между неистовствами она располагалась на теле Жоржа, словно оно (тело) было не чем иным, как дополнительными удобствами дивана, а он старался оправдать этот подход, подставляя под девичью спинку то сильно волосатую грудь, то менее волосатую ногу. «Скажи, Жорж, а нельзя ли нам и сейчас драпануть в ту Абхазию?»

«Можно и сейчас, родная моя, но, увы, не таким мирным способом, как прежде. Кстати, тебе привет от Натана. Он вышел в отставку и пробавляется по часовому делу».

«Спасибо, спасибо, он очень мил, этот Натанчик. Во взгляде его мне всегда видно было нечто отеческое, нечто ксаверьевское, усиленное к тому же какой-то дополнительной тягой. Ах, как мне хотелось бы удрать навсегда в ту Абхазию, где все говорят по-французски, жить там в том доме над прибоем, любить друг друга, может быть, даже рожать детей время от времени, но не забывать и философского смысла, ведь недаром идут сейчас иной раз разговоры о «Новой фазе» — иными словами, окармливать местных абхазцев мудростью солнечного сталинизма».

Тело мощи под ее телом гибкости вдруг стало трястись на манер того гидроплана, да еще и взрываться какими-то спазмами, чего с гидропланом не случалось. Посмотрев через плечо на расположившееся справа внизу лицо, она увидела, что оно, лицо, хохочет.

«Ах, счастье мое, как мне нравится твой юмор!»

Она продемонстрировала нарочито поддельное возмущение. «Какой же юмор, елки-палки! Это моя мечта в конце концов! Жить в той Абхазии, все втроем, какое счастье!»

«Втроем?» — удивился Жорж.

«Ну, конечно, Жорж, втроем! Другого я себе и не представляю! Почему бы вам с Кириллом не поделить мою любовь? Ведь не убьете же вы друг друга!»

Он помрачнел, но счел нужным заметить: «Я, во всяком случае, постараюсь».

Она чуть переменила позу и строго пискнула у него из подмышки: «Запомни, Жорж, или все трое, или я одна!»

Он помрачнел, но от этой мрачности снова возгорелся страстью и, залепив ей рот своим смачным поцелуем, стал ее раскладывать под собой для очередного гармонического соития.

Покончив с этим, очевидно, завершающим свидание делом, он стал натягивать на свои чресла трикотажные китайские кальсоны, а на стопы чехословацкие носки с закреплением их поверх кальсон отечественными резиновыми подтяжками. Затем настала очередь отменно отглаженных шевиотовых брюк, опять же на подтяжках, на этот раз гэдээровских. Что касается великолепной шелковой рубашки, произведенной, по всей вероятности, на подпольной фабрике в Тбилиси, то она, должно быть, адресовалась какому-то чрезмерно, даже и по Жоржевым масштабам, длиннорукому, а потому для того, чтобы ее рукава не вываливались из рукавов пошитого на заказ пиджака, Жорж поддерживал эти рубашечьи рукава своего рода бухгалтерскими подтяжками, натягивающимися выше локтя. Возясь по этим подтяжкинским делам, он на минуту даже забыл о предмете своей романтической страсти, а когда опомнился, увидел, что Глика, давно уже одетая в парижское легко натягивающееся шмотье, сидит в углу дивана и курит «Джебил» (в

МГУ эту марку, конечно, называли «Дебил»), стараясь на возлюбленного не смотреть. Он покрылся потом от неловкости своего копошащегося одевания (раздевание прошло гораздо быстрее, рывками) и от стыда за то, что позволил себе о предмете страсти, хоть на минуту, но забыть. Как легко бы я оделся, живи мы в той таинственной Абхазии, подумал он: тенниска, легкие брюки, мягкие туфли на босу ногу. Стараясь скрыть стыд, он быстрыми движениями украсил свою голову легко наклеивающимися аксессуарами, добытыми в гримерном цехе Малого театра, то есть артистической гривой, английскими бакенбардами и миклухо-маклаевской бородою.

«Ты уверен, что это необходимо?» — спросила Глика довольно отчужденным тоном.

«Ты слышала когда-нибудь о Штурмане Эштерхази?» — ответил он вопросом на вопрос.

Она рассмеялась. «Что-то слышала от родителей, но в основном от Кирилла. Во время войны был такой миф, летающий над морями и над театрами военных действий, нечто среднее между Пантагрюэлем и бароном Мюнхгаузеном, верно?»

«Он был неуловим, моя крошка. Просто неуловим».

«Ты хочешь сказать, что это был ты?»

«Вот именно. Это был я, и есть я, и всегда буду я».

Она еще пуще рассмеялась. «Чуть не забыла! Ведь я недавно подружилась во дворе с еще одним Штурманом Эштерхази. Это ручной тигр».

Он усмехнулся. «Это уже производное. Знаешь, Глика, я открыл тебе свое старое прозвище не для того, чтобы посмешить или похвастаться, а для того, чтобы тебя предупредить: в Москве скоро могут произойти совершенно чрезвычайные события. До их исхода мы не можем даже мечтать об отъезде в ту нашу Абхазию, не говоря уже о составе нашего любовного союза. Я только надеюсь, что все обойдется».

Она досадливо поморщилась. «Я ничего не понимаю. О чем ты говоришь? Какие еще события? Москва — это неподходящее место для таинственных событий».

«Я говорю это тебе, чтобы предупредить. Ты связалась со Штурманом Эштерхази, это опасно. Никому пока не говори о наших встречах, особенно Кириллу. Конечно, он поэт и атлет, но он к тому же еще и агент. Можешь рассказать ему о концерте, но ни о чем больше. После концерта мы с тобой долго гуляли по набережной и разговаривали о Бетховене — вот и все. А теперь я хочу передать тебе письмо от Юры Дондерона».

Теперь уже ей стало стыдно. В любовной горячке она совершенно забыла первопричину встречи с Олегом Олеговичем. Вот ведь зараза какая: сначала идет на риск, не боясь возможной провокации, лишь для того, чтобы проверить, есть ли хоть малый шанс установить связь с несчастным парнем, а как попадает в моккиначьи жадные руки, сразу забывает и о доблести, и о подвигах, и о славе, а уж о самом тюремном сидельце тем более. Но как мог Жорж заполучить это письмо? Ведь по нему самому, похоже, тюрьма плачет.

Он протянул ей конверт, заклеенный хлебным мякишем. Она неуверенно взяла его в руки.

«Что он там пишет, этот Юрка непутевый?»

«Прошу прощения, мисс, джентльмены не читают чужих писем».

Глика ошибалась: Дондерон не был тюремным сидельцем. В Лефортовской тюрьме его держали всего три дня, а потом в темпе зачитали ему судебное решение так называемой «прокурорской тройки», то есть трех непроспавшихся свинтусов: три года ИТЛ с последующим ограничением места проживания. Тут же «с вещами по коридору» в «воронок» и повезли к месту исполнения наказания. Оно оказалось, как и обещал капитан Галеев, почти дословно, «в двух шагах от дворца». Еще в самом начале строительства Яузской высотки по соседству, на Швивой горке, возник и распространился под эгидой гэбэ большой лагерный пункт. Собственно говоря, именно зэки и начинали стройку, и для этого их не надо было гнать издалека, везти вагонами или фургонами; просто открывались ворота в глухом заборе и из зоны выходило нужное количество рабсилы, чтобы спуститься со Швивой горки в котлован.

Строительство высотки вроде было уже закончено, въехали и расселились высокопоставленные жильцы, а концлагерь по соседству продолжал существовать. Во-первых, не все еще работы были завершены, например, самая высотная часть центрального корпуса, Башня, еще не была доведена до ума, и туда каждое утро из-под земли на спецлифте поднималась отобранная бригада. Во-вторых, за годы строительства в Таганском ОЛПе сформировалась группа самых изощренных на всей планете заключенных строителей небоскребов, и гэбэ не торопилась ее распускать. В-третьих, с лагерями ведь вообще какое дело: построить их гораздо легче, чем разобрать. Изобретенное основателем нашего государства, это явление пришлось по душе нашему народу. Эти огороженные хозяйства с определенными количествами рабсилы, с вышками, с печками, с пище- и медблоками, с дисциплинарными изоляторами и непременными КВЧ, то есть культурно-воспитательными частями, возможно, казались народу какими-то ячейками светлого будущего.

К тому же строить, как оказалось, на Швивой горке нужно было меньше, чем в колымской тайге. Ведь в центре зоны оказались строения давно ликвидированного Новоафонского подворья для святых людей да и самого Храма Святого Николы на Таганке, в котором до прихода хозяйственников-чекистов располагался склад вторсырья. В этих-то строениях с кирпичной кладкой XVI века, когда на каждый кирпич употреблялось одно сырое яйцо, и расположились узловые структуры ОЛПа, то есть почтового ящика 777/666/АПО. Именно сюда по утрам на своем впечатляющем первенце советских лимузинов ЗИСе-101 привозил своего хозяина, начлага полковника гэбэ Валериана Домиановича Лицевратова, его личный шофер высшего класса, отставной капитан танковых войск Олег Клонкрускратов, который, по данным особистов, всю завершающую фазу войны возил маршала Толбухина.

Удивительно, каким верным в душе человеком оказался участковый уполномоченный высотки, взяточник и расхититель государственного имущества капитан Галёев. Обещал академику Дондерону, что сын его будет отбывать наказание поблизости от дома, и не соврал. Юрка был потрясен, когда с крыльца своего барака (бараки здесь были расположены слегка чуть-чуть в духе горного аула) увидел свой собственный подъезд со стоящими рядом с ним тремя лифтершами-спецсплетницами. Увидел он однажды, под вечер, как вышел из подъезда любимый папа с трижды любимым Дюком. Спецсплетницы посмотрели им вслед, быстро заработали сельдяными-с-винегретом языками, а одна вроде бы даже показала большим пальцем в сторону «аула», где сидел, окаменев, наш Юрка, пионер джаза в диком СССР. Он видел, как Дюк, сделав свои дела, тут же повернул домой, а ведь бывало так тянул во все стороны, что не удержишь. Юрка разрыдался. Бедный мой пес, так и вся молодость твоя пройдет без старшего брата! Он старался быстрей отрыдаться, чтоб не застали его за этим постыдным делом вохровцы или, еще хуже, мрачные зэки. И все-таки один раз уголовник по кликухе Фрухт увидел его заплаканную рожу и даже пёрнул от неожиданности: во дает малолетка! Юрка, и впрямь, бритый под нуль, выглядел ранним подростком.

Однажды, правда, он возрадовался душою за братика Дюка, когда увидел мельком из строившейся колонны, как тот встретился во дворе со своим другом Штурманом Эштерхази. Спущенные с поводков два представителя животного мира, тигр и пес-доберман, весело прыгали вокруг друг друга и даже брали друг друга, без боли, зубами, в то время как красавица-актриса Горская непринужденно беседовала с отцом «врага народа» академиком Дондероном.

Вот куда Юрка старался не смотреть и даже старался не поднимать туда головы, так это на вздымающиеся над Швивой горкой стены главного корпуса Яузского жилого гиганта. Впрочем, дважды, опять же случайно, в ранних декабрьских сумерках он видел из колонны, как с террасы 18-го этажа поднималась в воздух Глика Новотканная. Раздвигая хляби небесные бросками обеих рук, как это делает пловец баттерфляем, она вздымалась до уровня центральной башни и там зависала. Колонну в это время разворачивали «левое плечо кругом», и Глика исчезала из поля зрения. Еще один разворот, и он видел, как она возвращается с террасы в свою квартиру. Его трясло после этих созерцаний, просто колотило со страшной силой. Он помнил, как будто это было вчера, их первое и единственное, безысходное и счастливое свидание, их бесконечные поцелуи, ее горячее тело, разбросанные по подушке темно-золотые волосы, глаза, затуманенные чудом возвышающейся и угасающей страсти, но эти подъемы в воздух были, похоже, из другой оперы. Лучше не смотреть на эти высоты.

Что касается трудовой повинности, то она, как ни странно, была не особенно обременительной. Его приписали к «инструменталке», размещенной в старом корпусе подворья. Там несколько зэков из технарей весь день возились с инструментами и станками. Юрка, поднаторевший в работе с инструментами еще со времен десятилетки, а в университетской практике научившийся читать чертежи, оказался ценным кадром. Технари его зауважали и даже предлагали иной раз дозы спиртяшки. У них там был замаскированный приемник, и он научил их настраиваться на Танжер. К тому же слегка просвещал в области джаза. Один раз даже начал подпевать Пегги Ли:

> Gonna take a sentimental journey,
> Gonna take my heart at ease...

Петр Христофорович тогда ему доверительно сказал: «Я вижу, Юр, тебя за дело красные замели». И он вдруг почувствовал какую-то странную, вроде бы не очень-то адекватную для вчерашнего комсомольца гордость.

Однажды он засиделся вечером в «инструменталке». Нужно было проверить на разных режимах новый токарный станок, а в таких случаях даже разрешалось не выходить на вечерний развод. Он был счастлив остаться один. Крутил свой станок, останавливал его, делал записи в журнале и слушал приходящий из темного угла концерт молодого пианиста Оскара Питерсона. Приемник был разобран и спрятан по углам: в одном углу было включение, в другом настройка в диапазоне 19 метров, в третьем в диапазоне от 25-ти до 31-го. Громкость увеличивали и уменьшали с помощью какой-то железяки, напоминающей сверло. Как странно они стали играть, эти молодые гранды джаза, думал Юрка. Уходят так далеко от темы, что ее забываешь, а потом в импровизации начинают мелькать то одна знакомая нотка, то другая, наконец подходит с помощью ритм-секции мощная кода, и все рассыпается серебром. Это совершенно новый стиль, называется, кажется, «бибоп»; надо проверить. Вот сейчас бы посидеть с Таковичем, потолковать бы за милую душу о джазе. Вместо этого из-за какого-то гнусного стрекулиста я тухну в лагере, теряю свою юность. А впрочем, к концу срока мне будет всего двадцать два года. Выйду на свободу еще молодым. Буду гордиться, что сидел «за дело». Надеюсь, Таковича не заметут, ведь я его не выдал, когда они спрашивали, кто мне поставлял рентгены. Надеюсь, что и Глика будет со мной, что ей к тому времени надоест ее сталинский лауреат и прекратятся эти бесцельные полеты.

Вдруг заскрипела дверь и в «инструменталку» пролезли трое громоздких уголовников из его барака: Фрухт, Жадный и здешний «вор в законе» Никанорыч. Они погасили верхний свет и подошли к нему почти вплотную.

«Вы чего, ребята?» — почему-то шепотом спросил он.

Фрухт протянул к сидящему руку и почесал ему темя. «Слушай, Студент, тут принято решение пустить тебя по шоколадному цеху. Соображаешь?»

Сальные, страшные ряхи приблизились, хихикая и воняя тухлятиной.

«Так что, милок, сымай штаны, показывай свою красавицу. Прыщей нету?»

Он вскочил. Чудовищная мысль металась у него в голове. Людоеды! Мне же говорили следователи, что в этих лагерях бывают людоеды!

Драться до конца, до последнего вздоха! Он попытался дотянуться до разводного ключа, но тут Фрухт и Жадный насели на него сзади, и ему осталось только дергаться и гнуться в их страшенных лапах.

«Да ты че, Студент, чокнулся, что ли? — сипели они. — Ты че, целка, что ли, целка, что ли?»

Между тем Никанорыч рвал с него пояс, лез в штаны, обкусывал пуговицы, хватал член. «Ниче, ниче, щас все будет чин чинарем! Щас очко-то у него взыграет!» Невесть откуда в руке у него появился эмалированный тазик. «Сурлять будешь вот сюда, а мы потом все пожрем для здоровья!» Безумье ликовало на его ряшке.

Юрка тут вывернулся, сильно ударил коленом в пах паханка. Тот взвыл и отвалился. От неожиданности Фрухт и Жадный ослабили зажим. Он вырвался, дотянулся до разводного ключа, что есть мочи завопил: «На помощь! Охрана, на помощь! Тут людоеды!» Он так, похоже, до конца и не понял истинных намерений трех сластолюбцев.

С размаху он засадил одному из них железякой по скуле. Башка тут же превратилась в окровавленный кочан. Двое других опять обратали его, свалили на пол, припечатали носом вниз. «Ну, сучонок, теперь тебя за насилие задерем до смерти!» Началось что-то немыслимое для сознания академического сынка Дондерона и продолжалось бы, если бы в «инструменталку» не ворвался личный шофер начлага полковника Лицевратова Олег Клонкрускратов.

Прогуливаясь в ожидании хозяина вокруг исторических построек и покуривая папиросу «Казбек», шофер услышал истошные крики из «инструменталки». Забыв, как всегда с ним бывало в похожих обстоятельствах, о всякой осторожности, Клонкрускратов бросился на эти крики. Фонарик его осветил поистине адскую сцену. Три человекоподобных чудовища мудрили над юным мучеником. Клонкрускратов, долго не думая, засветил одному из чудовищ под челюсть носком подкованного сапога, а двух других завалил десантным приемом, то есть сцепленными руками по загривкам. На все дело ушло не более десяти секунд. Потом снова закурил и оглядел помещение. Жертва, пацан лет шестнадцати, сидел на полу и смотрел на него невероятно знакомыми глазами.

«Послушай, ты не из этого ли дома?» — спросил Клонкрускратов и мотнул головой в сторону высотки.

Пацан кивнул. «Там живут такие Дондероны, я их сын».

«Доннерветтер! — воскликнул спаситель юношеской чести, а может быть, и всей жизни Юрки (он сразу вспомнил имя) Дондерона. — Послушай, у тебя из штанов кровь течет. Нет ли тут чего-нибудь, чтобы затампонировать повреждение?»

Юрка показал ему на железную тумбу с ящичками. Клонкрускратов обшмонал ящички и бросил пацану искомое — кусок вполне сносной, в смысле санитарии, пакли. Потом, переступая через полутрупы, пошел к задней, запертой на ключ двери и открыл ее. Там светился под луной снежный склон Швивой горки. Клонкрускратов деловито подтащил за ноги бессмысленно хрипящих Фрухта, Жадного и Никанорыча и стал ногами сталкивать их под уклон. Полутрупы покатились в дальний угол зоны, к помойке, и остались там лежать. После этого шофер начальника — а Юра сразу узнал его по росту и по экстравагантной нерусской растительности — запер заднюю дверь, а ключ положил в карман.

Юнец был уже на ногах. «Жалко, что вы их выбросили, я бы их убил».

«Всех до одного?» — поинтересовался Олег Эрастович.

«Всех троих».

«Так, понятно. Теперь слушай меня внимательно. Если ты будешь рыпаться, не доживешь и до утра. Сейчас я погашу весь свет и закрою тебя снаружи. Выруби также приемник, которого нет. Это что у тебя, Танжер? Тем более. Танжера сегодня в мире нет. Не подавай признаков жизни до моего прихода».

Он сделал все, как сказал, и неторопливо пошел в административный сектор, размещавшийся в уцелевшем притворе храма. Там, в красном уголке, полковник Лицевратов материл свою бухгалтерию, которая никак не могла подвести баланс в годовом финансовом отчете. Клонкрускратов с порога ему кивнул и потер ладонями уши, как будто бы с мороза, хотя на дворе было не больше пяти градусов минус. Лицевратов всем приказал оставаться на своих местах и прошел с шофером в свой кабинет. Там он включил радиоточку — шла трансляция патриотического концерта, посвященного приближающемуся XIX съезду — и спросил, что случилось. Эпизод в «инструменталке» был ему рассказан во всех доступных деталях. Лицевратов, мужик примерно одного возраста с Клонкрустратовым, бывший фронтовой смершевец, что осталось у него на лице в виде спорадического тика, известного как «страх плевка», в данном случае только устало пожал плечами. Да разве Штурман раньше не слышал, как малолеток пускают по шоколадному цеху? Валера, ответил ему Клонкрустратов, вот этот случай ты должен взять на себя, просто ради нашей дружбы. Лицевратов кивнул, достал из письменного стола бутылку коллекционного «Еревана», они выпили и стали обсуждать проблему заядлого «плевела». Прежде всего надо его отсечь от никаноровских. А лучше всего вообще от всех блатных. Вывести его за черту лагеря. Почему бы тебе не отправить его на башню? Послушай, а это идея! Ведь там, на башне, у нас особый персонал, технари высшего полета плюс радиотехническая интеллигенция. Слушай, Штурман, котелок у тебя еще варит не хуже, чем в Боснии когда-то варил! Ну вот видишь, Валера, все, оказывается, в наших руках!

Тут вдруг полковник замолчал и задумался. Пару раз за несколько минут лицо его передернулось в «страхе плевка». В чем дело, друг? А дело, оказывается, было в том, что сверхсекретные работы в башне приближались к концу, а по их завершении может последовать спецраспоряжение вроде того, что было применено после строительства куйбышевского бункера. Мда, мы уже забыли о тех временах. О чем ты говоришь, нынешние времена в этом смысле ничем не отличаются от прежних. Ну давай не будем надолго загадывать. Знаешь что, давай мы отправим пацана на башню временно, ну, скажем, на три месяца как циклевщика полов без допуска к приборам. Ты за это время раскассируешь никаноровскую капеллу и вернешь парня в госпиталь с воспалением, скажем, легких. Ну, Штурман, ты меня, как всегда, поражаешь: у тебя каждая идея сразу выходит на другую, седлает ее и погоняет!

Развеселившись, друзья еще минут десять пореванились, вспоминая прошлое. Между прочим, вспомнили и ту девчонку, которая в 1944-м появилась в партизанском лагере, то есть ту, которую сейчас называют заслуженной артисткой СССР Кристиной Горской. Ты еще заходишь к ней, спросил Лицевратов. Ты у кого спрашиваешь, поинтересовался друг. У пропавшего без вести Моккинакки? Или у испарившегося вместе с войной Штурмана Эштерхази? Или, может быть, у своего шофера Олега Клонкрустратова? Полковник усмехнулся с некоторой победоносностью. А я вот захаживаю. Удивительная женщина! Каждая встреча с ней — это веха в моей жизни! А уж этот ее тигренок, названный в честь спецназовской легенды, весом в пять пудов; не поверишь, он ластится ко мне, как кот! Узнав от шофера, что Штурманочек и Юркин Дюк большие друзья, начлаг воспылал к своему узнику еще большим сочувствием. Слушай, Штурман, мы его после башни сактируем как туберкулезника!

После разговора с другом-начальником Клонкрустратов отправился назад, в «инструменталку». В обширном цеху было темно, только сильный луч луны падал через одно окошко, и в этом луче на полу Юрка Дондерон заклеивал хлебным мякишем какой-то самодельный конверт. Олег сел в тени рядом с ним.

«Через полчаса за тобой придет сержант и проводит с вещами на башню высотки. Там будешь и жить и работать по циклевке полов. Учти, это объект самой высшей секретности. Будь осторожен, никому не рассказывай о нашей встрече».

«Спасибо вам за все, Олег! — очень твердым, поистине мужским, тоном сказал юнец. — Никогда не забуду того, что вы для меня сделали. У меня к вам вопрос. Случайно вы не знаете в этом проклятом доме такую девушку, Глику Новотканную? Не могли бы вы передать ей от меня письмо?»

Шофер начлага, не говоря ни слова, положил письмо в карман своего кожана. Джентльмены, как известно, чужих писем не читают, но мы, пожалуй, уже можем предать его гласности, поскольку знаем, что джентльмен передал его в руки адресату.

Дорогая Глика, darling!

Я нахожусь совсем недалеко от тебя, хотя и сомневаюсь, что мы когда-нибудь увидимся. Помнишь ли ты песню Фрэнка Синатры «Over and Over»? Настроение примерно такое, на разрыв души. Вокруг меня монстры, посягающие на мою честь, but I am going to fight for that to the bitter end. Fortunetely, there are some miracles in this nusty world, и вот сегодня такое чудо свершилось: я нашел сильного друга.

Я часто вижу в мечтах картинку. Мы трое, ты, я и Такович, сидим у меня, курим, говорим о новом стиле bibop и свингуем, свингуем, свингуем up to the Heaven. Ну а потом Такович как истинный друг оставляет нас вдвоем. Надеюсь, что он избежал моей участи. Если увидишь его, передай ему my kiss and hug.

Кстати, о Небесах. Я видел дважды, как ты пытаешься выйти в пространство. Молю тебя, перестань! Don't fly away!

Yours ever,

Ю. Д.

Бал Ариадны

В январе 1953-го, в ночь под Старый Новый, то есть юлианский, год двери дома Новотканных были открыты для высшего общества страны. Даже работники могущественной организации Спецбуфета никогда не видели такого блестящего скопления гостей. Подъезжали академики и генералы, титаны охранительной системы, гиганты миролюбивой дипломатии, истолкователи таинств марксизма со Старой площади, победители пространств, увенчанные гирляндами наград инженеры человеческих душ, воздвижители многоэтажного будущего, гении ведущих театров, а также важнейшего — для нас — искусства кино. И все по возможности с супругами. Никогда еще принародно не демонстрировалось превосходство нашей ювелирной системы: какие кулоны, ожерелья и браслеты, какие тиары и диадемы! И все в народном переяславском духе. Одна лишь виновница торжества Ариадна Рюрих-Новотканная была без единого камушка. Стройная и высокая, в длинном шелковом платье с оголенными плечами, она демонстрировала то, чем горделиво обладала, без всякого дополнительного освещения. Ну что за юбилярша! К сорока годам она подходит в полном совершенстве социалистической женщины и нисколько не чурается ближайшего соседства с полнейшим воплощением социалистической юности, своей дочерью Гликерией. Напротив, все время целуются, заставляя даже слегка чуть-чуть замшелых членов Политбюро поправлять что-то в карманах.

Естественно, все гости прибывали с подарками, и в отличие от бытовавшего в государстве обычая тут же засовывать приносимое в темный угол «другой комнаты», здесь все пакеты вскрывались в присутствии дарителя и, конечно же, повергали в немедленный восторг юбиляршу, дочь ея и ея супруга, которого она к некоторому ужасу некоторых гостей называла Ксавкой и который был явно не совсем в фокусе. С подарками, увы, иной раз наблюдались и накладки. Принародная распаковка оных показала, например, наличие семи одинаковых чехословацких чисто хрустальных люстр и даже с почти идентичными инскрипциями: «Сияй, как этот хрусталь!» или «Затми этот хрусталь!» — в общем, в этом роде. И все-таки несмотря на этот небольшой (Ариадна: «милый, забавный») куршлюз продолжались открытие подарков и соответственная реакция на них в присутствии дарителя, что вызвало скопление гостей еще в нижнем огромном холле Яузского чертога.

При открытии подарков в один момент произошло и нечто весьма сокровенное. Одна из более-менее скромно иллюстрированных дам, по всей вероятности, из ЦК профсоюзов, преподнесла юбилярше небольшую коробочку, обернутую в историческую бумагу с орлами и коронами. Осторожно распечатав столь редкий сверток, Ариадна увидела внутри изумительную шкатулочку с красочным портретом Ея Величества Екатерины Великой. Все-таки несмотря на все чудовищные разграбления страна еще богата бесценным антиквариатом, подумала она, и не успела она завершить свою мысль, как шкатулочка раскрылась с двумя тактами какого-то небесного менуэта. Внутри находился крохотный свиток бумаги, еще более плотной и драгоценной, чем оберточная. Раскатав этот свиток, она прочла: «Chere ami! Avec votre fils nous allons a la lumiere. Nous vous prions d...agreer nos salutations distinguees. CII». Юбилярша слегка чуть-чуть качнулась от острейшего исторического чувства. Стала выискивать глазами дарительницу-профсоюзницу и нашла ее неподалеку. В имперской позе Дама стояла, направив на нее милостивое свечение очей. Кивнув, испарилась. Ну, конечно же, это была Она! Не может же быть, что это был просто дружеский розыгрыш какой-нибудь утонченной близкой натуры вроде собственной дочери и ее жениха. К тому же они уже сделали ей чудеснейший подарок в виде очаровательного щенка-добермана, явившегося на свет после вязки дондероновского Дюка с высокопородной Кэтти, баронессой Померанской.

Жених между тем стоял в толпе приятно возбужденных гостей и разговаривал с Лаврентием Берией. В отличие от других лауреатов он не вывесил всех своих семи медалей, а ограничился значком делегата XIX съезда на лацкане скромного костюма, пошитого, между прочим, на Old Bond Street. Почувствовав взгляд Ариадны, он послал ей воздушный поцелуй.

Задумано празднество было с большим размахом: прием на 18-м этаже с открытием всех его площадей, за исключением опечатанной квартиры адмирала Моккинакки, затем переезд в закрытые для широкой публики этажи гостиницы «Москва» и там продолжение приема с переходом за общий стол и последующим балом в сопровождении привезенного из мест не столь отдаленных джаз-бэнда Эдди Рознера. Пока что упивались первоначальной фазой в высотном здании. Все казались друг другу и самим себе донельзя элегантными и светскими и, в принципе, мало отличимыми от гостей подобных сборищ в империалистических кругах, о которых никто и не думал в эти часы. Ну случались, конечно, и тут иные накладки, кто может без этого обойтись! Вот, например, Булганин Николай Иванович позволил себе хлопнуться в обморок при виде довоенной балерины Ольги Лепешинской. Те, что были в окрестностях этой малоприятной сцены, были несколько огорошены, однако увидев, что выздоравливающий на ковре государственный деятель тянется к туфельке Прекрасной Дамы геноссе Риббентропа, чтобы налить в нее массандровского шампанского, просто-напросто зааплодировали.

Некоторое число некоторых faux pas совершил и наш собственный некоторый геноссе, крупнейший государственный деятель из братской ГДР, глава северного района рабоче-крестьянской республики Тыш Иохим Вольфгангович. Во-первых, явился одетым не по сезону в ослепительно белую пару, украшенную к тому же коллекцией монгольских и китайских орденов, что само по себе представляло некоторую дипломатическую загадку. Во-вторых, слишком долго передвигал свое тяжелое трудовое тело слишком близко от юбилярши, не давая другим подойти. В-третьих, был уже с самого начала слегка почти мертвецки чуть-чуть пьян. Забирая со спецбуфетовских подносов утонченные сандвичи сразу дюжинами, он все время повторял одну и ту же фразу, олицетворяющую одну и ту же длинную мысль:

«Варум, геноссен, мы бес-печ-но полушайте тикки-дрикки кляйне бутерброттерссс? Унзере пролетаришен зондеркомманден саслюшиствуйте бессер ессен, вилькамен нах Росток! Ариадна фон Рюрих, фарен нах хайматлянд, гнедике фрау!»

Как и некоторые другие бывшие гитлеровцы в руководстве ГДР, он был, очевидно уверен в немецком происхождении блистательной дамы социализма. Ариадна, пытаясь урезонить фрица, похлопывала того по загривку, а сама делала знаки Фаддею — немедленно в резиденцию!

Она была донельзя ободрена подарком Императрицы. Уже много недель до этого безоблачного и пока еще ничем не омраченного собрания московского высшего общества она была сама не своя. Ей казалось, что на ее семью, на всех ее любимых, на всю страну и прежде всего на Москву, на эту только сейчас зародившуюся неоплатоновскую утопию, надвигается какой-то неясный, еще не установленный, но уже подмигивающий похабным глазом, ну, скажем, Януарьевича, ужас. Однажды, с утра, ее поразила, ударила прямо под груди невероятная мысль — неизбежен а т о м н ы й ужас! Взрыв может произойти в любую минуту и, возможно, в самой сердцевине, в Кремле! Она растолкала сладко похрапывающего после командировки на Новую Землю (разумеется, в компании с Нюркой) Ксаверия и спросила его в упор: возможно ли такое, грибовидное, апокалиптическое, немыслимое? Развратник, продрав похабненькие зенки, начал бурно хохотать. Конечно, возможно, если не будет укорочен этот придурковатый Курчатов в его институте на далеком Соколе. Она тут стала его щипать, хватать за разные места, слегка покусывать и неожиданно, впервые за долгие месяцы, совокупилась с ученым негодяем.

Страх между тем не отступал. Она была уверена, что эти чувства в той или иной мере испытывают все более или менее близкие к власти люди. Все живут под этим грузом, все страдают, и все скрывают этот мрак друг от друга. И вот приходит юбилей, и что же мы видим? Веселую и легкомысленную толпу вельмож, стремящихся получить максимальное совместное удовольствие от этого вечера Ариадны. Все устали от постоянного страха, и не только атомного, а — ну завершай мысль — бесконечно сталинского. Ах, если бы еще можно было во всеуслышанье сказать, что это почти античное собрание освящено Великой Екатериной!

Что касается главного ее помощника в организации праздника, Кирилла Смельчакова, то он, едва ли не в унисон с Ариадной, испытывал чувство освобождения от гнетущей тревоги, что довлела над ним все осенние месяцы и только усилилась с наступлением зимы. Атомные грибы, впрочем, не вздымались в его воображении: начнут вздыматься, все тревоги отлетят в одночасье. Гораздо больше его беспокоили промельки каких-то быстрых, словно десант, фигур, перебегающих из тени в тень по ночам на пустынных улицах, особенно в районе от Трубной до Сретенки, когда возвращаешься за рулем домой. Будто тащат что-то, какие-то зарядные ящики, что ли. Сосредоточишь взгляд, и они тут же исчезают. Иногда и днем ни с того ни с сего вдруг в глазах стали проплывать какие-то черные пятнышки, в чем-то сходные с фигурами десанта. Пошел к офтальмологу в поликлинику Минобороны, звено ШОЗ. Опытный специалист ему сказал, что пятнышки в глазах — это не что иное, как так называемые «плывуны», почти микроскопические сгущения стекловидного вещества в глазных яблоках. Они скоро пройдут, вернее, вы их перестанете замечать. А вот насчет мелькающих фигур, это, товарищ полковник, не по нашей части.

В Москве, между прочим, люди стали чаще заглядывать друг к другу в глаза с каким-то странным вопросительным выражением. При полной стабильности мимики в зрачках вроде бы дергался какой-то представитель хаоса, будто бы домогался ответа: «Ну что теперь делать-то будем, братья и сестры?» В принципе, народ при полном отсутствии информации очевидно чувствовал, что надвигается пора новых и невероятных злодеяний правительства: то ли уничтожение евреев, то ли вторжение в какую-нибудь неслабую страну, то ли окончательный нажим на природу. Чувствование себя не винтиком, а мощным винтом в этой системе отнюдь не способствовало лучезарности. Чернота черноты сгущалась.

> Тезей, вздымай фашистский парус, —
> Тебе командуют рога. —
> Сожри таинственный папирус,
> Ты в нем не смыслишь ни фига!»

И вдруг все изменилось в прозрачный морозный вечер юлианского Нового года. Москва-Ква-Ква под свежим снегом вновь обрела смысл и уют.

Съезжаются тупые и страшные бонзы со своими немыслящими женами, и вдруг все собрание превращается в истинный карнавал. Такова магия Ариадны. Она говорит совветкам: «Девочки, приезжайте в брильянтах!», и все начинает сверкать, как детский праздник, и тетки стараются преобразиться в девочек-телочек, и тяжеловесное мужичье начинает слегка фривольничать, жаждет надраться, но не в обычном мрачном ключе, а в легком, юмористическом, карнавальном, и даже страшный Берия начинает казаться не палачом, не вурдалаком, а просто обычным таким закавказским жуликом, смешным эротоманом.

Берию, как магнитом, тянуло к юбилярше, этому неприкосновенному сокровищу партии, но еще больше к ее дочке, несравненной и неотразимой Гликерии. Он намекнул ей, что знает о ее увлечении классической музыкой, особенно бетховенскими квартетами в исполнении довольно странной компании во главе с аккордеонистом Шостаковичем. Заметив, что она с какой-то неадекватной, понимаете ли, тревогой изменилась в лице, он стал нежнейшим и совершенно, подчеркиваем, джентльменским образом успокаивать юную прелесть, поглаживать ее по продолговатой спортивной спинке и даже слегка чуть-чуть ниже, замирая и вздыхая над вожделенной расселиной. Хотелось бы вместе с вами, душа моя, побывать в Консерватории, а потом и поужинать в компании Шостаковича, поговорить о формалистической интерпретации великого Людвига ван Бетховена, замеченного еще вождем пролетариата Лениным Владимиром Ильичем.

Вдруг он почувствовал чей-то малоприятный взгляд, повернул голову и увидел, что на него смотрит Кирилл Смельчаков, гэрэушник и любимец тиранического вождя. Глика в тот же момент исчезла. Он глянул через плечо на стоящего прямо за спиной Кобулова. Тот, набычившись, смотрел на Смельчакова и даже не заметил исчезновения девушки. Берия фальшиво улыбнулся гэрэушнику — и наверняка любовнику этой прелестной сучонки — и поманил его к себе пальцем. Смельчаков нагло усмехнулся и отвернулся к стоящему рядом с ним артисту Черкасову. Пришлось вместе с Кобуловым к ним подойти и отодвинуть в сторону Черкасова.

К таким боевикам, как Смельчаков, то есть в доску своим, члены Политбюро обычно обращались на «ты». «Давно тебя не видел, Кирилл, как живешь? Ты случайно не знаешь, кто эта девушка, которая только что от меня упорхнула?»

Смельчаков почему-то вместо ответа обратился к Кобулову: «А вы как сюда попали, Амаяк Захарович? Вас разве приглашали?»

Берия слегка дернулся, как бывает в боксе, когда пропускаешь незаконный удар по уху. «Ты что, Кирилл, рехнулся? Амаяк сюда со мной пришел, не понимаешь? Почему на вопросы не отвечаешь? Тебя про девчонку спрашивают: кто такая?»

«Эта девушка — моя невеста», — медленно и четко, как будто кретину, проартикулировал Кирилл.

«Ну вот и прекрасно! — расхохотался Берия. — Тащи ее сюда! Будем вместе веселиться!»

Кирилл придвинул свое лицо к его лицу и сказал так, чтобы никто, кроме монстра, не слышал: «Если ты, Лаврентий, еще раз притронешься к-к-к Глике, я тебя убью».

На этот раз Берия даже не моргнул. В манере тифлисского хулиганья его юности он прошипел в ухо Кириллу: «Не успеешь, гад! Через час мы с Амаяком будем сдирать с тебя шкуру».

«Этого ты не успеешь сделать, Лаврентий», — почти в той же манере отбил Кирилл и положил руку в карман.

Трудно сказать, чем бы кончился этот довольно содержательный спор. Читатель может по своему собственному темпераменту и вкусу поиграть с вариантами, мы лишь скажем, что он был прерван самым неожиданным образом. Через анфиладу комнат из кабинета Ксаверия Ксаверьевича прошел резкий звонок главного телефона страны. Жуткая эта трель была знакома лично наверняка не менее чем половине присутствующих, остальные же жили и трепетали в ожидании подключения к трели.

Ксаверий Ксаверьевич, в этот вечер разыгрывающий графа Ростова, выпал из роли и прогалопировал через анфиладу к аппарату цвета обоссанной слоновой кости. «Да, товарищ Сталин. Сердечно благодарю, товарищ Сталин. Одну минуту, товарищ Сталин». И завопил, как сирена в его синхрофазотроне перед началом разгона частиц: «Кирилл, тебя товарищ Сталин к телефону!»

В наступившей поистине гоголевской тишине Кирилл Илларионович Смельчаков, сын таинственно изчезнувшего с международной арены — впрочем, как и с внутринародной арены — специалиста по заключению многоступенчатых финансово-экономических договоров, четкими шагами мимо расступившихся гоголевских масок прошел в кабинет и, не закрывая двери, поднес трубку сначала к левому (от волнения), а потом точно — к правому уху. В другом конце огромной квартиры в этот момент из радиоточки зазвучал вальс Арама Хачатуряна к драме Лермонтова «Маскарад». Он продолжался в течение всего последующего разговора и завершился точно по завершении оного.

Вот что вся потрясенная публика услышала словами Смельчакова вперемешку с недосягаемостью Сталина.

«Здравствуй, Иосиф. Очень рад тебя слышать, Иосиф.

. . . .

Спасибо, Иосиф. Обязательно передам.

. . . .

Она машет тебе рукой, Иосиф.

. . . .

Да, Лаврентий тоже здесь. Он машет тебе рукой, Иосиф.

. . . .

В ходе праздника, Иосиф, мы с Ариадной выпиваем «Киндзмараули».

. . . .

С Лаврентием, Иосиф, мы выпиваем несравненного «Греми».

. . . .

Нет, не ссоримся, Иосиф, чего нам ссориться?

. . . .

Что звучит, Иосиф? Прошу подождать минутку, навострю ухо. Это вальс Арама Хачатуряна звучит к драме Михаила Лермонтова «Маскарад».

. . . .

Согласен, батоно: гениальный армянин. Гениальный армянин и человек.

. . . .

Нет, Иосиф, он не еврей. И Шостакович не еврей. Еврей у нас Карл Маркс, батоно.

. . . .

(Отдаленно проходят раскаты сталинского смеха.)

Очень жаль, Иосиф, что ты не можешь к нам сюда, в твою любимую высотку, приехать. Повеселились бы по-настоящему!

· ·

Я знаю, что у тебя нога слегка чуть-чуть немного болит, Иосиф. Еще раз тебе советую тигриную мазь. Поверь, Иосиф, у нас тут есть специалист по тигриной мази.

· ·

Моя невеста Глика машет тебе рукой. Она тебя обожает, Иосиф. Да-да, в прямом смысле — о-божа-ет!

· ·

Да, мы готовы с ней к началу «Новой фазы», Иосиф.

· ·

Да, вся наша семья готова к началу «Новой фазы». Все машут тебе кто чем: руками, ушами, носами, Иосиф.

· ·

Да, малость поддал, Иосиф. Спасибо, Иосиф. Обязательно передам Ариадне твой персональный поцелуй. Так точно, как когда-то, товарищ главком. Все собравшиеся припадают к твоим историческим сапогам, батоно! И поздравляют тебя с этим чертовым Новым годом! Тьфу, тьфу, тьфу! Ура!»

После этого, собственно говоря, можно было и закрывать все празднество. Приятное настроение, нарастающая экзальтация, и вот — еще до ужина, еще до танцев — восторг, триумф, апофеоз! Можете не сомневаться, товарищи, списки приглашенных уже давно у него на столе! Возникает новая элита, товарищи, и мы ее творители. (Не можем не сказать, что в те времена слово «элита» еще не стало, как сейчас, жвачкой толпы; вполне возможно, что оно вошло в обиход именно после этого «Вечера Ариадны».) А вы не в курсе, товарищи, что имел в виду родной наш Иосиф Виссарионович, говоря о «Новой фазе»? Как вы думаете, было бы уместно обратиться с этим вопросом к нашему столь выдающемуся Кириллу Илларионовичу? Я думаю, что это было бы полностью неуместно, даже слегка чуть-чуть несколько бестактно, товарищи. Не нужно забегать вперед, все будет сказано в нужное время и в нужном месте. Одно ясно — мы на пороге великих исторических сдвигов! А вот одно историческое событие уже произошло на наших глазах, или, вернее, в наших ушах, дорогие товарищи мужчины и любезнейшие наши красавицы-женщины! Впервые публично наш выдающийся семижды сталинский лауреат Кирилл Смельчаков назвал Глику Новотканную своей невестой. Осмелюсь заявить, что считаю этот союз значительным событием всей нашей социалистической культуры. Лучший лирический поэт страны соединяется с первой романтической красавицей общества.

Поднимем бокалы, содвинем их разом! Сказал Смельчаку Роттердамский Эразм. Это уже шутят братья по поэтическому цеху, и с каждым бокалом все свободнее развязываются языки, и вот уже поэт «Землянки» Сурков опять заманивает хохочущее общество в свои рифмы-ловушки:

> В саду над старым буераком
> Художник ставил деву в позу.
> Нарисовав большую розу,
> Он покрывал картину лаком.

Герой сегодняшнего вечера, личный друг великого вождя, разговаривал с виновницей торжества, исторической подругой великого вождя. Обмахиваясь веером и рассылая во все стороны улыбки, та тихо ему говорила:

«Ну ты знаешь, я не могла не пригласить Лаврентия: Ксавка, действительно, с ним подружился во время работы над устройством, но вот уж не думала, что тот явится со всей своей кодлой».

«Это был сюрприз не для тебя, Адночка, а для меня. — Зная, что все взгляды направлены на них, Кирилл улыбался ей, как будто уже обсуждал будущую жизнь в лоне семейства Новотканных, а произносил при том довольно страшные вещи. — Я взбесился только, когда он начал оглаживать Гликину попку».

«Что ты ему сказал?»

«Сказал, что убью».

Она подняла брови: «Кого?»

«Его».

Она расхохоталась: «Ах, Кирка, Тезей чертов!»

Тут произошло в некотором смысле силовое перемещение светского общества, и к Кириллу с Ариадной приблизилась вся бериевская компания: сам Лаврентий, братья Кобуловы, Мешик, Рюмин, Абакумов, приезжий Багиров. Все они улыбались с почти нескрываемым восхищением. Берия покачал ладонями перед своей расплывшейся физиономией. «Вот герой, вот это герой! Слушай, Кирилл, да ты просто античный герой! Какое самообладание, понимаешь! Какой такт, какой юмор! Неудивительно, что товарищ Сталин избрал тебя на роль своего личного друга!» Он щелкнул пальцами и строго проследил, как звено отборных спецбуфетовцев под управлением Фаддея и Нюры разносит шампанское. Затем снова воссиял своей великолепнейшей фальшью. «Ариадна, родная, надеюсь ты позволишь нам даже на твоем юбилее поднять тост за личного друга великого Сталина?» Чокаясь с Кириллом, он вроде бы даже сделал поползновение к объятию, но притормозил. Что касается Кирилла, тот как раз не возражал против высшего проявления дружбы. Он крепко обнял Берию и шепнул ему прямо в разящее «Шипром» ухо: «Хорошо, что ты все понял, Лаврентий!»

Объятие получилось таким динамичным, что шампанское в бокале лауреата расплескалось. Извинившись за свою неловкость, он взял с подноса другой бокал и тут же выпил его до дна. Преступная группа разразилась аплодисментами. В принципе, все может сейчас разыграться в духе «Старого Чикаго», подумал он. Вот сейчас, именно в следующий миг, Алькапон с криком «Предатель Смельчаков хотел меня убить!» выхватит свой парабеллум, и они все начнут в меня палить. Миг прошел благополучно. Значит, стрельбы не будет. Они просто не знают, сколько тут моих людей, и не хотят быть убитыми со мной заодно. Они просто не знают, что здесь нет никаких «моих людей», кроме Петра Чаапаева с двумя друзьями.

«Кирилл Смельчаков, товарищи, — это пример для всей советской молодежи. Уверен, что новое поколение будет соревноваться за право называться смельчаковцами!» — провозгласил Берия.

Кирилл не отрывал от него пристального взгляда, как бы говорившего: «А вот это ты зря, Лаврентий! Разгласить на вечеринке самый важный секрет вождя, которого и тебе вроде бы не полагалось знать! Конечно, для большинства это просто высокопарная фигура речи, однако здесь наверняка есть те, которые давно уже почувствовали, что в глубине системы возникла сверхтайная силовая группа. Я понимаю, ты шантажируешь, хочешь мне показать, что ты в курсе всего, но ты зря это делаешь, зря, генацвале, зря».

Краем глаза он заметил, что Чаапаев и его молодые друзья, до этого беседовавшие с Гликой и двумя ее сокурсницами, выдвигаются на более активную позицию. Берия, кажется, понял смысл его взгляда и последовавшего за ним молчания. Давно было замечено, что всемогущий владыка всего тайного в Советском Союзе с его физиономией зловещего и наглого плута в случаях афронта на глазах темнел, все в нем опускалось, и он начинал напоминать некую жалкую тварь. Вот и сейчас он стал похож на длинноносого лысого осла. Впрочем, он нашел силы расшаркаться перед юбиляршей. «Позволь нам откланяться, дорогая Ариадна, звезда наших очей. Чекисты родины, к сожалению, всегда в эту ночь проводят совещание. Желаю всем беззаботного веселья. Мы храним ваш покой!»

Все без исключения гости, а также и хозяева вздохнули с облегчением. По идее, в появлении Берии никто в этом собрании не видел ничего противоестественного. Ведь юбилярша Ариадна, как многие слышали, действительно была еще недавно звездой нашей внешней разведки, а эта отрасль, как известно, числится за органами пролетарской диктатуры. Непонятно только, почему Лаврентий Павлович явился в таком массивном количестве, но уж если явились, извольте: хлеб-соль и скатертью дорога. И все стали снаряжаться в недалекую и развеселую дорогу, в арендованный на эту ночь огромный ресторан и танцевальный пол гостиницы «Москва». В потоках юмора, веселья и пьяноватого уже слегка чуть-чуть песнопения от центрального подъезда Яузской высотки стали отбывать ЗИСы-110, ЗИМы, «Бьюики» и «Линкольны».

Всю ночь в гостинице играл большой состав джаз-оркестра под управлением Эдди Рознера, в большинстве своем собранные из разных лагерей львовские евреи. Их солистка Эстер Блюм, отбывающая десятилетний срок в Сусумане, завораживающим контральто выпевала слова медленного вальса собственного рознеровского сочинения:

> Во Львове рэмонт капитальный идет.
> Ждем вас во Львове!
> Во Львове вэсэнняя липпа цвэтет.
> Просим во Львов!

Мы танцевали с Ариадной под этот ритм то вальс-бостон, то что-то вроде слоу-фокса. Она чуть откидывалась назад, на мою руку, и поднимала к вращаюшемуся на потолке многоцветному шару свои мечтательные глаза и сладко улыбающийся рот. Я представлял себе, как она танцует в берлинском ночном клубе с высокопоставленной нацистской сволочью. Здешние красные гады с большим интересом следили за тем, как мы выписывали с ней на паркете довольно сложные па. Воображаю, чего только они не говорили о нас в ту кристально-морозную ночь чертова Нового года.

Посмотрите, какого нового мальчика подцепила наша неувядающая Ариадна! Довольно странный юнец, вы не находите? В нем что-то есть от стиляги, не правда ли? Да они там все переплелись с «плевелами» в этой Яузской высотке. А как его зовут, если не секрет? Вот именно секрет, а если по секрету, его зовут как-то странно, на эстрадный манер — Вася Волжский. Жаль, что чекисты ушли, можно было бы узнать у них его настоящее имя.

Ну что вы болтаете, никакой он не Вася Волжский, его зовут Костя Меркулов, он ее родной племянник по материнской линии. Юноша сложной судьбы, студент-медик. Сложной судьбы, вы говорите? Сейчас это называется «сложной судьбой»? Говорят, что его выгнали из института за то, что скрыл эту сложную судьбу. Я знаю, что он живет в семье Новотканных на правах родственника. Уж кто-кто, но Ариадна Рюрих может это себе позволить. Что позволить? Вы не понимаете что? Она просто заботится о племяннике, опекает его с ног до головы. Вот именно, очень точно — с ног до головы! Ну, знаете, каждый понимает в меру своей испорченности. Да вы посмотрите, какой на нем костюм. Она просто привела его в наше ателье и приказала: сделайте ему костюм в «оксфордском стиле». Вот так!

Черт с ними, пусть болтают, что хотят. Меня больше интересует оркестр, чем эта публика. По сути дела, я впервые вижу и слышу биг-бэнд в полном составе, и это, конечно, — нечто! Взять хотя бы брасс-секшэн — это нечто! — шесть трампетов, четыре тромбона, шесть саксов в ряд плюс отдельно сидящий баритон для пущего эффекта! Теперь возьмите ритмическую секцию: четыре контрабаса, два ударника, один со всеми классическими прибамбасами, второй с африканскими бонгами плюс, к моему полнейшему удивлению, электрическая гитара! Добавьте к этому потрясный концертный рояль, четыре скрипки (для советской сусальности), виброфон, и вы получите лучший арсенал джазового оружия на территории СССР!

Конечно, мне как человеку бывалому, в отличие

от московских друзей-«плевел», доводилось видеть на сцене что-то вроде биг-бэнда. В частности, еще в 16-летнем возрасте в Магадане, где развлекала дальстроевские кадры организация под названием «Эстрадный театр МАГЛАГ» (то есть Магаданский лагерь). Также и в Казани: расформированный там шанхайский джаз Лундстрема иногда собирался почти в полном составе на танцах в Доме офицеров. Но вот именно «почти в полном» и никогда не в полном. Полный состав впервые вот сейчас вижу, на юбилее Ариадны. И какие ребята классные играют — это нечто! — настоящие профессионалы! Юбилярша горделиво мне на ухо шепнула: «Со всех лагерей собирали!» Я поинтересовался: наверное, целый месяц репетировали для такого золотого синхрона? Три месяца, уточнила она. С репертуаром, конечно, были большие сложности. Минкульт категорически, ссылаясь на ЦК, запретил «американщину». Пришлось выискивать лихие пьески из довоенного советского джаза. Впрочем, и туда прокралась «американщина» под маскировкой советской песни. Например, вот эта всем известная «На карнавале под сенью ночи», мне музыканты сказали, есть не что иное, как Lady from Manhattan, каково? Взяли также кое-что из старого репертуара Эдди. В частности, например, вот эта вещь, под которую мы сейчас танцуем, «Приглашение во Львов», была им написана в честь вхождения наших войск в 1939-м году. В общем, чего только не сделаешь для любимого племянника. И тут она подмигнула мне в стиле Дины Дурбин.

Я был поражен, чтобы не сказать — потрясен.

«Ты хочешь сказать, Ариадна, что это ты для меня устроила весь этот джаз?»

«А ты как думал?» Она дерзковато тряхнула своей короткой, но великолепной гривкой.

«Ариадна, скажи мне, ты реальная или воображаемая?»

Она притворно надулась.

«Ты прекрасно знаешь, что я реальная».

Один за другим вставали с инструментами и трубили ряды трубачей, тромбонистов и саксофонистов. Приближалась кода. Эстер Блюм, медлительно играя руками и ногами, демонстрировала свою, слегка чуть-чуть цинготную улыбку. Каково приходится этим ребятам: приглашают во Львов, а сами возвращаются на Колыму, на Инту, в Казахстан переодеваться из смокингов в лагерные бушлаты.

Как только кончилась эта пьеса, Ариадна немедленно бросила меня и быстро направилась к каким-то массивным генералищам, если не маршалам, с их супругами, впрочем, довольно миловидными тетками. Я остался один в «оксфордском» костюме с новым паспортом и трудовой книжкой в кармане. И тут меня окликнули по-нашему: «Эй, Такович!» Приближалась сталинистка Глика со своим Кириллом, личным другом Сталина.

«Кирилл, познакомься, это вот и есть тот самый, широко известный в узких кругах Так Таковский!»

Он удивил меня совершенно дружеской и какой-то классной улыбкой. «Рад познакомиться. Я слышал, что ты поэт? Как-нибудь заходи, почитаем». И с этими словами он тут же отчалил, явно давая нам возможность поговорить наедине.

«Это что, правда? Ты выходишь замуж за «Семижды»?» — спросил я.

Она рассмеялась. Удивительная метаморфоза:

вчера еще девчонка, а сегодня, в длинном платье и с этим смешком, уже светская красавица. Уже как бы не дочь Ариадны, а ее сестра Федра.

«Это он объявил меня невестой, но от невесты до жены дистанция солидного размера. Еще надо окончить университет и переселиться в Абхазию».

«В Абхазию?»

«Вот именно, в Абхазию».

«В прибрежную или в луговую?»

«В поднебесную. Как все на свете».

Тут снова заиграли. Вроде бы советская штучка, а на самом деле довольно известная «американщина» тридцатых годов, Too many tears. Мы пошли с ней танцевать.

«Как тебе этот джаз?» — спросила она. Я давно заметил, что ей нравится наше искусство. Вроде бы противоборствует ему как выдающаяся комсомолка, а на самом деле непроизвольно подтанцовывает, когда ловит заразительный свинг.

«Знаешь, я больше всего жалею, что наша компания здесь не присутствует, эти «плевелы». — Я стал отвечать и заметил, что она смотрит на меня с какой-то серьезной симпатией. — Они ведь по-настоящему любят джаз, без балды. Взять хотя бы Боба Рова, обо всем забывает, когда слышит Армстронга. И не говоря уже о нашем узнике, Юрке Дондероне».

«Ты знаешь, что он у нас поблизости сидит, на Швивой горке?»

«Знаю. Я ему пару раз передавал кое-что с одним шофером. Однако похоже, что его недавно куда-то перевели».

Она вдруг перешла на еле слышный, как будто бы какой-то вентрологический шепот:

«Такович, у меня к тебе записка от Юрки. Сейчас я вложу ее тебе в ладонь. Здесь не читай, только на улице, не на виду. И сразу сожги».

Снова стали волнами наплывать то трубы, то томбоны, то саксы Эдди Рознера. «Так много слез, — пела Эстер Блюм. — И совсем не понапрасну...»

Я вышел из гостиницы и по хрустящему под ногами предутреннему снегу прошел подвыпившей походкой на середину Манежной площади. Открытое пространство как бы прикрыло мое желание как можно быстрее прочесть Юркину записку. Она гласила:

«Так, привет! Ты не можешь себе даже представить, где я сейчас нахожусь. Витаю над всеми вами — это нечто! Иногда вижу, как Глика стартует со своей террасы и пытается воспарить до нашего уровня. Очень тебя прошу воздействовать на нее, чтобы прекратила эти безрассудные полеты. Озирая с высоты окрестности, я прихожу к выводу, что планирование отсюда вниз еще возможно, однако попытки набрать высоту чреваты капутом.

Очень тебе благодарен за твои подарки, особенно за фотографии Бени Гудмана и Майлса Девиса, а также за великолепную табачную смесь. Кручу длинные самокрутки и по ночам, можешь себе представить, слушаю прямые трансляции из клуба «Половинная нота». Появился новый интересный парень по имени Джерри Маллиган. Он играет, как Чарли Паркер, то есть в стиле bibop, но также и свингует по-своему.

Работаю я вообще-то по-половому, скребу, скребу день-деньской, но об этом... Стоп, пришли со шмо...»

Написано это было на таком крошечном клочке бумаги, что я еле различал бисерные буковки. Держа послание в глубине ладони, я полез за зажигалкой, чтобы уничтожить его, как это было приказано Гликой, однако вдруг клочок самовозгорелся и тут же исчез в крохотном пламеньке; я даже не почувствовал боли.

Я вроде бы догадывался, что связь с Дондероном поддерживается с помощью того же самого длинного малого, шофера, который однажды окликнул меня во дворе. Надо будет при следующей встрече попытаться его разговорить, может быть, выпить вместе, и узнать, чего больше в этом послании — бреда или иносказаний? Пока что мне пора направить стопы на вокзал: первая электричка отходит в 5.15. В Звенигороде, где я сторожу дом Новотканных, меня ждет блаженная безопасность, двухметровые сугробы и пять моих верных собак дворянской породы.

Шарашка на высотке

На башне Яузской высотки, где Юрка Дондерон нашел убежище от мужеложцев Никанорыча, работало не менее тридцати зэков-мужчин, безнадежно тоскующих по бабам, иными словами, онанистов. Все вместе ночевали в обширном помещении на чердаке и спали не на нарах, а на обычных железных кроватях с панцирными сетками. Для мастурбации использовалась кубовая, там поддерживалась интеллигентная очередность. Пахло, вперемешку с секрецией, табаком, потом, крепчайшим чаем, чтобы не сказать чифиром, иногда пердежом. Если последнее происходило в громком ключе, немедленно начинали считать: «В этой маленькой компанье кто-то громко навонял! Раз-два-три, это будешь ты!» — тут же набрасывались на незадачливого избранника с понтом лупить, ну и расходились в несколько приподнятом настроении. В круглых окнах этой чердачной спальни, или, как ее здесь называли, «зэковки», то есть самого высокого, примерно 35-го этажа высотки, то стояла неподвижная серая мгла, это когда туча седлала шпиль, то вдруг открывалась бездонная звездная пустота с пробегающими кучерявостями, в которых все зэки, включая и Юрку, пытались углядеть очертания вожделенных женщин.

Трудно было понять, что там, в этой гигантской башне, обустраивается: то ли какой-то суперглавный антиатлантический командный блок, то ли дом-дворец, московская резиденция какого-нибудь континентального коммунистического владыки, вроде Мао Цзэдуна. Для командного блока слишком уж все тут обставлялось дорого и шикарно: тут вам и мрамор, тут вам и красное дерево, штофные обои с золотыми и серебряными нитями, гобелены счастья и труда по мотивам социалистического реализма, обеденный зал с созерцающими со стен головами национального зверства, спальни с кроватями непомерной ширины и с самораздвижными балдахинами, каминные салоны с креслами, дающими покой любой самой неспокойной пояснице, кабинет-библиотека с уходящими глубоко под потолок полками, вместилищем всех полных собраний сочинений классиков как отечественной, так и марксистско-ленинской литератур. Привозили великолепные туркменские ковры и штабели штучного кедро-дубового паркета; та самая нива, на которой с бригадой из пяти мастерюг трудился бывший «плевел», а ныне исправляющийся рабочий.

С другой стороны, трудно было понять, для чего такому роскошному жилому дворцу такое огромное количество управляющей и следящей аппаратуры.

Везде тянулись и маскировались то в стенах, то под паркетом многочисленные кабели. Практиковалось также управление приборами методом под названием «фотоэлемент». Двери открывались и закрывались сами по себе. Повсюду опробовались экраны непомерной величины. Радио-телефонное обеспечение осуществлялось роботами, напоминающими пауков. В глубине башни вроде бы обитал самый секретный узел связи с выходом на все радары стратегической авиации, а также на зарубежную агентуру через подвешенные в стратосфере шары.

Конечно, для полного укомплектования всех этих устройств требовался штат высококвалифицированных спецов, и он был собран усилиями Государственного управления лагерей при МВД СССР. Общее руководство осуществлялось несколькими полковниками из Военно-технической академии Минобороны, однако сложнейший монтаж проводился вот именно доками из числа заключенных, которым было обещано сокращение сроков наказания, а иным даже реабилитация. Так и было сказано: «Родина не останется в долгу!» Вот такая над крышами Москвы возникла высотная шарашка. Питание было нормальным: белки, жиры, углеводы, комбинация витаминов и минералов для улучшения мозговой деятельности. Гарантировались ежедневные получасовые прогулки по бордюру. Раз в неделю, в целях борьбы с отвлекающим от умственной деятельности геморроем, в автобусе отвозили на стадион «Динамо» для игры в футбол под охраной взвода автоматчиков. Выход за пределы поля мог быть наказан выстрелом на поражение. Разглашение каких-либо секретов Башни безапелляционно каралось смертной казнью.

Юрочка Дондерон проходил тут по штату мкрс,

то есть малоквалифицированной рабочей силы. На него не распространялись все указанные привилегии, но зато распространялись все наказания, включая и указанные. И все-таки его внешность «юноши из хорошей семьи» сразу обратила на себя внимание всех высоколобых технарей. Всех поразил тот факт, что он всего лишь два месяца, как с воли. Большинство этих людей уже несколько лет не выходили за зону конвоя. Еще больше поразил всех факт, что он был из МГУ, то есть из самой гущи современной молодежи. Но самым поразительным оказался для них тот факт, что он был жильцом этого дома, на вершине которого они трудились на благо щедрой родины, и что при помощи нехитрой увеличительной оптики можно было увидеть во дворе его папу-академика, его собаку Дюка и даже девушку его мечты.

Больше всех благоволил Юре негласный руководитель всего этого проекта, пожилой зэк со странной фамилией Затуваро-Бончбруевич. Он говорил с легким польско-немецким акцентом. Позднее Юра узнал, что Бонч три года назад был похищен нашими агентами из Западного Берлина, где он как раз занимался чем-то вроде нынешней работы, то есть подслушиванием секретных коммуникаций в советском секторе.

На Башне плешивый и тощий Бонч сидел в своей собственной мастерской, которая чем-то напоминала «инструменталку» на Швивой горке, настолько она была заставлена всякими приборами, станками и прочей техникой. Юру, который занимался настилом паркета и в этом помещении, поразило, что у специалиста почти всегда тихонько играет оригинальный американский джаз. Не в силах удержаться, он начал подпевать, ну, скажем,

I...m walking, I...m talking, чуть-чуть подплясывать в такт и даже имитировать брейк на ударных инструментах. Похищенный гражданин неизвестно какой страны Затуваро-Бончбруевич, всегда погруженный в сборку-разборку каких-то электронных схем, юмористически на него посматривал и однажды спросил:

«Я вижу, Юра, вы имеете вшисткий интерес до джазу, цэ правда?»

Юра тогда сразу выложил на ученого целую кучу информации из жизни московского джазового подполья. Также поинтересовался, на какую радиостанцию постоянно настраивается пан Бонч, чтобы круглосуточно звучал джаз.

«Цэ радьё за телефонами с Мюниха, РИАС, для американских жолнежей». Подняв палец к потолку, пан Бонч с большим уважением объяснил Юре, что с «нашей антенной» они могут поймать любую радиостанцию на планете Земля и даже, в случае надобности, за ее пределами.

После этого разговора они стали иногда вместе в наушниках слушать сильно продвинутые джазовые концерты с фестивалей, ну, скажем, из Ньюпорта или Сан-Себастьяна. Пускали на полную мощность и иногда в полнейшей тишине с восторгом показывали друг другу большие пальцы: Джонни Ходжес — это нечто!

Пан Бонч научил Юру микросварке и попросил полковников отрядить ему этого циклевщика, а на самом деле опытного физтеха (немного наврал) для ускорения проникновения в глубины электронных схем. Он давно уже заметил, что начальство нервничает, что кто-то на них висит, погоняет к ускоренному завершению всех «башенных» работ. Короче говоря, начальство дало добро на более квалифицированное использование циклевщика.

Однажды они сидели вдвоем, будучи, конечно, в наушниках, перед окном и внедрялись в недра какого-то только что поступившего следящего за телефонами устройства. Какое мирное блаженство, думал Юра под гитару Джанго Рейнхарда. Краем глаза он также наблюдал не лишенное некоторой грации кружение вокруг башни двух влюбленных ворон. Если бы мы с Гликой могли так вокруг друг друга кружить, ей не пришлось бы выбиваться из сил с этими ее попытками подъема. Он снял наушники и показал на ворон пану Бончу. Ну почему люди не могут так кружить? Тот внимательно посмотрел на юношу и тоже снял наушники. Взял лист отменной чертежной бумаги и быстрыми уверенными движениями нарисовал махолет Леонардо да Винчи. Молодому пану известна эта конструкция? Юра кивнул. Люди всегда думали о живых полетах. Вы слышали когда-нибудь о русском футуристе Татлине? Юра опять кивнул, хотя никогда этого имени не слышал. Бонч понял, что юнец привирает, и нарисовал на том же листе педальную конструкцию, напоминающую птеродактиля. Эту штуку Татлин назвал «Летатлин». Он был уверен, что к 1950 году москвичи будут перелетать из одного небоскреба в другой на подобных крыльях. «Летатлин» — это не механическое изобретение, а скорее эстетическая метафора полета, он ни разу не отрывался от земли, но, в принципе, в нем заложена некоторая кардинальная идея. А теперь смотрите, шановны пан! Он взял еще лист и стал с некоторым даже вдохновением набрасывать еще одно летательное устройство. А это, наверное, ваше собственное изобретение, пан Бонч, догадался Юра.

Затуваро-Бончбруевич кивнул со сдержанным торжеством. Потом он рассказал, как у него возникла идея разработать свой вариант летатлина. В Швейцарии давно уже испытывают так называемый «дельтаплан» для использования в Альпах. Однажды он увидел его чертежи в одном из технических журналов, которыми его под расписку о высочайшей секретности снабжают академические полковники. По идее, это не что иное, как обычный планер для скольжения вниз. Ему оставалось только усилить его элероны, чтобы можно было маневрировать в воздухе, выбирать место для посадки и даже менять высоту.

Вдруг он вцепился своей тощей рукой, чем-то напоминающей воронью лапу, в Юркино неслабое плечо, развернул его к себе и уставился в глаза юнцу, будто стараясь проникнуть как можно глубже в его «электронную схему». После этого он при помощи скрытого «фотоэлемента» зафиксировал дверь в мастерскую и поведал Юрке свою тайну. В чуланах мастерской находятся в разобранном виде все детали аппарата. Собрать его можно за полчаса. Он знает, как без охраны выйти на бордюр, собрать аппарат, как следует пристегнуться и... Что дальше? Как что, прыгнуть в струю — вот что. Это единственный для него способ, как у вас говорят, «смотаться на волю». Его технические познания спасли ему жизнь в Гулаге, однако они же приковали его навеки. Они никогда его не выпустят. Кто они, спросил Юрка, наши? Ваши, Юрочка, ваши. Они и тебя вряд ли выпустят, тем более что... Но сначала скажи мне, пшепрашем, откуда у тебя это бардзе чудне имя, Дондерон? Ты что, нерусский?

«Конечно, русский, — ответил Юра. — По происхождению, правда, из французов. Как папа всегда подчеркивает, из французских роялистов. Дон-де-рон, это что-то вроде «господин-с-Роны», или «подарок Роны», в смысле, реки».

«Дзенкую бардзо, хорошо, что ты нерусский».

«А при чем тут это, русский-нерусский, в чем дело, пан Бонч?»

«Я не люблю русских. Дело в том, что я решил отдать этот аппарат тебе. Я его делал в чёнгу двух лят и не хотел бы, чтобы русский на нем полетел».

У Юрки дыхание перехватило: прыгать с 35-го этажа?! «Да что вы, пан Бонч, вы же для себя его готовили, чтобы смотаться на волю. Мне все-таки меньше трех лет осталось, а вас они, ну то есть наши, действительно, никогда не выпустят как ценный для родины кадр».

«Я имею опасение, Юрочка, что ты теж живым отсюда не выйдешь».

Он пустил погромче музыку и поведал молодому другу самую страшную тайну. Оказалось, что он при помощи своих устройств время от времени мониторит секретную линию связи и вот недавно слышал там дискуссию, от которой без всякого аппарата можно спрыгнуть с башни. Кто-то там, на самом верху, предлагает по завершении проекта устранить всех задействованных без исключения. Кто-то там подчеркивал, что это не жестокость, а акт исторической необходимости. Этому человеку кто-то возражал, но на него стали страшно кричать и пригрозили, что и от него могут избавиться. Вот поэтому он решил, что Юре, которому еще нет двадцати, все-таки надо еще пожить, то есть попробовать счастья на крыльях. А ему, которому скоро восемьдесят, пора и честь знать».

«Пан Бонч! — воскликнул пораженный Юрка. — Неужели вам уже восемьдесят? А я думал, что вам сорок».

«У тебя есть, где заховаться?» — деловито осведомился доктор Ягеллонского университета Затуваро-Бончбруевич.

Юрка, подумав, сказал, что есть друг, который может помочь спрятаться.

«Ну вот, заховайся и сиди, чем дольше, тем лучше. А потом, может быть, будешь жить. — Он мягко улыбнулся. — И слушать джаз со своей кобетой».

О, этот вьюноша летучий!

В середине февраля 1953-го года в Москве, как обычно в эту пору, заладили вьюги. Улицы по вечерам пустели, словно где-то поблизости шла война. О мире напоминали только редкие неоновые рекламы со странным призывом: «Печень трески, вкусно, питательно!» Граждане старались по выходе из метро как можно быстрее разобраться по домам. В газетах печатали большие статьи о злодеяниях еврейских врачей. Томительное беспокойство усугублялось постоянным подвыванием пурги.

В эти дни Кирилл Смельчаков собирался в очередное заграничное путешествие, на этот раз в Стокгольм, на сессию Всемирного совета мира.

«Куда на самом деле?» — спросила его Глика. Она разгуливала по его кабинету и беспрерывно курила.

«Ты же знаешь, что я не могу ответить». Он укладывал в чемодан совершенно ненужный вечерний костюм, к нему сорочки и галстуки. На базе в Дураццо в ход пойдет камуфляж и можно будет ни от кого не скрывать пункт назначения. Потому что все туда же отправятся.

Она все ходит, нервная, нервная. Гасит сигарету, берет другую. Открывает газету, тут же ее бросает. Не без отвращения, что неудивительно. От нынешних газет разит.

«Ну?» — произнесла она и остановилась в дальнем углу комнаты.

«Что ну?» — спросил он из ближнего угла комнаты. Собственно говоря, у каждого ближнего угла комнаты есть дальний угол комнаты. Вернее, так: каждый угол комнаты, являясь ближним углом комнаты, смотрит на дальний угол комнаты, а тот, в свою очередь, являясь ближним углом комнаты, смотрит на дальний угол комнаты, который только что был ближним углом комнаты; и вся эта игра углов комнаты зависит от перемещений находящихся в комнате объектов взаимной любви.

«Ну, что же, товарищ Семижды, глядя на вас как на объект моей любви, я жду, когда вы приступите к раздеванию объекта вашей любви, то есть меня».

Тут они стали сближаться, теряя и ближний и дальний углы комнаты. «Не надо, однако, терять слово «взаимный», применительно к любви», — вдумчиво произнес он, приступая к желанному делу. «Это слово всегда со мной», — хохотнула она, чуть-чуть затягивая и тут же освобождая пояс его брюк.

Предаваясь любовным утехам, он думал о том, как разительно изменилась Глика за этот год. Трепетная девственница с мечтой о «небесной любви» умудрилась в девятнадцать лет обзавестись двумя 37-летними мужланами-любовниками и пытается сейчас командовать и тем и другим одновременно.

Прежде так много в молчании говорили ее «небесные» глаза, теперь она не упускает возможности, чтобы продемонстрировать резкость своих суждений. Похоже, что даже культ товарища Сталина в ее душе начинает слабеть по мере увеличения эротического опыта.

В момент приближения взаимного восторга в точке, равноудаленной от четырех дальних углов комнаты, Глика совершенно неожиданным образом опровергла его предположения.

«Знаешь, иногда перед этим моментом ты мне кажешься молодым Иосифом Виссарионовичем. — И добавила: — Еще батумского мятежного периода».

Чтобы наказать нахальную девчонку, он как-то умудрился еще дальше и дольше ее протащить по едва ли не разрушенному двойному койко-месту. Наконец, угомонились и перешли от страсти к нежности. Девушка в такие минуты была даже склонна к шаловливости, в частности, к подергиваниям. И вдруг безмятежно заснула всей своей дивной головенкой на атлетической груди собравшегося в N-ском направлении героя. Спала ровно семь минут. Проснувшись, встряхнулась.

«Ой, Кирилльчик, я чуть не забыла важнейшее дело. Сейчас к нам должен зайти Таковский».

Еще не уточнив, при чем тут Таковский, он начал быстро, едва ли не в десантном темпе, одеваться. Она попыталась не отставать.

«Надеюсь, ты помнишь этого Таковича? Нет? Ну как не стыдно забыть члена нашей семьи, маминого, можно сказать, племянника? Ты нам нужен этой ночью. Снег и ветер на всем белом свете. Нет, ничего особенного. Ты нам просто нужен в качестве шофера на твоем «Хорьхе». Попробуй только сказать нет!»

Кирилл поинтересовался, почему именно он нужен на «Хорьхе», как будто нет под рукой другого шофера на ЗИСе-101? По ее версии оказалось, что тот, другой, действительно был под рукой, но вдруг исчез без всяких объяснений. Ведь ты же знаешь, что у него есть свойство время от времени пропадать без всяких объяснений. Ну давай без колебаний, мой дорогой, мой самый любимый из двух, ведь это для тебя еще один повод проявить свои геройские качества. Кирилл уступал последнюю линию обороны. Послушай, олимпийская дурочка, для меня в этом не было бы ни малейшей проблемы, если бы завтра утром мне не надо было лететь в Стокгольм. Он уже начинал понимать, к чему клонится дело. Ну вот и прекрасно, она захлопала в ладоши, вот в самолете и отоспишься!

Когда я пришел, они оба были уже почти готовы на выход. По всей вероятности, только что вылезли из постели, иначе чем можно было объяснить эти супернежные взгляды, которыми они обменивались то из дальнего угла, то из ближнего угла комнаты. Несколько минут у меня еще было для того, чтобы оглядеться: ведь я первый раз в жизни был в квартире настоящего богатого писателя! Больше всего, признаться, мне понравилась конторка с высоким стулом. Говорили, что Хемингуэй любит писать именно на такой конторке, расположив грешный зад на табуретке, одной ногой упираясь в пол, а другою покачивая в воздухе.

Когда мы вышли втроем из дома, вьюга набрала поистине сатанинскую силу. Где-то она, видимо, оборвала провод, яркие обычно фонари вокруг парадного подъезда раскачивались теперь в охеревшем воздухе, словно никчемные ночные горшки. Тревога начинала продирать меня пуще мороза при каждом взгляде в высоту: все это могло кончиться трагедией.

Опустив уши у малахаев и подвязав их под подбородками, мы двинулись по еле заметной тропинке в поисках трофейного чудовища. Нашли его в виде огромного сугроба возле одной из двух ростральных колонн, которые в приличную погоду призваны были украшать это чертово капище. Никаких шансов откопать аппарат голыми руками не проглядывало, как вдруг по направлению к нам сквозь снежную завесу стала двигаться громоздкая фигура с пучком лопат в руках. Это был не кто иной, как дядя Егор, который, собственно говоря, и познакомил меня с шофером Клонкрустратовым. В четыре руки или, точнее, в восемь рук дело пошло споро. Очистив машину от снега, мы расшатали двери и проникли внутрь. Писатель без проблем завел мотор, а вместе с ним и радио: Eine Kleine Nacht Muzik, дирижер Герберт Кароян.

Отправились по Яузской набережной в северном направлении. Иные места шоссе были настолько завалены снегом, что приходилось ползти в качестве гитлеровского вездехода, в то время как с других, достаточно продолжительных мест ветер сдул все наносное, и мы ехали с приличной скоростью по чистому асфальту. Глика сидела впереди рядом с Кириллом и командовала. Тот временами поглядывал на нее и улыбался. Мы ехали довольно долго, пока не миновали Лефортовский парк. За парком мы по горбатому мостику переехали на другой берег Яузы и поехали обратно в сторону высотки. Осталось меньше километра до небоскреба, когда мы достигли условного места, свалки металлолома, которую местные бичи величают «Сталинградом».

За все это время нам попалось не больше двух-трех попутных и встречных машин. Мы съехали с дороги и пришвартовались к заброшенному куску бетонной стены. Здесь и остановились. Начали курить. Ночная музычка закончилась. Лучше вообще выключи, попросила Глика. Тишина. Подвывание снежных ведьм. Все, очевидно, очень нервничали. Меня, во всяком случае, просто трясло.

«Откуда он должен появиться?» — спросил Смельчаков.

«Кто?» — быстро и как-то жутко переспросила Глика.

«Дондерон».

«Откуда ты знаешь, что это Дондерон?»

«Ну перестань, я ничего не знаю. Тот, кого мы ждем, откуда он явится?»

«Вон оттуда!» — Она ткнула пальцем в небеса.

И тут ее прорвало. Сбивчиво и почти непонятно даже для посвященных она понесла что-то о самом чистом мальчике нашего поколения, о своих отношениях с Юркой, самым чистым мальчиком нашего поколения, который не создан для этого мира, для этого слегка чуть-чуть несколько жутковатого пандемониума, в котором люди ползают, как полудохлые и слегка чуть-чуть злобноватые мухи, в котором даже такой монстр, как Берия, может показаться слегка каким-то более-менее живым гуманоидом, да-да, гуманоидом, а не просто жуком навозным. Мой Юрка, мой Юрка, мой мальчик! Ему все время видится, как я выхожу из нашего красавца-дома, прямо из 18-го этажа, в небо и пытаюсь в нем плыть, как будто баттерфляем, пытаюсь набрать высоту. Но ведь это же то, что я все время вижу во сне, вижу, как наяву, плыву, плыву, невесомая в небесах! Юрка, мой Юрка, если бы Сталин узнал о твоей чистоте, он бы немедля пришел на помощь! Мы все легли бы у ног богоподобного вождя, Юрка, Так, я, Смельчаков, Моккинакки и вы, дядя Егор, легли бы с каким-нибудь оружием в руках для фотоснимка, как комсомольцы гражданской войны. А он вместо этого выходит в небо с самого последнего, 35-го этажа!

О, этот вьюноша летучий!
Он старой сказке волю дал!
Он пролетал, как сыч, сквозь тучи
И человеков удивлял!

Кирилл, ты знаешь этот стих? Он из анонимных источников XVII века! Из анонимных, Кирилл! Из семнадцатого!

Кирилл обхватил ее за плечи, гладил по голове, пытаясь остановить истерику. Наконец, она затихла. За это время с небосводом над высоткой произошли неожиданные изменения. Появились прорехи в чудовищной шубе пурги. Проявились клочки чистого темно-синего неба. Снег еще шел вовсю, но все-таки не в таких сатанинских масштабах, как час назад. Ветер, однако, по-прежнему выл и в вое его появился даже какой-то железный оттенок. Он как бы обтекал проявившийся во всю высоту и нависший над нами чертог и потом летел на нас, на свалку «Сталинград», со скоростью свист-экспресса. И вдруг все мы отчетливо увидели, как на бордюре башни появились, или проявились, темные и достаточно обширные для переноса одного человека крылья. Миг — и они отделились от башни, еще миг — и их швырнуло вниз, еще один миг — и они вроде бы выровнялись и плавно заскользили вниз, но не к нам, а в сторону Яузской больницы. Уже было видно, что с них свисают две длинных ноги, похожих на конечности нашего друга. «О, этот вьюноша летучий!» — вдруг странным, не своим голосом запела Глика. Летун исчез. Мы замерли. Прошло не больше минуты, а нам показалось — час. Из-за круглого купола полуразрушенной церкви Симеона Столпника-за-Яузой плавно появились, или проявились, эти внушительные крылья с подвешенным к ним человеком. Они снижались прямо к «Сталинграду». Над Яузой их еще раз сильно тряхнуло, однако мы видели, что летун — он, он, наш Юрка, самый чистый мальчик нашего поколения! — активно управляет стропами и какими-то рычажками. Мы все выскочили из машины и побежали к реке.

Он не дотянул всего лишь метров тридцать до свалки и повис на парапете набережной. А крылья свалились ему за спину и застыли искалеченной формой над льдом и паром реки. Там, под поверхностью, был, очевидно, слив какого-то завода, оттуда и возникали пар и булькотение талой воды. Мы перетащили Юрку через парапет и освободили его от строп. Крылья на удачу упали прямо в парное месиво слива и там исчезли, как будто растаяли. Спасибо вам, крылья великого узника холодной войны Адама Затуваро-Бончбруевича! Юрка стонал и, кажется, не очень-то отчетливо фиксировал окружающий мрак, в котором мерцали наши лица. Лишь изредка он улыбался этим мерцаниям, как будто приветствовал желанную паузу в кошмаре.

Мы положили его на задний диван, а сами с Гликой кое-как устроились на полу машины. Она держала руку безумного летуна и все напевала что-то летучее в русской крестьянской манере. Дядя

Егор занял ее место впереди. Его присутствие придавало этому предприятию некоторую целесообразность. Так началось наше, длиною в ночь, путешествие в Звенигород, которое было бы невозможным без Кирилла Смельчакова. Во-первых, он подъехал к дежурной аптеке возле Курского вокзала и купил там обезболивающих таблеток. Во-вторых, в ночном гастрономе на Охотном ряду он закупил водки и большой пакет с продовольствием. В-третьих, на выезде из города, когда нас остановил мотопатруль (два мильтона и автоматчик МВД), он предъявил им документ, который заставил всех троих вытянуться по стойке «смирно» и даже заботливо предупредить знаменитого писателя: «Будьте осторожны, товарищ Смельчаков: какой-то мазурик сбежал из тюрьмы, идет облава». К счастью, Дондерон уже спал под девичьими руками. Ну и наконец, в-четвертых: без Смельчакова мы бы, конечно, даже и на воображаемом такси никогда бы не доехали в пургу по тем завалам, которые называются у нас автомобильными дорогами. Вообще, между прочим, какого бы говна ни накидывали на этого семижды лауреата, в нем все-таки всегда жил храбрый солдат.

Тучи над городом встали

Первого марта 1953-го года ночью (далее и почти до конца этой повести события будут окрашены в основном ноктюрными тонами) начался штурм дачи Сталина силами скопившейся в столице СССР сербско-македонско-словенско-боснийско-хорватской диаспоры. Отчаявшись вытянуть вождя за круги его охраны, гайдуки решили идти в лоб. Председатель вновь появился в Москве, он следил за происходящим из штаб-квартиры в мясном ряду Центрального рынка, в то время как его правая рука, известный еще с военных времен Штурман Эштерхази непосредственно возглавлял штурм. Передавали его слегка крылатую фразу: «Мне надоело прятаться, пусть прячется Коба!»

Интересно отметить, что основная схватка развернулась не на Ближней и не на Дальней дачах, куда были посланы только отвлекающие отряды, а, наоборот, на даче, которую в народе назвали бы Самой Ближней, если бы кто-нибудь в народе знал о ее существовании. В народе, однако, совершеннейшим образом проспали появление этой новой дачи (известно, что вождь создал немалое число дач, в большинстве которых никогда и не бывал, но которые неизбежно назывались в народе «сталинскими»), и только благодаря своим связям в структуре Спецбуфета Жоре Моккинакки (он же Штурман Эштерхази) удалось узнать, что в последнее время Он (мишень) облюбовал для ночевок именно вот эту, как бы не существующую дачу, так называемый «Летний домик XVIII века», бывшее поместье Трубецких, которую, будь она замечена народом, неизбежно назвали бы Самой Ближней.

Ее отгрохали для ИВС в самом центре Москвы, в Нескучном саду, то есть по соседству с ЦПКиО им. Горького, и, кто отгрохал, никогда не станет известно любопытному народу, то есть в том смысле, что ни сказок о строителях не расскажут, ни песен о них не споют. Ну вот, а вот инсургентам, да к тому же еще и иностранцам, стало доподлинно известно, что атаку надо начинать с другого берега одетой в гранит реки, путем запуска трех крылатых гранат (гранаты гранита — каково?), уже тогда находившихся на вооружении Советской Армии. Что и было сделано. Три взрыва в буколической роще озарили особняк с дворянскими колоннами на склоне холма. Спрашивается: а куда смотрели наши правоохранительные органы? Ну что ж, вот так и возникают русские «проклятые вопросы», на которые Русь никогда не дает ответа. В принципе, такие темы подлежат засекречиванию, столь мгновенному, что народу остается только хлопать ушами в течение десятилетий, а то и веков. Впрочем, не мы одни такие лопоухие: южные наши братья, славянские народы, тоже горазды свои секреты в землю упрятать, так что события той ночи так и остались бы за семью печатями, не откопай случайно садовник одного дорожного баула на острове Бриони.

Итак, три выстрела с Фрунзенской набережной по Нескучному саду сыграли фактически ту же историческую роль, что сыграл один выстрел с крейсера по дворцу в ноябре 1917 года, то есть вызвали панику на объекте. Чекисты, к тому времени уже вроде бы надежно перемешанные со смельчаковцами, заметались. Отовсюду меж стволов обозначались умело перебегающие и ведущие огонь тени титоистов. А ведь еще недавно в охране находились люди, которые только ухмылялись за спиной Вождя, когда тот начинал говорить о гайдуках; дескать, паранойя. Ну вот, и вот теперь извольте наблюдать, как на ваших глазах взрывается проходная, и сад получается действительно нескучным.

Сталин бежал, вернее, быстро двигался по подземному ходу к спасительному потоку. Вместе с ним поспешали его верные гидальго Поскребышев, Власик и Товстуха, без которых, в общем-то, Сталин, говоря не очень-то известным в те времена языком, даже не позиционировал себя как вождя. Отступление прикрывал небольшой, но сплоченный отряд смельчаковцев. Быстро двигались спинами вперед, стволами назад. А где, черт побери, Смельчаков, спрашивал Вождь, за поспешностью скрывая сущую панику. Ему отвечали, что верный Кирилл отбыл в командировку. Куда же его нелегкая понесла в этот раз? Все в этом отряде людей промолчали. Он потребовал ответа. Нельзя разглашать, товарищ Сталин, ответили люди отряда: государственная тайна.

Вдруг металлический пол тоннеля начал вибрировать во внештатном режиме. Оглянулись и окаменели: в просвете тоннеля уже появились преследователи, тяжеловесное гайдучье племя. Доносились гортанные хрипы: «Чекати, содруг Сталин, или стрельянье быти!» Стрельба уже готова была разразиться, когда в тоннеле опустилась непробиваемая перегородка, отделившая отступление от наступления. В последний, собственно говоря, момент Сталин с охраной вошли в спасательное средство и повалились на диваны.

Это спасательное средство было не чем иным, как подводной лодкой, приспособленной для передвижения в русле Москвы-реки. Она была построена по личному предложению товарища Сталина как своего рода последний понтон на случай нападения титоистов. Как видите, пригодилась! В принципе, корабль мог двигаться, не обнаруживая себя, везде, где было достаточно воды, однако причалить он мог только в трех местах: на Самой Ближней даче, под Кремлем и в устье Яузы, под жилым гигантом. Только в этих трех местах имелись соответствующие тоннели и эллинги для стоянок и высадки пассажиров, причем самым надежным портом был последний упомянутый, поскольку слияние двух столичных потоков обеспечивало надежную массу воды для незаметных подплытий и отплытий. Нечего и говорить, что никому в Москве эти пути отхода не были известны, а если нечего и говорить, тогда не стоит даже упоминать структуру Спецбуфета, которая была в курсе.

Только оказавшись в надежном плавсредстве среди вроде бы вполне серьезных парней охраны, Сталин вспомнил, что Кирилл Смельчаков тому уже дней десять назад отбыл по сверхсекретному заданию в международную зону АЮКТ-3159/БО. Кажется, именно сегодня, сейчас, в ночь с 1-го на 2-е марта он со своей группой должен осуществить важнейшую миссию пролетарского интернационализма. Людям, посвященным в акцию, было запрещено открывать эту информацию кому бы то ни было из живущих. Таким образом, отказавшись ответить даже ему, люди выполняли дух и букву приказа. Этот героический буквализм немного поднял его ужасное настроение. Все-таки хотя бы на эту сволочь еще можно положиться.

С другой стороны, как могло так получиться, что титоисты нас опередили? Как могли они собрать достаточно информации и сил для наглейшей вооруженной атаки в самом центре Москвы на самый секретный объект, содержащий у себя внутри основное ядро мировой революции, товарища Сталина (Джугашвили) Иосифа Виссарионовича, 1879 года рождения, да еще и орать что-то прямо ему на похабном хорватском? Неужели можно предположить, что их разведка оказалась сильнее и изворотливей нашей соответствующей сволочи? Ну ничего, ничего, вот только доберемся до Вершины и сразу начнем тотальную чистку (или, как потом будут говорить, «зачистку»). Приказ по армии и флоту: все войска МВО должны быть втянуты внутрь, все гидропланы с картин Дейнеки будут контролировать небосвод по периметру. С евреями придется подождать, пока не очистимся от титоистской заразы. Евреи сами подождут, среди них все-таки есть патриоты. Немедленно соединиться с Василием, он должен наконец понять, что он не просто сын Вождя, победитель буржуазной Олимпиады, что он еще и наследник данного Вождя, профессионального революционера! Где Берия, черт его побери? Этому гаду придется самому проводить всю эту историческую чистку, самому придется с пассатижами в руках проводить дознание, самому командовать расстрелами. Молотов, где этот лицемерный негодяй? Пусть немедленно звонит главам антигитлеровской коалиции, пусть собирают сессию ООН! Сейчас, прямо с Вершины, товарищ Сталин будет лично звонить уважаемому Ксаверию Ксаверьевичу Новотканному, как интеллигент интеллигенту, пусть вылетает на авиаматку готовить свое устройство для применения над Белградом. Дочери, настоящей юной жрице истинного сталинизма, предложить собрать грандиозную демонстрацию молодежи для защиты Вождя. Проще всего, конечно, было бы позвонить нашей вечной героине Ариадне и попросить убежища в ее гардеробной, но это уж на крайний случай.

В таком довольно сумбурном внутреннем монологе барахтался Сталин, проплывая подо льдом Москвы-реки в сторону Яузской высотки, когда командир-радист, парень с достаточно отчетливым, но несколько раздобревшим лицом, передал ему пару наушников.

«Товарищ Сталин, на линии Берия». Уловил радист, даже «товарищем» не удостоил шельму! В наушниках звучал псевдоделовой голос псевдовсемогущего куратора всех силовых структур, говоря на каком-то не очень знакомом языке. «Товарищ Сталин, разрешите уточнить с вами ваше местонахождение».

«Прежде всего, достопочтеннейший, сообщите, где в ы находитесь!» Не было в лексиконе Вождя слова более убийственного, чем «достопочтеннейший». Названный этим словом был уже, можно сказать, нанизан на булавку, как никчемная бабочка. Голос беспощадного сатрапа дрогнул: «Мы сейчас разбираемся с виновниками падения Кремля, товарищ Сталин. Налицо огромное предательство, товарищ Сталин! Поэтому необходимо знать ваше точное местонахождение, товарищ Сталин!»

Что за гадина, подумал Сталин, если он звонит мне сюда, под лед, используя неслыханное по своей стоимости связное оборудование, значит, он знает мое точное местонахождение. «А мне нужно знать в а ш е точное местонахождение, д о с т о п о ч т е н н е й ш и й!» Берия залепетал: «Я сейчас нахожусь напротив павшего Кремля, в здании ГУМа, товарищ Сталин! — и добавил на языке будущего: — Руковожу операцией зачистки». Связь прервалась и как будто бы с той, достопочтеннейшей, стороны.

Через несколько минут «Павлик» (так назывался уникальный корабль) вошел в полноводное устье Яузы. Включили все прожекторы. В кристально чистой среде H_2O появился стыковочный узел эллинга. Сталин волновался до некоторого головокружения, похожего на состояние перед XVI съездом ВКП(б), на котором маячил вопрос о его устранении, хотя ничто вокруг вроде бы не давало повода для экстремального волнения — ни слаженные, четкие действия экипажа, ни твердость перемешанной со смельчаковцами чекистской охраны, ни преданные без лести ряшки Власика, Товстухи и Поскребышева, которых он с их фамилиями привык позиционировать, говоря на не очень знакомом языке, как истинных представителей русского народа.

После состыковки вся толпа — впереди люди со взятыми на изготовку автоматами — вошла в обширный холл и без малейшей задержки проследовала к лифту. Полностью засекреченный, то есть вроде бы и не существующий в высотке, лифт с удивительной скоростью взмыл в поднебесье. Сталин еще ни разу не был здесь, на Вершине, которую уже несколько лет соответствующие структуры (н.о.з.я.) готовили для него, как апофеоз местопребывания. Роскошь и величие Башни поразили даже его, бывалого. Как раз к моменту его прибытия чекисты принялись выводить из помещений череду весьма недурных на вид граждан. Довольно чистые и вроде бы вполне ухоженные лица явно высокого технологического образования двигались к грузовому лифту, с недоумением отмахиваясь от чекистских погоняльщиков. Сталин сразу сообразил, что перед ним в свой последний путь идут те, кто в течение трех лет готовил для него это верховное заседалище, Вершину. Мало кто из них, очевидно, догадывался, что их ждет, напротив, те, кто узнавал его в группе военных, начинал пылать жутковатым счастьем — Сталин, Сталин, это лично он! — и только один из них, высокий старик с несоветской внешностью, проходя мимо, плюнул ему прямо в лицо. С тех пор и до самого конца в его чертах стал проявляться симптом, известный в психиатрии, как «боязнь плевка»; впрочем, до самого конца у этой странной контрактуры лицевых мышц оставалось всего несколько часов, в отличие от точно такой же контрактуры у начлага полковника Лицевратова, которая просуществовала еще по крайней мере пару десятилетий почетной отставки носителя.

Сталина провели в «рубку», круговое помещение с панорамными окнами, аппаратуре которой позавидовал бы самый современный океанский лайнер. Здесь его ждал не кто иной, как Лаврентий Павлович Берия собственной персоной. Эта гадина опять меня запутывает, как в дни воркутинского восстания, подумал Сталин. Каким образом он раньше меня добрался до Вершины? По всей вероятности, мингрелец сидит здесь уже давно, а к павшему Кремлю даже и не подбирался. Если уцелею, устрою ему судилище в рамках Пленума Центрального Комитета.

«Товарищ Сталин, разрешите доложить, Таманская и Кантемировская дивизии уже на подходе. Не пройдет и двух часов, как мы, образно говоря на языке будущего, размажем этих мадьяр по стенке».

Вождя перекорежило. «Каких еще мадьяр? Ты что, Лаврентий, до сих пор не сообразил, что в городе действуют сербо-хорватские гайдуки? Ну-ка включи обзор ближайших окрестностей. Уверен, что они готовят штурм высотки».

Включились камеры слежения подъездов, арок, всех корпусов и дворов. На экранах были видны группы вооруженных людей в обычной московской одежде, но некоторые в стеганых азиатских халатах. Они собирались вокруг больших фургонов с номерными знаками Узбекистана. В середине одной группы размахивал руками высокий детина с явно привязанной рыжей бородой. Он отсылал боевиков по двое, по трое в разных направлениях. «Вот он! — вскричал Сталин. — Это главарь путча!» В этот момент один из югославов с дружеским хохотом сорвал с главаря его бороду — дескать, нечего больше прятаться. Окружающие боевики весело смеялись. Интересные люди, подумал Сталин, развлекаются перед смертельным боем, как будто не представляют, что на них идет броневая мощь, перед которой трепещут даже поджигатели войны Северо-Атлантического блока. «Товарищи операторы, — сказал он в своей привычной неторопливой манере, — покажите нам, пожалуйста, крупный план этого бывшего бородача». Просьба была немедленно удовлетворена, и тогда он впервые после 1940 года увидел и узнал вражескую личность полярника Георгия Моккинакки. «Узнаешь, Лаврентий? — спросил он, не оборачиваясь. — Ведь это ему в сороковом году ты продавил ребра под левой лопаткой. Спасибо, товарищи операторы, теперь возвращайтесь к общему плану». Будучи поклонником «важнейшего для нас искусства», он был доволен, как точно и к месту он употребил кинематографические термины. Вообще ему показалось в этот момент, что он может стать хозяином ситуации, если, конечно, Первая Конная армия командарма Буденного в тесном взаимодействии с войсками Первого Украинского фронта маршала Конева перережет танковый клин фельдмаршала Гудериана.

В этот момент на общем плане мелькнула еще одна знакомая фигура. Из подъехавшего ЗИСа-101 выпростался пожилой крепыш, исполненный, несмотря на лишние килограммы, удивительной мощи и энергии. Он шел неудержимо, откидывая круглыми коленями полы своей добротной дубленки, неудержимо, по-хозяйски направлялся к 9-му подъезду, возле которого стояла группа мужчин, которая бесцеремонно — вот вам и хваленое западное воспитание! — пальцами показывала на самую вершину горделивого чертога, на Вершину!

«Крупным планом вон того, в дубленке!» — приказал Сталин и пригласил Берию сесть в соседнее кресло. Укрупнение показало толстое волевое лицо с неизгладимым отпечатком власти. «Ты что, Лаврентий, совсем сбрендил, вконец разложился? Пропустить появление в Москве самого товарища Тито?» — страшным шепотом спрашивал Сталин.

Берия с облегчением рассмеялся. «Товарищ Сталин, это всего лишь сходство, притом довольно отдаленное. На самом деле перед вами наш товарищ. Его зовут, если не изменяет память, Вальдис Янович Скальдис. Органы не дремлют, товарищ Сталин».

«Пошел вон!» — что есть мочи возопил Вождь и тут же, прямо в кресле, заснул.

Председатель подошел к основной группе, в которой было не менее двадцати бойцов во главе с Моккинакки. Они все были обвешаны оружием и подсумками с амуницией. При виде появившегося, как всегда внезапно, своего вождя, инсургенты стали подбрасывать в воздух шапки. Взяв под руку сподвижника, председатель отвел его в сторону.

«Ну что, Штурман, ты наконец дождался своего

часа? Кольцо, как я понимаю, замкнуто? Теперь вперед и тут же кончать со всем этим делом!»

«Ты знаешь, Зорб, мне кажется, что у нас есть шанс взять его живым. Как ты на это смотришь?»

Театр «Вампука»

У Новотканных тем временем шла обычная спальная ночь. Ксаверий Ксаверьевич громогласно, как и подобает громовержцу, почивал у себя в кабинете, Ариадна Лукиановна мирно, с улыбкой, посвистывала носиком в своем алькове. Полный покой царил на обоих этажах квартиры, только забытый в гостиной радиоприемник бормотал что-то тревожное по-французски, да временами неслышно, призрачно перемещались в лунных отражениях военнослужащие Спецбуфета.

Что касается дочери Гликерии Ксаверьевны, то она тоже отчасти спала, отчасти подходила к окну и оценивала свои сегодняшние шансы на выход в пространство. Мне тесно, во сне думала она, тесно не в этой пятисотквадратнометровой квартире, даже не в городе этом, в котором, конечно, тесно, но более всего мне тесно в теле моем. Чтобы отвлечься от этого томящего чувства, она заставляла себя вспоминать звенигородский дом в огромных сугробах, где упрятались два мальчика ее поколения, умудрившиеся преодолеть тесноту своими джазовыми откровениями. Глядя во сне в окно на перемещающиеся ночные огоньки, она вспоминала и Кирилла, своего «небесного жениха» и владыку ее телесного вместилища. Где он может находиться в этот миг в этом пространстве? Надеюсь, что не в ужасной тесноте подводной лодки, а еще пуще —

не в торпедном же аппарате! Интересно, что в этих снах очень редко ее посещал удивительный Жорж, то весь прожженный южным солнцем, то весь просвистанный северными ветрами, который как-то странно все время исчезает и где-то бродит наедине со своими намерениями. Она догадывалась, что мимолетный Жорж — это просто Настигающий Охотник. Он несется, хватает в прыжке, с ним ты валишься вместе, в клубке, а потом он спасается бегством.

И вдруг эта обычная ночь Новотканных прервалась: в страшном смятении поднялась из постели Ариадна. Что-то похожее, сразу вспомнила она, возникло в ее душе другой ночью, десять лет назад, перед тем, как за ней явились два чекиста и повезли ее на заседание узкого круга военного Политбюро. Сейчас она чутьем разведчицы улавливала какие-то волны дерзновенных и чудовищных замыслов. Тряхнула спящего рядом. «Фаддей, ты чуешь: весь дом в огне!» Тот подскочил, мгновение — и по стойке «смирно», жужелицы бровей сходятся на переносице, вникают друг в дружку, трепещут чуткие собачьи ноздри. «Нет, я не чую, пожара нет!»

Сразу после этого верноподданнического движения к покою в глубинах дома послышался небольшой взрыв. Что-о-о? Уже началось? Лукьяновна, Лукьяновна, да чего ж вы так мечетесь? Ну в худшем случае газ у кого-нибудь взорвамши! И незабываемый, никогда неизгладимый телефонный звонок тут же разрезал ночь на два куска.

Это был Сталин. «Ксаверий, ты слышишь меня? Я говорю сверху».

Ядерщик, уже в вертикальной позиции, ответствовал с натугой: «Иосиф Виссарионович, слышимость неудовлетворительная, как будто вы звоните с Новой Земли». «Ксаверий, у нас чэпэ! Столица нашей родины подверглась вторжению клики Тито. Все здесь: и Джилас, и Ранкович, и Кардель, и Моше Пьяде, и Сам вместе с нашим предателем Штурманом Эштерхази. Ты должен немедленно вылететь вот именно на Новую Землю — надеюсь, что связь будет получше в отсутствие одного господина в пенсне — и отправить оттуда на Белград «Коминтерн» с полным грузом устройства. Выходи на связь каждый час. Ариадна, ты слышишь наш разговор? Нет, она не слышит? Почему не слышит? Спит, говоришь? Как можно спать в такую ночь?»

Через десять минут прозвучал еще один звонок, на этот раз второй степени важности. На этот раз звонил Берия, и слышимость была значительно лучше. «Ксаверий, мне нужно поговорить с вами обоими, пусть Ариадна тоже возьмет трубку. Ариадна, это Лаврик, я звоню вам как друг, только как друг, без всяких чинов. Мы с товарищем Сталиным осаждены на Вершине. Вершина неприступна, и здесь мы можем дождаться подхода гвардейских дивизий. Однако мы с товарищами Власиком, Товстухой и Поскребышевым боимся за состояние товарища Сталина. Он на грани коллапса. Здесь есть врачи, но он никого к себе не подпускает, боясь еврейского подвоха. Спасти его может только одно существо, ты знаешь, о ком я говорю, да, это Глика. Уже давно он пестует в душе культ этого существа, чистейшей и преданной сталинистки, сродни своему жениху Кириллу. Увы, Кирилл сейчас выполняет важное задание партии вдали от Москвы, поэтому вся надежда на Глику. Нет, ты не пустишь ее? Да, она твоя дочь, но я потому тебе и звоню, что она ТВОЯ дочь! Ведь речь идет о жизни и смерти товарища Сталина!»

Ариадна швырнула трубку, черт бы вас всех побрал вместе с вашим товарищем Сталиным, и почти в ту же минуту увидела, что в дверях стоит Глика, одетая в великолепное синее платье, юбка колоколом, желтую кофту с буфиками, но босая. «Я все слышала и стремлюсь к нему!» — провозгласила она и слегка застыла, как фигура барельефа. Вот такой она была год назад, строгоглазой, еще до начала своих любовных приключений, вспомнила мать. «Как ты могла все услышать без телефонной трубки, дочь моя?!» — вскричала она и тут же подумала: «Начинается действие в театре «Вампука»!» Глика резко воздвигла правую руку над головой, словно отдавая пионерский салют, переходящий во взмах дирижерской палочкой. «Я не знаю, как я услышала, но знаю, что речь идет о жизни и смерти товарища Сталина!» И снова слегка чуть-чуть несколько застыла в рельефной позе. Происходит что-то всерьез ужасное, стала догадываться Ариадна.

В это время одна за другой стали распахиваться внутренние двери, открылась анфилада комнат, и по ней пробежал совершенно безумный Ксаверий Ксаверьевич. Но, прежде чем продолжить и завершить наше повествование, мы должны будем коснуться еще одного из блистательной ассамблеи государственных секретов Советского Союза.

Многомоторник «Коминтерн», который своей аварией в 1940 году открыл еще одну героическую страницу в эпопее освоения полярных пространств (на самом деле, он должен был прочертить еще одну трассу для будущих бомбардировщиков), не пропал для родины. Отремонтированный в обстановке высочайшей секретности прямо во льдах лучшими умами и руками отечественного авиапрома, он смог подняться в воздух и долетел до Новой Земли. Там, на сверхсекретном аэродроме, он был «доведен до ума» все теми же умами и руками. К настоящему времени, по мнению ученых, базирующихся на авиаматке «Вождь», многомоторник представлял из себя идеальное средство для транспортировки к месту испытаний сверхмощного ядерного оружия. Вот почему товарищ Сталин в обстановке острейшего кризиса, спровоцированного кликой ревизионистов, решил переадресовать «Коминтерн» из полярных широт на дунайскую равнину. Вот почему это неожиданное задание родины так взъярило академика. Нужно было в кратчайший срок произвести массу работ по изменению маршрута и по перепрофилированию машины из мирного испытателя в боевого разрушителя.

«Любое задание родины и Сталина будет выполнено! Любое! Будет! Выполнено!» — орал Ксаверий, пока метался вместе с верной своей Нюрой, собираясь в дорогу, бросая в чемоданы полярную одежду и запасы коньяку. И тут еще из глубины квартиры до него стали долетать взволнованные выкрики жены. С тяжелыми унтами поперек шеи, с кучей толстых свитеров в руках он пронесся по анфиладе и ворвался в комнаты жены. «Что происходит?! Глика, почему ты босая?! Ариадна, что ты вопишь? Чего вы не поделили? Что это за фальшивая трагедия?! Ничего особенного не происходит, просто нашу дочь просят зайти высшие представители НАШЕГО правительства!»

Странное зрелище представляли в ту ночь столь близкие друг к другу мать и дочь. Первая металась, как Андромаха в обреченной Трое, вторая стояла, ее не замечая, в позе пионерской готовности.

«Я ее никуда не пущу! — страшным голосом, раздельно, звук за звуком, слово за словом, произнесла Ариадна. — В эту ночь, в которой не происходит ничего особенного, кроме того, что в доме идет стрельба, моя дочь останется дома!»

«Идиотка! — возопил тут ее благоверный. — В доме происходит историческое противостояние генеральной линии и тлетворного отклонения! Мой друг, которому я верю больше, чем себе, маршал СССР Лаврентий Берия просто просит зайти нашу, НАШУ, а не ТВОЮ, дочь, чтобы успокоить пожилого, но гениального вождя. Да я сам выйду за него на баррикаду и рухну, как последний коммунар! А ты хочешь нас всех погубить, да, идиотка? Да, гадина?» Он все больше распалялся в своей ненависти к подруге жизни, в которую был когда-то так смешно, трогательно и беззаветно влюблен, и наконец испустил что-то совсем уже несусветное: «Ты — завершенная проститутка человечества!»

«Вот так, значит? — Ариадна в своих метаниях резко тут повернулась в сторону своего верного спецслужащего. — Что же, Фаддей, так твою мать, ты не можешь меня защитить от этого взбесившегося хама?»

Бледный, будто под следствием военной прокуратуры, капитан Овсянюк сделал шаг вперед, вернее, полшага вперед, только чтобы оторваться от стены. «Никак нет, Ариадна Лукиановна, я не могу поднять руку на академика и члена ЦК!»

Вот так, значит, подумала Ариадна, ну теперь вампука включается на максимальные обороты! Она улетела в свою спальню и тут же вылетела из нее, и никто, может быть, даже и не заметил, как увеличился в своем объеме карман ее халата. И только тогда уже она начала свой завершающий монолог с полной расстановкой всех чугунных точек над подгибающимися тростинками i.

«А ты, Ксаверий Ничтожный, со своей плебейкой-пой! Бери эту пу и отправляйся в свою засранную солдатней плантацию массового уничтожения, и пусть твоя па тебя там ублаготворяет! И знай, что возврат в этот дом тебе заказан! Сиди там в своем суперлюксе и держи свою грязную лапу на пе своей пы! И знай, Ничтожный, что, если ты со своим устройством дашь сигнал Армагеддону, ты будешь проклят всем человечеством и вместе с тобой твоя вульгарная па! Все! Теперь выметайтесь, los, los!»

В течение этой, поистине античной истерики, с каждой ее фразой Ксаверий из буйного белорусского зубра все больше превращался в разбухшую квашню. И только при слове «ничтожный» он вроде бы чуть-чуть суровел, слегка вздрагивал и оглядывался на воображаемую аудиторию, как бы приглашая не верить своим ушам, но возмущаться масштабами кощунства: Новотканный — ничтожен??? И лишь та, кого блистательная Ариадна, оттопырив в экзерсисе преувеличенного перевоплощения нижнюю презрительную губу, величала «вульгарной пой», каждую секунду была начеку. В суматохе сборов майор Сверчкова успела уже опоясаться портупеей с табельным оружием и теперь, одной рукой двигая своего кумира на выход, другой рукой держалась за кобуру. Между прочим, во всем облике ее произошли разительные перемены, как будто артистка Людмила Целиковская в одночасье превратилась в артистку Веру Марецкую. Чтобы завершить эту громокипящую семейную сцену, скажем, что через четверть часа этой пары и след простыл, она устремилась на Дальний Север, в край, где ни одна живая душа, даже и тюлень, не осмелится назвать академика Новотканного ничтожеством. Интересно отметить, что при выходе из здания югославские патрули брали перед ними под козырек, а один инсургент даже поприветствовал их словесно: «Товарищу академику горячий привет от братского народа!»

Итак, вампука, только начав разгораться, все же увяла: до кровопролития не дошло. Действие этой ночи, однако, продолжало развиваться. Глика, несмотря на страсти-мордасти, проявленные ее родителями, так и не вышла из своего странного полускульптурного состояния. Похоже было на то, что даже резкие выражения и явное присутствие нерасчехленного оружия не поколебали ее решения. Она лишь ждала сигнала. Ариадна пыталась ее обнять, увещевала самыми нежными звуками голоса:

«Миленький мой, лягушоночек, прошу тебя — забудь этот бред и ложись спать. Ну хочешь, ложись со мной, я буду тебя греть. Фаддей, идите к чертовой матери, оставьте нас вдвоем!» Глика молчала и отстранялась. Единственным признаком возвращающегося здравого смысла оказалась появившаяся в ее руках сигаретница. Штучку за штучкой она стала ее опустошать и монотонно, словно механический индивидуум, выпускать из своих пунцовых губ колечки голубого дыма.

Послышался тревожный до судороги кишок звонок в дверь. Капитан Овсянюк, уже в подбитых металлом сапогах, четко прошагал в переднюю. Ариадна, не вынимая правой руки из утяжелившегося правого кармана своего халата, устремилась за ним. За дверью стоял в кожаном пальто с адмиральскими погонами Жорж Моккинакки. Увидев за спиной Фаддея свою привлекательную соседушку, которую он давно уже вычислил как мифическую Эми фон Тротц, он приложил палец ко рту и вошел внутрь. «Ариадна Лукиановна, родная моя, я должен вам доложиться. Только, конечно, без свидетелей».

Овсянюк все еще высокомерно задирал свою башку не первой глупости. «А вы знаете, адмирал, что я обязан взять вас под стражу?»

Только тут Жорж обратил на него сосредоточенное и мрачное внимание. «Хотел бы я знать, как вы собираетесь это сделать».

«Убирайся на йух! — закричала Ариадна на своего услужающего и, лишь оставшись наедине с ночным гостем, положила ему обе руки на погоны и шепотом прошелестела: — Ну, Жорж!» Тот сел на хрупкую козеточку, враз заполнив никчемное сидалище беспрекословной актуальностью своей огромной фигуры. Снял фуражку, обнажив покрытую каплями влаги лысину, вздохнул, как вздыхают миллионы советских шахтеров, завершившие стахановскую вахту. «Ариадна, ты, конечно, догадываешься, что я пришел к тебе по просьбе Лаврентия. На Вершине возникла тупиковая ситуация. Сталин выставил вокруг своей рубки круговой караул из смельчаковцев и приказал никого к себе не допускать. Он держит руки на пульте, но в то же время бредит какой-то сценкой из своего дореволюционного прошлого. 1912 год, подпольная партконференция в Гельсингфорсе. Все отдыхают на пляже, включая Ленина, которого он называет «властолюбцем». Коба обворожен ослепительной девушкой, молодым активистом партии, которую он называет «товарищем Парвалайнен». Господь милосердный, он бормочет — ты можешь себе это представить? — быть может, это и был единственный счастливый день в моей жизни. Она была выше меня на голову

426

и называла меня «грузинчик». А я мечтал, чтобы она назвала меня «мой грузинчик». Мечтал и был счастлив! Ну вот, Ариадна, теперь ты понимаешь, что к чему. Остался час до начала штурма. Шансов пробиться к Вершине нет никаких. Через два часа дом будет окружен кантемировцами. Не знаю, кто как, но наши будут драться до конца. Еще до конца ночи дом превратится в сущий ад. Вот почему Лаврентий попросил меня зайти к тебе. Просто как к другу... — И тут Жорж каким-то донельзя безобразным способом сымитировал кавказский акцент. — Панымаэш?»

Выслушав этот довольно печальный, если только не лживый рассказ, Ариадна не нашла ничего лучшего, чем вынуть из своего халата парабеллум и прицелиться в Жоржа. «Ну что ж, давайте доиграем эту пьеску до конца! Жорж, ты помнишь, что ты тоже был счастлив с Гликой в какой-то вашей мифической Абхазии? Ты разбудил в ней женщину, хвала тебе за это! Однако знай, что я не отдам свою дочь ни нашей сраной истории, ни титовской мечте о новой Византии! Идите вы все на йух! И ты отправляйся на йух, los, los! Пока я не прострелила тебе башку!»

Выслушав этот страстный, исполненный иронической трагедии монолог, Жорж Моккинакки не нашел ничего лучшего, чем мгновенным броском камышового кота, то есть своей руки, перехватить запястье великой шпионки и задрать ее револьвер вверх. Выстрел щелкнул, и пуля ушла в верхние этажи. По слухам, она прошивала один этаж за другим, пока на 25-м этаже не иссякла ее пробивная сила. Там она вроде бы успокоилась и поселилась на правах мирной высокоэтажной мышки. Так, во всяком случае, рассказывала об этом эпизоде много лет спустя в своем мировом бестселлере «Танцуем в Кремле» писательница Ариадна Рюрих.

Вернемся к нашим мутонам — или мутантам? Что случилось с парабеллумом? Нормальный исход: один поворот кулака с зажатым в нем женским запястьем, и револьвер упал на ковер, чтобы быть тут же поддетым носком сапога, взлететь в воздух и успокоиться в другом, более подходящем для такого рода предметов роскоши кармане. Что ж, Штурман Эштерхази тоже не последний человек в кругах мировой разведки.

Время истекало. Как сказал поэт: «Счет пошел на миги». Жорж неумолимыми, но в то же время вполне корректными движениями провел Ариадну в служебное помещение. Там пятками кверху рыдал под пуховым одеялом капитан Спецбуфета Фаддей Овсянюк. Телефонный шнур был протянут через всю комнату и уходил под то же самое одеяло. Связи не было. Жорж усадил Ариадну в Нюркино кресло и пошутил: «Надеюсь, родная моя, когда-нибудь мы вместе вспомним все это с улыбкой, как вспоминают петуха». После этого он собрал все имеющееся в наличии оружие, среди которого, кстати, был и крохотный на батарейках миномет, вышел и со знанием дела забаррикадировал дверь служебки. И только после всего этого, ненужного и наносного, отправился искать ту, за кем пришел. Он нашел ее без труда все на том же месте, где мы ее оставили, на подоконнике в мамином кабинете. Она по-прежнему курила сигареты и выпускала дымовые колечки из своих пунцовых губ. «Ах, Жорж! — проговорила она довольно по-светски. — Ты, кажется, пришел за мной? Я готова».

«Родная моя!» У него перехватило дыхание, и так, без дыхания, он прошагал к ней, чтобы прямо там, на подоконнике, всю ее обцеловать и протрясти в стиле WWII. «Ух, как здорово! — прошептала она и добавила: — Однако нам надо спешить, иначе может произойти непоправимая беда с товарищем Сталиным».

И они отправились наверх, не исключая, но и не предполагая, что им осталось жить не больше часа, если сложить и его, и ее время.

Финальные аккорды

На последней станции пассажирского лифта скопилось не менее взвода югов. Со свойственной этим племенам хмуроватостью они приветствовали вожака: «Здраво, Штурман, бог, бог! То е твоя дьевойчийка?» И он им отвечал: «Бог! Бог! (что значит у них: «Привет! Привет!») Ово е мойа». Дева с надменным видом шествовала за ним. Они прошли через несколько дверей, пробежали по нескольким пустынным маршам лестницы вверх, пока перед ними не открылся бетонный тоннель, упирающийся в глухую стену. Из невидимых источников шел яркий свет. Жорж понимал, что они находятся под пристальным наблюдением и в зоне обстрела. Дойдя до глухой стены, он постучал в нее костяшками пальцев так, как он бы сделал перед обычной дверью в каком-нибудь общежитии. Стена — она была не менее пяти метров толщиной — беззвучно отъехала в сторону, открывая проход. Едва они прошли внутрь, она вернулась на свое место. Перед ними было пространство, похожее на какой-нибудь коридор в Кремле: красные ковровые дорожки, панели темного дуба, бюсты советских героев. Их немедленно обступило несколько чекистов. По сравнению с выражением их лиц югославская хмуроватость показалась бы фестивалем улыбок. Последовал приказ «Все оружие положить на пол!». Затем они быстро обшмонали Жоржа и значительно медленнее Глику.

В глубине пространства возник Берия. В костюмной жилетке и с распущенным галстуком он был похож на подвыпившего ресторатора. «Пропустите товарищей, они ко мне! Проходите, товарищи! Жорж, Глика, как я рад, что вы наконец добрались! Глика, в вашем лице я вижу настоящую патриотку! Давайте сразу же отправимся к товарищу Сталину, время не ждет! Только не волнуйтесь, у вас на это уйдет не более десяти минут, вы только скажете ему, что вас делегировал комсомол, вся советская молодежь, настоящие сталинисты-смельчаковцы. Только не удивляйтесь, если он будет называть вас «товарищ Парвалайнен»: вы напоминаете ему девушку, которая поразила его сорок лет назад... Жорж, садись в это кресло перед экраном. Ты будешь видеть на нем все передвижения Глики. Только не волнуйся: ты же меня знаешь, я никого из друзей еще не подводил. Надеюсь, что нам совместно удастся развеять все недоразумения. Глика, идем!»

Никогда еще Жорж Моккинакки не испытывал такого чудовищного напряжения. Вспоминая ледяное пространство моря Лаптевых, тюрьму НКВД, карцер в Кандалакше, разные безысходные эпизоды в смерше и в гестапо, из которых он все-таки выпутывался, он думал сейчас о том, что ожидание неизбежной гибели легче переносится, если рядом с ним не плывет альтернатива вполне возможной и совершенно ослепительной победы. Ведь если осуществится хотя бы один из трех намеченных вариантов, в эту страну бессмысленной и необратимой жестокости придет свобода, а вместе с ней кончится мучительный маскарад адмирала Моккинакки и Штурмана Эштерхази.

На экране удалялись в какую-то необозримую глубину Лаврентий и Глика. Трудно было понять, где происходит это движение: Башня велика, но откуда в ней берутся такие необозримые дали? Скорее всего после уничтожения строителей они еще не научились пользоваться аппаратурой. В этот момент произошла смена мониторов, и реальные пространства восстановились. Лаврентий и Глика на среднем плане подходят к большим украшенным резными горельефами дверям, перед которыми стоит на страже отряд смельчаковцев. Берия накидывает Глике на плечи огромную оранжевую шаль и показывает, какими торжественными движениями надо снять эту шаль и накинуть ее как дар советской молодежи на плечи отца народов. Вот, быть может, с помощью этой шали и удастся доставить тирана живым на суд этих самых народов, думает Жорж. Двери открываются, Берия отступает назад, а девушка, «любовь моя незавершенная, в сердце холодеющая нежность», вступает в...

В этот момент кресло с сатанинской силой сжимает со всех сторон неслабое тело Моккинакки-Эштерхази. Выскочивший из подголовника обруч ломает хрящи его горла. За спиной у него падает стена, открывая черную дыру в тайную шахту, откуда поднимается невыносимый смрад и еле слышные стоны еще не умерших строителей. Мгновение — и кресло вместе с телом легендарного штурмана вылетает из своих пазов и сваливается в дыру. Стена поднимается и восстанавливает мирную обстановку.

Сталин, полулежа в точно таком же кресле, только не снабженном удушающими и катапультирующими устройствами, плавал в мечтах сорокалетней давности. Товарищ Парвалайнен проходит по пляжу в облегающем купальном костюме. Каким образом ей удалось вырастить ноги такой идеальной длины и так гармонично соотнести их по отношению ко всем остальным участкам идеального тела? Она замечает его: «Хеллоу, грузинчик!» Ах, товарищ Парвалайнен! Говорят, что это именно она провела блестящую операцию по экспроприации векселей «Общества взаимного кредита». Большевики, конечно, без конца собачатся во фракционной борьбе, но зато они идеально выбирают место для отдыха. Товарищ Парвалайнен, вся в белом, играет в лаун-теннис с товарищем Коллонтай. «Товарищ Коба, вам нравится наша игра?» Да я готов стать вашим мячиком, товарищ Парвалайнен, летать туда и сюда, набирать вам очки. Нужно будет выйти из партии и стать нормальным бандитом. Надо создать для нее естественные условия роскоши. Куда же вы, товарищ Парвалайнен? Она уезжает, крутя педали тандема, вместе с Левкой Бронштейном. Куда же вы, куда же вы, куда же?

И вот она, наконец, вошла, еще более прекрасная, чем сорок лет назад. «Дружеский вам салют, товарищ Парвалайнен!» Она приближается, как будто бы в замедленной съемке, и над ней чуть ли не до потолка веет великолепный оранжевый стяг, символ братского единства с народами Индии. «Здравствуйте, товарищ Сталин!» Ах, откуда взялся этот глупый номдегер, как будто я сделан из стали?

Глика, завернувшаяся в сказочную оранжевую ткань, испытывала длительное ощущение нежности. Что за удивительная шаль, и почему она дает такое длительное ощущение нежности? «Дорогой товарищ Сталин, наше божество! От имени советской молодежи я хочу преподнести вам эту удивительную шаль, дающую длительное ощущение нежности!»

Великолепным движением великолепных рук товарищ Парвалайнен торжественно, как указал ближайший сподвижник, похожий все же на гуманоида, а не на дохлого таракана, набрасывает на божество советской молодежи чудодейственную ткань, говоря на языке будущего, дающую длительное ощущение нежности. Нет сомнения, что он сейчас воспрянет из кресла, чтобы и дальше вести стальные полки мира и труда. И впрямь, он вздымается, весь в оранжевом, вздымает и длани, дабы призвать к продолжительному шествию мощи и нежности, и валится лицом вниз на ковер, чтобы не подняться уже никогда.

Глика, вообще-то не понимающая, что происходит, пытается освободить упавшего от великолепной ткани, тянет ее на себя, даже закутывается в нее, чтобы сильнее был рывок; товарищ Сталин, очевидно, еще не совсем готов к продолжению церемонии, нужно ему помочь, поставить его на ноги, продолжить вступление в «Новую фазу», на которую «с вашей подачи» недавно намекал ваш друг Кирилл, дорогой товарищ Сталин!

Распахиваются все двери рубки, вбегает толпа в противогазах, начинает открывать, чуть ли не срывать многочисленные окна, в рубку величественного дома страны вместе с первыми бликами рассвета врываются бури века, леденящий холод стратосферы, но Глика уже не чувствует температуры. Она выходит в пространство и ровными, без всяких усилий, гребками рук начинает удаляться от шедевра мировой архитектуры. Пройдя немного или много, вперед или назад, вверх или вниз, она оборачивается и видит, что дом стал неизмеримо гигантским или микроскопически лилипутским, во всяком случае, отчетливым до каждого кирпича, до всякой молекулы гранита, до всякой царапины на стекле, включая ту, у Дондеронов, которая двумя словами «строили заключенные» проливает океан слез. И суть этого дома по мере удаления становится все виднее, вся яснее, она выскакивает на его фасадах, словно архитектурные излишества, то в виде химер, горгон, драконов, то в образе раздувающихся мало различимых ликов, по всей вероятности, владык, то в виде символов дикообразия, то со свисающим хвостом, то с оскаленной пастью; и вдруг он весь от крошечной косточки в котловане до искорки шпиля, всеми этажами сотрясается, сбрасывает все это с себя и остается стоять просто как жилье, а затем скрывается из глаз, если можно так сказать о том, чем она это увидела на прощанье.

В «Вечерней Москве» 1953 года затерялось маленькое сообщение; вот его текст: «Редкий случай точечного землетрясения. Недавно жильцы Яузского высотного дома были разбужены сильной тряской земной коры. Она продолжалась всего одну секунду и достигла рекордного уровня в 10 баллов. Случись такое в Америке, был бы разрушен любой из хваленых небоскребов, а вот гордость нашего зодчества устояла!»

Он шел в сплошном тумане сначала по горло в воде, потом по грудь, потом долго по колено. Оружие и амуниция становились все тяжелее по мере выхода из воды. Он шел и думал, ради чего он подвергает себя и всю команду подобным мукам. Неделю болтаться в пробздетой тесноте подлодки в ожидании ориентировки. Наконец загружаться подгруппами по шесть в шесть торпедных аппаратов и ждать по полчаса, или по полвека, или по полувечности, в этой совсем уже немыслимой тесноте трубы, от которой единственное спасение заключается в умении потерять себя до того момента, пока сжатый воздух не вытолкнет тебя на поверхность, где тебя давно уже поджидает твое истинное «я», крашенный в защитную краску бугель. И все это по прихоти одного маньяка, олицетворяющего твою страну, твой народ, твое все.

Ориентировка извещала, что операцию надо начинать немедленно. Поскольку все интересующие нас лица уже собрались на острове. Однако неизвестно, сколько они там пробудут. Все вместе или по отдельности. Особенно это касается главного действующего лица. Известного внезапностью и немотивированностью своих поступков. Высаживаться ночью. Передвигаться под водой в ластах и с аквалангами. За полкилометра от берега освободиться от аквалангов. За сто метров от берега сбросить ласты. Выходить босиком. Огневое снаряжение освободить от герметической упаковки только на суше. Однако полагаться в основном на холодное оружие. При любом удобном случае стараться захватить оо врага. По данным с места, боевое охранение дворца вооружено полуавтоматами М-16. По завершении операции уходить в воду. Ориентир — проблескивающий бугель в секторе XYZ. Уводить только легко раненных. Нетранспортабельные обеспечивают прикрывающий огонь. ОПОС, что означало «один патрон оставлять себе». НБДХП, что означало «не бздеть держать хвост пистолетом».

Даже у самых идеальных бойцов во время военных действий появляется некоторая неприязнь в адрес тех, кто «по штабам» пишет инструкции. Смельчаковцы не говорили по этому поводу ни слова, однако Кирилл по некоторым взглядам и улыбочкам понимал, что и они никакого пиетета к ориентировщикам не испытывают. Особое недоверие обычно вызывают данные разведки. Вот, мол, пишут, что все там собрались, а на самом деле только коты по дворцу и бегают. Вот с таким а-а-авторитетным видом говорят, что у тех там М-16, а там, небось у всех У-11, которого мы и в глаза не видели. Он старался их отвлечь юмором, в частности, из арсенала Союза писателей:

> Увидев в море красный буй,
> Сказала мама: Это бочка!
> Ты не права, отвергла дочка.
> Дитя, ты мать не критикуй!

Один раз даже песенку фривольную спел: «Цветок душистых прерий, Лаврентий Палыч Берий», чем вызвал такой гогот, что подлодка внештатно раскачалась.

Скептики, как всегда, оказались в чем-то правы, особенно по метеочасти. Обещали чистую синюю ночь со звездами, вместо этого заштормило балла на три-четыре, а туман такой упал, что не видно было ни на йоту главных ориентиров, мигалок на створе островного порта. Все все-таки штатно собрались и поплыли к кровавой цели. Двигались, в общем-то, к галечному пляжу и рассчитывали на прозрачность ядранских вод, а вместо этого перед носом была сплошная каша: очевидно, взбаламутился песок. Совершенно неожиданно стали ощущать под ногами дно и в результате оказались на песчаной отмели недалеко от берега, если судить по звукам противотуманной сирены. Здесь, стоя по горло в воде, стали освобождаться от глубинного оборудования. Море постепенно стихало и наконец полностью успокоилось. Туман, однако, все больше сгущался, и потому командир, то есть сам Смельчаков, решил произвести атаку в ранний рассветный час, когда все бонзы КПЮ храпят, предварительно нажравшись сливовицы и наоравшись партизанских песен.

И вот вся группа, тридцать парней-смельчаковцев и впереди сам Смельчаков, всего, стало быть, тридцать один, сторожко хлюпает по мелководью, имитируя плеск рыб. Никто не произносит ни звука, связь осуществляется щелчками пальцев, да, в общем, и говорить особо нечего. Поговорим, если останемся живы.

Когда впереди стали чуть-чуть вырисовываться контуры огромных ливанских кедров, что-то сзади прихлопнуло командира стальной мочалой, иначе говоря, фашистской фацестой, наехало и отъехало скоростным катком, своего рода ударной акулой. Он упал во весь рост лицом в воду и до мельчайших подробностей, букву за буквой, продумал дурацкую мысль-шутку: «Утопия происходит от утопленника». После этого встал.

Отряд уже прошел. Нетранспортабельных не подбираем. Распогодилось. Солнечные блики играли повсюду вокруг, словно стая золотых рыбок. Иные из них вопрошали не без ехидства: «Чего тебе надобно, старче?» Держа на плече невесомый «шмайзер», он дошел до недалекого берега и стал подыматься по мраморной лестнице. Каждый медлительный шаг поглощал за раз по десятку ступеней, как будто был ты гигантом. Пошли строения древних бань, потом галереи агоры. Там толпа мужиков пристально вглядывалась в его приближение. Политбюро КПЮ было в составе толпы, облаченное в тоги. Иные из них делали вид, что читают газеты, сами поглядывали поверх очков. Иосип Броз Тито, горделив, как младенец, ножкой сучил, не скрывал своего любопытства. Вскоре вопрос поступил от его собственного изваяния: «Что привело вас сюда, великан, на прекрасный Бриони?» Взглядом и мыслью он показал, что хочет спуститься под землю. Якобы слышал, что здесь распростерта рука Критского лабиринта.

«Знамо ли вам, — вопросил истукан, — что, спустившись в глубины, больше уж вы никогда к свету земли не вернетесь?» Взглядом и мыслью он показал, что посвящен в регламент.

И сразу после этого каменная дорога стала уходить вниз. Отсутствием ступеней она с каждым шагом показывала, что принадлежит к хтоническим временам. Некоторое время Бриони еще наблюдал, как маячит в зловещей дыре голова великана; потом все исчезло.

Долго ли шествовал Кирилл во мраке, не дано было ему знать. Однажды высветилась черным по черному какая-то надпись. Он не знал финикийского, да и вообще никакого письма, но по наитию догадался, что здесь можно отлить. Кто-то захлюпал шагами в пене его мочи, и приблизился Жорж. Похоже на то, что ты уже повстречал Минотавра, сказал один другому. Ответ приплыл, словно эхо. Бык растоптал меня в прах и размазался с визгом по стенам. А меня сзади прихлопнул Аап, но потом я прошел по нему. Ну что ж, пойдем теперь вместе, сказали они, все теснее смыкаясь. Но диалог продолжали вести, и всякий вопрос начинался с «а помнишь?».

А помнишь, как было сладко?

А помнишь, как было горько?

А помнишь, как было терпко?

А помнишь, как было мягко?

И всякий раз ответ поступал в форме «не очень, прости, не очень»... пока не пришел вопрос:

А помнишь, как было пьяно?

Вот тут возгорелись они голубым огнем, как неразведенный спирт, бывает, горит от брошенной папиросы. Как пьяно бывало тогда на льду, в том бешеном Комсомоле! И дальше пошло:

А помнишь, как было жутко?

А помнишь, как было дерзко?

А помнишь, как было клево?

А помнишь, как было гнусно?

И всякий раз ответ поступал в форме «прости, но почти не помню», пока не пришел вопрос:

А помнишь, как было любо?

И тогда в левой руке у них оказался моток белоснежной шерсти. И нитка стала разматываться, и сразу же забрезжил свет. И так Тезей, не признавая ступеней, поднялся в Божественный Мир. И увидел Гликерию, сидящую в небе, расставив ноги, и она пряла свою пряжу. Она вся сверкала, елочки-палочки, как новогодняя звезда-надежда! «Ну, вот и вы, мои мальчики! — произнесла она. — Теперь поднимайтесь в меня!» И они, или он, Тезей, стали, или стал, вздыматься и сливаться с ней, единст-

венной или многоликой, и было мягко, и горько, и
жутко, и гнусно, и терпко, и сладко, и дерзко, и
было клёво, было любо, и стало всегда.

Сорок два года спустя

В 1995 году, то есть сорок два года спустя после опи-
санных в этих сценах событий, я, Костя Меркулов,
Вася Волжский, иными словами, Так Такович Таковский, впервые после изгнания вернулся в Москву. Мне шел уже шестьдесят третий год, но из этого
числа пятнадцать я провел в Бразилии, читая лекции
по утопиям в университете Сплош Марвелоз Дуран-
те. Со мной приехала моя бразильская жена Эшперанша, которая за эти пятнадцать лет превратилась
из романтической персоналочки в симпатичную тол-
стушку-хохотушку.

Понятно, что, как только я увидел из гостиницы
статную громадину Яузской высотки, у меня зако-
лотилось сердце. Вершина юности, горький алтарь
разочарований — так высокопарно я научился вы-
ражаться в Бразилии. Эшперанша, конечно, попыталась улучшить мое настроение. Начала, как всегда, с подколок: ну что, дескать, в нем особенного, в
этом небопоскребышеве? (Португальский язык Бразилии фонетически очень близок к нашему искон-
ному. Очевидно, из-за обоюдного богатства шипя-
щими и жужжащими согласными. Иной раз идешь
по кампусу, студенты вокруг шпарят по-португаль-
ски, а тебе вдруг слышится: «Ты што шипишь и
жужжишь, пшонки што ли нашамался?»; имеется в
виду, разумеется, каннабис.) Так и сейчас получилось: моя девушка употребила какой-то устарев-
ший сленг, а мне почудилась правая рука Сталина.

Она продолжает: ну, конечно, высокая штука,

но в Сан-Паулу есть и повыше. Старается меня вздрючить, чтоб я завелся и стал куролесить словами, но я не отвечаю, потому что прохожу через сущую бурю ностальгии, любви, тоски и жалости. Ну что я могу рассказать об этом пике погибшей утопии, который Дмитрием Чечулиным так ловко был посажен грандиознейшей жопой в километре от Кремля, посреди свалок социализма, ей, антиподской молодой тетке (или телке?); что она в этой мелодраме прочтет?

Мы выходим из «Балчуга-Кемпински» и идем по Раушской набережной в сторону Большого Устьинского моста, за которым как ни в чем не бывало держит свои этажи Яузская высотка. Эшперанша продолжает без остановки шипеть и жужжать, временами переходя на взрывные космополитические инговые окончания. Я стараюсь ее не слушать и вспоминаю промелькнувших передо мной жильцов этого дома, людей высотной неоплатоновской элиты. Слово «элита», между прочим, за эти годы стало знаковым в языке московского плебса.

Как ни странно, я, псевдоплемянник, не утратил связи с распавшейся семьей Новотканных. Не реже пары раз в месяц перезваниваюсь или сообщаюсь по e-mail с 82-летней красавицей Ариадной Рюрих. После крушения ее любимого СССР она стала знаменитой писательницей, автором двух мировых бестселлеров, мемуаров нашего века «Кривляка Гитлер» и «Танцуем в Кремле». Гонорары ее, как сообщают, бьют рекорды мисс Роулинг, что позволяет ей держать множество вилл на разных островах Средиземного моря и мирового океана, куда она нас с Эшпераншей постоянно приглашает, а я никак не могу собраться. Мне кажется, что наша поразительная и в чем-то даже благородная, невзирая на все ее «йухи», Адночка одержима чем-то вроде соперничества с небезызвестной Ленни Рифеншталь, о чем говорят ее подводные съемки в разных прозрачностях подводного мира. С большим или меньшим постоянством она пребывает на Ибице, где ее всегда ждет верный, хоть немного и оскандалившийся спутник, капитан Фаддей Овсянюк. Он занимается садами, конюшнями, плавсоставом и автопарком и никогда не приближается к буфетной. В отсутствие Ариадны он принимает журналистов и часами беседует с ними о своем творческом сотрудничестве с «женщиной века».

Что касается Ксаверия Ксаверьевича, он тоже не пропал. Бросив вызов антинародному режиму, он стал членом Государственной Думы от КПРФ. Пользуется всеобщим уважением как самый засекреченный в прошлом ученый, творец нашего генерального устройства, а также как человек высокой культуры, настоящий советский интеллигент, хотя депутаты ЛДПР его побаиваются: им кажется, что могучий старик может ни с того, ни с сего наброситься с кулаками.

Нюра за эти годы нарожала ему множество детей (сколько — точно не могу сказать, а врать не хочется), так что кубатура на 18-м этаже комфортабельно заселена. Слово «комфортабельно» сыграло хорошую роль в обустройстве быта новых Новотканных. Не будет секретом сказать, что Нюра приватизировала всю структуру Спецбуфета и назвала компанию «Комфортабельный кэтеринг».

Легче всего мне вспомнить своего ближайшего друга Юрку Дондерона. В течение нескольких лет он делил со мной бразильское изгнание. В годы «хрущевской оттепели», оправившись после своего дерзновенного полета, этот вьюноша летучий был сначала сактирован как инвалид труда, а потом полностью реабилитирован за отсутствием состава преступления. В разгар венгерской революции Юрка в знак протеста умудрился жениться на двух сестрах Нэплоше. Позднее протест перерос в большую двойную любовь. Все это наше общество, бывшие «плевелы», в бесконечные годы «зрелого социализма» и «застоя» вело такой слегка чуть-чуть несколько диссидентский, такой, в общем, протестный образ жизни, за исключением Боба Рова, который окончил юрфак и стал прокурором. Нас все время куда-то таскали, делали предупреждения, лишали заработка. Позднее, к 1980-му уже году, после того как мы с Юркой выпустили неподцензурный альбом «Джаз и только джаз!», две главные советские бабы, Степендида Властьевна и Гризодуба Братановна, выбили нас сапогами под зад аж в Бразилию. В этой шипящей и жужжащей стране Юрка с женами тащился, тащился, мыкался, волочился и вдруг инициировал ударное трио с массой дополнительных звуковых эффектов. Сестры к тому же на скрипках вполне прилично, то одна, то другая, то вместе, вступали, а Юрка за жизнь наблатыкался весьма на своем саксе-альтушке. Жизнь, говорил он, и не тому научит. И вдруг — неожиданный успех! Критики стали о них с энтузиазмом писать: ну, разумеется, «Из России с джазом», ну чуть поглубже, «Звуки из подполья», эдакая, так сказать, парафраза к Достоевскому, и т. д. Объездили всю необозримую Бразилию с концертами, записали несколько дисков, промчались по телеканалам, и все это без всякого мандража, спокойно, весело; все равно, мол, терять нечего, а оказалось, кое-что можно и найти. А ведь было всем троим уже за полсотни.

Года два назад трио «Дондерон и Нэплоше»

приехали с концертами в Москву и, увидев, какая тут после Августа-91 разгулялась свобода, восхищенные и умиленные, решили остаться. Словом, сегодня вечером мы идем к ним на Арбат, в клуб «Плевелы из фавелов»; вот уж посвингуем за милую душу!

Предаваясь этим воспоминаниям и отвечая только улыбками на бесконечный монолог своей бразильянки, я шел с ней под руку через мост и смотрел на бордюр 35-го этажа, с которого Юрка в чудовищную пургу 1953-го спрыгнул на дельтаплане пана Затуваро-Бончбруевича. Юрка почему-то никогда вслух не вспоминает о своем геройстве и даже злится, когда кто-нибудь его к этому побуждает. Я никогда этого не делаю. Просто мы иногда смотрим друг другу в глаза и читаем в них безысходную тоску по Глике.

Мы подошли вплотную к высотке, и я положил на ее гранитный бок свою правую руку. Мемориальных досок на этом боку за время моего отсутствия основательно прибавилось. Здесь были имена народных артистов, писателей, композиторов, ученых, а также изобретателей разного рода «устройств». Ну а рядом с ними, в первом этаже, пооткрывалось много всякого рода буржуазных заведений. Мы зашли сначала в «Персону грата» и выпили там зеленого чаю с живой мятой со склонов горы Хермон. Потом заглянули в «Чарли Чаплина», где как бы практиковался «сухой закон» и выпить как бы рюмку водки можно было только под прикрытием как бы брусничного сока. Потом решили поесть в «Тутто бене», но там кухня была закрыта в связи с угрозой взрыва, и мы ограничились бутылкой отменного «Кьянти» у стойки бара. В завершение этих экспериментов посетили «Иллюзию счастья» и там «отлакировали» все предыдущее шампанским «Веселый корнет».

«Ты знаешь, а мне нравится в этой вашей Ква-Ква, — так Эшперанша решила назвать Москву. — Чисто, вежливо, с понтом. Что здесь, всегда так было?»

«Боюсь, что нет, — ответил я. — От прежнего только вот магазин «Овощи-фрукты» остался. Хочешь, зайдем?»

Этот магазин был в высоту значительно больше, чем в длину. Раньше, бывало, оказывался весь забит очередями то за редким фрукт-бананом, то за луком-бузулуком. Теперь в смысле народных масс было пустовато, а вот прилавки были хаотически заставлены и завалены разного рода поставками, причем норвежские сельди непринужденно соседствовали с бельгийскими шоколадками.

Главным действующим лицом описываемого момента, то есть, в общем-то, завершающего повесть эпизода, была пожилая, но, как говорится, «еще ничего» дама в малиновом брючном костюме, основательно сутуловатая, но еще на прытких ножках, в начесанном паричке и с натянутой подтяжками маской циркового лица. Она бодренько цокала высокими каблуками вдоль прилавков и отпускала вопросительные и восклицательные реплики: «А это сколько стоит?», «А это в какую цену?», «Ой-ей, кусается!» Интересно, что продавщицы, которые всегда были очень надменны в этом магазине и внешне вроде бы совсем не изменились, были с этой дамой весьма обходительны. Одна из них показалась мне знакомой еще с 1952-го, ее, кажется, звали Шурой.

«Простите, Шурочка, — обратился я к ней с бразильской галантностью, — не скажете ли вы мне, кто эта дама в малиновом костюме?»

Суровая продавщица вдруг расплылась отменнейшей любезностью. «Ну как же, ведь это наша знаменитость, народная артистка Кристина Горская. А вон и наш любименький Штурманочек сидит: она ведь всегда вместе с ним к нам заходит».

В углу сидел на солидной попе большой и очень старый тигр. Глаза у него явно слипались, и он иногда зевал, обнажая один сохранившийся клык и рядом некоторое количество коренных.

«Боже мой, да ведь это же Штурман Эштерхази! — ахнул я. — Сколько же ему может быть лет?»

«Ой, не говорите, — вздохнула Шура, — уж мы так тут все боимся, как бы он не умер. Ведь он нам как родной».

Ее соседка, кажется, Вера, крикнула через магазин: «Штурманооочек, хочешь яблочко?» Тигр сбросил дремоту и не без труда, но с готовностью поднялся на задние лапы. Крутобокое румяное полетело ему прямо в пасть. Он с аппетитом его сжевал и в знак благодарности помахал Вере передними лапами. Шура, кажется, смахнула слезу. Эшперанша в полнейшем изумлении прижалась щекой к моему плечу. Иисус, Мария и Иосиф, что же это за буддизм процветает в этой Ква-Ква-Ква? Артистка Кристина Горская посмотрела на меня слегка чуть-чуть в несколько прежней манере, через плечо. Вы кого-то мне напоминаете, сеньор. Почему она решила, что я сеньор, по жене или по жилетке? Когда-то, сказал я, сорок два года назад, мы прогуливали в здешнем дворе добермана по кличке Дюк. О, я помню Дюка, она с уважением округлила рот, от него пошла целая линия отменных пинчеров.

Ах, она рассыпалась почти неуловимыми, но многочисленными морщинками, а как они играли со Штурманочком! И я вас помню, мисс, сказал я к ее вящему удовольствию от такого обращения. Впрочем, вас помнит вся страна.

Да, солидно кивнула она, я имею здесь большое ответное обязательство.

«А вы помните, мисс Горская, человека по имени Кирилл Смельчаков?» — спросил я и уставился на нее довольно бесцеремонно.

Послышались аплодисменты: Штурманочек поймал редисочку. Артистка сделала вид, что припоминает.

«Нет, я его не помню», — твердо сказала она.

«Но, может быть, вы помните Жоржа Моккинакки, Кристина?» — с надеждой я вперился вновь в ее черты.

«Решительно нет, — ответствовала она и пояснила: — Абсольман рьен!»

Как-то странно получается, не без печали подумал я. Если никто никого, кроме животных, не помнит, значит, рассыпаются и все наши записи?

«И все-таки, госпожа Горская, все-таки вы должны же помнить нашу с Юркой Дондероном незабвенную Глику Новотканную, ну же, ну ж!»

Она посуровела лицом и общей статью.

«Ее не называйте всуе, она святая «Новой фазы»!»

Январь — август 2005
Москва — Биарриц

Литературно-художественное издание

Василий Аксенов

Москва Ква-Ква

Ответственный редактор *М. Яновская*
Художественный редактор *Е. Савченко*
Художник *С. Атрошенко*
Технический редактор *О. Куликова*
Компьютерная верстка *Л. Панина*
Корректор *Н. Понкратова*

ООО «Издательство «Эксмо»
127299, Москва, ул. Клары Цеткин, д. 18/5. Тел.: 411-68-86, 956-39-21.
Home page: **www.eksmo.ru** E-mail: **info@eksmo.ru**

Оптовая торговля книгами «Эксмо» и товарами «Эксмо-канц»:
ООО «ТД «Эксмо». 142700, Московская обл., Ленинский р-н, г. Видное,
Белокаменное ш., д. 1, многоканальный тел. 411-50-74.
E-mail: **reception@eksmo-sale.ru**

Полный ассортимент книг издательства «Эксмо» для оптовых покупателей:
В Санкт-Петербурге: ООО СЗКО, пр-т Обуховской Обороны, д. 84Е.
Тел. отдела реализации (812) 265-44-80/81/82.
В Нижнем Новгороде: ООО ТД «Эксмо НН», ул. Маршала Воронова, д. 3.
Тел. (8312) 72-36-70.
В Казани: ООО «НКП Казань», ул. Фрезерная, д. 5. Тел. (8435) 70-40-45/46.
В Самаре: ООО «РДЦ-Самара», пр-т Кирова, д. 75/1, литера «Е». Тел. (846) 269-66-70.
В Екатеринбурге: ООО «РДЦ-Екатеринбург», ул. Прибалтийская, д. 24а.
Тел. (343) 378-49-45.
В Киеве: ООО ДЦ «Эксмо-Украина», ул. Луговая, д. 9. Тел./факс: (044) 537-35-52.
Во Львове: Торговое Представительство ООО ДЦ «Эксмо-Украина», ул. Бузкова, д. 2.
Тел./факс (032) 245-00-19.

Мелкооптовая торговля книгами «Эксмо» и товарами «Эксмо-канц»:
117192, Москва, Мичуринский пр-т, д. 12/1. Тел./факс: (495) 411-50-76.
127254, Москва, ул. Добролюбова, д. 2. Тел.: (495) 745-89-15, 780-58-34.
Информация по канцтоварам: **www.eksmo-kanc.ru** e-mail: **kanc@eksmo-sale.ru**

Полный ассортимент продукции издательства «Эксмо»:
В Москве в сети магазинов «Новый книжный»:
Центральный магазин — Москва, Сухаревская пл., 12 . Тел. 937-85-81.
Информация о магазинах «Новый книжный» по тел. 780-58-81.
В Санкт-Петербурге в сети магазинов «Буквоед»:
«Магазин на Невском», д. 13. Тел. (812) 310-22-44.

*По вопросам размещения рекламы в книгах издательства «Эксмо»
обращаться в рекламный отдел. Тел. 411-68-74.*

Подписано в печать 15.03.2006. Формат 84×108 $^1/_{32}$. Гарнитура «Таймс».
Печать офсетная. Бумага тип. Усл. печ. л. 23,52.
Доп. тираж 8100 экз. Заказ № 2335.

Отпечатано в полном соответствии
с качеством предоставленных диапозитивов
в ОАО «Можайский полиграфический комбинат».
143200, г. Можайск, ул. Мира, 93.